A RAINHA ESPANTALHO

Melinda Salisbury

A RAINHA ESPANTALHO

TRADUÇÃO
Rachel Agavino

Título original
THE SCARECROW QUEEN

Primeira publicação na Inglaterra em 2017 por Scholastic Ltd.

Copyright do texto © Melinda Salisbury, 2017

O direito de Melinda Salisbury de ser
identificada como autora desta obra foi assegurado por ela.

Todos os direitos reservados. Nenhuma parte desta obra
pode ser reproduzida ou transmitida por qualquer forma ou
meio eletrônico ou mecânico, inclusive fotocópia, gravação ou sistema
de armazenagem e recuperação de informação, sem a permissão escrita do editor.

Direitos para a língua portuguesa reservados
com exclusividade para o Brasil à
EDITORA ROCCO LTDA.
Av. Presidente Wilson, 231 – 8º andar
20030-021 – Rio de Janeiro – RJ
Tel.: (21) 3525-2000 – Fax: (21) 3525-2001
rocco@rocco.com.br | www.rocco.com.br

Printed in Brazil/Impresso no Brasil

preparação de originais
JULIANA WERNECK

CIP-Brasil. Catalogação na fonte.
Sindicato Nacional dos Editores de Livros, RJ.

S16r   Salisbury, Melinda
        A rainha espantalho / Melinda Salisbury; tradução de Rachel
Agavino. – 1ª ed. – Rio de Janeiro: Fantástica Rocco, 2019.
(A herdeira da morte; 3)

        Tradução de: The scarecrow queen
        ISBN 978-85-68263-81-5
        ISBN 978-85-68263-82-2 (e-book)

        1. Ficção inglesa. I. Agavino, Rachel. II. Título.

19-58030   CDD-823   CDU-82-3(410.1)

Vanessa Mafra Xavier Salgado – Bibliotecária – CRB-7/6644

Esta é uma obra de ficção. Nomes, personagens, lugares e
incidentes são produtos da imaginação da autora ou foram usados
de forma fictícia. Qualquer semelhança com pessoas reais,
vivas ou não, acontecimentos ou localidades é mera coincidência.

O texto deste livro obedece às normas do Acordo Ortográfico da Língua Portuguesa.

Para minha melhor amiga, Emilie Lyons
Bem, bem, bem

Deus odeia crianças felizes.

A Torre da Honra

A boticária está sentada no colo do príncipe, com as mãos no cabelo dele, os dedos trabalhando meticulosamente, enchendo seus cachos sedosos de dezenas de tranças. Ela gostaria de colocar sinos nas pontas, pensa. Sinos prateados para combinar com as tranças prateadas. Seu cabelo a lembra a água, a suavidade e a frieza de um riacho que flui sobre as palmas das mãos. Os olhos do príncipe estão fechados enquanto ela trabalha; cílios brancos roçam suas bochechas, um sorriso elegante em seus lábios volumosos, sua respiração profunda e constante. Quando os nós dos dedos dela roçam seu pescoço, ouvem-se sons estridentes no fundo de sua garganta: um ronronar ou talvez um grunhido. A boticária engole em seco.

 A luz dançante das velas faz os olhos do príncipe parecerem cor de topázio quando ele os abre e fita a boticária. Ela sente algo se revirar dentro de sua barriga: uma cobra dentro dela, enrolada e à espreita. Então, um barulho, alertando-a. O príncipe ergue uma das mãos e ela se encolhe, mas ele apenas inclina o queixo para cima, o sorriso se alargando.

— Isso traz de volta lembranças muito, muito antigas, querida. Eu tinha garotas que faziam isso em Tallith — diz ele. Sua voz é musical, tranquilizante, e, enquanto ele fala, a boticária continua trançando. — Eu gostava muito de tomar banho, e as garotas trançavam meu cabelo para mantê-lo fora da água. Na Torre da Honra, todo o andar inferior era uma enorme banheira, esculpida em mármore, e, na parte mais profunda, tinha o dobro da minha altura. Nós organizávamos reuniões lá às vezes, quando tínhamos convidados muito importantes. A água era bombeada das fontes abaixo do solo. Tinha um cheiro um pouco estranho, sulfuroso, mas não era desagradável. Embora deixasse meu cabelo e da minha irmã com um tom amarelado inconveniente, se os mergulhássemos.

O príncipe faz uma pausa e se inclina para a frente, levando um copo de vinho à boca. Não oferece à boticária; em vez disso, ele o esvazia e deixa cair no chão descuidadamente, sorrindo para ela com os lábios manchados de púrpura.

— Acredito que haja uma piscina com as mesmas propriedades aqui, nas montanhas. Talvez eu leve você, quando o tempo aquecer. Você pode trançar meu cabelo lá e nós podemos nadar juntos. Se você for boazinha.

Os dedos da boticária são hábeis no cabelo do príncipe; anos arrancando folhas e dosando pitadas de pós tornam seus movimentos precisos. Mas a sala está fria, as paredes de pedra, vazias, e o fogo que arde na lareira é baixo. Quando ela expira, sua respiração permanece no ar à sua frente, e há uma dor surda em seus ossos que parece nunca diminuir. O príncipe não aparenta sentir o frio, mas a boticária sente. É mais frio nesta terra do que em sua casa. As mãos dela tremem, e ele a puxa para mais perto, acariciando suas costas por cima do vestido de segunda mão. Ela não se sente mais aquecida pressionada contra o príncipe; sua forma não parece conter calor algum.

— Havia banheiras privativas também, no segundo andar — continua ele, baixinho. — Mais íntimas, para os que assim as desejavam. Já lhe contei sobre as torres do castelo de Tallith? — O príncipe não faz uma pausa para que a boticária responda. — Sete no total. Cada uma com o nome de uma virtude. A minha era a Torre do Amor. Talvez eu devesse renomear as torres aqui, em homenagem a elas. O que você acha? — Ele acaricia o rosto da boticária, que aperta a mandíbula. — Ah, Errin... — começa ele.

Mas é interrompido por uma batida na porta.

— Entre — ordena.

Um criado com cabelos grisalhos e um rosto cinzento abre a porta. Como a boticária, ele parece estar com frio, envolto em um manto forrado de pele, mesmo dentro das muralhas do castelo. Olhos azuis indiferentes passam pela garota, não lhe dando mais atenção do que aos outros móveis da sala, antes de se curvar ao príncipe.

— E então?

— Mensagem do Cavaleiro Prateado, meu senhor — diz o servo, com a cabeça ainda abaixada, enquanto tira um rolo de pergaminho selado de dentro de seu manto.

O príncipe estende a mão para pegá-lo, e o criado ergue a cabeça, apenas um pouco, para dar um passo à frente e entregá-lo. Com um aceno, ele o manda se afastar assim que recebe a mensagem e quebra o selo.

A boticária tenta ver o que seu irmão escreveu para o príncipe, mas ele se mexe, movendo o pergaminho para que ela não possa ler.

A garota continua trançando os cabelos dele, agora entrelaçando as pontas que ainda estão ao seu alcance. Seus dedos estão dormentes por causa do frio e rígidos por causa dos movimentos pequenos e repetitivos, mas ela não pode parar.

Sem aviso, o príncipe se levanta com um grito jubiloso, jogando a boticária no chão, ao pé de sua cadeira. Ele passa por cima dela, voltando-se brevemente.

— Seu irmão é um milagre, querida. Um milagre absoluto. — Então, para o criado: — Mande selar meu cavalo e os de quatro homens. Vamos entrar em Lortune.

Com isso, ele sai do cômodo, o criado correndo atrás dele, deixando a boticária deitada de lado, onde caiu, com a bochecha e a orelha esquerda no chão de pedra gelado. Ela caiu de mau jeito, um braço preso embaixo do corpo, um joelho pressionando a perna da cadeira. Sente seus dedos ainda se movendo, mesmo aqueles esmagados sob seu próprio peso. Ainda procurando cabelos invisíveis da cor do luar, ainda tentando trançá-los. Se tivesse sinos para eles, ela o teria ouvido chegar, pensa. Ela seria avisada.

Não que isso a ajudasse.

As horas passam e o príncipe não volta. A bexiga da boticária se enche, causando-lhe dor. Suas pernas e braços têm cãibras, relaxam e têm cãibras novamente. Ela sente hematomas começarem a surgir em seu corpo por causa da queda; as bordas dos lábios e a pele sob as unhas ficam azuis por causa do frio. Lágrimas escorrem de seus olhos, incontroláveis, acumulando-se no chão embaixo de sua orelha, e quando as chamas escassas na lareira finalmente morrem, seu corpo começa a tremer quase imediatamente. A sala fica mais escura à medida que a luz do dia se desvanece.

E, durante todo esse tempo, seus dedos ainda trabalham, trabalham, trabalham em cabelos que não estão ali.

Finalmente a pressão em sua bexiga é forte demais e ela solta, encharcando a si mesma e o chão embaixo dela. O calor inicial é um momento sombrio de alívio do frio implacável, mas logo a poça de urina também esfria e encharca seu vestido fino. Ela se pergunta se vai morrer ali.

Mas, então, o príncipe retorna.

Ele olha para a boticária, as sobrancelhas se erguendo. Parece intrigado por um momento; por fim, a percepção faz com que seus traços se abrandem. Ele passa pela boticária e chega a uma mesa ao lado de sua cadeira. Ergue a pequena boneca de barro que está ali, uma mecha de cabelo castanho sobre a cabeça, duas contas de vidro verde fazendo as vezes de olhos. Em torno de sua cintura há uma faixa de papel, e ele a tira da argila.

De repente, a garota pode se mexer. Ela sente o domínio sobrenatural sobre seu corpo desaparecer e rola de costas.

O príncipe está de pé diante dela, seu belo rosto agora distorcido pelo nojo.

— Você se urinou? Sua monstrinha. Eu só me ausentei por algumas horas.

Quando a boticária não responde, ele cutuca o ombro dela com a ponta de uma bota.

— Estou falando com você. Responda-me. — Ela não diz nada, e ele a chuta de novo, mais forte dessa vez. — Você é nojenta.

O príncipe chama um criado para levá-la, e um homem entra na sala, diferente daquele que veio antes. Os ombros desse homem são caídos e seus olhos escuros permanecem fixos no chão; tudo nele implora para ser ignorado. O príncipe lhe faz esse favor, mal olhando para o criado enquanto exige que a boticária seja retirada de sua vista e que alguém vá limpar a sujeira que ela fez. Sem dizer nada, o homem não vacila quando ajuda a boticária a ficar de pé. Ele poderia muito bem ser uma das criaturas de barro do príncipe por toda a expressão que demonstra enquanto apoia a garota molhada e chorosa para fora da câmara.

O príncipe os observa sair, afundando em sua cadeira. Baixa os olhos para a boneca da garota que ele ainda segura. Suas feições se tornam uma carranca maligna e ele esmaga a boneca em sua mão, deixando-a cair no chão. Mas, assim que faz isso, inclina-se para pegá-la. Arranca o cabelo da massa destruída e encontra as contas de vidro também, colocando-as de lado. Então são seus dedos que se movem rapidamente, moldando a argila na forma de uma garota outra vez. Ele envolve a cabeça com o cabelo de novo, põe os olhos no lugar e se levanta, saindo da sala.

Encontra a boticária e o criado ao pé da torre que designou para ela, começando a subir as escadas. O criado se afasta quando ouve as botas de seu mestre se aproximando, e a garota cambaleia. Ela se vira a tempo de ver o príncipe puxar a faca e pegar sua mão. Ele corta a palma da mão dela, esperando até o segundo que o sangue escorre, e então pressiona a boneca na ferida.

A boticária grita e tenta se afastar, mas é tarde. A argila absorveu seu sangue. Ela observa enquanto o príncipe pica o próprio dedo com a mesma faca e deixa uma gota de seu sangue cair no simulacro. Ele também é absorvido, e o príncipe sorri. Acaricia a boneca de argila antes de colocá-la gentilmente dentro do bolso. Então, sem uma palavra, o príncipe se vira e se afasta, deixando a garota sangrando e soluçando, e o criado olhando para ele.

PARTE 1
Twylla

Capítulo 1

Em algum lugar à esquerda da alcova na qual ainda estou espremida, a água escorre para o chão. Com exceção dessas torneiras ritmadas, o templo ósseo é silencioso. Eu havia contado mais de três mil gotas quando ouço algo na passagem. Fico tensa, meus músculos já rígidos doendo, enquanto me esforço para captar qualquer outro som: passos abafados, suspiros suaves, o farfalhar de tecido. Momentos parecem durar uma vida inteira, o gotejamento continua, e prendo a respiração até meus pulmões queimarem.

Ouço um baque, depois outro, e em seguida uma espécie de farfalhar, e expiro com uma pressa vertiginosa. Conheço esses sons: apenas mais escombros caindo do teto. Realmente, só isso já deveria ser suficiente para fazer com que eu me movesse: a percepção de que o teto poderia desmoronar e me enterrar. Os ecos das botas há muito desapareceram e as lanternas nas paredes estão com fogo baixo. Preciso ir.

Começo a contar novamente.

Quando chego a quatro mil, faço uma pausa, passando meu peso de um pé para o outro. Meu pé imediatamente se contrai numa cãibra e eu o flexiono, apertando os olhos com a dor. Quando os abro, a sala parece mais escura e espio através de uma abertura na tela que me oculta, tentando descobrir se alguma das tochas se apagou. Através daquela pequena fenda, vi Errin gritar com o Príncipe Adormecido, a vi olhá-lo nos olhos e mentir na sua cara. Eu o vi bater nela, inclinar a cabeça para seus cabelos e *cheirá-la*, ameaçar matá-la, e ainda assim ela não perdeu o controle. Mesmo quando estava de joelhos diante dele, fazia isso com o ar de alguém que lhe prestava um favor, e não que obedecia a uma ordem. Tenho que me perguntar se Errin teria se escondido dele se estivéssemos em posições trocadas. Não consigo imaginá-la entalada em uma fenda, com o punho enfiado na boca, o gosto do próprio sangue em sua língua.

Não, decido. Ela não é do tipo que se esconde. Mesmo que num primeiro momento tivesse concordado em se esconder, teria saído e tentado lutar. Ela não teria ficado escondida. Ou, se tivesse conseguido, seria porque estava pensando no quadro maior, e teria saído no mesmo instante que eles. Ela os teria perseguido pelas passagens, espionando para aprender o que podia, elaborando um plano. De qualquer modo, ainda não estaria aqui, contando as gotas de água.

Achei que tivesse deixado minha covardia em Lormere. Junto com todos os meus sentimentos por Lief. Tudo o que posso ver é o olhar frio dele dizendo para me esconder. A maneira relutante com que me ofereceu segurança, como se para pagar uma dívida. Chamando o que nós tivemos de *amizade*...

Afasto esses pensamentos, cerrando o maxilar e fechando as mãos em punhos. Sei exatamente que tipo de homem ele é; sei o que ele fez comigo, com Merek, com Lormere. Com sua própria irmã, enquanto eu assistia. E, ainda assim, a primeira coisa que senti quando o vi lá foi alegria. Esqueci tudo, toda a morte, toda a dor; em vez disso, lembrei-me do seu cheiro quando eu pressionava meu rosto em seu pescoço, a sensação do músculo sob sua pele enquanto meus dedos seguravam suas costas. Seu cabelo caindo no meu rosto. O gosto de sua boca. Como se as luas não tivessem passado, como se nada houvesse mudado.

Bastou ouvir meu nome em seus lábios para me deixar de joelhos novamente. Deuses, quero tanto odiá-lo. Não — nem isso. Quero pensar nele e não sentir nada. Quero que ele seja um estranho para mim.

Chega, Twylla, digo a mim mesma, desejando poder arrancá-lo do meu coração. *Vá, agora.*

Então uma das tochas oscila e se apaga, adicionando uma nova mancha de sombra ao cômodo, e percebo que não vai demorar até que aconteça o mesmo com as outras. E é isto — a ideia de estar sozinha aqui, no subsolo profundo, no escuro, cercada pelos mortos — que finalmente me faz destravar meus músculos; minhas pernas tremendo quando me movo. Mesmo assim, espero, espreitando a escuridão em busca de qualquer sinal de vida.

O primeiro passo que dou é como um trovão rompendo o silêncio. O esmagamento de ossos e madeira sob meu pé ricocheteia ao redor do templo, ecoando a minha volta. Algo cai nas sombras, e todos os cabelos da minha nuca se eriçam. E quando outra tocha se apaga, levanto minhas saias e corro, tropeçando nos fêmures, nas costelas e nas vigas quebradas, com medo de ficar presa aqui no escuro.

Quando passo pela cortina para a passagem, tropeço em algo grande e macio, e voo para frente, levantando as mãos para amortecer a queda. Elas ardem quando atingem o chão de pedra e eu praguejo alto, rolando imediatamente para ficar de pé.

Então vejo uma figura, o rosto voltado para baixo, com os cabelos brancos ensanguentados de um lado. Não sei dizer se é homem ou mulher até me agachar ao seu lado — *mulher* — para pressionar meus dedos em seu pescoço. Percebo imediatamente, pela frieza, pela maneira como a pele parece inflexível, que está morta. Quando a rolo suavemente, a única lesão que consigo ver é uma ferida na têmpora esquerda; parece pequena, como se não tivesse sido suficiente para matar. Mas foi; seus olhos dourados estão embotados e fixos, a boca aberta, toda a vida definitivamente perdida. Fecho os olhos, a boca e cruzo os braços sobre seu peito.

Vi muitas pessoas mortas na minha vida e sei, no fundo da minha alma ou da minha intuição, que, antes que esta noite acabe, verei muito mais.

As duas horas seguintes da minha vida são o mais próximo do inferno que já cheguei. Os corredores do Conclave são um labirinto e não há marcas ou sinais para me dizer onde estou ou para onde ir. No começo sou cautelosa, ainda vagamente tomada pelo medo que me manteve no templo de ossos por tanto tempo, mas a cada beco sem saída, a cada volta errada, o pânico aumenta, o pavor de nunca encontrar a saída, de morrer aqui no escuro, até que por fim estou correndo, desviando de obstáculos e pulando por cima de móveis quebrados.

Eu continuo, tropeçando, corpo após corpo, meus gemidos ecoando pelas paredes, me assombrando a cada passo. No fundo da minha mente, sei que isso significa que estou realmente sozinha aqui. Estou fazendo barulho mais do que suficiente para me entregar, mas não consigo parar. Arfo e arquejo; cada pessoa que encontro é um cadáver, surrado, quebrado e espalhado. A roupa pende para o lado onde eles caíram, expondo seios e virilhas, seus donos inconscientes. Os membros estão dobrados para trás, ou às vezes não estão lá. Não houve piedade aqui.

Estou em uma vala comum, penso e rio, imediatamente levando as mãos à boca para abafar o som. Mas ela ainda está ali, a vontade de rir, borbulhando mesmo enquanto digo a mim mesma que isso não é engraçado. *Estou histérica*, percebo, mas isso não significa nada. Continuo, rodando e rodando.

Depois de um tempo, paro de correr, atravessando os túneis e as salas num estado de sonho. Vago por câmaras acarpetadas com as páginas carbonizadas de livros; sigo meu caminho através de vidros e cerâmicas quebradas, atravesso cavernas onde o ar cheira a ervas, enxofre e uma miríade de outras coisas que cobrem o chão, esmagadas sob solas de botas. Colchões foram destruídos; estantes, derrubadas. Como Tremayne acima, o Conclave foi explorado, despojado e destruído.

Passo por mais corpos: alquimistas com seus cabelos luminosos, homens e mulheres normais, até crianças, e agora paro ao lado de cada um, checando primeiro para ter certeza de que estão mesmo mortos, antes de fechar olhos e bocas quando estão abertos, ajeitando seus membros com dignidade quando estão esparramados.

Isto é novo para mim, esse tipo de morte. Os cadáveres que vi antes foram arrumados com cuidado, os cabelos escovados, vestindo as roupas mais elegantes; às vezes até pós e pastas eram adicionados para mascarar a morte. Eles jazem em perfeito repouso, esperando para serem absolvidos. Aqui embaixo, não é assim.

Ajeito roupas. Afasto cabelos das testas. Não encontro sobreviventes.

Eu me sinto como uma aparição, uma Valquíria, vagando por um campo de batalha e contando os mortos. A maioria deles foi esfaqueada ou teve a garganta cortada, e meus pensamentos continuam lutando para voltar a Lief, em sua armadura de prata, sua espada pendurada ao lado, e fico imaginando se alguma dessas vidas está em sua consciência.

Horrivelmente, são os corpos que por fim começam a me guiar. Depois de um tempo, posso dizer onde já estive e onde é novo com base em como eles estão dispostos. Se consigo ver que foram arrumados, volto e caminho para o outro lado; se não, eu os arrumo e sigo em frente. Os mortos se tornam meu mapa.

E é assim que eles me levam à minha mãe, como sempre fizeram; onde quer que estejam os mortos, com certeza, lá ela estará.

A Devoradora de Pecados de Lormere está caída no meio do grande salão, com outros três cadáveres próximos dela. Sentindo-me estranhamente entorpecida, eu a ignoro por enquanto, cuidando dos outros. Irmã Esperança não está aqui, nem Nia, nem Irmã Coragem, o que me permite um lampejo de esperança de que pelo menos elas tenham escapado. Mas uma das Irmãs caiu, a Irmã Paz, com uma espada inútil ao seu lado. Ajeito seu corpo e os outros dois, todos mortos, para que Errin e eu pudéssemos fugir. Eu os arrumo da melhor maneira possível, limpando o sangue de seus rostos, ajeitando suas roupas.

Só então me aproximo de minha mãe.

Nas Devorações, ouvi pessoas falando sobre como os mortos parecem menores do que quando em vida, como parecem estar dormindo. Mas não consigo ver nenhuma dessas coisas ao olhar para minha mãe. Eu cresci naquele corpo; vim dele. Ele me deu a vida. E agora está vazio. Visível e inconfundivelmente vazio.

Ela está de bruços, e eu a viro, me sentindo enjoada com o baque surdo de carne quando ela rola para trás. Misericordiosamente, seus olhos estão fechados e, como no primeiro corpo que encontrei, há apenas uma ferida mínima na lateral da cabeça. Seu cabelo escuro está oleoso e o acaricio suavemente. Nunca fui capaz de ver meu rosto no de minha mãe e ainda não sou, não consigo encontrar quem eu sou em seu nariz forte, em sua boca que parece uma rosa em botão. Sua pele não tem as minhas sardas, suas pálpebras são espessas. Eu podia ver um pouco dela em minha irmã, Maryl, os mesmos lábios, as mesmas mãos pequenas. Mas não em mim. Eu poderia muito bem ter sido uma criança trocada. Pergunto-me por um momento onde estão meus irmãos, se estão vivos, se eles se importam com o reinado do Príncipe Adormecido. Se eles se importariam que nossa mãe esteja morta. Mas ela os negligenciou ainda mais do que a mim. Eu, pelo menos, tive utilidade. Um propósito, pelo que parece agora.

Menos de um dia se passou desde que estive nesta sala e prometi lutar contra o Príncipe Adormecido. Como eu estava segura de mim naquele momento, com Errin e Silas ao meu lado; quão justa era a minha ira. Parecia tão possível, tão simples. Silas treinaria os alquimistas e seus parentes para lutar, e todos nós marcharíamos por Lormere e derrotaríamos o Príncipe Adormecido.

Achei que seríamos como um exército vingador em uma história. Imaginei pessoas se unindo ao nosso clamor e que o fato de estarmos do lado do bem garantiria nossa vitória.

E então Aurek veio, com meu amante ao seu lado, e provou que não sou apenas uma covarde, mas também uma tola ingênua e estúpida. E devo nos salvar do Príncipe Adormecido.

Solto o cabelo de minha mãe e o arrumo ao redor de seus ombros. Cruzo seus braços sobre o peito e ajeito suas vestes. Mas posso sentir que alguma coisa está faltando, eu me esqueci de fazer algo. Uma coceira a ser aliviada. Uma dívida a ser paga.

Então vejo a mesa, o pão e o jarro de cerveja que, de algum modo, milagrosamente, resistiram à luta, como se para este exato momento. E sei o que preciso fazer.

Trago o pão e o jarro da mesa e os coloco ao lado de minha mãe, pegando um copo que está por perto e enchendo-o de cerveja.

Começo a Devoração.

O pão é branco e delicioso, não muito diferente do que comi no castelo de Lormere, apesar de ser salpicado de pequenas sementes que têm um gosto forte como o de alcaçuz quando as mastigo. Elas ficam presas nos meus dentes e preciso fazer uma pausa para arrancá-las. Enquanto faço isso, começo a catalogar os pecados de minha mãe.

Orgulho, certamente. Alguma vaidade. Luxúria? Talvez, com exceção dos gêmeos, todos nós tínhamos pais diferentes. Embora seja difícil imaginar minha mãe procurando um homem — é difícil imaginá-la com um apetite por outra coisa que não fosse seu papel, e sempre achei que foi por isso que ela nos teve. Dever. Agora nunca saberei com certeza. Nunca mais vou poder lhe perguntar. Afasto esse pensamento e me concentro nos pecados; ela era irascível às vezes. Rancorosa também.

Mas realmente não consigo me concentrar. Minha mente continua me puxando de volta para a conversa que tivemos antes do ataque. Ela dizendo que tentou salvar Maryl da única maneira que sabia. Do medo que sentiu ao recusar algo à rainha quando ela veio atrás de mim.

Ela dizendo que me amava da melhor maneira que podia.

O pão gruda em minha garganta, e preciso tomar um gole da cerveja para forçá-lo a descer para além do nó que se formou ali.

Nem estou fazendo a Devoração direito; não estou pesando cada pecado e o tomando para mim. Não é assim que se faz uma Devoração.

Pouso o copo de cerveja e me inclino para beijar a testa fria de minha mãe.

— Boa noite — digo baixinho. — Eu lhe dou alívio e descanso agora, querida senhora. Não desça sobre nossos becos ou em nossos prados. E para a tua paz, eu... — Não consigo me forçar a dizer. Não posso. Eu me sento de cócoras e fecho os olhos, respirando fundo.

Estou cansada de tomar os pecados das pessoas para mim.

Estou cansada de fugir de tudo.

Quero ser como Errin. Como Nia. Como Irmã Esperança. Quero ser a garota que lutou contra um golem, a garota que bateu as mãos em uma mesa e disse a uma sala cheia de mulheres poderosas que ia lutar, e elas que fossem para o inferno.

Eu sobrevivi à corte de Lormere. Sobrevivi à jornada para Scarron. Sobrevivi à invasão do Príncipe Adormecido no Conclave. E sou uma sobrevivente.

Então eu digo, as palavras vindo do fundo, dentro de mim:

— Eu lhe dou alívio e descanso agora, querida senhora. Não desça sobre nossos becos ou em nossos prados. E para a tua paz, eu vou pôr Aurek de volta a dormir. Para sempre. Isso é o que farei por sua alma. Isso é o que farei por minha própria alma.

Um aplauso lento começa da porta, e eu termino a cerveja numa golada enquanto me levanto depressa. Nia está de pé ali, ensanguentada, com hematomas em sua pele escura, mas viva. Corro pela sala, abraçando-a o mais forte que posso. Para minha surpresa, ela me aperta igualmente forte, e ficamos abraçadas, o alívio passando por mim, até que ela se afasta.

— Achei que eu ainda fosse a única aqui embaixo. Você está sozinha? — pergunto, e ela balança a cabeça.

— Irmã Esperança está viva, lá em cima; estão se escondendo fora das muralhas da cidade em um celeiro abandonado.

— Estão? Quem mais está com ela?

— Irmã Coragem, mas ela está ferida. Alguns outros também conseguiram sair.

— Silas? — pergunto, e Nia balança a cabeça, fazendo meu estômago se revirar de pavor. Há algo que tenho que contar a ela. — Errin também foi levada.

Nia contrai o maxilar.

— Ele levou todos os alquimistas que não matou. Temos que resgatá-los. Não podemos deixar Silas e Errin com ele. Ou Kata. — Sua voz falha quando ela diz o nome de sua esposa.

— Nós vamos — prometo. — Nós vamos trazê-los de volta. E vamos detê-lo, o Príncipe Adormecido. Nós vamos detê-lo.

— Como? — Ela olha para mim com olhos arregalados e sem esperança.

— Leve-me até a Irmã Esperança. Então poderemos conversar.

Ela assente e se vira, e começo a segui-la. Então paro e volto, caminhando para onde jaz a Irmã Paz. Pego a espada caída ao lado dela e a seguro, testando o peso, a sensação dela na minha mão. É mais pesada do que imaginei que seria, trago a mão esquerda para junto da direita no punho. Dou um giro hesitante, quase caindo, e me sinto imediatamente tola. Mas não desisto. Se uma Irmã pode aprender a segurá-la, usá-la, então eu também posso. Coloco a lâmina no meu cinto e dou uma última olhada na sala.

Assinto para minha mãe como se ela pudesse me ver, então sigo Nia, minha nova espada batendo em meu quadril. Gosto dessa sensação.

Capítulo 2

Avançamos rapidamente pelos túneis, e Nia mantém os olhos fixos à frente; não a vejo virar-se nem uma vez sequer para algum dos mortos, embora devesse conhecê-los. Isso me lembra de Errin, lá em cima em Tremayne, e como ela tampouco olharia para os mortos. Elas vêm de um mundo onde os mortos não fazem parte da vida.

— Eu tentei dar-lhes alguma dignidade, mas devemos fazer algo mais? — pergunto, enquanto passamos pelos corpos.

— Eles já estão enterrados — diz Nia, categoricamente. — Esta é a sepultura deles.

Andamos em silêncio, passando por poças de sangue e pertences abandonados, até que sinto o chão começar a se inclinar sob meus pés e chegamos a uma escadaria esculpida na rocha. Eu me lembro dela da jornada até aqui. Logo estamos passando por portas, e Nia fecha cada uma atrás de nós com decisão. Quando chegamos à última porta, Nia a fecha e depois descansa as mãos sobre ela, de costas para mim, com a cabeça baixa.

— Nunca mais voltaremos aqui. Meu único desejo — diz em voz baixa e afiada — era que eu não tivesse que deixar o povo *dele* lá embaixo com eles. — Estendo a mão, apertando seu ombro suavemente, e ela se vira. — Você sabe o que quero dizer.

Ela está certa. Enquanto cuidava dos mortos, evitei cada um que achasse que era nosso inimigo, deixando-os como estavam. Eu os julguei, me recusei a tocá-los. Uma Devoradora de Pecados não faria isso; uma Devoradora de Pecados cumpriria seu dever.

Mas eu não sou uma Devoradora de Pecados.

— Eu sei — digo para ela. — E espero que suas almas, se as tivessem, nunca descansem pelo que fizeram.

Quando saímos para a rua, fico surpresa ao ver a luz do dia lá fora, o sol baixo no céu; de algum modo achei que ainda seria noite. Depois de tanto tempo na quase escuridão dos túneis, a luz do dia tinge tudo de azul, e esfrego meus olhos, pontos negros explodindo em minha visão enquanto eles se ajustam.

— É seguro? — pergunto, piscando depressa. — O povo de Aurek foi embora?

Nia dá de ombros.

— Não vi sinal de vida quando passei. Se ainda houver alguém aqui, espero que possamos descobrir nos próximos instantes. — Embora suas palavras sejam corajosas, ela olha em volta, seus dedos se movendo para as facas em seu cinto. — Ele deve ter levado Silas e os alquimistas para o castelo de Lormere. — Ela faz uma pausa. — Onde você se escondeu?

— No templo dos ossos.

— Tem certeza de que eles procuraram lá?

Assinto.

— Errin disse a eles que eu já tinha fugido.

— E eles acreditaram nela?

— Devem ter acreditado. Eu tive... sorte. — Algo me avisa para não dizer a ela que foi ideia de Lief que eu me escondesse, nem que ele ajudou a me encobrir. Pelo menos, não ainda. Mas, pelo jeito que ela me encara, os olhos estreitados, tenho a sensação de que sabe que estou omitindo partes da história. — É tolice permanecer aqui; vamos — digo, antes que ela possa fazer mais perguntas, saindo para a rua, observando cada sombra em busca de movimento.

Nia caminha ao meu lado, mantendo-se perto, nós duas estremecendo ao menor ruído: gesso caindo na casca de uma casa, um gato revirando entulho enquanto passa pelas ruas, o farfalhar de asas acima de mim. Meus pulmões parecem cheios antes mesmo de eu respirar, cada inspiração superficial. Ao meu lado, Nia está em silêncio, atravessando a poeira e os destroços, de testa franzida.

Suas palavras, quando ela finalmente diz alguma coisa, me surpreendem:

— Você fala engraçado.

— Eu... o quê? — Pisco. — Bem, eu sou de Lormere.

— Silas é de Lormere. Ele não fala como você.

— Cresci em um tribunal. Eles têm maneiras peculiares de fazer as coisas, de dizer coisas, e suponho que tenha pegado um pouco disso. Nasci plebeia. Nem sempre falei assim.

Depois de um momento, ela assente.

— Meus irmãos sempre dizem que falo diferente quando voltam para casa. Nunca pensei nisso antes. Você faz o que tem que fazer para se encaixar onde está.

— Exatamente — digo. — Por falar em onde se está, você ainda não me disse aonde estamos indo.

— Há uma fazenda, a cerca de cinco quilômetros daqui, dos Prythewells...

— Sim... Eu conheço. Nós passamos por ela a caminho daqui. Estava em chamas.

— Um dos celeiros está mais ou menos intacto. Irmã Esperança e os outros estão nos aguardando lá.

— Quantos escaparam? — pergunto.

Uma sombra passa por seu rosto.

— Cinco alquimistas, três civis, contando comigo. Todas as Irmãs, menos a Irmã Paz.

Onze pessoas. Penso nos corpos que cuidei e me lembro de quantas pessoas estavam reunidas no Salão Principal na primeira vez que fomos lá. Menos de um quarto pode ter escapado.

— Vamos para Tressalyn amanhã ou depois — continua Nia, enquanto passamos pelas ruas sinuosas. — Ficaremos seguros lá.

Não posso deixar de olhar a devastação que nos rodeia. Os muros de Tremayne não protegeram ninguém.

Como se tivesse ouvido meus pensamentos, ela responde:

— Tressalyn é uma fortaleza comparada a isto aqui. A cidade tem muralhas e, para além delas, um castelo com muros enormes e um fosso... É onde está o Conselho, então estou disposta a apostar que há um contingente maior de soldados. E, claro, eles vão aumentar a segurança quando souberem o que aconteceu aqui. — Ela dá um sorriso amargo.

Quando chegamos à praça da cidade, Nia segue diretamente para as ruínas de um prédio alto em frente a nós, os olhos fixos para frente, sem se virar para a esquerda ou para a direita.

Mas eu olho. Não posso evitar. Muito pior durante o dia, os buracos nas fileiras de lojas parecem dentes arrancados de uma boca. A fumaça, que ainda perdura, espirala preguiçosamente sobre os telhados. Um corvo pousa nos restos do golem que derrubei, me olhando com curiosidade; outros reviram as roupas que estão espalhadas ao redor, como se tivessem sido rapidamente descartadas por recém-casados. Edifícios foram derrubados com eficiência; a destruição é deliberada, isso é claro. O Príncipe Adormecido não queria que Tremayne continuasse de pé depois que ele passasse por ela, e agora me pergunto se foi porque ele sabia ou adivinhava que o Conclave estava aqui. É este o castigo da cidade por esconder dele seus descendentes, ou é assim que ele sai de todo lugar que conquista?

E Lief fez o que ele queria. Esta era sua casa. Ele cresceu aqui. Como poderia ter corrido por aí, permitido que os golens e os ditos soldados fizessem o que fizeram?

Nia para em frente a um prédio dourado e espera até que eu a alcance. Olho para a bocarra preta aberta, a porta em nenhum lugar à vista, a placa faltando no suporte acima dela.

— Este é... *era*... o boticário — diz Nia. — Qualquer equipamento que vir, potes, colheres, facas, ataduras, pegue. Quaisquer textos que tenham a ver com alquimia, nós também levaremos. Precisamos de comida, água principalmente, e capas. Só não toque em plantas, ervas ou pós. Deixe isso comigo.

Eu hesito e ela segura meu braço.

— Irmã Coragem está gravemente ferida. Ela precisa de ajuda agora. E não temos nada. É uma jornada longa e fria para Tressalyn. — Com isso, ela desaparece lá dentro.

Sinto o cheiro do corpo imediatamente, um odor inconfundível: metálico, azedo e avassalador. Nia está congelada à minha frente e sigo seu olhar que aponta para o homem morto a seus pés.

Há um buraco escuro no centro de seu peito.

— Mestre Pendie — diz, baixinho. — Ele era o mentor de Errin...

Então ela se vira e corre para fora da casa, e eu a ouço vomitar lá fora. Dou um tempo a ela, depois a sigo. Nia está com as mãos apoiadas nos joelhos, os olhos fechados, um brilho de suor no rosto pálido.

— Desculpe — diz, abrindo os olhos quando a alcanço, embora ela não encontre o meu olhar. — Eu o conheço durante toda a minha vida. Antes dos alquimistas, antes de tudo isso. Nós costumávamos fornecer sal para ele. Não Sal Salis, apenas sal marinho normal. Ele me ensinou a borrifar sal em caramelo. Só um pouco. Para realçar o sabor. — Seu rosto se contrai e ela morde o lábio, balançando a cabeça.

O esforço que ela faz para tentar se controlar parte meu coração, e eu descanso a mão em seu ombro. Ela endurece, depois relaxa, respirando fundo.

— Passei pelos corpos de tantas pessoas que eu conhecia hoje — diz, baixinho, enxugando o rosto nas mangas. — Pessoas aqui de cima e lá de baixo. Eu vivi nos dois mundos. Nunca pensei que elas se encontrariam assim. Minha família tem ajudado o Conclave por gerações, desde que ele se estabeleceu aqui. Como os porões de nossa casa levavam ao Conclave, ou nos contavam e nos deixavam ajudar, ou nos tiravam de lá. Comemos com eles, rimos com eles. Eles passaram muito tempo no subsolo, para sua segurança. Kata odiava isso. Ela queria sentir o sol no rosto. Quando meu pai viajava a negócios, ela subia e nos sentávamos no jardim. Eu não quero... — Sua voz falha. — Eu não quero perdê-la também. Não quero pensar nela assim... com isso...

— Ah, Nia... — Eu me aproximo para abraçá-la, mas ela balança a cabeça.

— Estou bem. Eu não posso... — Ela respira fundo e se levanta. — Eu não vou recuperá-la chorando. Isso não vai ajudar ninguém. Vamos. Vamos ver o que podemos encontrar em outro lugar.

— Espere — digo, me preparando. — Do que precisamos?

— Você não precisa... — Ela faz uma pausa, então assente. — Bandagens. Qualquer coisa que você consiga encontrar na loja. Ele mantinha os venenos trancados, então não se preocupe em encontrá-los por acaso.

Como se eu fosse me preocupar.

— Serei rápida — digo.

E sou. Qualquer garrafa ou jarra que esteja intacta é jogada num saco que encontrei atrás de uma mesa de consulta. Não paro para ler a escrita fina nos rótulos, pegando tudo o que vejo pela frente: ataduras, pinças, algumas tigelas de cerâmica, um conjunto de colheres, tudo é jogado dentro do saco. Eu cuido do corpo, parando um instante para encontrar outro saco para cobri-lo, mas mesmo assim torno a sair em menos de três minutos.

Nia olha para mim e para o saco, depois enxuga o rosto novamente, com os olhos injetados, mas determinados. Ela estende a mão para o saco e eu o entrego a ela, seguindo-a enquanto ela nos leva do boticário em direção a uma rua que sai da praça.

Nós continuamos a procurar; em uma casa de campo, encontramos um conjunto de odres e os enchemos em um barril de chuva, em um quintal estreito; em outro, encontramos um pedaço de pão embrulhado em um pano e um saco de maçãs. Nia invade um guarda-roupa no distrito dos alfaiates e encontra alguns mantos e um grande saco para carregar nossas coisas. Em outra casa, esvazio uma gaveta de todas as suas facas, sem me importar se estão sem corte, e as adiciono a um segundo saco.

Entramos na casa do açougueiro e Nia vai para o andar de cima enquanto eu examino os cômodos inferiores. Estou olhando através de uma porta quando um forte suspiro atrás de mim me faz girar.

Há um homem na entrada.

Pego minha espada, empunhando-a diante de mim enquanto ele cruza a soleira, os olhos castanhos seguindo meus movimentos. O capuz de seu manto é empurrado para trás, revelando um jovem bonito e orgulhoso, sua pele mais escura que a de Nia, a sombra de uma barba em seu queixo. Ele aparenta ser da minha idade, talvez um pouco mais velho. O maxilar contraído parece determinado. E furioso. O homem saca sua própria arma e a aponta para mim. A minha treme visivelmente. A dele, não.

— Quem é você? — pergunta, com sotaque tregelliano. Lá em cima, as tábuas do assoalho estalam e ele ergue os olhos. — Quem mais está com você?

Estou congelada, olhando para a espada, preparando-me para me mover se ele atacar. Ouço Nia nas escadas, cada passo trazendo-a para mais perto, e o olhar do homem vai de mim para a porta às minhas costas.

— Twylla, você tem...? — começa Nia, mas não termina. Em vez disso, ela emite um som de surpresa e passa por mim, lançando-se nos braços abertos do homem, que agora está radiante.

— Nia! — diz ele, estendendo os braços para olhá-la e em seguida puxando-a de volta para seu abraço. — Achei que todo mundo estivesse morto.

— A maioria está — diz ela em seu ombro e, mesmo contra sua vontade, começa a chorar novamente.

Ele acaricia seu cabelo até que seus soluços cessam.

— Sua família...? — pergunta ele.

— Não. Eles estão no litoral com meu irmão. A esposa dele acabou de ter bebê. Eu estava aqui com... Eu estava aqui. Eu me escondi.

Eles ficam em silêncio por um momento, e noto que ela não disse que estava aqui com Kata e os alquimistas. Então, quem quer que seja, esse homem não faz parte do Conclave.

— E quanto a Lirys? — pergunta o homem. — Você sabe de alguma coisa? Viu alguma coisa? Fui à loja de laticínios, mas o lugar foi destruído e eles sumiram... — Ele para de falar, olhando para Nia, esperançoso.

— Eu não sei — responde ela. — Sinto muito.

O homem assente, e seu olhar cai em mim.

— Então, quem é você?

— Twylla, este é Kirin. E Kirin, esta é Twylla. Ela é amiga de Errin — diz Nia para ele antes que eu tenha chance de falar.

Sua atenção se volta para Nia à menção do nome de Errin.

— Errin está aqui?

— Ela estava... — Nia olha para mim, impotente, e o homem segue seu olhar.

— O quê? — pergunta ele. — O que está acontecendo?

Ela respira fundo, uma respiração trêmula.

— Escute, talvez você devesse vir conosco. Podemos conversar no caminho.

— No caminho para onde? — pergunta Kirin.

— Você vai ver quando chegarmos lá. O que precisa ser em breve; o sol está se pondo.

Ele olha para mim mais uma vez, seus olhos se estreitam em desconfiança.

— Você tem algum lugar melhor aonde ir? — pergunto.

Ele balança a cabeça.

— Então devemos partir.

Quando sai da loja, percebo que está mancando; ele se apoia muito mais na perna esquerda do que na direita.

— Você confia nele? — pergunto baixinho quando Nia começa a segui-lo.

— Sim. Conheço Kirin desde que éramos crianças. Ele era amigo dos meus irmãos. Ele... gostou de mim, por um tempo, quando tinha cerca de treze anos. — Ela sorri. — Ele era três anos mais novo que eu, mas isso não o impediu de me seguir, ele e... — Seu sorriso desaparece e espero que ela continue. — De qualquer modo, isso é passado agora.

Ela sai da loja para onde Kirin espera, e eu a sigo, ficando atrás deles enquanto caminham, meus dedos no punho da espada, sempre atenta ao ataque. Eles falam baixinho, baixinho demais para que eu consiga ouvir, e então Kirin fica para trás e passa a caminhar ao meu lado.

— Então, você é lormeriana? — comenta ele, e eu assinto. — Você conheceu Errin em Almwyk?

— Não. Vim para Tregellan antes de tudo isso.

— Você morava em Tremayne?

— Scarron.

Ele assobia baixinho.

— Por que Scarron? Não há nada lá.

— Por isso mesmo.

Deixamos Tremayne através do Portão de Água, refazendo a rota que Errin e eu percorremos para chegar à cidade. Ficamos perto da lateral da estrada, Nia liderando, depois eu, com Kirin na retaguarda. A paisagem rural está estranhamente silenciosa, o caminho, enlameado pela chuva, e o ar tem cheiro de umidade. Percorremos quilômetros em silêncio, e luto contra onda após onda de cansaço. À medida que a noite cai, a temperatura cai também, e começo a tremer, envolvendo meus braços em meu corpo, sob o manto, o saco de facas recuperadas tinindo de leve a cada passo.

Então, finalmente, à esquerda, vejo formas enormes nas sombras, o cheiro acre de fumaça me atinge, e reconheço as estruturas de fazenda pelas quais Errin e eu passamos a caminho de Tremayne. A fazenda dos Prythewells.

Nia sai da estrada para os campos, indo em direção aos celeiros e galpões, e eu a sigo, a grama alta chicoteando contra minhas saias. Passamos pelas estruturas mais danificadas, agora nada mais que esqueletos, vigas irregulares e salientes feito costelas quebradas, as paredes queimadas, o cheiro de fumaça ainda no ar. Ela nos leva mais fundo no complexo de construções, até que deparamos com um celeiro que teve mais sorte que seus vizinhos. Uma metade está enegrecida, o telhado queimado, mas a outra metade parece muito mais robusta.

Assim que Nia abre uma pequena porta e nos leva para dentro, vejo Irmã Esperança, curvada como um corvo sobre uma pequena fogueira no fundo do espaço. Ela se levanta enquanto nos aproximamos, e parece ter envelhecido mil anos desde a última vez que a vi. Seu rosto está pálido, a pele esticada sobre os ossos, fazendo-a se parecer mais com um falcão do que nunca. Sua atenção passa de Nia para mim, finalmente descansando em Kirin, e algo muda em seus olhos.

— Ninguém mais?

— Não. — A voz de Nia é a mais gentil que já ouvi, mas Irmã Esperança recua, como se tivesse levado um soco. — Eu sinto muito.

Irmã Esperança balança a cabeça, descartando o pedido de desculpas.

— Você encontrou Twylla.

— Onde estão os outros? — pergunta Nia depois de um instante.

— Mandei Terra, Glin e os alquimistas para Tressalyn, com as Irmãs Honra e Sabedoria. Não havia sentido eles esperarem aqui, e grupos menores chamariam menos atenção na estrada. Quem é esse? — Ela olha para Kirin.

— Kirin Doglass. Ele é de Tremayne. Era aprendiz de ferreiro.

O olhar de Irmã Esperança percorre Kirin brevemente antes de voltar para Nia.

— Você recuperou alguma coisa do Conclave?

— Tudo está destruído. Nós trouxemos o que conseguimos. Não é muito.

Ela se ajoelha ao lado do fogo e começa a tirar os itens do saco: pão, maçãs, algumas bandagens de aparência suja e uma garrafa quase cheia de conhaque. Irmã Esperança também se ajoelha e arranca pedaços do pão, acrescentando-o a uma tigela que encontra dentro do saco.

Eu caio ao lado dela.

— Obrigada por nos esperar — digo, querendo falar alguma coisa.

Ela não responde; em vez disso, despeja um pouco do conhaque sobre os pedaços de pão, encharca-os, antes de se afastar, e pela primeira vez vejo o contorno inclinado de alguém deitado na esteira, longe do fogo. Irmã Coragem.

— Como ela está? — pergunto baixinho.

Irmã Esperança ainda não responde, mas balança a cabeça.

Nia pega o pão e se serve antes de oferecê-lo a mim. Eu pego um pedaço e o passo para Kirin, então me aproximo mais do fogo, grata pelo calor. Kirin senta ao meu lado, e Nia nos joga uma maçã e pega o conhaque. Recuso a bebida quando ela chega a mim, o cansaço já nublando minha mente, mas Kirin aceita e bebe demoradamente. Ficamos sentados em silêncio, ouvindo um ao outro mastigando nossas maçãs, o ocasional borrifo de líquido em uma garrafa e Irmã Esperança murmurando gentilmente para Irmã Coragem. Quando ela se move de volta para o fogo, a tigela ainda está cheia de pão.

— Ela está dormindo — diz, baixinho. — Não espero que volte a acordar. — Deixamos as palavras no ar, o peso delas, de tudo o que vimos esta noite, cair sobre nós. — Assim que ela estiver em repouso, vamos partir para Tressalyn.

— E quanto a Kata? E Silas e Errin? — insiste Nia.

Um olhar sombrio passa pelo rosto de Irmã Esperança.

— Nós vamos encontrá-los — diz ela. — Mas, primeiro, Tressalyn.

— Mas Kata...

— Meu filho, meu único filho, também foi levado — explode Irmã Esperança, depois se recompõe. — Se eu achasse que poderíamos resgatá-lo, resgatar todos eles, já estaríamos a caminho de Lormere agora. Mas não podemos. Twylla é nossa única esperança de derrotar Aurek para sempre. Para o bem maior de todos nós, levar Twylla para Tressalyn tem que ser a prioridade. Precisamos de uma estratégia; precisamos de um plano. — Ela faz uma pausa. — Silas e Kata lhe diriam o mesmo.

Sinto uma pontada de aborrecimento pelo modo como ela fala, como se eu não estivesse ali.

Mas, quando começo a perguntar qual é o plano dela ao chegarmos a Tressalyn, Kirin dispara:

— Eu não entendo. Quem são vocês? Onde está Errin?

O olhar de Irmã Esperança percorre cada um de nós, finalmente pousando em Kirin, causando outra onda de raiva afiada em meu peito.

— Você é de Tremayne. Estava lá durante o ataque? — pergunta ela.

— Não, senhora. Fui recrutado e lotado com o exército em Almwyk, mas escapei depois que o Príncipe Adormecido atacou e fiz meu caminho de volta para Tremayne. Minha noiva e sua família moram lá também. Ou moravam. Não sei se escaparam...

Irmã Esperança ignora o apelo na voz de Kirin e continua:

— E você conhece Errin Vastel?

— Sim, senhora. Cresci com Errin e seu irmão. Na verdade, Lief é meu melhor amigo.

Eu me viro para ele, boquiaberta, minha raiva temporariamente esquecida. Então foi por isso que Nia parou de falar sobre Lief mais cedo.

Kirin franze a testa.

— O que foi? — pergunta. — Por que você está me olhando assim?

Balanço a cabeça enquanto Irmã Esperança e Nia trocam um olhar.

— Então, Almwyk foi pego? — pergunta Irmã Esperança, chamando a atenção dele de volta para ela.

— Sim, senhora — diz Kirin. — Quatro noites atrás. O Cavaleiro Prateado veio com um exército e saqueou a cidade. Felizmente, todos os civis já haviam sido evacuados; restavam apenas os soldados e a Casa de Justiça. Eles mataram Almwyk, e eu... bem, eu fugi. — Kirin tem um ar desafiador. — Era isso ou morrer também.

— E as outras cidades? Tyrwhitt? Newtown? — pergunta Irmã Esperança.

— Não sei. Eu as evitei, apenas por precaução. Segui pelos campos e passagens. Vim direto para cá, o mais rápido que pude. Eu queria voltar para Lirys, minha noiva, e ficar o mais longe possível do Cavaleiro Prateado.

Todos nós permanecemos em silêncio; ninguém quer ser quem vai contar a ele.

— O quê? — pergunta Kirin novamente. — Por que vocês todas estão assim?

Eu lambo meus lábios e engulo em seco.

— Você diz que o Cavaleiro Prateado foi quem liderou a invasão?

Kirin assente.

— Foi. Eu lutei com ele. Ele quase me pegou.

Há uma pausa.

— Lief é o Cavaleiro Prateado — digo, por fim.

Ele olha para mim, as sobrancelhas juntas, piscando lentamente.

— Não. — Ele balança a cabeça e, em seguida, toma mais um gole da garrafa de conhaque. — Não. Não, eu acabei de lhes contar, lutei com ele. Ele quase... ele quase me matou. Lief não teria lutado comigo. Nós somos praticamente irmãos. — Kirin pousa a garrafa no chão e olha para nós, uma de cada vez. — Ele não faria isso. Ele não teria nada a ver com o Príncipe Adormecido, não Lief. Vocês estão enganadas. Vocês não o conhecem.

— Eu lutei com ele também. Enquanto ele estava ao lado do Príncipe Adormecido. Na minha casa. — Nia se aproxima e pega a garrafa. — Eu também o conhecia quase a vida inteira, lembre-se.

Kirin olha para ela boquiaberto, depois se levanta, cambaleando antes de encontrar o equilíbrio. Ele se vira e se afasta de nós, saindo do celeiro.

Nia se move, como se fosse atrás dele, mas Irmã Esperança balança a cabeça.

— Deixe-o.

De repente, eu me lembro de algo.

— Então você sabia, quando Silas curou Errin, que ela era irmã de Lief? — pergunto a Nia, e ela assente. — Mas você estava com raiva por ele querer ajudar. Por quê, se a conhecia?

Atrás de nós, Irmã Coragem geme, e Irmã Esperança vai rapidamente para o lado dela.

— Nós simplesmente não sabíamos... — Nia bebe novamente. — Sabíamos que Lief era o Cavaleiro Prateado. Isso era parte do motivo de Silas estar de olho nela.

— Parte?

— Você era o motivo principal. Lief era sua única conexão tregelliana. Nós pensamos que eventualmente você ia procurá-lo. — Não digo nada, e depois de um momento, Nia continua: — Mas não tínhamos certeza se Errin estava com eles ou não.

— Eu ainda não tenho certeza. — Irmã Esperança se junta a nós outra vez.

— Ainda? — começo, mas ela ergue a mão.

— O ataque ao Conclave aconteceu apenas algumas horas depois de ela ter chegado...

— Ela estava comigo. E, quando chegamos a Tremayne, tudo já havia sido devastado. Não tínhamos ideia de onde estávamos entrando. Não se esqueça de que ela teve a espinha quebrada por um de seus golens.

— E se isso fosse parte de um plano para atrair a filtrescente?

— Você acha que ela planejou ter suas costas quebradas? — zombo. — É um risco e tanto.

— Não é mais arriscado do que procurar emprego no castelo de Lormere e trabalhar para a louca rainha Helewys...

Minha nuca se arrepia desconfortavelmente quando me lembro de Lief e sua primeira traição. Errin estava procurando por mim, embora ela não soubesse que era eu. Foi por ele? Foi apenas o fato de minha identidade ter sido revelada quando já estávamos no Conclave que me salvou?

— Não — digo, minha voz como um chicote. — Ela teve a chance de me entregar no ossuário. Poderia facilmente ter dito a ele onde eu estava escondida. — Mais uma vez, algo me impede de dizer que foi ideia de Lief, que ambos os Vastels tentaram me esconder do Príncipe Adormecido. — Tudo poderia ter terminado lá embaixo. Ela poderia ter dito a ele que eu estava me escondendo, e ele poderia ter me matado e garantido sua segurança. Mas, por causa de Errin, isso não aconteceu.

Irmã Esperança olha para o fogo.

— Bem, espero que você esteja certa — diz ela, finalmente. Então também fica de pé, seguindo Kirin noite adentro.

Capítulo 3

Olho para o fogo, aguardando a volta de Irmã Esperança ou de Kirin, mas nenhum dos dois aparece, deixando-me sozinha com uma Nia taciturna e uma Irmã Coragem agonizante enquanto a noite chega. O olhar sombreado de Nia está focado no chão diante dela, a garrafa de conhaque presa frouxamente em seus dedos está quase vazia, e imagino que ela vai apagar em breve. Eu me viro para Irmã Coragem e descubro, surpresa, que ela rolou de lado. Seus olhos claros estão fixos em mim. Cuidadosamente, eu me aproximo.

— Posso ajudá-la? — pergunto. — Posso fazer alguma coisa por você?

Ela não fala por um momento.

— Não, criança. Você não pode.

— Eu sinto muito.

— Eu também. Não estou pronta, para ser sincera. Eu queria muito mais.

A honestidade sombria e escassa em suas palavras me faz olhar para ela com mais atenção e, com um sobressalto, vejo que não é velha; é mais nova que minha mãe e Irmã Esperança. Ela ainda está com seu capuz de três pontas, e penso em como parece desconfortável.

— Devo tirar seu capuz?

Seus lábios tremem.

— Por que não?

Eu o pego gentilmente e o tiro, revelando cabelos tão vermelhos quanto os meus, embora mais curtos e mais escuros onde estão grudados em sua cabeça pelo suor.

— Deuses, assim é melhor — diz, inclinando o queixo para o ar. — Obrigada. — Ela fica quieta por um instante. — Vocês todos são tão jovens — murmura, depois tosse, um barulho molhado e sufocante que faz seu corpo estremecer com a violência.

Irmã Coragem tenta se virar, mas vejo vermelho nos lábios, cobrindo os dentes. Eu me inclino, levantando sua cabeça com delicadeza, para que o sangue não a sufoque. Quando ela termina, limpo a boca com minhas mangas.

— Água — pede ela.

A mão de alguém surge diante do meu rosto, segurando uma taça, e me viro para encontrar Irmã Esperança de pé acima de mim.

Pego a taça e a levo aos lábios de Irmã Coragem. Ela engole o líquido, finalmente balançando a cabeça para me dizer que já está cansada, e eu a abaixo de volta para a esteira. Ela sorri de novo, então seus olhos se fecham e eu deslizo minha mão debaixo de seu pescoço. Ficamos imóveis, Irmã Esperança e eu, observando Irmã Coragem adormecer, sua respiração rasa, um chocalho na garganta. Quando olho em volta, vejo Nia deitada de lado junto ao fogo, a garrafa ainda em suas mãos.

— Precisamos conversar, Devoradora de Pecados — diz Irmã Esperança.

— Eu não sou Devoradora de Pecados.

— Amara está morta e você é sua filha mais velha e a única viva. Você *é* a Devoradora de Pecados. Suspeito que seja a última Devoradora de Pecados.

Todos os pelos do meu corpo se eriçam ao ouvir suas palavras.

— Então, precisamos conversar — continua Irmã Esperança. — Preciso conhecer suas intenções. Você vai fugir de novo? Ou cumprirá seu dever?

Meu dever. As expectativas de uma vida inteira pesam sobre mim: eu poderia estar de volta na cabana de minha mãe; poderia estar na câmara do Rulf. Eu poderia estar cantando para o rei Terryn. Poderia estar no ossuário, sentindo os fios da minha vida unidos como as tapeçarias que costumava costurar em uma torre em Lormere. Devoradora de Pecados. Daunen Encarnada. Envenenadora.

Tudo o que sempre fui, tudo o que sempre serei.

— Eu vou pará-lo, se é isso que quer saber — digo finalmente, sustentando o olhar dela.

É Irmã Esperança quem pisca primeiro.

— Como?

— Veneno, claro. Minha especialidade. Preciso de um alquimista e preciso de Errin. Ela pode desconstruir a poção, o Opus Magnum, e, com meu sangue, invertê-la para criar o único veneno que pode ser usado no Príncipe Adormecido. Com meu sangue adicionado ao veneno, teremos uma réplica do original usado nele. Nós podemos envenená-lo outra vez.

— Mas você entende que ele está tomando o Elixir? É por isso que precisa do meu filho. Enquanto beber um pouco por dia, ele será imortal. Não pode ser esfaqueado, esmagado ou morto. Ou mesmo mortalmente envenenado, imagino.

— O Elixir impediu que o veneno o matasse imediatamente da última vez, mas ainda assim o colocou para dormir. O que quer que haja no meu sangue, é forte o suficiente para, no mínimo, incapacitá-lo.

Irmã Esperança parece pensativa.

— E não há Bringer para coletar corações e acordá-lo novamente neste momento. Não há salvação para ele.

— Não — repito, minha voz baixa. — Mas isso não importará de qualquer maneira, porque vou matá-lo enquanto ele estiver dormindo. Pelo que sei, não se pode sobreviver a uma decapitação, não importa quantas poções beba ou quão mágico seja seu sangue. — Eu pareço muito mais corajosa do que me sinto de fato. — Então, vamos tirar a cabeça dele e mandá-la para longe do corpo. Vamos prendê-la em algum lugar, escondê-la nas montanhas. Afundar no mar. O que for preciso.

Irmã Esperança olha para mim com os olhos arregalados.

— Você não pode.

— Sim, eu posso. E você devia ter feito isso há anos. As meninas que perderam seus corações e suas vidas para ele ao longo dos séculos, Merek, todos em Lormere, Almwyk, Tremayne. Todos no Conclave. Suas mortes estão em sua consciência também. Meu ancestral pode ter colocado a maldição original sobre ele, mas foi seu povo que a perpetuou: escondendo-o em Tallith, protegendo-o, mesmo quando ele comia o coração de meninas inocentes.

Irmã Esperança abre a boca, mas eu não a deixo falar.

— Isso vai acabar. Agora. Tem que acabar. Caso contrário, o que o impede de voltar?

— E Lief Vastel? — dispara. — E quanto a ele?

Desvio o olhar dela para o fogo.

— Ele também tem que pagar — digo finalmente. Penso em seus braços em volta de mim, seus olhos sorridentes, a cadência musical de sua voz quando ele sussurrava em meu ouvido.

— Você poderia cortar o pescoço dele com uma espada? — pergunta ela.

Eu não hesito:

— Sim.

Pela primeira vez, Irmã Esperança me olha com aprovação.

Quando Irmã Esperança volta para o lado de Irmã Coragem, vou ver Nia, e a encontro inconsciente. Pego a garrafa de suas mãos e a cubro com um manto; não invejo a dor de cabeça que ela terá pela manhã. Quando tiro a garrafa para que ela não a derrube acidentalmente, sinto o cheiro do conhaque e tenho uma lembrança inesperada de estar em Lormere, de Merek levando um copo da bebida aos meus lábios enquanto Lief surgia atrás dele. A lembrança me tira o fôlego por um momento; sua força é avassaladora. Pouso a garrafa e me sento, olhando para a escuridão, pensando em Lormere, em Merek, em todas as coisas que ele esperava quando o trono fosse finalmente dele.

Kirin retorna, arrancando-me de meus pensamentos, mas sua expressão proíbe a conversa e ele pega a garrafa quando passa por mim, escondendo-se com ela no canto sombrio do celeiro. Acabo me sentando de volta com Irmã Esperança, cada uma de nós de um lado de Irmã Coragem, ouvindo sua respiração ofegante, contando os segundos entre cada uma. Mais de uma vez, acho que ela se foi e olho para baixo, só para vê-la arquejar de novo, enquanto se agarra à vida. Mais uma vez, me parece que ela é jovem, talvez jovem demais para ser abrigada em uma ordem religiosa. Mas as Irmãs de Næht não são uma ordem religiosa, não de verdade.

— Posso perguntar uma coisa? — digo, minha voz quase um sussurro, quando o fogo já baixou o suficiente para manter a maior parte de nossos rostos escondidos.

Irmã Esperança assente.

— Nenhuma das Irmãs é alquimista, é?

— Não. Se fôssemos alquimistas, não poderíamos desempenhar nosso papel público como uma ordem religiosa.

— Vocês não são uma ordem religiosa, são? Não de verdade — digo. Ela balança a cabeça, então continuo: — Mas, como você diz, as Irmãs tinham um papel público, então, certamente, as pessoas se aproximavam de vocês para participar. Como vocês conseguiram isso, em um lugar feito Lormere, sem estarem completamente escondidas como o Conclave?

Mais uma vez ela abaixa a cabeça em reconhecimento.

— Nós nos escondemos à vista de todos. Não há nada de suspeito sobre o que está bem na sua frente; Helewys não tinha motivos para se interessar por nós. Éramos freiras, silenciosas e devotas, nada mais. Não representávamos uma ameaça ou incômodo para ela. Nas raras ocasiões em que fomos abordadas, ou alegamos doença, ou insistimos que simplesmente não havia espaço. Além disso, estávamos nas Montanhas do Leste, difíceis de chegar, difíceis de encontrar.

Meus lábios se abrem quando me lembro de algo que Merek me disse, luas atrás. *"Há uma ordem fechada de mulheres nos pés das Montanhas do Leste. Ela pode passar os dias lá..."* Helewys teria ficado encantada em se encontrar no meio de todos aqueles alquimistas, ela estaria de volta ao seu trono em dias, e todo o plano de Merek teria saído pela culatra. Por um instante, eu me pergunto onde Helewys está agora, antes de voltar minha atenção para Irmã Esperança.

— Posso perguntar como você se juntou às Irmãs?

Ela fica em silêncio por um momento.

— Através do meu marido, o pai de Silas. Ele era um alquimista, claro. Abri mão da minha vida para viver na comuna, com ele. Recebi ordens após sua morte. Tive a sorte de ter um lugar disponível.

— Um lugar?

— Há apenas sete Irmãs de Næht por vez: Irmãs Coragem, Sabedoria, Paz, Amor, Verdade, Honra e Esperança. Cada uma de nós recebe o nome de uma das sete torres do castelo de Tallith.

Eu pondero isso:

— Então, houve muitas Irmãs Esperança?

— De acordo com nossos registros, sou a vigésima nona. Quando eu morrer, o título irá para outra. Bem, pelo menos deveria ir, se a Irmandade sobreviver a isto. Você tem que entender, a comunidade das Irmãs é... era muito menor que o Conclave. Havia apenas vinte e duas pessoas morando lá, incluindo as Irmãs, e apenas nove eram alquimistas. O Conclave abrigava setenta almas, embora menos da metade fosse alquimista. Eles são pessoas agonizantes.

Menos de cinquenta alquimistas no mundo todo.

— Nia disse que apenas cinco escaparam. Isso é verdade?

Irmã Esperança abaixa a cabeça.

— Daí a necessidade de levá-los a Tressalyn o mais rápido possível.

Ainda não estou convencida de que Tressalyn possa ser mais segura do que Tremayne, e meu rosto deve trair meus pensamentos mais uma vez, porque Irmã Esperança arqueia uma sobrancelha, antes de dizer com firmeza:

— Os alquimistas de Tregellan pagam bem por sua privacidade e sigilo. Uma boa quantidade de cofres de Tregellan está cheia de ouro alquímico. O Conselho vai querer proteger seu investimento, especialmente com a guerra aqui. Eles estarão seguros lá. E você também.

Franzo a testa.

— O que você quer dizer?

— Apenas que você estará protegida lá pelos melhores guardas que pudermos reunir, até que seja seguro.

— Não — digo em voz alta, fazendo Nia murmurar algo e rolar. — Não. Não vou me esconder.

— Devoradora... Twylla, você é nossa arma mais valiosa contra Aurek. Nossa única esperança de detê-lo.

Pela terceira vez penso em Lormere. Na minha torre. Minha prisão.

— Eu disse que não. Não vou me confinar. Se você quer que eu esteja em segurança, me ensine a me proteger. Me ensine a lutar. Mas não vou me sentar em um quarto, sangrar silenciosamente em uma tigela para você assim que tivermos o veneno, e esperar que tudo isso acabe. De novo, não. Nunca mais.

Ela me fita demoradamente.

— Venha, devemos descansar. — Ela se vira para Irmã Coragem, ainda agarrada à vida.

— Não, não faça isso. Não mude de assunto. Eu quero sua palavra — digo. — Que você não vai me confinar. Já recebi demonstrações de "pelo bem maior" antes e isso não me levou a lugar nenhum. Jure por seu filho que você não vai me aprisionar em Tressalyn.

Seus olhos firmes se fixam nos meus; seu rosto é cheio de linhas e bordas duras na luz fraca. O momento se prolonga, até que finalmente ela desvia o olhar.

— Juro pela vida de Silas que não vamos prendê-la.

Ela se move, sentando-se novamente ao lado da amiga, e eu me enrolo de costas para a parede do celeiro, de frente para o fogo e a forma inconsciente de Nia. À minha direita, mais fundo na escuridão, ouço Kirin se mexer. O chão é duro debaixo do meu corpo e me faz ciente de ossos que eu não sabia que tinha. Leva muito tempo para eu adormecer, mais ainda para lutar contra o rosto de Lief por trás dos meus olhos.

Quando a luz fria do amanhecer nos acorda, Irmã Coragem está morta.

Todos nós despertamos ao mesmo tempo, como se tivéssemos sido chamados por um alarme. Nia geme e segura a cabeça, e Kirin surge do canto em que se manteve, a expressão cautelosa. Parece que Irmã Esperança trocou a touca de Irmã Coragem à noite, e ela aparenta tranquilidade; seus olhos estão fechados, os braços cruzados sobre o peito.

Irmã Esperança está de pé junto ao corpo, as mãos apertadas com tanta força que os nós dos dedos ficaram brancos. Quando ela encontra meus olhos, há algo diferente ali. Alguma coisa selvagem e desajeitada. Mas, então, ela pisca e isso some, a líder prática e severa das Irmãs retornando.

— Ela descansou — diz. — Depois que vocês fizerem o desjejum e se prepararem, sairemos. Nia, você faz as honras. — Com isso, Irmã Esperança se vira e sai depressa do celeiro.

Minha boca está seca e há um sabor desagradável cobrindo minha língua. Eu me curvo e vasculho o saco de comida, puxando uma das maçãs restantes e dando uma mordida, saboreando o sumo azedo. A coleção de facas que peguei em Tremayne está no segundo saco; escolho as duas mais afiadas e enfio no meu cinto antes de seguir Irmã Esperança lá para fora.

Arquejo ao ver que ela tirou sua própria touca. Seu cabelo, cinza como ferro, está enrolado em volta da cabeça, e ela se vira ao som da minha surpresa.

Pousa o chapéu a seus pés e eu me movo para ficar ao seu lado. Ela parece menor sem o chapéu, e vejo a suavidade em seu rosto, o leve traço de linhas ali. Ela também descartou a vestimenta que usava; agora, usa uma simples túnica preta, com uma das capas que Nia trouxe em volta dos ombros. Eu lhe ofereço um pequeno sorriso e ela olha de volta para mim antes de se virar.

Aguardamos em silêncio, na luz cinzenta invernal, que Nia e Kirin se juntem a nós. Estamos a cerca de quatrocentos metros de distância quando me viro e vejo um pilar de fumaça, azul contra o céu nublado. O celeiro está pegando fogo de novo. Olho para Nia e ela dá de ombros. Chamas, penso. A maneira lormeriana de dispor de um corpo.

Nós nos arrastamos pelo interior árido, cada som e movimento fazendo meu coração bater violentamente contra minhas costelas. Quando um faisão passa pelo caminho bem à nossa frente, as asas batendo descontroladamente, Nia e eu gritamos, e até Kirin agarra sua túnica sobre o peito. Apenas Esperança permanece calma e alerta. Seguimos em frente, devagar por causa da perna de Kirin, mantendo um olho no sol enquanto ele cruza o céu, um buraco branco brilhando fracamente no céu sombrio. Paramos uma vez para encher os odres, nos revezando para beber a água salobra do rio, e giramos nossos ombros, esfregamos nossas panturrilhas. Quando chegamos a uma estrada mais larga — a Estrada do Rei, diz Kirin para ninguém em particular —, vejo faixas em que carrinhos esculpiram sulcos profundos na lama e, ao lado deles, pegadas de cascos e botas, muito mais rasas em comparação.

— Essas parecem recentes — diz Kirin, inclinando-se para olhar para elas.

— Nossa gente não tinha cavalos — afirma Irmã Esperança, agachando-se ao lado das pegadas e pressionando os dedos nelas.

Minha nuca se arrepia.

— Talvez sejam de pessoas fugindo de Tremayne — sugere Nia, esperançosa, antes de respirar fundo. — Espere. O que é aquilo?

Ela aponta para a distância e todos nós olhamos para cima mais uma vez.

À nossa frente, surgindo no horizonte, há uma massa indistinta, crescendo a cada momento até que finalmente se torna visível. Homens a cavalo. Cavalgando em nossa direção.

No mesmo instante, Kirin e Irmã Esperança se endireitam e sacam suas armas, Kirin puxando sua espada da bainha em seu cinto e Irmã Esperança sacando uma de dentro de sua capa. Nia segura uma faca em cada mão, e eu desembainho minha espada, agarrando o cabo com as mãos. Embora seja pesada, e eu não tenha ideia de como usá-la, segurá-la faz com que eu me sinta melhor.

— Twylla, vá! — grita Irmã Esperança para mim. — Nia, vá com ela. Escondam-se até termos certeza de que é seguro.

— Esconder-nos onde? — pergunta Nia, desesperadamente.

Não há lugar algum. Estamos no meio de uma estrada, em campo aberto. À nossa frente, as formas se tornam mais claras. São três, duas vestidas de preto. E, à sua frente, uma figura de prata.

O Cavaleiro Prateado.

Lief.

Capítulo 4

— O que vamos fazer? — sussurro.

— *Nós* vamos detê-los — diz Irmã Esperança, olhando para Kirin, que acena com a cabeça severamente. — Você e Nia, corram.

— Nós nunca vamos conseguir. — Olho em volta freneticamente. Há apenas campos abertos, sem árvores ou valas. Sem cobertura.

— Twylla. — A voz de Nia treme, mas seu olhar é firme. — Não temos escolha.

Então eu corro. Ouço Nia atrás de mim, então ao meu lado, nossas pernas e nossos braços se agitando enquanto avançamos. Não demora muito até que meus pulmões comecem a arder e a dor surja em meus flancos. É quando ouço metal batendo contra metal atrás de mim e cometo o erro de me virar, ainda correndo, para olhar.

Irmã Esperança puxou um dos homens de seu cavalo e vejo quando a espada dela se crava nele. Kirin está lutando contra o outro homem, que ainda está montado, seu cavalo empinando e relinchando enquanto tenta evitar as investidas de Kirin.

E Lief está nos seguindo.

Ele não usa capacete, mas sua boca e seu nariz estão cobertos com um pano preto, o cabelo amarrado para trás, longe do rosto. À medida que se aproxima de nós, seus olhos verdes se fixam em mim, brilhando de concentração.

Corro mais rápido, o som de cascos batendo no chão atrás de mim, ficando mais alto. Olho para Nia e vejo o terror em sua expressão, sua boca aberta em um grito silencioso.

Eu me viro de novo, a tempo de ver Lief levantar o braço para balançar sua espada, e empurro Nia para fora de seu caminho, enviando-nos para o chão.

Ele passa trovejando, incapaz de parar o cavalo a tempo, e aproveito para ficar de pé e correr pelos campos, gritando para que Nia faça o mesmo.

Aposto que sou o grande prêmio e que ele vai deixar Nia em paz, e estou certa; Lief vira o cavalo e vem atrás de mim.

Mas ele que vá sonhando que pode me pegar assim tão facilmente.

Continuo correndo, ainda segurando minha espada. Mais uma vez o som dos cascos me permite saber que ele está se aproximando, e me viro para ver que Lief está quase em cima de mim, com uma das mãos estendida, os dedos tentando me alcançar. Agito minha espada descontroladamente, errando tanto ele quanto o cavalo, e então há uma dor aguda em meu pescoço, meus pés são arrancados do chão debaixo de mim, quando seu punho se fecha ao redor do capuz da minha capa. Solto a espada, minhas mãos arranhando meu pescoço, lutando para respirar enquanto estou sendo arrastada atrás dele.

Alguém grita e minha visão começa a ficar embaçada. Eu me atrapalho com o fecho do manto, tentando soltá-lo. Mas ele não cede; em vez disso, parece que está ficando mais apertado, e percebo que, se eu não conseguir soltá-lo logo, vou morrer, aqui e agora.

Minhas pernas batem inutilmente no chão embaixo de mim enquanto Lief continua, sem saber ou sem se importar que estou sendo estrangulada, e não há nada, nada que eu possa fazer para parar, para me salvar. Uma raiva contra meu próprio desamparo me inunda, e sinto as batidas finais e frenéticas do meu coração em todas as partes do meu corpo enquanto a escuridão começa a se fechar. Arranho meu pescoço, meu peito em chamas, meus pulmões gritando por ar. *Não*. Não desse jeito.

Então há um leve clique, quase como um suspiro, quando o fecho finalmente se abre e estou livre, sugando uma respiração ofegante enquanto caio. Bato no chão e rolo até parar. A dor lancinante explode em minhas costas, mas não espero, me esforçando para ficar de joelhos, tossindo, e depois de pé, ignorando a dor que me faz querer vomitar, os arranhões vermelhos em meu pescoço, o fogo ainda em meus pulmões enquanto engulo ar.

Um olhar por cima do ombro mostra Lief jogando meu manto no chão enquanto ele diminui a velocidade do cavalo o suficiente para dar meia-volta, seus olhos iluminados com malícia. Eu me viro para correr e vejo Irmã Esperança cavalgando em minha direção, os olhos arregalados, e então diminuo o ritmo, olhando entre ela e Lief enquanto ambos cavalgam para mim.

Irmã Esperança me alcança primeiro, estendendo a mão, e eu pulo, de algum modo conseguindo colocar meu pé no estribo e me lançando sobre as costas largas do cavalo, aterrissando mais ou menos atrás dela. Ela vira o cavalo antes de eu me equilibrar na sela, e olho de novo para ver Lief a uns cinco metros de nós. O lenço caiu e suas feições estão retorcidas de fúria: os lábios se curvaram, os dentes à mostra. Antes que eu perceba, a faca no meu cinto está na minha mão e a arremesso desesperadamente.

As mãos dele se erguem tarde demais para se proteger, e, surpreendentemente, o punhal acerta em cheio, enterrando-se em seu rosto e o mandando para o chão. Ele fica lá, imóvel.

Irmã Esperança açoita o cavalo, esporeando-o de volta para onde Kirin está ajudando Nia a subir na outra montaria. Ambos os homens de Lief estão mortos na lama.

— Vastel? — Kirin chama quando ele se levanta atrás de Nia.

— Apenas vá! — grita Irmã Esperança.

Enquanto cavalgamos, olho para trás mais uma vez e vejo Lief cambaleando, as mãos segurando a cabeça. Como se sentisse meu olhar, ele as abaixa.

Vejo vermelho onde deveria estar seu rosto.

Saímos da estrada o mais rápido possível, cavalgando a toda a velocidade em campos áridos e através de pequenos bosques, até chegarmos ao rio Penaluna e começar a segui-lo para o sul. A princípio, galopamos, desesperados para colocar tantos quilômetros entre nós e Lief quanto possível, apenas diminuindo a velocidade quando se torna aparente que os cavalos não aguentam mais. Ainda assim: mudamos de direção, indo de lado, pegando rotas tortuosas, tentando confundir as trilhas que estamos deixando. Só depois de horas terem se passado, as sombras se alongando na grama, e de nos depararmos com um pequeno bosque perto do rio, é que Irmã Esperança acena sombriamente e puxa as rédeas para baixo, chamando Kirin e Nia para que paremos. Assim que deslizo do cavalo, dolorida depois de meses fora de uma sela, desço até a margem do rio e olho para a água cinzenta, esperando que isso limpe da minha mente a imagem do rosto ensanguentado de Lief.

Fico surpresa quando Kirin chega e se senta ao meu lado. Continuo em silêncio, meio perdida em meus pensamentos, meio esperando que ele fale. Passa muito tempo antes que finalmente o faça.

— Como está seu pescoço? — pergunta.

Levo minhas mãos à pele em carne viva. Tenho sorte de minha traqueia não ter sido esmagada.

— Dolorido. Mas minha cabeça ainda está presa a ele, então poderia ser pior.

Ele não sorri.

— *Você* está bem? — pergunto, depois de um tempo.

— É só que... Eu cresci com ele. Sinto como se... — Ele para, balançando a cabeça. — Nia me contou tudo enquanto cavalgávamos. Sobre você.

E ele. E Errin. E o que ele fez em Lormere e em Tremayne. — Kirin olha fixamente para a água. — Ele era como um irmão para mim. O Lief que eu conhecia não faria isso. Ah, eu sei — diz ele rapidamente quando abro a boca para argumentar — que as pessoas podem mudar. Vi o que ele fez. Mas não consigo fazer com que aquele Lief corresponda ao da minha cabeça, entende?

— Sim, entendo — digo tão baixo que não tenho certeza se ele me ouve. Conheço muito bem esse sentimento.

Ficamos em silêncio, mas mesmo assim não ouço Irmã Esperança chegar atrás de nós.

— Estou preocupada — diz ela, fazendo-nos saltar. — Vastel estava vindo da direção da Estrada do Rei. E essa é a estrada que as Irmãs e os alquimistas teriam usado para ir a Tressalyn...

Kirin franze a testa.

— Eles não tinham prisioneiros.

A boca de Irmã Esperança se contrai em uma linha.

— Não. Mas isso não significa que não os encontraram.

— Vou até lá verificar — oferece ele.

Ela hesita, e posso ver que está dividida. Então, balança a cabeça.

— Não. Não acho que nos separarmos seja uma boa ideia. Além disso — ela olha para o céu —, vai escurecer dentro de uma hora. Sugiro que acampemos aqui à noite e nos levantemos à primeira luz.

— Acampar aqui? — Nia se juntou a nós e não parece mais animada com essa ideia do que eu.

— É abrigado e perto da água. É fora da estrada. É o melhor que vamos encontrar.

Nia arregala os olhos para mim, como se esperasse que eu protestasse. Eu queria poder, mas que alternativa temos? Dou de ombros.

Com base no modo como sua boca se aperta, suspeito que Nia nunca tenha dormido ao relento, assim como eu. Na viagem para Scarron, eu e a escolta que Merek me forneceu ocupamos quartos em pousadas, seguindo um mapa traçado por ele, detalhando lugares onde ficar, pessoas a quem procurar, até mesmo sugestões de comida tregelliana para pedir para o jantar, todo o conhecimento que ele aprendeu em seu progresso. Para uma fugitiva, fui surpreendentemente bem tratada. Mas sobrevivi ontem à noite no chão do celeiro. Talvez acampar não seja tão ruim quanto imagino.

Previsivelmente, é pior do que pensei. Quando a noite começa a cair, cai rápido; comemos o último pão, compartilhamos um pouco de água, e então mal posso distinguir meus companheiros enquanto nos deitamos em nossas capas, procurando o pedaço mais macio de terra. O celeiro era quente e protegido. Havia paredes. Eu não fazia ideia da importância das paredes.

Posso dizer pela respiração de todos — rápida, irregular —, e pelo constante movimento e viradas, que nenhum de nós está dormindo. Mas ninguém fala. O barulho do rio é alto demais para ser ignorado, e de vez em quando surgem salpicos que são apenas peixes, mas que minha imaginação transforma em homens se aproximando. Os galhos nus de inverno acima de nós se estendem como braços, iluminados por um céu muito cheio de estrelas para ser reconfortante. Depois de um tempo, começamos a nos aproximar, até estarmos todos deitados um ao lado do outro, como meus irmãos, Maryl e eu fazíamos quando crianças. Posso sentir Nia tremendo na minha frente, e não sei se é por causa da temperatura baixa ou se ela está chorando. Em contraste, Irmã Esperança ainda permanece como uma pedra. Mas nenhum de nós dorme ou fala.

O amanhecer leva uma eternidade para chegar, e, quando chega, estou rígida de frio, meu corpo dói e fico silenciosamente furiosa com nada em particular. Não sou a única; Nia repreende Kirin quando ele termina com a água, embora ela tenha acabado de beber um pouco, e Irmã Esperança briga com os dois. Fico calada e me aproximo dos cavalos, encostando-me neles, respirando o cheiro reconfortante de feno e calor. Eles parecem ter resistido bem à noite.

Estamos em movimento menos de uma hora depois do amanhecer, e não demoramos muito, usando a bússola de Kirin, para voltarmos à Estrada do Rei. Até então, estou com sono, embalada pelo passo do cavalo, encostada em Irmã Esperança, mas assim que a pista larga aparece fico alerta, e Irmã Esperança também se empertiga. Não vemos outros viajantes, mas poderíamos fingir vê-los porque é quase inverno, e acho que nenhum de nós acredita nisso. Não há gado nos campos ao nosso redor, nem as aves estão piando. Parece que estamos no fim do mundo.

Sinto um tremor percorrer Irmã Esperança um segundo antes que ela golpeie a barriga do cavalo, colocando-o em um galope imediato e me forçando a me encolher contra ela para permanecer montada. Atrás de nós, ouço Kirin xingar e aperto meus braços ao redor da cintura de Irmã Esperança enquanto voamos pelo chão. Quero olhar, quero ver o que está nos perseguindo. Quero saber se é ele. Quando ela nos faz parar, fico surpresa; levo a mão à faca no meu cinto, pronta para me defender.

Então os vejo.

Como se ela fosse uma marionete e suas cordas tivessem sido cortadas, Irmã Esperança fica mole em meus braços; se eu não a segurasse, ela cairia do cavalo. Pego as rédeas de seus dedos, enquanto Kirin diz a Nia para não olhar.

Eu olho.

À nossa frente, por cima dos ombros de Irmã Esperança, vejo duas formas, vestidas em túnicas pretas, em pé contra as árvores de cada lado da estrada. Levo um momento para entender o que há de errado com a imagem, perplexa com as palavras de Kirin. Então, com uma onda doentia de compreensão, percebo.

Há uma extensão de tronco, de mais de um metro e meio, entre as extremidades de suas vestes e o chão. Elas não estão de pé contra as árvores: estão presas nelas.

Kirin salta de seu cavalo, de algum modo carregando Nia com ele, que a põe no chão, onde ela cai de joelhos, de costas para a cena diante de nós.

Ele estende os braços para Irmã Esperança e ela se joga neles sem nenhum esforço para manter-se de pé. Kirin a leva até Nia e as duas se abraçam, e vejo a boca de Irmã Esperança escancarada em um grito silencioso. Nia a recebe em seus braços e começa a chorar ruidosamente.

Sem dizer nada, Kirin e eu caminhamos para a frente.

De cada lado da estrada, as Irmãs Honra e Sabedoria foram pregadas nas árvores.

Seus olhos estão fechados, os braços acima da cabeça, muito acima de onde um homem poderia alcançar. Não consigo entender como isso é possível, até me lembrar dos golens.

Então Kirin xinga novamente, eu me viro e vejo mais dois corpos em uma vala ao lado da estrada. Um homem e uma mulher. Nenhum deles tem o cabelo branco revelador dos alquimistas. Os civis que Nia mencionou; Terra e Glin, foi como Irmã Esperança os chamou.

— Deve haver outros — digo baixinho para Kirin. — Cinco alquimistas. As Irmãs os estavam levando para Tressalyn para sua segurança. — Olho para Sabedoria e Honra. Lembro-me de seus rostos frios e severos no Conclave. Olho de volta para Esperança e Nia, ainda de joelhos e abraçadas.

— Lief não poderia ter feito isso. — Gesticulo para as Irmãs, mantendo minha voz baixa. — Não sozinho. Na verdade, duvido que tenha sido trabalho de homens.

— Golens — diz Kirin, e eu assinto. O que mais poderia ter sido? — No entanto, ele estava viajando em nossa direção — continua Kirin. — Longe daqui, de volta para Tremayne. Por quê? Por que voltar?

Cubro minha boca com a mão enquanto a compreensão me domina. Ele estava voltando atrás de nós — ou pelo menos de Irmã Esperança e de Nia. Alguém deve ter nos entregado.

Não posso imaginar nenhuma Irmã revelando segredos, não importa o que fosse feito com elas. Tudo o que sei sobre elas torna isso improvável. Mas os alquimistas, talvez. Ou os civis. Se eles achassem que isso salvaria seus amigos...

Pelo modo como Kirin olha para mim, sei que ele chegou à mesma conclusão.

— Onde estão os golens agora? — pergunto finalmente, virando e examinando os campos, com medo de que eles apareçam diante de nós.

Kirin solta um longo suspiro.

— Os rastros que encontramos ontem antes de vermos Lief... havia muitos. Mais do que apenas ele e os dois homens. Meu palpite seria uma porção de homens do Príncipe Adormecido, incluindo Lief, que partiram para o sul, e em algum momento encontraram as pessoas aqui e... — Ele faz uma pausa e olho sem querer para as Irmãs. — Acho que eles teriam continuado depois, e Lief e os homens que matamos voltaram. O que significa que Tressalyn foi tomada. Não estaremos seguros lá.

— Não. — Tenho que desviar o olhar dos corpos. As posições são tão antinaturais que não parecem reais.

— Penaluna é perto. — Kirin está dizendo. — Fica nas montanhas. Tenho parentes lá. Eles nos esconderiam até que pudéssemos descobrir o que fazer. Nós poderíamos nos esconder lá e...

— E então o quê? — Algo se inflama dentro de mim como ácido, ou fogo, e levanto meu queixo, minha mandíbula apertada. — Até onde sabemos, o Príncipe Adormecido pegou todos os alquimistas que encontrou e matou todos os outros. Ele está ganhando, Kirin.

— É por isso que precisamos nos reagrupar...

— Não. — Minha veemência me surpreende. — Estou cansada de fugir.

— Então para onde?

— Lormere — digo. — Nós temos que ir para Lormere.

Kirin realmente ri.

— Você ficou louca? Lormere, que ele invadiu com dois golens e ganhou em uma noite? Lormere, que ele tornou completamente subserviente em menos de três luas? Twylla, Lormere é a sede de seu poder.

— Exatamente. Aposto que foi para Lormere que ele levou Errin e Silas. E os outros alquimistas. Precisamos resgatá-los se quisermos ter uma chance de destruí-lo. — Eu me lembro do que Irmã Esperança disse sobre se esconder em plena vista de Helewys. — Além disso, é o último lugar a que ele espera que eu vá.

— Não podemos simplesmente invadir o castelo, Twylla — afirma Kirin. — Somos quatro. Precisamos reunir forças, procurar amigos...

Eu o interrompo:

— Então faremos isso.

— Como exatamente?

— Nia lhe contou o que eu era? — pergunto, e ele balança a cabeça. — Eu era Daunen Encarnada. Eu era *esperança*. Para o povo de Lormere, *sou* a representação viva do triunfo sobre as adversidades extremas.

Kirin arqueia as sobrancelhas, sua expressão cética.

—Ah, eu sei... — Empurro seu ombro suavemente quando ele faz menção de me interromper. — Eu sei que tudo isso foi inventado. Eu *sei*. Lief Vastel me ensinou isso. — Seus olhos se arregalam, mas continuo: — Mas isso não importa. Não importa se é real ou não, desde que as pessoas acreditem. Enquanto as pessoas acharem que a vinda de Daunen Encarnada é um sinal. Um sinal de que a guerra será vencida.

Ele olha para mim.

— Twylla, isso é loucura. Se ele souber que você está viva e conspirando contra ele, logo virá atrás de você.

— Ele vai fazer isso de qualquer maneira, mais cedo ou mais tarde, independentemente de onde eu esteja, se estou me escondendo ou lutando. Então, estou *escolhendo* lutar. Nós vamos para Lormere. Pelas estradas secundárias e pelos bosques. Pelo caminho, vamos reunir os apoiadores que pudermos. Esse é o nosso plano. Vamos lá.

Pego Kirin pelo punho e o puxo de volta para Esperança e Nia.

— Eu sinto muito — digo quando elas olham para nós. — Sinto muito mesmo. Ele vai pagar por isso. Eu juro para vocês, vou fazê-lo pagar por isso. Eu estava falando sério no celeiro. O começo do fim é agora.

Nia e Esperança olham para mim e por um momento não há nada em suas expressões; é como se tivessem sido esvaziadas. Mas então Kirin puxa seu punho do meu aperto e pega minha mão por um instante, apertando-a. Eu olho para ele, que assente. E, quando me viro para Irmã Esperança e para Nia, há uma faísca em seus olhos e uma pergunta.

— Nós vamos para Lormere — digo.

Uma pausa. Então:

— Sim — diz Irmã Esperança com uma voz afiada, a mão deslizando até o punho de sua espada. — Sim.

A Torre da Sabedoria

A boticária está sentada na extremidade de uma longa mesa, em uma sala repleta de livros. Ela está jogando um jogo. No extremo oposto da mesa, o príncipe trabalha, um mapa aberto na superfície de madeira marcada, cada canto preso por um golem em miniatura. À medida que ele move um simulacro inanimado pelo mapa em direção a um inimigo composto de bonecos mais crus e malformados, um dos golens da ponta parece levantar o braço e coçar o cotovelo. O príncipe ergue os olhos de sua estratégia, fitando a criatura de barro, observando enquanto ele termina de cuidar de sua aparente coceira, e então volta a fixar o mapa no lugar. Tudo na sala é imóvel, exceto pela boticária, que continua seu jogo, batidas ritmadas que emanam de onde ela está sentada.

Quando o golem se move de novo, aparentemente alternando o peso de seu corpo, o príncipe o esmaga na mesa, até que tudo o que resta é uma mancha de barro.

Ele olha para a boticária.

— Não é bom quando eles começam a fazer o que querem.

A garota o ignora. Está ocupada com seu jogo.

Ela está jogando há tanto tempo quanto ele planeja sua batalha. O Jogo da Faca, é o nome. Tudo o que ela precisa fazer é abrir a mão sobre a mesa e, em seguida, enfiar a lâmina nos espaços entre os dedos, repetidamente. Ela se tornou muito rápida e muito boa.

O príncipe gosta do som que a faca faz quando perfura a madeira. Se a boticária faz isso corretamente, há um ritmo maravilhoso, uma batida percussiva, como um coração. Ele também gosta do medo em seus olhos enquanto ela joga. Suas mãos são muito valiosas para ela; a ideia de perder um dedo ou cortar um tendão a aterroriza. Claro, se isso acontecesse, ele poderia dar a ela um pouco do Elixir. Mas ela não tem certeza de que ele o faria. O príncipe não precisa dela para ter mãos, afinal. É isso que torna tudo tão divertido para ele, que também não sabe o que faria se ela errasse. Ele espera que mais cedo ou mais tarde ambos descubram.

Quando ela acelera, ele também o faz, movendo seus bonecos pelo mapa na guerra para a qual está sempre se preparando.

É uma indulgência; ele não acredita que vai conseguir a guerra que quer, porque seus inimigos são covardes. Eles se escondiam embaixo da terra enquanto tramavam contra ele, e o príncipe não espera um desafio honesto e digno deles. Adoraria encontrá-los em batalha; ele e seu Cavaleiro Prateado, comandando exércitos de homens e golens. Agora seria o momento perfeito para isso; ele é inconquistável, incomparável. Mas não acredita que vá acontecer. Acredita que o fim virá de uma só vez, depressa — uma flecha, um erro. Não dele, claro. Dela. A garota Devoradora de Pecados. A herege. Quase todos os seus aliados estão mortos ou sob o poder dele. E ele tem certeza de que ela não encontrará novos. Ela é a única ameaça para ele, na verdade. Depois que ela se for — o que realmente não vai demorar muito —, tudo estará acabado.

Mas ele está gostando muito de planejar sua guerra.

O príncipe faz uma pausa e observa a garota jogar o Jogo da Faca. A faca brilha. A boticária sente os olhos dele e franze a testa, tentando se concentrar. O ritmo diminui à medida que ela se concentra, depois acelera quando ela se domina. Isso o irrita, essa confiança, e ele leva a mão ao bolso onde mantém o simulacro dela. A boticária olha para esse gesto agora familiar, e neste segundo a faca escorrega e ela grita. O príncipe sente o cheiro de seu sangue antes de vê-lo, ferro e sal, e lambe os lábios involuntariamente.

A faca faz barulho sobre a mesa e a boticária a pega, mesmo sangrando, incapaz de desobedecer à instrução que lhe foi dada para continuar jogando. O príncipe puxa o simulacro de dentro da túnica e desenrola um pedaço de papel que envolvia o boneco pelo meio.

A mão da boticária congela quando o comando é quebrado e seu corpo é devolvido a ela.

Ela olha para a faca, depois para o príncipe, e, de repente, parece que as paredes se moveram, estreitando-se, até parecer que estão apertadas, mesmo estando separadas.

— Faça isso. — As palavras são sedutoras, um sussurro de um amante no escuro. — Vá em frente, Errin. Faça isso.

O sangue da boticária pinga na mesa, um eco surdo do som anterior ao da faca.

— Não há mais ninguém aqui. — O príncipe gesticula ao redor da sala. — Sem guardas. Nenhum criado. Só você e eu. — Ele olha para o simulacro dela e o levanta, jogando-o pela mesa para que fique ao alcance dela. — Aí está. Agora não posso fazer nada.

O peito da boticária está agitado. Seus dedos se contorcem e o príncipe sorri.

Então, lentamente, ele vira as costas para ela. Puxa seu cabelo até que ele caia sobre o peito.

— Bem nas costas, Errin. Você vai me apunhalar, não vai? — sussurra, sua voz ecoando fracamente.

Ela o observa, hesitante. Pega a faca e olha para ela, o menor indício de vermelho na ponta que a cortou.

De repente, ele está ao seu lado, tomando a faca gentilmente de suas mãos. Ele lambe o ponto de sangue da ponta e depois a pousa, pegando a mão dela. Leva o dedo ferido à boca e o chupa, seus olhos dourados fixos nos olhos verdes dela enquanto faz isso.

Sua língua passa sobre a ferida e depois ele a solta. Quando ela olha para o corte, o sangramento parou.

— Entendo que você não quer nenhum Elixir — diz o príncipe, e sua voz é rouca, fazendo a boticária se lembrar de outra pessoa.

Ela balança a cabeça, incapaz de desviar os olhos dele.

Então ele bate nela, com força, fazendo-a soltar a faca que ela não sabia que tinha pegado novamente.

— Não é bom quando eles começam a fazer o que querem — repete o príncipe. — Saia da minha frente.

A boticária se vira e corre.

Um estrondo à sua esquerda a faz parar, e ela vê a faca cravada na moldura da porta, a centímetros de sua cabeça. A faca treme, e a boticária sente os próprios membros começarem a tremer. Ela não olha para o príncipe enquanto foge.

Capítulo 5

Não conheço Tregellan bem o suficiente para nos guiar de volta até Lormere, então Kirin assume o comando em direção a Almwyk. Cavalgo com ele agora, sentada à sua frente no cavalo malhado, minhas coxas se esfregando contra uma sela feita apenas para uma pessoa.

Ao nosso lado, Nia cavalga com Irmã Esperança, em sua própria bolha particular de choque e pesar. Nenhuma das duas falou desde que decidimos ir para Lormere. Mas, de vez em quando, noto pequenos movimentos e me viro para ver os dedos de Irmã Esperança descendo até o cabo de sua espada enquanto uma expressão feia atravessa seu rosto. Em minha mente, vejo Lief despencar outra vez de seu cavalo, o rosto sangrando por causa da minha faca, depois me lembro das mulheres nas árvores, estendidas feito brinquedos. A cada vez, isso faz uma raiva densa se agitar dentro de mim, e sinto meu maxilar apertar com o desejo de fazer algo violento.

Conseguimos descer os corpos — Kirin agarrado à árvore com força, me segurando pelas pernas enquanto eu soltava os grossos pregos de ferro que as mantinham presas, e Irmã Esperança e Nia esperando para pegá-las. Estavam rígidas e frias, mas Irmã Esperança abraçou cada uma delas e beijou suas bochechas marmorizadas. Não tínhamos pás para enterrá-las, então as colocamos na vala ao lado de Terra e Glin, cobrindo-os com folhas e galhos caídos, qualquer coisa para protegê-los dos animais que certamente viriam.

— Precisamos manter o sol atrás de nós — diz Kirin pela terceira vez desde que começamos a ir para o leste, e o sinto olhando para trás, por cima do ombro. Eu também olho, procurando aquele fraco disco brilhante atrás de um manto de nuvens. — Logo virá o crepúsculo. Vamos parar a alguns quilômetros de Newtown e acampar lá. Então amanhã chegaremos a Almwyk e, a partir daí, estaremos na floresta.

— Seria melhor viajar à noite — sugere Nia do outro cavalo. — Estamos muito visíveis durante o dia.

— Preciso do sol para nos orientar se vamos para Lormere.

— Use as estrelas.

— Não sei fazer isso. — A voz de Kirin é firme.

— Estamos mais seguros avançando durante o dia — diz Irmã Esperança, silenciando os dois. — Durante o dia, ao menos podemos ver o que está se aproximando de nós. Ou nos seguindo. À noite, somos cegos.

Cerca de uma hora depois, temos a prova de que ela está certa. Espiamos pontos negros no horizonte que logo se tornam cavaleiros, e sinto Kirin ficar tenso, meu próprio estômago se revirando de medo. Retardamos os cavalos. Eu saco a faca do meu cinto.

Minhas mãos estão úmidas e escorregadias quando eles se aproximam, duas figuras envoltas em mantos grossos. Impossível dizer se são homens ou mulheres, tregellianos ou lormerianos, e a faca parece frouxa em minha mão. Eu aperto mais, inspiro e expiro devagar, pronta para reagir se nos atacarem. Mas as figuras seguem em frente, passam por nós, mantêm os rostos cobertos, e eu me sinto mal, pois a adrenalina que me inundou não tem saída. Quando Kirin se inclina para a frente e pergunta em voz baixa se estou bem, olho para baixo, vejo a faca tremendo e a coloco de volta no cinto.

Acampamos perto de um riacho a três quilômetros de Newtown, e, após uma pequena discussão entre Kirin e Irmã Esperança sobre quem é mais capaz, ela se dirige sozinha para a cidade a pé, à procura de suprimentos, deixando os cavalos conosco. Meu estômago está muito vazio e rezo para que haja comida em meu futuro; não me lembro da última vez que passei tanto tempo sem comer. Olho ao redor sem entusiasmo em busca de frutos ou raízes, mas é quase inverno e não sou exatamente uma especialista em busca de alimentos ou sobrevivência. Errin saberia, se estivesse aqui, penso, e meu estômago revira novamente. *Por favor, permita que ela esteja bem*, faço uma prece silenciosa para quem ou qualquer coisa que esteja ouvindo, e volto para onde Nia e Kirin estão sentados em silêncio. Dentro de uma hora, quando Irmã Esperança retorna, seus olhos estão arregalados.

— Newtown foi tomada — anuncia ela, desmoronando ao nosso lado e passando a mão pelo cabelo. — Os portões foram erguidos. Não são grande coisa, postes de madeira com arame entre eles, mas há homens patrulhando e usam o sinal do Solaris em braçadeiras. Não vi mais ninguém, provavelmente há um toque de recolher.

— Havia golens? — pergunto.

— Não vi nenhum. Mas imagino que sim.

— Não há comida, não é? — pergunta Nia.

Irmã Esperança balança a cabeça.

— Sinto muito.

Então, passamos outra noite horrível no chão, tornada ainda pior pela garoa gelada que começa uma hora depois de dormirmos e persiste até que eu possa senti-la em meus ossos. Nem sequer fingimos direito esta noite, aconchegando-nos juntos como filhotes de raposa enquanto a chuva nos cobre, tremendo em sincronia. Assim que meu corpo fica entorpecido o suficiente para permitir uma espécie de sono, o céu começa a ficar cinza e Irmã Esperança se levanta, acabando com nosso aninhamento e fazendo com que todos nos levantemos. Parece que nenhum de nós está acostumado a ficar sem comida, como evidenciado pelo coro de roncos zangados que soam de nossos estômagos quando tentamos enchê-los com a água do riacho. Checamos os cavalos, e então pegamos a estrada, contornando Newtown antes que o sol tenha de fato nascido.

Estou exausta demais para falar, minhas roupas estão úmidas e começando a feder, meu estômago ronca sem parar, parecendo que há um animal zangado preso ali, me roendo. Nia está encurvada e tem os braços cruzados sobre a barriga, e o rosto de Irmã Esperança parece emaciado. Precisamos encontrar comida, e depressa.

Vemos outro grupo de figuras no horizonte logo após o meio-dia, e imediatamente a mortalha que caiu sobre nós se ergue, quando nos tornamos alertas para uma ameaça, meu coração pulando em um padrão agora familiar de batidas nervosas, ao mais uma vez desembainharmos nossas armas e esperarmos.

Logo fica evidente que eles estão a pé, dois deles, vestidos com lã marrom, não com armaduras, e o alívio que sinto é espelhado no rosto da mulher do casal, que embala um pacote junto de seu peito. Fazemos nossos cavalos pararem ao lado deles e o pacote nos braços da mulher se solta, revelando não ser, como eu esperava, uma criança, mas um pequeno cachorro preto e branco. Ele lambe o rosto da dona e não posso deixar de sorrir.

O homem dirige-se a Kirin com aquele forte sotaque tregelliano cantado.

— Se vocês estão indo para Tyrwhitt, eu não me daria ao trabalho. A menos que sejam defensores desse Príncipe Adormecido.

— O mesmo vale para Newtown e Tremayne. — A voz de Kirin é rouca. — Ambas perdidas.

O outro homem frapraguejaeja.

— Você sabe qual é a situação em Tressalyn?

— Não. Mas havia sinais na Estrada do Rei de que o exército marchou para o sul depois de Tremayne, então...

O homem assente severamente e lembro onde já ouvi o nome Tyrwhitt antes.

— Havia um acampamento fora da cidade, não é? — pergunto. — Para refugiados lormerianos. O que aconteceu com eles?

— Destruídos — diz o homem. — Foram os primeiro a serem atacados. As pessoas pobres foram presas lá dentro como ratos. Havia cercas, entende? Eles tentaram sair, para chegar à segurança, mas não tiveram chance. Sabe, foi isso que nos salvou. Ouvimos os gritos de Tyrwhitt...

Ele continua falando, vejo sua boca se movendo, mas não consigo ouvir uma palavra do que diz. Aquelas pessoas pobres. Meu povo. Cercadas em um acampamento, a quilômetros de suas casas, com nada além do que podiam carregar, incapazes de salvar a si mesmas ou seus entes queridos. Isso não é maneira de viver. Nem de morrer.

A raiva surge de novo dentro de mim, me enchendo de fogo e da necessidade de me mexer, de fazer alguma coisa. De lutar, de vingá-los e corrigir as coisas.

— ... o plano era seguir para Tressalyn, mas agora... — O homem ainda está falando e eu sintonizo de volta, a tempo de ouvi-lo dizer: — Para onde vocês vão?

— Para a floresta — responde Kirin rapidamente. — Por enquanto.

O homem assente outra vez.

— Conheço outras pessoas que se dirigiram para lá.

Todos nós ficamos em silêncio; vejo o homem olhar por cima dos cavalos, e algo em seu rosto se torna dissimulado. Com uma indiferença estudada, ele olha para Kirin e para mim, depois para Irmã Esperança e Nia, que não disseram uma palavra. O pressentimento aperta meu peito, e tento captar o olhar de Nia, só para vê-lo fixo na mochila nas costas do homem, seu rosto refletindo o desejo dele. Então o ar parece ficar mais denso.

— Devemos ir — anuncio, escoiceando para colocar o cavalo em movimento e quebrando a tensão crescente que parece só eu ter notado, enquanto todos me olham. — Boa sorte para vocês dois — digo para o homem e sua esposa, levantando o braço para revelar a faca na minha cintura.

— Para vocês também — diz ele, um leve traço de decepção em seu tom.

Pego as rédeas e agito-as, levando o cavalo a um trote, ansiosa para abrir alguma distância entre nós.

— Qual é o problema? — pergunta Kirin quando nos ponho de volta em uma caminhada.

— Não gostei do jeito que ele estava olhando para os cavalos. Nem do jeito que Nia estava olhando para a bolsa dele — digo em voz baixa. — Não são só os homens de Aurek que são um perigo para nós. — Vejo os nós dos dedos dele embranquecerem nas rédeas. — Precisamos ter cuidado — insisto. — Os cavalos são valiosos...

— E você também, ao que parece — diz Kirin. — Escute, talvez nós...

— Nós concordamos — eu o interrompo. — Vamos para Lormere.

— Eu ia dizer que talvez não devêssemos ter contado que estávamos indo em direção à floresta. Talvez devêssemos ter dito para a costa. Lief sabe quem e quantos somos. Seríamos fáceis de rastrear.

— Você está certo. E devemos evitar as pessoas o máximo que pudermos. Nada mais de conversas na beira da estrada.

Kirin assente enquanto Irmã Esperança se aproxima de nós.

— Bem pensado — diz ela. Há respeito em seu tom, quase afeto. Não ajuda em nada a encher meu estômago vazio, mas auxilia de algum modo.

Quando chegamos aos arredores de Almwyk, as nuvens finalmente se abrem e o sol lança sobre nós uma luz fraca, mas bem-vinda. Kirin nos guia através dos restos do acampamento do exército tregelliano — as barracas, as lojas e os estábulos que Kirin nos disse que estavam aqui desapareceram. Há algumas armas esquecidas enterradas na lama, e recuperamos o que podemos:

mais facas, uma maça sem alça, uma pequena espada, um escudo surrado, um capacete amassado. Por algum milagre absoluto, nos deparamos com um pacote não danificado de ração, com biscoitos secos, carne e frutas secas, enterrado pela metade do lado de fora do que Kirin diz ter sido a tenda do capitão. Caímos sobre ele feito animais; mesmo que o biscoito seja duro o bastante para me deixar preocupada com meus dentes, não consigo parar de enfiá-los na boca, nem os outros. Acho que pode ser a melhor refeição que eu já experimentei. Comemos até que tudo acabe, regado com água de um poço na aldeia. Kirin me mostra o velho chalé de Errin, saqueado, nem mesmo um manto velho para roubar, embora eu encontre uma cópia das velhas histórias tregellianas encadernadas em couro e detalhes dourados sob uma paleta virada para cima.

Estou prestes a colocá-lo no saco, para devolvê-lo a ela, quando sou abençoada com outra lembrança — Lief na minha cama em Lormere, contando como sua mãe lia as histórias para ele. A curiosidade me domina e abro o livro, só para ver o rosto de Aurek olhando para mim. Eu o lanço na lareira como se estivesse em chamas. Quando o faço, a grade sai do lugar, e uma investigação revela o equipamento boticário escondido debaixo da lareira. Nia exclama quando o vê, pegando-o delicadamente, e até Irmã Esperança sorri. Nós o embalamos com reverência, e no último minuto adiciono o livro ao nosso pacote também. Errin pode decidir se o quer ou não.

Depois disso, não há alternativa senão entrar na Floresta do Oeste.

A floresta dos pesadelos da minha infância, o lugar para onde eu acreditava que iam os espíritos daqueles cujos pecados não eram Devorados, para definhar eternamente. Antes de viajar para Scarron, eu só a tinha visto de longe, em ligações com minha mãe. Mas, quando finalmente tive que passar por ela, fiquei agradavelmente surpresa ao descobrir que era verde, quente e cheia de vida. Mesmo agora, é menos fria do que os campos além da linha de árvores, e grande parte da vegetação ainda está no lugar. Nós desmontamos e conduzimos os cavalos pela floresta em fila indiana: Kirin, eu, depois Nia, com Irmã Esperança na retaguarda.

O ataque vem de todos os lados. Num momento há pássaros piando, depois silêncio, e é nesse silêncio que eles aparecem. Quatro deles, com lenços sobre os rostos e facas curvas nas mãos. Sem libré, sem braçadeiras. Não são homens do Príncipe Adormecido. Eles reconhecem Kirin à frente e Irmã Esperança ao final como a principal ameaça, e os derrubam com uma eficiência implacável. Um golpe no lado do pescoço, outro na barriga e, em segundos, ambos são desarmados e forçados a ajoelhar-se, sem chance de reagir. É tão rápido que nem Nia nem eu temos tempo de sacar nossas facas. Nia pega minha mão e eu a aperto com força.

Um dos homens, alto e de olhos azuis, se aproxima e fica na nossa frente.

— Leve os cavalos — digo. — Leve o que quiser. Apenas deixe todos nós passarmos.

— Passar para onde? — A voz é abafada pelo lenço, mas masculina. E, para minha surpresa, é lormeriana.

— Não posso dizer. Mas juro que não somos ameaça para você.

O homem inclina a cabeça, considerando.

— Esse manto parece muito quente — diz ele, tentando alcançá-lo.

Mas, antes que chegue perto, outra figura bate em sua mão.

— Não toque nela! — ele quase grita.

Então, ele se vira para mim e abaixa o lenço, e com um sobressalto, eu o reconheço.

— Stuan? — pergunto, e ele engole em seco, assentindo.

— Então é você? — pergunta Stuan. — Achei que fosse, mas o cabelo...

— Tingido para me tirar de Lormere.

O homem cuja mão Stuan empurrou abaixa o próprio lenço, revelando um rosto magro e bronzeado.

— Quem é ela? — pergunta ele.

— É Lady Twylla — responde Stuan. — Daunen Encarnada.

Meus olhos correm para Kirin. Agora ele entenderá por que Lormere é a escolha certa.

— É verdade — digo, tentando manter a voz calma. — Sei que pareço um pouco diferente, mas sou Twylla Morven, Daunen Encarnada, filha da Devoradora de Pecados de Lormere e ex-prometida do Príncipe Merek.

Ninguém se mostra impressionado, e percebo quão improvável minha reivindicação deve parecer para eles. De cabelos castanhos, enlameados e fedorentos, um manto velho cobrindo um vestido manchado de sangue. Nenhuma joia, nenhum vestido vermelho, nenhum guarda. Não o farol brilhante de esperança das lendas.

— Como ela está tocando em vocês, então? — pergunta o outro homem, apontando para onde Nia ainda segura minha mão. — Ela era venenosa, Daunen.

— Não, eu... — Paro, tentando encontrar um jeito de explicar o que a rainha fez. — Eu nunca fui venenosa. Isso foi um truque... uma mentira da rainha.

— Daunen era a executora — diz o homem. — Ou você era, se você é ela. Você matou pessoas. Eu estava lá, trabalhei lá também. Nós todos sabíamos que você matava pessoas. Eu vi os corpos.

— Era um truque — repito. Há uma ponta de desespero em minha voz e eu a abaixo. — A rainha dava-lhes um veneno, escondido em suas últimas refeições. Era programado com perfeição, de modo que parecia que eu os matava.

Faço uma pausa.

— Então, agora você é apenas uma garota? — pergunta Stuan.

— Não. Não sou apenas uma garota. — Enquanto explico, sinto o calor subir por meu peito e pescoço, pintando minha pele de vermelho, mas continuo: — Eu vim para liderá-los contra o Príncipe Adormecido. Pretendo lutar com ele e recuperar Lormere.

Os homens olham um para o outro.

— São apenas vocês quatro?

Sinto minhas bochechas queimarem de novo, percebo outro tremor quando os homens olham para nós. Meu recém-descoberto senso de propósito parece vacilar, colapsando, como se não tivesse sido construído corretamente. Olho para Kirin; ele está me observando com tristeza, como se esperasse isso e desejasse poder me poupar. Nia e Irmã Esperança também permanecem em silêncio, suas expressões ilegíveis. Eu me pergunto como Errin faria isso — ela provavelmente teria batido em alguém a esta altura. Então, espontaneamente, penso em Helewys, em como ela teceria as palavras e faria as coisas mais terríveis parecerem racionais. Críveis. Possíveis.

— Sim. Embora fôssemos apenas dois quando derrotei um de seus golens em Tremayne.

Um olhar de surpresa cintila no rosto de Stuan enquanto ele me estuda, e eu me empertigo, tentando parecer autoritária. É agora ou nunca.

— Escute, precisamos voltar ao nosso acampamento — diz Stuan por fim. — Vai escurecer em breve. Vocês estão... — Ele faz uma pausa e olha para seus amigos, que concordam com relutância. — Vocês estão convidados a vir, se quiserem. Podemos conversar mais sobre isso lá.

Sinto que todos olham para mim.

— Vá na frente — digo.

Ele vira as costas para mim, e os outros homens o seguem. Depois de um momento, Nia caminha atrás deles, e Irmã Esperança pega as rédeas de seu cavalo e se junta a ela. Sinto Kirin tentando chamar minha atenção, mas eu o ignoro dessa vez, fixando meus olhos nas costas de Irmã Esperança e me movendo para me juntar a ela. O biscoito agora parece de chumbo em meu estômago, e eu gostaria de não ter comido nada.

Capítulo 6

Eles nos levam ao acampamento, aninhado no meio das árvores, a treze quilômetros de onde nos encontraram e a apenas alguns quilômetros do mar. Eles conversam enquanto percorremos a Floresta do Oeste, e todos são antigos empregados do castelo; um era um cavalariço do estábulo, outro era jardineiro, e aquele que atacou Irmã Esperança era um guarda como Stuan, embora nunca um dos meus. Os homens são amáveis enquanto conversamos, falando alegremente com Kirin em particular, fazendo perguntas sobre Tregellan e os feitos de Aurek por lá. Ninguém fala comigo ou olha para mim novamente. Apesar de minhas garantias anteriores, todos se certificam de não andar muito perto de mim. Nia, no entanto, fica ao meu lado, quando o caminho é largo o bastante, e me ajuda nas árvores quando realmente não preciso. Toda vez que ela faz isso, lança um olhar contundente para os homens.

Levamos quase três horas para chegar ao acampamento, onde cerca de cinquenta pares de olhos se viram, como se fossem um só, para nos encarar.

No centro deles, presidindo um enorme caldeirão, está uma mulher com um rosto tipicamente lormeriano, de feições fortes e olhos desconfiados.

— Então quem são esses?

Estou prestes a falar, a repetir meu discurso, quando Irmã Esperança se aproxima, roçando de leve meu braço ao passar.

— Sou Esperança. Esperança Kolby. Esta é Nia, e aquele é Kirin — ela apresenta os outros. — E acredito que você conheça Twylla Morven, embora possa lembrar-se melhor dela como Daunen Encarnada. — Um suspiro se ergue da multidão, mas Irmã Esperança, ou Esperança Kolby agora, suponho, continua falando, abafando o murmúrio: — Nia e Kirin são tregellianos, mas eu sou de Lormere como Twylla. Nascida em Monkham. E estamos muito felizes por ver vocês.

Todos olham para mim, e mantenho minha espinha reta e a cabeça erguida.

— Agora — diz Irmã Esperança, Esperança, sua voz firme, mas gentil —, tenho certeza de que vocês ouviram algumas coisas sobre Twylla, bobagens sobre ela ser venenosa e que pode matá-los. Mas ela não pode. Pelo menos não com sua pele.

Nesse momento, Esperança estende o braço para mim, passando-o maternalmente em volta dos meus ombros e arrancando outro grito da multidão; uma mulher ainda agarra o braço do enorme homem ao seu lado. Algo me faz olhar para ela mais de perto.

— Lady Shasta? — pergunto.

Ela assente, a cabeça balançando feito uma espiga de milho em seu longo pescoço.

— Você fugiu, então?

Outro aceno de cabeça.

— Como?

Seu rosto se contorce por um momento.

— Estávamos em nosso castelo em Chargate quando chegou a notícia do ataque do Príncipe Adormecido. Fui mandada embora, mas meu marido queria lutar. Ele morreu. — Ela abaixa a cabeça e seu companheiro gigantesco faz o mesmo. Parece que ela já encontrou consolo para sua dor.

— Sinto muito — digo.

Então alguém na multidão grita:

— Ela não está morta!

Eu me volto para a figura, uma mulher, que está apontando para Esperança, ainda me abraçando.

— Ela deveria estar morta. Tocou nela e deveria estar morta.

— Claro que não estou — diz Esperança antes que eu possa falar. — Helewys era uma mentirosa e enganou todos vocês. Incluindo Twylla aqui. Agora, tenho certeza de que vocês têm dúvidas, e sei que Twylla ficará feliz em respondê-las e contar seus planos. Mas nós estamos viajando há muito tempo. Gostaríamos de descansar. E adoraríamos um pouco dessa comida, se houver o bastante.

A multidão olha para ela, para mim e depois para a mulher que preside o caldeirão, e tenho a impressão de que estamos aguardando que uma sentença nos seja transmitida.

— Somos de Monkham — soa uma voz da esquerda. — Tínhamos a fábrica de velas na Travessa Antiga.

A tensão se quebra, simples assim, e a mulher junto ao fogo enche uma tigela de comida e a entrega a Esperança, que dá um passo à frente e, ao passar por mim, murmura:

— *Seja paciente. Deixe que eles se acostumem com você.*

Ela pega a comida oferecida, vai se sentar ao lado da mulher que acabou de falar e imediatamente começa a conversar com ela. Kirin dá de ombros e faz o mesmo, e logo estamos todos sentados ao redor do fogo, comendo o que, segundo a mulher que quase joga a tigela para mim, é guisado de esquilo. De vez em quando, sinto olhos em mim, as pessoas me espiando discretamente, procurando ver a filha dos deuses na minha cara. Ninguém se senta ao meu lado. Ninguém fala comigo, pergunta onde estive ou qualquer outra coisa. Eles estão felizes em conversar com Esperança, Kirin e Nia, mas sou ignorada.

Eu me vejo através dos olhos deles: a evidente favorita de Helewys, a envenenadora, a filha dos deuses. Distante. Intocável, inacessível e separada em todos os sentidos. Eu realmente acreditava que as pessoas ficariam contentes — animadas — ao me ver e planejar como derrotar Aurek. Achei que estariam esperando por alguém que viesse liderá-los. Mas, em vez disso, elas falam de maneira hesitante sobre nos adicionar a um esquema de tarefas domésticas, cozinhar, limpar, caçar, como se fôssemos ficar aqui e construir uma vida na floresta. Nenhuma conversa sobre reagir. Nenhuma conversa de revolução. Vamos ficar no lugar em que nos puseram.

Um grande vazio cresce dentro de mim; o sentimento é familiar e eu o reconheço imediatamente. A sensação de desesperança, fraqueza, cumplicidade. *Algumas coisas são grandes demais para lutarmos contra elas*, sussurra uma voz dentro da minha cabeça — feminina, lormeriana, poderosa. *Apenas seja uma boa menina.*

— Não... você está mentindo!

O grito de Nia me arranca de meus pensamentos. Sua tigela, descansando em seu colo, cai no chão com um barulho quando ela se levanta, o rosto pálido. O homem com quem ela estava conversando parece ofendido por um instante, depois dá de ombros, antes de voltar sua atenção para os restos de sua refeição.

Kirin se levanta e leva Nia embora, e não demora muito até que o grupo comece a se separar, enquanto todos vagarosamente se dirigem para as telas penduradas entre os galhos, retornando a suas casas improvisadas.

— O que foi aquilo? — Eu me inclino para Esperança. Seu rosto é um plano sombreado sob a fraca luz do fogo.

— Aurek está vendendo os alquimistas que pegou — diz ela sem preâmbulo. — Ele os oferece aos nobres e líderes da cidade. Sua própria mina de ouro para possuir e usar, se jurarem lealdade a ele. Se eles usarem seus homens e seu poder a favor do Príncipe Adormecido, se mantiverem seus distritos na linha e esmagarem qualquer revolta... bem, então, todo o ouro que seus alquimistas puderem fazer será deles... sem perguntas, sem impostos. Aparentemente, dois alquimistas já tiraram suas próprias vidas para evitar serem escravizados.

— Ele os está *vendendo*?

— Leiloando-os, para ser precisa.

Então, entendo o horror de Nia.

— E quanto a Kata? — pergunto, e Irmã Esperança balança a cabeça.

— Não sabemos. Mas precisamos chegar até eles depressa.

— Mas eles não podem ser todos corruptos — digo. — Certamente deve haver alguns que se voltariam contra ele.

O olhar que Esperança me lança é vazio.

— Ele também está lhes oferecendo Elixir. Depois que eles "se provarem", seja lá o que isso quer dizer. Vida eterna para os que estão ao lado dele agora.

A fúria absoluta me consome, e, por um momento, não consigo me mexer. Como ele se atreve a oferecer o uso dos corpos dos alquimistas como pagamento para eles manterem a população da cidade na linha? A dor nas palmas das minhas mãos me faz olhar para baixo e as vejo fechadas em punhos, as unhas pressionando a pele macia ali. Eu as abro e as coloco abertas sobre os joelhos, antes de respirar fundo.

— O que vamos fazer?

— Isso é com você — diz Esperança. — Posso mostrar a essas pessoas que você não é um perigo para elas, mas não posso fazer com que elas a sigam. Você terá que fazer isso. E rápido. Há uma recompensa por sua cabeça, Twylla. E esse inverno vai ser difícil. Você precisa se certificar de que vai oferecer algo melhor do que ele está oferecendo.

Ela está certa. Claro que ela está certa. Mas como?

Eles nos dão alguns cobertores, e Stuan ajuda Kirin a fazer uma espécie de barraca para nós, um pouco longe de onde todos estão acampados, e presumo que seja por minha causa. O fogo se extingue, e o primeiro destacamento de guarda assume suas posições, com Kirin se oferecendo para se juntar a eles. Eu me enrolo atrás de Nia, esfregando seu ombro suavemente. Sinto sua mão acariciar a minha, mas ela não diz nada. Esperança está atrás de mim, escuto os roncos e assobios do acampamento. Preciso que eles me sigam e me respeitem. Mas não como Helewys, não por medo. Isso não é quem sou, e não quero ser como ela, ou fingir ser. E se eu quiser impedi-los de me vender, preciso que sejam leais a mim. Tenho que fazer com que gostem de mim.

Então tento. No dia seguinte, eu me demoro no café da manhã, observando como o acampamento funciona, onde está o poder. Isso me lembra um pouco de estar no castelo e tentar decifrar a hierarquia de poder lá. Os homens de ontem, incluindo Stuan, desaparecem na mata assim que terminam de comer, tal como outro grupo, três mulheres e um homem, armados com arcos. Eles são importantes, parece, os caçadores e os defensores do campo. Dois homens com sotaque de Hagan conversam enquanto se sentam perto do fogo e afiam uma variedade de espadas e facas. As pessoas restantes, incluindo Lady Shasta, começam a juntar roupas para limpar, e aproveito a oportunidade.

— Deixe-me ajudá-las — digo. — Quero ser útil enquanto estiver aqui.

Elas olham umas para as outras, depois se viram, e faço o mesmo, para encontrar a cozinheira de ontem me observando. Ela é a líder. É quem tenho que conquistar.

— Há gente suficiente no grupo de lavagem — diz a mulher.

— Que tal ajudá-los com a comida, então? — tento com firmeza.

— Não preciso de ajuda, moça.

— Eu quero fazer alguma coisa.

— Os potes de dejetos precisam ser esvaziados — diz uma das mulheres atrás de mim, mas quando me viro não sei precisar qual delas.

Olho para a líder, que dá de ombros, e vejo o desafio nesse movimento. Ela acha que vou dizer não. Ela quer que eu diga isso.

— Muito bem. Onde eles estão?

Ela olha para mim e depois dá de ombros novamente.

— Fileira de árvores, lá atrás. Precisam ser esvaziados em um buraco na floresta. Você terá que cavar um novo. Não perto do rio, nem perto do acampamento. Então os potes precisam ser limpos e colocados de volta.

— Vou fazer isso.

Esvaziar o próprio penico é desagradável, mas esvaziar três vasos comunitários usados por cinquenta pessoas é revoltante. O cheiro é horrível, mas eu o faço, levando-os a meia hora de caminhada do acampamento, um por um, carregando-os cuidadosamente com o braço estendido, minha mente me fazendo tropeçar, derrubando um, esvaziando outro em cima de mim. Cavo o maldito buraco e despejo o conteúdo dos potes nele, estremecendo quando eles espirram. Então, pego água do rio e os enxáguo repetidamente, até que não haja nenhum traço de sujeira neles, e os levo de volta. Quando termino, os caçadores retornaram e a comida está cozinhando. Ninguém dirige uma palavra para mim; aceito minha tigela de sopa em silêncio e caminho até onde Nia está, mesmo que eu nunca tenha tido menos fome. Se eu viesse fazendo isso no caminho até aqui, nunca teria reclamado da falta de comida.

Nia parece pálida e preocupada, mas quando eu me sento ao seu lado, ela franze o nariz e se afasta ligeiramente.

— Sem ofensa, mas você está fedendo.

Não me ofendo. Ela está certa. Na hora de dormir, quando Nia vai para o outro lado da tenda, eu entendo. Mas tenho que continuar. Tenho que conquistá-los.

Limpo os vasos novamente no dia seguinte. E no outro. E no outro. Até agora ninguém fala comigo e me sinto como se tivesse voltado no tempo; aqui estou outra vez, supostamente importante, mas à parte de tudo. Indesejada. Desprezada. Nada mudou. Esperança me observa, mas não oferece nenhuma sugestão. *Deixe que eles se acostumem com você.*

No dia seguinte, limpo os vasos tão rápido que, quando volto ao acampamento, sou informada de que posso ajudar a preparar a comida, se lavar adequadamente minhas mãos. Acho que isso é um progresso, até que me entregam os corpos de três coelhos.

— Eles precisam ser esfolados e eviscerados. — É a única instrução que recebo.

Já faz muito tempo desde que fiz isso, mas me lembro, e faço, suas entranhas sob minhas unhas enquanto puxo seus intestinos para fora e os atiro no fogo. Assim que os coelhos estão prontos, são levados por Ema, a líder e cozinheira, que não precisa mais da minha ajuda. Eu me pergunto se alguém vai recusar a refeição quando souber que toquei a carne, mas ninguém sabe.

No entanto, não tenho apetite; vou para a tenda onde só eu estou dormindo antes que o sol se ponha. Amanhã vou me levantar de novo e limpar os vasos. Farei a mesma coisa no dia seguinte. E provavelmente no outro. E eles ainda não vão gostar de mim por isso. É tudo como em Lormere outra vez. Estou perdendo tempo — a cada segundo que Aurek avança, coloca todos nós em maior perigo —, mas não sei o que mais posso fazer. Não sei como fazer as pessoas gostarem de mim; eu nunca soube. Não sou Errin ou Nia com seus temperamentos rápidos e corações ardentes. Não sou uma atriz habilidosa como Lief. Não sou sequer como Irmã Esperança, inteligente em política e que sabe exatamente o que dizer. Sou muito desajeitada, muito silenciosa, muito séria. Não sou simpática.

Estou enrolada nos cobertores, respirando pela boca por causa do cheiro que sinto, quando percebo alguém por perto. Rolo meu corpo e vejo a silhueta de Esperança contra o luar.

— O que você está fazendo? — pergunta ela.

— Dormindo.

Ela trinca os dentes.

— Não, Twylla. Com este martírio de limpar vasos e esfolar coelhos. O que você está tentando conseguir?

— Estou fazendo o que você sugeriu. Estou deixando que se acostumem comigo e tentando fazer com que gostem de mim.

— Eu nunca lhe disse para fazer com que gostassem de você. Eu lhe disse para fazer com que seguissem você.

— Qual é a diferença?

— Liderança. Para liderar, você tem que ser respeitada. Tem que ser confiável. Ninguém vai receber ordens de alguém que esvazia seus penicos e cheira tão mal quanto um.

— Não sei como fazê-los me ouvir. — Escuto a lamúria em minha voz e me odeio por isso. — Eu pensei... Eu pensei que seria como no Conclave. Achei que eles me ouviriam.

— Por quê?

A pergunta me surpreende.

— Eu... porque todos vocês ouviam. Errin me ouviu, em Scarron. E no Conclave disseram que lutariam comigo.

— Todos nós sabíamos que você era a melhor opção para derrotá-lo. Todos nós sabíamos o que você é e sabíamos do que você era capaz. Eles não. Eles só a conhecem como a camponesa criada para envenenar, e agora você não é nem isso.

— Então o que eu faço? — A frustração me deixa petulante. — Quem eu me torno para chamar a atenção deles?

— Isso você tem que descobrir. E rápido. Como você diz, estamos ficando sem tempo. E, pelo amor dos deuses, tome um banho, se não conseguir pensar em mais nada para fazer.

Ela joga em minha direção algo que cai no meu rosto, e quando afasto o objeto, Esperança se foi e estou segurando um vestido limpo, de lã castanho-avermelhada, e uma toalha.

Ouço uma gargalhada do acampamento, e embora eu saiba que não tem a ver comigo, isso me incomoda de algum modo.

Ela está certa. Ninguém me seguiria do jeito que estou. Foi tão fácil ser corajosa com Errin ao meu lado. Se ao menos ela estivesse aqui agora.

Mas ela não está, disparo para mim mesma, cheia de fúria. *Então pare com isso. Não é sobre Errin. Ou Merek. Ou Maryl. É sobre você. Pelo menos uma vez em sua vida patética, pare de viver por outras pessoas e viva por si mesma.*

Tomada pela necessidade de me mover, de superar minha raiva, pego um pouco do sabão áspero e vou para o rio, me despindo ao me aproximar dele. Quase me jogo na água gelada, e ela me deixa sem ar e limpa. Quando mergulho a cabeça para lavar meu cabelo, meu corpo todo se retesa e é como se eu estivesse pegando fogo; mas é um fogo frio e claro, cheio de promessa e propósito. Um fogo para atravessar e do qual me elevar. Esfrego e esfrego, até que possa ver outra vez o vermelho em meu cabelo. Quando saio da água, que já não é fria, e puxo o vestido novo por cima da cabeça, sinto-me renascida. E faminta.

De volta ao acampamento, a maioria das pessoas foi para a cama, então eu me sirvo com o que resta na panela e engulo a comida junto à lenha fumegante. Olho para o céu e vejo a vermelhidão do pôr do sol acima de mim. Amanhã estará claro novamente. Céu vermelho à noite, o prazer de Daunen, como diz o ditado.

Daunen, que cantou para acordar o pai para que ele recuperasse os céus de Næht.

E isso me atinge como um relâmpago, o que tenho que fazer. O que eu deveria ter feito desde o início. Claro que nada mudou. Tenho que *fazer* mudar. Esse tem sido meu único problema desde sempre. Se quiser que eles me vejam como sua líder, preciso liderá-los.

No dia seguinte, antes do amanhecer, acordo Nia, Esperança e Kirin, sacudindo seus ombros até que eles resmungam para mim. Então acordo todo o acampamento, batendo no caldeirão com uma colher de pau o mais forte que posso. Em poucos minutos, a clareira está cheia de lormerianos muito zangados.

— Sigam-me — digo no meu tom mais imperioso, mais Twylla. — Todos vocês. Agora.

Eu me viro e começo a andar, como se esperasse que eles me seguissem. E, embora demore um pouco, parece que a maioria deles o faz. Ouço vários passos atrás de mim, pés arrastando as folhas, capas deslizando sobre galhos caídos.

Caminho rapidamente na direção que Stuan disse que ficava o litoral, sempre atenta ao clarão do céu. Durante quase uma hora, ando sem olhar para trás, sem saber quantos estão me seguindo. Por fim, ultrapasso a linha das árvores e olho para o rio Aurmere, vasto e cinzento, correndo em direção ao mar de Tallith.

Ouço meus seguidores se arrastarem atrás de mim, resmungando sombriamente, e olho para a direita, onde posso ver as pontas das Montanhas do Leste sobre as copas das árvores. E quando o sol surge sobre elas, transformando a terra e a água em ouro, começo a cantar.

Minha voz está sem prática e crua, mas ainda é minha voz e eu canto para o amanhecer. Canto "Justo e Longe", "Carac e Cedany" e "A Corça Azul". Canto todas as músicas que já cantei na corte e aquelas que aprendi em casa com minha mãe, enquanto crescia. Canto até sentir como se minha garganta estivesse em farrapos, e o sol nasce enquanto amanhece sobre Lormere.

E quando não há mais músicas, eu me viro para encontrar todas as pessoas do acampamento me observando. Algumas atentas, algumas de queixo caído, outras com lágrimas em suas bochechas. Há mãos sobre corações, pessoas abraçando seus entes queridos. Lady Shasta está chorando abertamente; Ema está balançando a cabeça como se ouvisse uma batida silenciosa. Se estão ali por crença ou curiosidade, eu não me importo. Agora eles me veem. Agora me conhecem. Esta é minha única chance.

— Antes, eu era a morte para vocês — digo. — E muita coisa mudou desde então. Para todos nós. Trocamos uma tirania por outra. Helewys era um monstro — disparo. — E eu a odiava tanto quanto todos vocês. Mas Aurek, esse Príncipe Adormecido, eu o odeio mais. Sua sede de sangue faz Helewys parecer um anjo. E ele não vai parar. Ele não precisa; tem monstros e habilidades com as quais Helewys só podia sonhar. A menos que o detenhamos, ele tomará tudo, destruirá tudo, escravizará a todos. Eu posso detê-lo. — Faço uma pausa e olho para todos, um de cada vez, nos olhos, deixando Stuan por último. — Eu lhes disse que não sou venenosa, e isso é verdade. Mas, para o Príncipe Adormecido, sou absolutamente o carrasco como todos vocês me conheciam. Em todo conto de fadas há um pouco de verdade, e essa é a verdade deste. Para ele, eu sou veneno. Eu sou a sua morte. E vou entregá-la a ele.

No fundo da multidão, Irmã Esperança sorri para mim. Sem sorrir. Sem qualquer tipo de expressão, ela está irradiando orgulho, e isso me preenche.

— Se vocês querem viver na floresta feito porcos, então fiquem. Continuem aqui até que eu tenha salvado seu reino e o colocado de volta nos eixos. Mas aqueles que não são covardes, desmontem o acampamento. Eu não vou mais me esconder na floresta. Iremos para as Montanhas do Leste e partiremos ao meio-dia. Há um refúgio que receberá todos nós. Quero que estejamos lá em uma semana, e prontos para começar a lutar. É hora de o Príncipe Adormecido saber que a aurora vai nascer. O amanhecer sempre se elevará.

Não espero nenhum comentário; abro caminho entre eles de volta para o acampamento.

Agora sei que eles me seguem.

Capítulo 7

Levamos menos de um dia para desmontar o acampamento e arrumar nossos escassos pertences. Ao anoitecer, já estamos quase cinco quilômetros mais fundo na floresta, comendo rações que Ema, a cozinheira, passou o dia preparando. A noite nos vê soterrados sob um mar de lona, sonolentos até o amanhecer, quando nos levantamos e continuamos.

Seguimos assim, devagar, com cuidado, recolhendo retardatários e outros refugiados quando os encontramos, avançando lentamente em direção a Lormere. Na minha viagem a Scarron, levei um dia inteiro para atravessar a floresta, mas isso foi a cavalo, na estrada principal. Temos que nos esgueirar e desviar, enviando batedores — Kirin, Stuan e alguns outros — para checar e reportar. Tenho que me manter paciente, lembrando-me de que precisamos ser muito cuidadosos, de que este é apenas o começo de nossa jornada.

Estamos a pouco mais de três quilômetros da borda da floresta, quando ouvimos as crianças. De início, não tenho certeza se o que estou escutando é real. A acústica na floresta pode ser estranha; não é à toa que os lormerianos consideram o lugar mal-assombrado. Eu me viro quando acho que ouço vozes, e vejo alguns dos outros franzindo a testa também. Só quando um grito agudo e alto chega a nós quase tão rapidamente quanto soa, e ergo a mão para que todos parem, é que consigo localizar de onde vem o barulho. Há resmungos nos fundos, mas me viro bruscamente, balanço a cabeça para silenciá-los e eles se calam. Esperança e Kirin se movem para junto de mim.

— O que é isso? — pergunta Esperança em voz baixa.

— Não tenho certeza. Parecia um bebê ou uma criança pequena. Perdido, talvez? Separado de seus pais. — Esperança me lança um olhar preocupado e sei que meu rosto reflete isso.

— Eu vou ver — diz Kirin.

— E sua perna?

— Está bem. Estou bem. Tomarei cuidado.

Ele desaparece nas árvores esqueléticas e eu me viro para os outros. Murmuro no ouvido de Nia que temos que checar alguma coisa e digo a ela para passar a mensagem adiante, dizendo a todos que fiquem juntos e em silêncio. À medida que a mensagem se espalha pelas fileiras, as pessoas começam a guardar suas malas e seus pertences, sentando-se em troncos e tocos apodrecidos e tirando comida e água de suas mochilas, algumas se movendo para as árvores a fim de se aliviarem.

Quinze minutos se tornam meia hora, depois uma hora, de acordo com os movimentos do sol, e as pessoas começam a ficar inquietas. Estamos perto da borda da floresta e, de acordo com os cálculos de Esperança, devemos sair cinco quilômetros ao norte de Chargate. De lá, precisamos ficar abaixados e alertas, contornando Monkham e o lago Baha antes de seguirmos o rio até a costa, depois a costa até as montanhas. Vai ser uma caminhada longa e perigosa, e este atraso agora não está ajudando a acalmar os nervos de ninguém.

Estou prestes a pedir que Esperança lidere todo mundo enquanto espero por Kirin, quando ele vem tropeçando pelas árvores, sua expressão ao mesmo tempo aterrorizada e furiosa.

— Há soldados na floresta — sussurra ele, sem se preocupar em esperar até que esteja perto para me dizer.

Todos explodem em suspiros e gritos, agarrando-se uns aos outros e pegando as armas.

— Silêncio — ordeno, contrariada. — Se eu pude ouvi-los daqui, não acham que podem nos ouvir também? — Eles caem em silêncio. — Diga-nos o que você viu — peço a Kirin, tentando manter minha voz calma e firme.

Ele estende a mão para o odre de Nia e ela o cede sem protestar. Kirin bebe longamente antes de enxaguar a boca e cuspir no chão. Só então encontra meu olhar.

— Eles estão acampados a cerca de cinco quilômetros a oeste daqui. Há uma clareira nas árvores e o que parecem ser tendas do exército tregelliano, cinco delas. Estão lá. Homens. E dois golens.

— É um acampamento? — pergunto. — Eles montaram um acampamento na floresta. Algum tipo de base? Posto avançado para sua marcha sobre Tregellan? — Estou pensando em voz alta.

Kirin balança a cabeça.

— Não é um acampamento normal. Você estava certa. Você ouviu uma criança. — Ele engole em seco. — É um campo de prisioneiros para crianças.

O grupo irrompe em uma conversa assustada, e estou tão surpresa que deixo o barulho continuar por mais tempo do que deveria antes alertá-los.

— Silêncio! Vocês querem que sejamos pegos?

Recebo alguns olhares sombrios, mas eles se aquietam, e aceno para Kirin continuar.

Seu rosto é sombrio quando ele o faz.

— Eu os vi, de todas as idades, meninos e meninas. Eles os tiravam das tendas em grupos de dez e os enviavam para outra tenda, nos arredores do acampamento. Latrinas, acho. Só ficavam lá por alguns minutos, depois eram levados de volta para as tendas de onde tinham saído, e o próximo grupo era trazido. Eles separaram os meninos das meninas e todos são vigiados por mais de uma dúzia de homens e dois golens. Nenhum outro adulto. Há uma cerca ao redor do acampamento também, ramos afiados no chão como lanças.

— Quantos? — pergunto.

— Eu contei cento e dez.

— De onde eles vêm?

— Chargate — diz Esperança. — Essa é a cidade mais próxima da floresta. Aposto que são as crianças de Chargate.

— Por que levaram as crianças? — pergunta Breena, filha de um ferreiro de arco perto de Haga. — Que utilidade elas têm?

— Controle — responde Esperança instantaneamente. — Se ele tiver levado as crianças, as pessoas se comportarão. Qual pai não faria qualquer coisa para manter o filho em segurança?

— Deuses... — Eu respiro. Que inteligente. Que desprezível. Pagar aos nobres para serem leais a ele e tirar as crianças dos plebeus para mantê-los subjugados. — Você acha que ele fez isso em todos os lugares, em todas as grandes cidades? — pergunto, e Esperança assente. — Coitadas dessas pessoas.

— Temos que fazer alguma coisa — diz Kirin. — Temos que tirar as crianças de lá. Há apenas uns treze homens. Dois golens. Nós somos mais numerosos. Poderíamos resgatá-las.

Eu me viro para olhar para o nosso bando de refugiados. Sim, tecnicamente estamos em maior número. E homens como Stuan, Ulrin, Hobb e Tally são lutadores treinados. Muitas das mulheres também podem aguentar. Mas contra soldados e golens no corpo a corpo, e sem fogo para lutar contra os golens... Eu o vejo perceber isso e rejeitar a compreensão; sua necessidade de fazer alguma coisa é maior do que a de ser racional.

— Nós poderíamos fazer isso — insiste ele. — Teríamos o elemento surpresa.

— Então o quê? — pergunto gentilmente. — Digamos que a gente consiga. O que fazemos com as crianças?

— Levamos conosco.

— Levar um grupo de crianças para as montanhas através de Lormere? E, quando ele descobrisse, suas famílias seriam mortas...

— Nós temos que fazer alguma coisa. — Ema repete as palavras de Kirin e se vira para mim. Os outros fazem o mesmo, esperando que eu fale.

— Nós vamos. Eu prometo. Mas temos que fazer a coisa certa.

Eu me afasto da multidão, confiando em Esperança para mantê-los quietos enquanto eles cercam Kirin para mais detalhes. Ando entre árvores um pouco para longe, tentando clarear meus pensamentos. Nós precisamos fazer alguma coisa; aquelas não eram palavras vazias.

Mas o que podemos fazer que não coloque todos eles em risco?

Imagino todos aqueles pais aterrorizados. Imagino todos eles se levantando para me apoiar. O Príncipe Adormecido é poderoso, mas se eu puder reunir as pessoas — os lormerianos... se todos se levantassem ao mesmo tempo. Se eu puder uni-los...

Minha cabeça começa a latejar, muitos pensamentos lutando por espaço. Vejo um toco de árvore e me sento, gentilmente tirando uma aranha que de algum modo está presa em meu vestido. Ela se agarra ao meu dedo, e eu a vejo correr sobre a minha mão, viro a palma para cima e a pego quando ameaça subir na minha manga. Por fim, estendo a mão e a encorajo a subir em uma muda próxima.

Quando ela sobe, olho ao longe.

Precisamos enviar um sinal; alguma coisa clara o suficiente para dar esperança, mas não tão incendiária a ponto de levar Aurek a atacar os lormerianos. Algo que chame a atenção das pessoas da cidade, mas não a direcione para nós. Não completamente, pelo menos. Ele não precisa saber sobre nós ainda.

Posso sentir a ponta de uma ideia e fico de pé, começando a andar.

— Kirin, Nia — chamo, e os dois vêm. Eu os encaro, a ideia tomando forma e se solidificando em minha mente. E, para sua surpresa, sorrio.

— O que vocês acham de deixar uma mensagem em Chargate hoje à noite?

Envio Esperança com os outros, murmurando sombriamente sobre tolices.

— A única coisa que não podemos perder é você — diz ela, acusadora, quando nos separamos. — Você está louca?

— Nós temos que fazer alguma coisa.

— Não tem que ser você.

Tem, sim. Eu tenho que liderar isso. Tenho que colocar minha vida em risco se quiser ficar como líder deles e mantê-los leais a mim. Tenho que mostrar a eles que vou lutar na linha de frente com eles. Que todos os riscos que peço que eles corram eu também estou disposta a correr. Este é o primeiro ataque que vamos fazer desde que prometi derrotar Aurek.

Eu vi o horror em seus olhos quando Kirin nos contou sobre as crianças. E eles olharam para mim pedindo que eu fizesse alguma coisa. Eles se viraram para mim. Então tenho que estar no centro disso, e o risco tem que ser uma preocupação secundária. Preciso ser uma líder e me levantar.

Digo isso a Esperança e ela joga as mãos para o ar.

— Se perdermos você, perderemos nossa única chance de derrotá-lo.

— E, se eu perdê-los — aponto para as árvores que escondem meu exército dos meus olhos —, então estamos todos condenados. Eles terão famílias afetadas por isso. Afinal, devem ter parentes em toda a terra, sobrinhas, sobrinhos, irmãos e irmãs, se não seus próprios filhos. O que eles conseguiriam me entregando a Aurek? Que recompensa eles e suas famílias terão? Tenho que lhes dar um motivo para não fazer isso. Tenho que ser maior e melhor. Tenho que ser a única opção para eles.

— Você está apostando tudo em uma façanha, Twylla. E pode perder.

— Eu definitivamente vou perder se não apostar. E, sim, é uma façanha. Em sua essência, é apenas uma porção de crianças escrevendo em uma parede. Uma parede que seus homens estão vigiando, cercando uma cidade que ele aprisionou. Violou. Vamos deixar um sinal de que as pessoas lá dentro não foram esquecidas e de que nem todos foram derrotados. Vamos escrever esperança nessa parede. Uma promessa de que eles não estão sozinhos. E as pessoas fora do muro, o meu povo, verão sua líder arriscar seu próprio pescoço para fazer essa promessa.

Eventualmente, ela recua — relutante, furiosa, mas recua, e ela e a maioria do nosso acampamento se dirigem para as montanhas na rota que acordamos. Nia, Kirin, Stuan — que nós permitimos ficar assim que ele provou que podia imitar um sotaque tregelliano aceitável — e eu, permanecemos na floresta.

O plano é simples: Stuan colocou sua armadura e Nia pegou emprestada uma camisa leve, e ambos vão causar uma distração, garantindo que suas vozes muito tregellianas sejam ouvidas ecoando pela floresta. Espero que isso afaste os guardas de uma parte das muralhas da cidade, dando a Kirin e a mim tempo para pintá-las com nossa mensagem. Discutimos muito o que escrever e onde, mas decidimos.

Esta noite será a estreia da Aurora Nascente.

A escolha de escrever nossa mensagem na parede externa é melhor; assim, ninguém de dentro da cidade pode ser culpado, por isso não há necessidade de puni-los ferindo seus filhos. Ela envia a mensagem que queremos, de modo a suscitar o menor risco. É o que esperamos. Eu a repasso na minha cabeça, tentando encontrar uma maneira de que dê errado, mas ainda estou ansiosa quando não consigo encontrar uma.

Por pura coincidência, um dos fugitivos lormerianos era um carpinteiro, um homem chamado Trey, cujo trabalho era bronzear e trabalhar a pele em selas. Quando ele fugiu de sua casa, trouxe consigo algumas de suas peles, na esperança de trocá-las por segurança, e seus valiosos corantes também, e foi o mais vermelho de fúria que pedimos a ele. Adicionamos farinha e suco de beterraba das reservas de Ema para fazer uma tinta vermelha espessa e viscosa que ficará manchada por tempo suficiente. Nós misturamos nossa tinta em um capacete do exército tregelliano que tiramos de Almwyk, com varas que encontramos no chão, quebrando galhos verdes para usar como pincéis.

Seguimos para a borda da floresta, cerca de quinhentos metros de Chargate, e montamos uma espécie de acampamento. Mastigamos a carne de veado seca que sobrou e mexemos a tinta, adicionando mais suco de beterraba quando ela começa a secar. E então só temos que esperar. Rastreamos o sol pelo céu, olhando um para o outro com mais frequência quando ele começa a baixar e o ar, a esfriar.

— Isso é loucura — diz Nia, remexendo a tinta. — Ninguém lá de dentro vai ver.

— Não, mas os guardas vão. Alguém vai ter que limpar. E todos falarão sobre isso. O boato vai correr dentro da cidade. É isso que nós queremos. Não estamos enviando uma mensagem para o mundo exterior, mas para as pessoas dentro dos muros, para que saibam que não estão sozinhas. Que alguém aqui está lutando. E queremos que Aurek também saiba disso. Queremos que ele saiba que alguém, em algum lugar, está lá fora.

— Se formos pegos...

— Não seremos. É fácil. Tudo o que vocês precisam fazer é conversar.

— Ela é boa nisso — acrescenta Kirin, e Stuan e eu sorrimos antes de eu continuar:

— Você terá armadura e estará protegida pelas árvores. Só precisam fazer barulho suficiente para que eles não tenham certeza de quantos vocês são. Eles não sairão dos portões sem saber isso. — Olho para Kirin em busca de confirmação, e ele concorda. — Mas eles olharão por cima do muro e pedirão reforços nas proximidades.

— E é aí que Twylla e eu faremos a nossa parte — diz Kirin.

— Exatamente. Enquanto vocês os distraem, na frente da cidade, nós vamos nos aproximar da muralha ao sul, pintar nossa mensagem e partir. Vamos nos encontrar no pequeno bosque três quilômetros ao norte da cidade.

— Você tem certeza de que sabe onde fica? — Nia se vira para Stuan. Ele suspira.

— Sim. Pela nona vez, eu sei onde fica. São três quilômetros ao norte daqui e é uma porção de árvores.

Olho para o céu.

— Temos que ir. Nos vemos no bosque mais tarde.

Nia franze a testa.

— Quanto tempo devemos esperar no bosque?

Olho para Kirin.

— Se não estivermos lá ao nascer do sol, considere que fomos pegos. Siga atrás de Esperança para as montanhas — diz ele.

— Mas nós estaremos lá. E, então, todos seguiremos juntos. — Eu me levanto e coleto nossos pincéis improvisados enquanto Kirin ergue cuidadosamente o capacete de tinta. — Lembrem-se, não mais que cinco minutos, e então vão. Continuem andando. Mudem suas vozes. Stuan, você tem que manter o sotaque.

— A aurora está nascendo! — diz ele em um sotaque tregelliano quase perfeito. Então, repete em voz baixa; embora parte do sotaque seja perdido, ainda é uma imitação próxima.

— Perfeito. Continue fazendo isso. — Eu olho para Kirin, e ele assente. — Vamos lá.

Começo a me sentir trêmula enquanto deslizamos pela linha das árvores, meu estômago se revirando de nervoso. Em alguns minutos estamos perto o suficiente das muralhas e posso ver as pessoas nelas, tornadas sombras pelas tochas. Eu as conto: três, quatro, cinco figuras no lado norte, sem golens. Não posso ver o lado sul daqui, mas presumo que seja ocupado da mesma maneira. O lado oeste, onde os portões principais estão voltados para a floresta, provavelmente tem mais.

— Prontos? — pergunto.

Stuan assente, mas Nia parece paralisada, com o rosto rígido, os olhos arregalados, e sinto pena dela. Nia viu coisas demais nos últimos dias. E, estranhamente, há algo em seu medo que faz eu me sentir um pouco mais corajosa. Estendo a mão e aperto seus ombros, afastando-a dos rapazes.

— Você não precisa vir — digo a ela em voz baixa. — Se não quiser. Ou se estiver com medo.

— Não estou com medo — ela sussurra para mim.

— Então você é uma idiota, porque eu estou apavorada.

Nia olha para mim e respira fundo e de maneira entrecortada.

— Cinco minutos — digo a ela. — Isso é tudo que vai demorar. Apenas se lembre do que eu disse.

— Continuar andando. Mudar minha voz. Ficar longe das muralhas. Correr para o bosque.

— Exatamente. Pronta? — Ela assente. — Vocês estão prontos? — pergunto a Stuan e Kirin.

— Vamos lá.

— Conte até mil — diz Kirin a Nia.

E então partimos, movendo-nos silenciosamente pela escuridão.

Assim que saímos da cobertura das árvores, começo a suar, meus ouvidos se esforçando para captar o som das flechas sendo disparadas. Nós nos movemos em campo aberto, confiando na noite sem lua e em nossa própria discrição para nos cobrir. Talvez sejam trezentos metros da borda da floresta até a muralha oeste, e cada metro parece que leva um ano para ser atravessado. Nós nos movemos relativamente devagar; Kirin disse que movimentos rápidos atraem os olhos mais do que os lentos, então nós rastejamos, permanecendo baixos no chão, mesmo quando meu corpo grita para eu correr.

Quando chegamos à muralha, paro e me inclino contra ela, todo o meu corpo tremendo, mas Kirin agarra meu punho e balança a cabeça, pedindo para eu continuar me movendo pela muralha oeste, desesperado e terrivelmente consciente de que, nove metros acima de nós, nosso inimigo monta guarda.

Finalmente viramos na parede sul e ouço o murmúrio de vozes. Um ri, e seu amigo responde. Apenas dois homens no turno da noite. Há algo nessa normalidade que me faz tremer. Continuamos andando, sem parar, contornando a fronteira da última cidade entre nós e Tregellan.

— Será que vai funcionar? — pergunta Kirin num sussurro, e nós dois paramos.

Olho para trás, incapaz de ver a borda da muralha da cidade.

Cada coisa que poderia dar errado passa pela minha cabeça.

Stuan e Nia poderiam ser pegos. E se os homens do acampamento viessem pelos bosques e os encontrassem?

E se um deles fosse atingido?

E se... Mas não termino meu pensamento, porque um rugido acima de nós quebra a quietude da noite.

— Muralha sul! Intrusos nos portões! — Ouço alguém gritando. Então, o som de passos na pedra.

— Agora — diz Kirin. Ele pega a tinta e me entrega o pincel.

Ele a segura enquanto mergulho e pinto a parede, alcançando o mais alto que posso, esticando meus braços o máximo que consigo. Escrevo *Aurora Nascente* nas maiores letras que consigo, Kirin se movendo comigo enquanto rabisco a muralha. Posso sentir respingos de tinta em meu rosto e em minhas mãos, mas não paro, movendo-me depressa.

Termino em menos de um minuto e paro.

— Vamos — Kirin me impele.

Mas algo está faltando.

— Fique aí — sussurro para ele, e mergulho o pincel de volta no capacete.

Desenho uma linha horizontal de pelo menos dois metros e meio de comprimento. Não consigo estimar o centro, mas paro a meio caminho de volta para Kirin e mergulho meus dedos na tinta, adicionando um semicírculo ao topo da linha, conseguindo distingui-la, meus olhos finalmente acostumados à escuridão. Por fim, acrescento mais linhas, raios, emergindo do semicírculo.

Nem todos em Lormere sabem ler, mas todos sabem como é o sol nascente. Posso vê-lo perfeitamente...

Eu não deveria poder ver.

Lá do alto, um guarda está olhando diretamente para nós, segurando uma tocha na lateral da muralha, o rosto congelado.

Kirin, que tem observado a floresta, se vira e vejo sua boca se abrir.

— Corra — sussurra ele.

Mas algo me deixa imóvel, alguma coisa no rosto do guarda. Algo desesperado e suplicante. Eu aposto nisso.

— As crianças estão seguras! — grito para cima, o mais alto que ouso. — A três quilômetros na floresta.

O homem não diz nada, ainda encarando. Então:

— Jure.

— Eu juro.

— Você pode mantê-las seguras? — sussurra ele, e eu assinto. — Vá! — Ele recua, e ouço outra voz.

Kirin deixa cair o capacete para ser encontrado pela manhã, e nos movemos o mais rápido que nos atrevemos para a floresta.

— Ali! Vejo movimento!

Meu sangue gela com a voz, bem acima de nós, e desta vez não preciso me esforçar para ouvir o som de flechas enchendo o ar quase imediatamente após ele falar.

Atinjo uma velocidade que eu não sabia que era capaz e, de algum modo, consigo voltar para a floresta; o som das flechas batendo nas árvores me segue. Eu me viro e encontro Kirin bem atrás de mim, seus olhos arregalados. Ele agarra meu punho e me puxa mais fundo, até que os sons de indignação estejam distantes.

Nós mudamos de direção, virando para a direita e indo para o norte, tentando ficar paralelos à linha das árvores. Corremos, corremos e tropeçamos, e mesmo quando minhas pernas doem e meus pulmões queimam e meus flancos fazem parecer que fui esfaqueada, continuo me movendo, minha respiração rouca e pesada.

Eventualmente, Kirin muda de direção outra vez e eu o sigo, e nós deixamos a floresta, por fim. À nossa frente está o que espero que seja o pequeno bosque, e enfim começo a relaxar.

Quando chegamos lá, Stuan e Nia estão sentados debaixo de uma árvore. No momento em que nos veem, eles ficam de pé, correndo em nossa direção.

— Você está coberta de tinta — Nia meio soluça, meio ri quando me puxa para um abraço apertado. — Não muito furtiva.

Ao nosso lado, Stuan e Kirin seguram os antebraços, depois se abraçam também. Quando eles se separam, Nia me solta e se joga para Kirin. Stuan olha para mim e hesita. Eu me vejo sorrindo, e levanto as sobrancelhas para ele sugestivamente. Para o meu prazer, ele cora, antes de estender a mão e dar um tapinha em meu ombro, me fazendo rir.

— Como foi? — pergunta Kirin.

— Exatamente como vocês disseram — responde Stuan.

— Ele foi brilhante — acrescenta Nia. — Fez muitas vozes.

A cor de Stuan se aprofunda.

— Você pintou?

Assinto.

— A Aurora Nascente. E também fiz um sol. Para os que não sabem ler.

— No entanto, eles nos viram correndo — diz Kirin. — Vão ver de imediato. Mas suponho que será como você disse, vão falar sobre isso.

— Eles vão — afirmo. — Vão fofocar e vão reportar a Aurek. O boato vai se espalhar. As pessoas começarão a fazer perguntas. Então, precisamos ter certeza de que teremos respostas para elas. Levar as pessoas para as cidades. Descobrir se todos são tão leais quanto dizem ser.

— Como o homem na muralha.

Penso no guarda que fez vista grossa para nós.

— Como o homem na muralha.

— O quê? — pergunta Nia. — Que homem?

— Vamos — digo. — É uma longa caminhada até as montanhas. Nós lhe contaremos no caminho.

A Torre da Verdade

A boticária está dormindo no topo de uma torre, em uma cama em que poderiam facilmente caber quatro dela. Está recostada feito uma garota em uma história, reclinada sobre almofadas de seda que, em sua cabeça, ainda recendem levemente a outra garota, e que estão comidas pelas traças em algumas partes, mas isso não perturba seu descanso. Seu cabelo curto está espalhado sobre elas como um halo, preto ao luar. Uma das mãos está em cima de sua barriga, a outra fechada ao lado de sua bochecha. Seus lábios de botão de rosa estão ligeiramente entreabertos; suas pálpebras vibram enquanto ela sonha.

O príncipe está em sua mente outra vez.

No sonho, eles estão em outra torre, uma que ela não conhece, mas reconhece imediatamente pelas descrições dele: estão em Tallith, de pé dentro de uma das sete torres que cercam a torre central. Ao lado da janela onde está, ela pode ver as pontes que ligam as torres umas às outras, para que a realeza de Tallith nunca tenha que andar no chão, se assim preferir.

A boticária sabe que é um sonho, porque ouviu relatos de que todas as torres estão em ruínas agora; quinhentos anos de negligência e a selvageria incomparável do vento do mar e dos ventos salgados as erodiram a tocos, como os dentes de um viciado. No entanto, agora ela as vê como eram: douradas e lindas.

Ela sabe que é um sonho porque consegue ficar de costas para o príncipe. Tem o controle de seu corpo.

Ele caminha para ficar atrás dela, sem tocá-la, mas perto o suficiente para que sua respiração faça cócegas na parte de trás do cabelo dela, e ela sinta o calor de seu corpo. Tão perto que ele poderia muito bem tocá-la, tão presente que é naquele momento. Fora dos sonhos, a pele dele é fria, sem vida, feito a argila que usa como guarda-costas. Quando ele vem a ela em seu sono, porém, está sempre quente. Ela gostaria de mantê-lo fora de sua mente por completo, mas a vulnerabilidade do sono é como uma porta aberta para ele; então o príncipe pode passear pelos corredores de seus sonhos à vontade. E, embora em suas horas de vigília ele possa escrever um comando e forçar seu corpo a obedecer-lhe, em sonhos não tem esse poder.

Ela frequentemente se pergunta se ele prefere o desafio dos sonhos. Se é mais divertido para ele ter que se esforçar para que ela faça o que ele quer.

— Você gosta disso? — pergunta ele.

A boticária ouve o farfalhar dos tecidos enquanto ele se mexe, inclinando-se para a frente, a fim de que seu rosto esteja ao lado do dela quando fala novamente:

— Eu fiz uma pergunta, querida.

— Não me chame assim — pede ela.

A boticária pode ouvir o sorriso dele.

— Minha senhora fala — diz ele, claramente satisfeito por tê-la incitado a responder. — Vai me agraciar com mais palavras de seus lábios adoráveis?

Ela aperta os lábios e o sorriso do príncipe se alarga. Ele se vira, falando diretamente na casca rosada e macia de sua orelha:

— A torre em que estamos é a Torre da Coragem. É onde o ancestral de sua amiga permaneceu, brevemente, pouco antes de ela tentar me matar. — Ele faz uma pausa, inclinando a cabeça para trás para que seu queixo roce o alto da orelha dela, esfregando suavemente como um gato. — Ali — ele abaixa a cabeça — é a Torre da Sabedoria. Era onde ficavam os cômodos da tataravó, ou sei lá que geração de avó, de Silas. A minha, como você sabe, era a Torre do Amor.

Desta vez, ela sente os lábios dele contra sua pele enquanto se esticam em um sorriso.

— Qual seria a sua torre? Sabedoria, talvez? Não... Não. Você é muitas coisas, Errin Vastel, mas não é sábia. Nem pacífica. Talvez a Verdade? Parece haver uma constância em você. Esta recusa em ser feliz comigo. Você acha que eles estão por aí, Errin? Tramando para vir salvá-la?

Quando os dedos dele seguram seu queixo, ela bate em sua mão.

— Não — diz. — Você não pode me fazer agir como bem entender aqui. — Como se tivesse convocado isso em resposta à sua raiva, dentro do sonho a boticária sente uma brisa fresca atrás dela, sua pele ficando arrepiada em seus braços.

A cabeça dele se inclina, os olhos maliciosos enquanto a avalia.

— Acho que seus amigos virão, querida. Mas não por você. Eles virão pelo filtrescente, porque ele é uma coisa rara e especial. E pelos outros. Os ourives comuns. Mas você... você não tem nada de especial.

— Então, por que me manter aqui?

O príncipe ri.

— Eu disse que você não é especial. Não que não seja útil. Silas vai sangrar até a morte se acreditar que isso vai mantê-la em segurança. Ele tentou tirar a própria vida, sabe? Até que lembrei a ele que isso traria consequências para você. E seu irmão cumprirá qualquer tarefa que eu lhe der, desde que acredite que sou seu protetor. Você é uma conveniência para mim, Errin. O que é estranho, considerando o enorme inconveniente que tem sido até agora para todas as pessoas em sua vida. Você traiu seu pai, a quem permitiu morrer. Sua mãe, a quem permitiu enlouquecer. Seu irmão. Seus amigos. Meus parentes. Eu nunca teria encontrado o Conclave se você não tivesse me dito que estava em Tremayne, com a Devoradora de Pecados.

O vento sopra atrás da boticária agora, a chuva gelada a apunhala e ela se vira para a janela.

O príncipe fala atrás dela:

— Eu sou a única coisa neste mundo que você não traiu. — Ela sente a mão dele percorrer sua espinha, pressionando o polegar contra cada vértebra, pontuando suas palavras com o toque. — E não é por falta de tentativa, é? Então, talvez eu deva me perguntar, por que a mantenho aqui?

Ela acorda abruptamente. Tallith se foi de imediato, e ela olha para a escuridão de seu quarto. Seu coração bate muito rápido, todo o seu corpo parece pulsar no mesmo ritmo. Ela se inclina para a frente, levantando os joelhos e apoiando a cabeça neles, abraçando-os.

Então está se movendo; de pé, quase tropeçando nas roupas de cama. Percebe que o príncipe tomou o controle dela e tenta se conter, segurando a cabeceira da cama e envolvendo os braços em volta. Mas suas pernas a empurram para a frente com tanta força que ela desloca a pesada estrutura de madeira alguns centímetros antes de soltar.

Suas pernas a levam para o peitoril da janela. Ela sobe nele, olhando para fora.

Não havia vidraças nas janelas em seu sonho, mas aqui há.

Ela contém um soluço quando abre a janela.

Como em seu sonho, o clima é violento, a chuva açoita seu rosto feito agulhas, o vento pega sua camisola e chicoteia sobre suas coxas. Ela não pode se mexer para segurá-la.

— Eu poderia fazer você pular — diz o príncipe, baixinho, atrás dela. Ela não o ouviu entrar. — Se eu escrevesse isso aqui — ele segura um pedaço de papel —, poderia fazer você se jogar da torre. Aqui, posso muito bem controlar seus movimentos.

O pavor toma a boticária, seu estômago se revirando tão violentamente que ela oscila sem a instrução do príncipe. Ela estende a mão para se apoiar contra a parede.

O príncipe pega uma caneta de dentro da túnica e rabisca alguma coisa no papel, e a boticária sente a bile subir em sua garganta, momentaneamente tonta.

Ele pressiona o papel no corpo do simulacro e a boticária começa a se virar.

— Não — choraminga ela.

A garota encara a escuridão, a força do vento e da chuva roçando seu rosto. Ela não pode ver o chão lá embaixo, não pode ver nada.

Ouve a pena arranhar o papel.

Seus joelhos se dobram.

— Por favor — ela tenta dizer, mas as palavras não saem.

Ela pula.

Cai de costas aos pés do príncipe, completamente sem ar; por um momento, seus pulmões não podem se encher e ela acredita que vai morrer. O príncipe olha para ela; pela primeira vez seus olhos estão sem malícia, pela primeira vez ele parece não estar satisfeito com suas próprias travessuras. Sua voz, quando fala, é sem emoção, insondável:

— Eu estava disposto a nos tornar uma família de verdade. Estava disposto a dedicar tempo a isso. Mandei seu irmão buscar sua mãe, apesar de precisar dele em outro lugar, em uma tentativa de fazer você feliz. Mas não tenho mais tempo para brincar com você. Seus amigos não são os únicos que entendem que você é substituível. Você só está viva porque eu permito, e estou perdendo a paciência com você bem rápido. Então, amanhã à noite, você se apresentará no Grande Salão uma hora após o pôr do sol. Usará algo muito bonito e seu melhor sorriso. E nós vamos jantar juntos, amigavelmente. Você não vai tentar me esfaquear. Não vai cuspir em mim ou me bater. Vai se comportar com decoro. Em suma, querida, você se tornará *especial* para mim, ou removerei você do meu tabuleiro de jogo. Preciso de seu irmão e preciso do filtrescente. Mas não preciso de você. Não se esqueça disso.

Ele se vira para a porta e para.

— A Torre do Atrito — diz ele. — É assim que se chamará. Um lugar para amansar o espírito de éguas selvagens. Porque você vai amansar, Errin. Ou vai morrer.

Mais uma vez, ele a deixa no chão, assustada demais para se mexer ou mesmo para chorar.

PARTE 2
Errin

Capítulo 8

Do outro lado da mesa de madeira cheia de marcas, eu o sinto me observando; seu olhar sobre mim é pesado e oleoso, como uma camada de sujeira. Isso me faz querer tomar banho imediatamente, esfregar e esfregar até que não haja nada que ele reconheça como eu. Minha pele se arrepia enquanto seus olhos imploram que eu olhe para ele. Quase posso ouvir o comando. Em vez disso, mantenho meu olhar fixo no prato de comida na mesa diante de mim e meu estômago se contrai, mas não de fome. Três luas atrás eu teria arrancado meu próprio braço e o teria vendido num piscar de olhos para ter um banquete como este. A carne brilha com os caldos, os legumes cobertos com um brilho amanteigado, o pão fumegante com a crosta rachada. Cenouras, ervilhas, milho. Tudo colorido e tentador. Mas enquanto seu olhar emana suas exigências sobre mim estremeço.

— Está com frio, querida? — pergunta ele. Balanço a cabeça. Duas luas aqui me deram uma nova tolerância para as temperaturas congelantes, e não é o frio que me faz tremer como se alguém estivesse atravessando meu túmulo. — Olhe para mim.

Eu obedeço porque, se não o fizer, ele me obrigará com seu simulacro. Ou vai me matar. Estou dolorosamente ciente de que às portas atrás de mim há dois golens, parados feito as estátuas que deveriam ser, mas basta uma palavra dele, e esmagariam meu crânio entre suas gigantes mãos de barro. Então levanto a cabeça, encontrando seus olhos dourados o mais firme que posso. No momento em que o faço, ele assente em vitória e perde o interesse por mim, voltando a atenção para sua refeição.

Agora é a minha vez de observá-lo enquanto ele morde a carne de um osso fino, jogando-o no prato, seus dedos esguios engordurados e brilhando à luz das velas. Ele assobia baixinho e um dos cachorros embaixo da mesa levanta silenciosamente, enviando um arrepio através de mim.

— Sentado — diz Aurek, e o cachorro obedece.

Ele seleciona um pedaço de carne e o segura para o animal, sem hesitar, mesmo quando os dentes do vira-lata se fecham sobre o alimento e o arrancam de sua mão. Por um momento, eles observam um ao outro, cão e novo mestre, antes de Aurek acenar com a mão e o cachorro voltar para baixo da mesa. Sinto meu estômago revirar quando o pelo grosso roça meu vestido.

Aurek segura o osso, examinando-o antes de chupá-lo até que não reste nada. Seus olhos dourados permanecem fixos em mim, sem emoção, enquanto ele usa o osso para limpar os dentes, contornando os caninos. Depois que termina, joga o osso no chão e ouço um dos animais sob a mesa arrastar-se para a frente, e em seguida o som de mastigação.

— Você não comeu muito, Errin — diz ele. — Há algo de errado com a comida?

— Não. Está ótima. — Cutuco minha comida com uma colher; perdi o direito de usar facas há duas semanas. Quando olho de volta para ele, o príncipe está olhando para mim, inexpressivo.

— Se você não vai comer, terá que ser alimentada.

— Eu vou comer — digo, puxando o prato para mim.

Pego uma coxa, galinha, pato — quem sabe? —, mas não consigo me obrigar a levantá-la. Minha mão treme. Eu não posso. Não consigo fazer isso.

— Abra bem a boca. — Aurek sorri.

Obedeço. Coloco um pedaço de carne na boca seca e mastigo, mastigo e mastigo. Aurek observa o tempo todo enquanto meu queixo se move para cima e para baixo, doendo com o movimento repetido. Eventualmente, a comida se desintegra em uma espécie de pasta e me forço a engoli-la, sentindo-a ficar presa em algum lugar entre minha garganta e meu coração.

— Pronto — diz Aurek, pegando sua taça e bebendo demoradamente.

Ele a pousa com um barulho satisfeito, o sorriso no rosto realçado pela mancha curva do vinho em seus lábios.

— Você come como uma boa menina. Você, rapaz, pegue mais carne para ela. Pequenos pedaços agradáveis; não quero vê-la mastigar feito uma vaca ruminando.

Um criado surge dos recessos da sala e faz o que ele manda, estendendo a mão para pegar um pedaço de carne e cortá-lo em pedaços pequenos. Seus ombros são arredondados, curvados para dentro, como se tentando não ser notado, a cabeça tão baixa que seu queixo encosta no peito. Meus olhos se enchem de lágrimas irritadas e humilhadas que ameaçam cair sobre minhas bochechas.

— Dê a ela — instrui Aurek. O criado se encolhe e se move para o meu lado com o novo prato preso em dedos ligeiramente trêmulos.

De repente, meu braço dá um solavanco, derrubando o prato da mão dele. Nós dois assistimos com horror enquanto o conjunto inteiro, comida e prato, voa pela sala, o prato batendo no chão de pedra com um estrondo ensurdecedor, acompanhado dos rosnados dos cães que saem de baixo da mesa. Eles fazem uma pausa, olhando para o Príncipe Adormecido, pedindo permissão para devorar a comida caída. E o servo e eu também nos voltamos para Aurek para ver o que ele vai fazer.

O príncipe está rindo silenciosamente, o rosto contorcido de alegria, os olhos bem fechados. Ele respira fundo e sua risada se torna alta quando bate com o punho na mesa, sacudindo as taças e fazendo as velas bruxulearem. Vejo o simulacro frouxo em sua outra mão.

— Seus rostos... — Ele consegue dizer antes de um novo ataque de riso. — Isso foi lindo. — E enxuga os olhos, os ombros ainda tremendo, enquanto olhamos para ele. Finalmente, nosso horror parece deixá-lo sóbrio, e um olhar feio atravessa seu rosto. Ele se senta na cadeira e cruza os braços. — Muito bem. Apenas limpe isso. — O criado começa a se inclinar novamente para pegar a comida. — Não. Não a pegue. Coma.

Encaro Aurek.

— Você ficou surdo? Coma. De joelhos, como o animal que você é, e coma.

Sem qualquer protesto, o legítimo rei de Lormere cai de joelhos, depois se inclina para a frente. De quatro, ele abaixa o rosto para o chão e começa a comer a carne caída, os cães rosnando ferozmente enquanto come, embora não façam nenhum movimento em sua direção. Perguntei por que os cães não se lembravam dele, e respondeu que eles provavelmente lembravam. Mas só obedeciam a um mestre, e ele nunca fora mestre do bando deles.

Aurek o observa em silêncio, nenhum traço de prazer em seu rosto, mas eu não assisto. Em vez disso, olho para meu colo e puxo um fio do vestido que estou usando, fazendo um pequeno buraco. Merek disse que acredita que era um dos de Twylla; é muito curto e muito apertado em mim, as costuras se esticando na cintura e no peito. Eu me pergunto onde ela está agora e espero que esteja segura. Também espero que ainda queira lutar depois de ver a carnificina que o Príncipe Adormecido deixou nas catacumbas.

Ele me conduziu por corredores cheios de corpos — homens, mulheres e crianças — caídos onde foram mortos. As cortinas tinham sido arrancadas das portas, o sangue estava espalhado sobre as paredes de pedra, e desviei o olhar quando ele desfilou comigo através do Conclave. Quando entramos no

Salão Principal e passamos pelos corpos de uma das Irmãs e da Devoradora de Pecados, gritei, e o Príncipe Adormecido sorriu, passando um braço em volta de mim, como se fôssemos amigos. Seu triunfo era palpável; ele exalava prazer em sua vitória. Vi Silas por um instante, aparentemente inconsciente, encapuzado, amarrado e jogado em uma carruagem puxada por um golem com meia dúzia de guardas. Não o vejo desde que chegamos aqui.

Isso foi há dez semanas, e ainda não sei se Twylla escapou. Espero que sim. E espero que ela ainda queira lutar. Embora tenha que admitir que eu não a culparia se ela se virasse e corresse o mais depressa e para tão longe quanto pudesse.

Quando Merek termina, ele levanta a cabeça, mas permanece ajoelhado.

— Bom cão — diz Aurek, e os verdadeiros cães choramingam para ele. — Agora, por que não...

Somos salvos do que quer que ele pudesse dizer em seguida por uma batida à porta. A atmosfera na sala muda imediatamente, ficando aguçada, e a voz de Aurek, quando manda o interlocutor entrar, soa como um chicote. O criado, vestido de libré preto com os Solaris estampados em ouro no peito, também pode sentir o terror em seu rosto pálido enquanto faz uma grande reverência para Aurek. Olho para o pergaminho em sua mão trêmula e sinto uma pontada de esperança cortar meu medo.

— Uma mensagem, Sua Graça — o homem diz desnecessariamente, olhando para os golens de ambos os lados da porta.

Aurek acena para Merek se levantar e pegar o pergaminho enrolado, e então dispensa o criado, que sai tão rápido que é como se tivesse desaparecido no ar no instante em que Merek põe as mãos no rolo de papel.

Sem que Aurek precise ordenar, Merek o leva para ele, fechando os olhos e quebrando o selo na mensagem, desenrolando-o na frente de Aurek, que agarra seu braço com força e o puxa para baixo para que ele possa ler o que está escrito. Vejo os cílios de Merek se agitarem quando abre os olhos, a menor brecha, para ler a mensagem por si mesmo.

— Deixe-me — explode Aurek. — Vocês dois. Saiam!

Eu me afasto da mesa, quase fugindo da sala, Merek atrás de mim enquanto os golens balançam seus tacos. Há um estrondo vindo de dentro do Salão Principal; os cachorros começam a uivar, e então corro, levantando minhas saias e colocando a maior distância possível entre mim e o Príncipe Adormecido. Não falo com Merek, e ouço seus passos se afastando dos meus, parando para passar para trás de uma tapeçaria que sei que esconde uma porta para as cozinhas. Não olho para trás nem paro.

Eu me apresso pelos corredores gelados e escuros, vazios de gente, a luz da lua guiando meu caminho, lançando sombras no chão como barras de prisão. Quando chego à biblioteca, fecho a porta e me inclino contra ela, querendo que meu coração diminua a vibração em meu peito. Minutos se passam até eu finalmente ter minha respiração sob controle outra vez, minhas pernas já não tremem, e me movo para o fogo que deixei queimando. Volto a tempo; está começando a apagar, e pego alguns dos livros que separei para esse propósito.

A porta se abre e eu me viro para ver Merek parado ali, segurando uma taça. Ele olha para mim, depois para os livros em minha mão e, finalmente, para o fogo. Sem falar, atravessa o cômodo para uma das pequenas mesas restantes, coloca o vinho sobre ela e agarra a cadeira à sua frente.

— Não... — começo, mas é tarde demais.

Ele levantou a cadeira acima de sua cabeça e a derrubou no chão. Cubro meu rosto com as mãos quando ela se quebra, pedaços voando por toda parte. Quando abaixo as mãos, Merek já está empilhando a madeira no fogo, usando uma perna como atiçador.

— Prefiro queimar os móveis a queimar mais livros — diz ele incisivamente, e, apesar do ar frio, coro.

— Desculpe — digo. Não é a primeira vez que ele me pega jogando livros na lareira para me manter aquecida. — Você disse que eu poderia usar esses.

— Se não tivesse escolha, foi o que eu disse. Em uma emergência. — Seus lábios sugerem um sorriso triste.

Sigo seu olhar até as prateleiras, os espaços vazios nela onde nós, quer dizer, eu peguei livros e os usei como combustível. Normalmente, eu me recusaria a fazer isso também, mas Aurek não fornecerá lenha a nenhum cômodo, exceto aqueles que ele mesmo usa. Tenho um pequeno subsídio para a sala da torre que ele me designou, mas já usei essa lua, e é muito arriscado encontrar Merek lá com muita frequência. Aqui parece razoável; ele sempre traz alguma coisa, e se Aurek ou qualquer outra pessoa vier, podemos dizer que o chamei para me trazer comida ou vinho enquanto eu lia. Para esse fim, me sento à mesa e puxo um livro sobre administração agrícola, abrindo-o. Merek, que tem acendido as poucas velas da sala do fogo crepitante, se vira ao me ouvir.

— O que é isso? — pergunta, e levanto o livro para que ele possa ver a capa.

Ele estreita os olhos para ler o título.

— Deuses, isso é velho. — Volta para a mesa com a taça e olha para ela.

— Você está bem? — pergunto baixinho.

Ele balança a cabeça, como se estivesse preocupado com uma mosca.

— Ótimo.

— Merek...

— Não quero falar sobre isso. Nunca. Preferiria apagar isso da memória. Você está bem?

— Estou. Então, o que dizia? — pergunto. — A mensagem.

Todos os traços de constrangimento desaparecem de seu rosto, substituídos por uma expressão brilhante e triunfante.

— Eles atacaram outra vez. A Aurora Nascente. Noite passada. Aqui, na própria Lortune. — Ele faz uma pausa de efeito e eu o encaro de boca aberta. — Pintaram *Aurora Nascente* e desenharam o meio sol na porta da casa do xerife. E então jogaram uma dúzia de ratos vivos pela janela. O xerife foi acordado pelos gritos de sua esposa. — Ele quase sorri. — A mensagem pedia perdão, dizia que uma patrulha passava a cada dez minutos e que não viram nem ouviram nada até os gritos começarem. Não havia sinal de como eles entraram; ninguém saiu de seus postos, ninguém viu nada.

— Já era tempo de eles aparecerem aqui — digo. — Estava começando a pensar que eles haviam se esquecido de Lortune.

Merek emite um som divertido.

— Isso me faz pensar, porém... — Ele franze a testa e caminha até a janela, de costas para mim, enquanto arrasta um dedo pelas persianas, contornando a granulação da madeira. — Como eles trabalham?

— O que você quer dizer?

— Pense bem, Errin. Nas últimas duas luas houve mensagens da Aurora Nascente deixadas por toda a terra, começando em Chargate, depois Haga, Monkham e agora, finalmente, aqui. — Ele se vira para mim, seus olhos brilhando à luz do fogo, uma mancha de cor em cada bochecha. — As mesmas palavras. O mesmo sigilo. Oito semanas depois que a primeira mensagem foi deixada em Chargate, depois de conseguirem atravessar o país, eles atacam, por falta de uma palavra melhor, aqui, e, como você diz, finalmente. Eles *finalmente* atacam o centro de poder do príncipe. Agora, não há como as pessoas da cidade estarem por trás do ataque; Aurek está fazendo tudo o que pode para manter as atividades da Aurora em segredo; ninguém tem permissão de falar sobre isso, todos nós fomos alertados para controlar nossas línguas ou as perdermos. E ninguém, salvo os homens em quem Aurek mais confia, tem permissão para viajar entre as cidades. Então, ou os próprios homens de Aurek estão organizando ou ajudando uma rebelião, o que é improvável, ou a Aurora Nascente está de algum modo se infiltrando nas cidades. Nesse caso, e se eles estiverem criando grupos dentro delas, uma por uma? Não entrando e saindo, mas apenas entrando, esperando o momento certo para agir...

— Merek...

— Eles estão reunindo apoio. — Merek caminha de volta para a mesa e pega a taça, levando-a aos lábios. — Estão espalhando sua mensagem. Estão preparando as pessoas para lutar. Foi por isso que demoraram tanto para chegar até aqui. É isso.

— Você está tirando conclusões precipitadas, Mer. — Largo meu livro e cruzo os braços. — Os moradores da cidade seriam os primeiros a entregar os rebeldes se estivessem aqui. Seus filhos estão sendo mantidos reféns. Não há como eles tolerarem estranhos em seu meio. Aurek está contando com isso; é nisso que reside seu poder. E não há nada que sugira que a Aurora Nascente esteja fazendo qualquer coisa além de apenas passar, deixando mensagens para manter a esperança viva. Eu não os estou criticando! — digo quando sua expressão fica sombria. — No mínimo estou feliz que estejam sendo inteligentes para fazer isso. Qualquer coisa a mais pode fazer com que ele retalie contra inocentes.

Ele franze a testa, tomando outro gole do vinho.

— Talvez.

— Definitivamente. E sei que você não quer isso.

— Claro que não quero. Eles são meu povo, Errin. São o motivo pelo qual eu fiquei.

E solto um longo suspiro.

— Me dê um pouco disso? — peço, e ele traz a taça para mim.

Bebo e a passo de volta para ele, sentimentos mistos lutando para ganhar espaço. Por um lado, preciso da explosão de alegria de quando as mensagens da Aurora Nascente são relatadas, porque significa que alguém — espero que Twylla — está lá fora lutando. Isso significa que Merek e eu não estamos sozinhos.

Mas, ao mesmo tempo, há terror toda vez que a Aurora Nascente faz alguma coisa, por causa das crianças. Desde que eu soube que ele tinha golens varrendo as cidades na calada da noite, instruídos a tirar as crianças de suas camas, fiquei dividida entre secretamente aplaudir os rebeldes e com medo de que suas ações o levem a atacar de modo mais duro.

Às pessoas foi prometido que as crianças seriam mantidas em segurança e devolvidas quando Aurek acreditar que pode confiar no povo. Mas se elas fizerem algo imprudente ou rebelde... Ele deixou a ameaça no ar, porque não precisava pronunciar as palavras. Se alguém tentar alguma coisa contra ele, as crianças sofrerão. E Aurek não sabe o significado de misericórdia — ele até arrancou bebês lactentes dos braços de suas mães.

O que mais me assusta é que não posso deixar de me perguntar se fui eu que lhe dei essa ideia, quando ele viu tudo que eu faria para salvar Lief e mamãe. O poder da *família em primeiro lugar*.

— Digamos que você esteja certo — começo. — Digamos que de algum jeito eles estejam aqui em Lortune. O que vamos fazer?

— Nós os encontraremos e nos juntaremos a eles.

Merek responde tão depressa que sei que estava esperando por isso. Eventualmente nós sempre voltamos a este ponto.

— Não posso sair — lembro a ele. — Você sabe que não posso. Não enquanto Silas estiver aqui, e não enquanto Aurek tiver aquela... coisa para me controlar.

— Ele vai matar você se ficar, você sabe disso.

— Não se eu me comportar.

Merek levanta uma sobrancelha.

— Cale a boca — digo a ele. — Estou tentando, pelo menos.

— Estamos de volta à estaca zero, então — diz Merek, me entregando o resto do vinho. — Esperando. Por qualquer coisa. — Sua boca está fechada em uma linha dura.

— Por Silas. — Tento consolá-lo. — Mais cedo ou mais tarde, Aurek vai cometer um deslize, vamos descobrir onde Silas está, e então todos poderemos fugir.

No segundo em que me permito pensar nele, é como se eu tivesse levado um soco no estômago. Passo os braços em volta do meu corpo, lutando contra as ondas de pânico que me atravessam.

— Talvez pudéssemos me amarrar, para me impedir de fazer qualquer coisa sob o controle *dele*? Tenho certeza de que entre vocês dois poderíamos conseguir.

— Se pudéssemos encontrar outro alquimista...

— Nem pense nisso — disparo, e Merek fica em silêncio.

Ele passa a mão pelo cabelo.

— Prometi segurança às pessoas. No dia em que me coroaram, jurei que lhes traria paz, prosperidade e liberdade. Prometi progresso. Todo dia que passa é mais um dia que falho com eles. Preciso fazer *alguma coisa*.

— Vá, então. — Não consigo manter minha voz controlada. — Vá e a encontre. Ela precisa de você.

— E deixar você aqui?

— Sim. Não quero ser a razão pela qual você acredita que está falhando com seu povo. Vá.

Ele respira fundo e estende a mão para a taça.

— Está vazia — digo.

Merek dá um leve gemido e depois suspira, passando a mão pela cabeça raspada novamente.

— É melhor assim. Ouça, sinto muito, Errin. Eu não deveria descontar em você. Eu só... Eu é que deveria estar organizando uma rebelião. Eu deveria estar liderando isso. É minha responsabilidade. Estou com raiva de mim mesmo, não de você.

— Está bem. Mas você deveria ir. — Eu tento sorrir. — Se há uma revolução acontecendo, então você precisa fazer parte dela.

— Acha mesmo que Twylla me perdoaria se eu deixasse você para trás? — Ele respira fundo e se alonga. — Se eu for, você virá comigo. *Quando* eu for, você virá comigo. Você e Silas.

Eu sorrio.

— Combinado.

Merek suspira.

— Acho que é melhor eu ir agora. Alguns de nós têm que acordar de madrugada para começar a limpar os penicos.

— A vida emocionante do rei disfarçado — digo. — Vou vê-lo amanhã?

— Se for seguro. Eu virei à tarde.

Ele estende a mão e segura meu ombro, apertando-o de leve, depois pega a taça e sai. Fecho meu livro com um baque, jogando poeira no ar, tossindo enquanto me levanto. Estou prestes a colocá-lo de volta na prateleira quando mudo de ideia e o lanço na pilha de combustível. Merek disse que estava desatualizado.

Folheio alguns dos outros títulos, esperando que desta vez encontre o livro de alquimia que deixei passar todas as outras vezes. A mãe de Merek aparentemente recolheu tudo o que pôde, e ainda não encontrei nada aqui. Ou eles foram armazenados em outro lugar, ou Aurek os removeu há muito tempo. Pego um livro sobre botânica e folheio, mas o deixo cair quando a porta da biblioteca se abre e Merek fica parado, os olhos arregalados.

Aurek está vindo atrás de mim, penso. *De alguma maneira, eu o levei ao limite. É isso.*

Mas estou enganada.

— Lief voltou. — Ele arqueja.

Capítulo 9

Quando chego ao Grande Salão, meu irmão está sentado na cadeira que deixei apenas uma hora antes, servindo-se de uma taça de vinho. Ele está de costas para mim, e a primeira coisa que noto é que seu cabelo está curto, mais curto do que jamais vi. Também está mal cortado, como se ele mesmo tivesse feito isso. Está claro que ele veio direto para cá em vez de ir se limpar; suas botas estão enlameadas, há pelos de cavalo presos na calça de montar, o frio agarrado a ele pelo inverno lá fora.

Ele se vira ligeiramente ao som da minha batida à porta já aberta, e vejo seu perfil, tão familiar para mim quanto meu próprio rosto. Então ele olha de volta para Aurek, que está me observando com uma expressão divertida.

— Errin — diz ele. — Que surpresa. Normalmente tenho que convocar você. Estava com saudade da minha companhia? Sentiu terrivelmente a minha falta?

— Eu... — Olho para as costas de Lief, resolutamente viradas para mim.

— Ou de algum modo sentiu que seu irmão havia retornado? Ele mal se sentou e, ainda assim, aqui está você. Eu era gêmeo, então sei sobre o vínculo entre irmãos. O misterioso poder disso. — Ele sorri de leve. — Deve ser isso. Porque, do contrário, a única conclusão a que posso alcançar é que você estava espionando. — O sorriso some, deixando seu rosto sem expressão.

Balanço a cabeça rapidamente.

— Eu estava na biblioteca. Um criado o viu chegar e veio me contar.

Aurek me lança um longo olhar, e então um sorriso lento e sedoso curva seus lábios.

— Muito bem. Suponho que você possa se juntar a nós. Não somos todos uma família aqui, afinal de contas? Venha, sente-se. Ouça as notícias.

Durante todo esse tempo, Lief permanece imóvel e em silêncio. A única outra cadeira está do outro lado da mesa, em frente a ele, e sinto Aurek me observando, sua boca feito uma armadilha sorridente enquanto ando ao redor da mesa.

Quando olho para meu irmão e vejo seu rosto, entendo por que Aurek está sorrindo como se estivesse esperando pela piada.

Lief tem um tapa-olho sobre o olho direito.

Arquejo.

— O que aconteceu?

Eu me esqueço de Aurek, e também que odeio meu irmão. Há uma cicatriz roxa serpenteando por baixo do tapa-olho como relâmpago, atravessando sua bochecha quase até o lábio. Está mal cicatrizado, repuxando a pele, então o lado direito do rosto parece prestes a dar um sorriso de escárnio. Seu outro olho parece mais brilhante ao lado dele, mas não totalmente humano. Ele parece... feroz.

— Ãhn, ãhn. — Aurek levanta a mão. — Nós vamos chegar a isso. Vamos cuidar dos negócios primeiro, está bem?

— Está feito, Sua Graça — diz Lief, sua ferida lhe provocando um leve sibilo, arrastando suas palavras em um silvo.

Lief tira algo do bolso, um pacote de veludo verde, e fica em pé, levando-o para Aurek antes de voltar ao seu lugar. Não consigo parar de olhar para ele, e sua pele fica vermelha, como se pudesse sentir meu olhar.

Aurek abre o pacote que Lief deu a ele e sorri, colocando-o na mesa para que eu possa ver. Estico meu pescoço e olho dentro dele. Na mesma hora sei o que é, ainda que nunca o tenha visto na vida real — só vi sua marca uma ou duas vezes.

Aninhado no pano há um cabo de madeira, vermelho-claro e polido, com um grande disco de ouro no final. Sei que, nesse disco, gravado no metal, há uma árvore vasta e cheia de galhos, suas raízes se espalham tão abaixo do solo quanto sua copa se aproxima do céu.

O Selo de Tregellan: feito das coroas derretidas de nossa antiga realeza e forjado na manhã de sua execução para representar a nova república de Tregellan. Agora de volta ao governo de um rei. Todas as leis, decretos, contas e mandatos aprovados nos últimos cem anos usavam esse selo para declarar a decisão democrática do Conselho. Meu próprio Juramento de Boticária foi carimbado e enviado de volta ao Mestre Pendie. Minha Licença para a Prática também teria sido selada e pendurada onde eu trabalhasse para que todos pudessem ver que eu tinha sido aprovada pelo Conselho, o selo me legitimando.

Percebo, enquanto fico olhando, que meu irmão e Aurek ainda conversam.

— ... Tressalyn é sua agora; o resto de Tregellan cairá mais cedo ou mais tarde. Os termos foram mais do que aceitáveis para a maioria do Conselho, e os poucos que se opuseram foram... removidos do cargo — Lief diz a ele.

— E você tem os alquimistas? — pergunta Aurek.

— Todos os cinco. Recuperados e aguardando, à sua disposição, Sua Graça. Suas escolhas foram despachadas. Duas das Irmãs.

— E a garota Devoradora de Pecados?

Prendo a respiração, esperando — orando — para que ele não saiba de nada.

— Relatos conflitantes indicam que ela está tanto em Penaluna quanto em Scarron, Sua Graça. — Ele bate os dedos na mesa. — Se eu fosse arriscar um palpite, porém... Diria que ela fugiu para Scarron. Ela é uma criatura de hábitos e covardia. Vai aonde se sente segura, aonde acredita que tem um santuário. Aqui, ela se escondeu em seu templo quando as coisas não correram do seu jeito. Lá fora, foi para Scarron que ela fugiu quando saiu daqui. Ela vai se agarrar ao que conhece.

Aurek assente.

— Então você enviou gente para lá, certo?

Lief faz uma pausa.

— Não, Sua Graça. Tomei a liberdade de instruir um grupo a se dirigir a Penaluna e a divulgar sua presença a caminho.

— Por quê? — Aurek olha para ele.

— Porque, se os rumores de que ela está sendo procurada por lá chegarem até ela, como tenho certeza de que chegarão, será mais fácil ir a Scarron e capturá-la. Pretendo partir nos próximos dias, com a sua permissão. Se ela estiver lá, voltarei com ela em uma quinzena. Tem minha palavra.

Aurek ri, jogando a cabeça para trás.

— Claro que sim. Excelente. Realmente, um excelente trabalho. Você espera que ela esteja sozinha?

Lief assente.

— Aposto que sim. O preço por sua cabeça é suficiente para seduzir até os mais santos a entregá-la. E ela não é exatamente muito boa em conquistar as pessoas.

Aurek franze os lábios.

— Hum. No entanto, ela tem apoio. Já ouviu falar desse grupo, autodenominado Aurora Nascente?

Não movo um músculo, mas algo em meu rosto deve me denunciar, porque Aurek olha para mim.

— Gostaria de acrescentar alguma coisa, Errin? — pergunta ele. Permaneço em silêncio.

— Ouvi, sim — diz Lief, quando Aurek volta a sua atenção para ele. — Meus homens em Chargate e Monkham escreveram pedindo instruções assim que ocorreram os primeiros ataques. Dei ordens para aumentar as patrulhas e capturar, não matar, qualquer um que eles encontrassem cometendo ofensas.

— *Não* matar?

— Não consigo extrair informações dos mortos, Sua Graça.

Aurek sorri outra vez, claramente emocionado com ele. Lief, o estrategista. Ele se parece ainda menos com meu irmão do que no templo dos ossos.

— Houve um ataque aqui ontem à noite — continua Aurek. — A Aurora Nascente atacou a casa do xerife. Pintou seu símbolo nos muros. E ratos. Vivos. Lançados na casa do xerife.

Vejo o canto do olho bom de Lief se contrair.

— Aqui? Em Lortune?

— Aqui. Preciso saber quem fez isso e como. Estou preocupado... — Aurek faz uma pausa, franzindo a testa. — Estou preocupado que talvez seu controle sobre meus homens não seja tão absoluto quanto acreditamos. Se ela está em Scarron, isso significa que há pessoas aqui agindo como seus agentes, pessoas com poder e acesso a portões, muros, e assim por diante...

Lief pega seu vinho.

— Sua Graça, posso lhe garantir...

— Não preciso de suas garantias, Lief — interrompe Aurek. — Preciso saber quem, em suas fileiras, apoia a vadia da Devoradora de Pecados, e preciso da cabeça deles nos meus portões. Não estou responsabilizando você por isso. Não ainda. Não falhe comigo, meu irmão.

— Sim, Sua Graça — diz meu irmão, inclinando a cabeça.

Relaxo um pouco. Se Aurek acredita que os dissidentes são seus próprios homens, é improvável que ele machuque as crianças; seus partidários são os únicos cujas famílias foram deixadas intactas.

— Muito bem. Você agiu bem, meu amigo. Agora vamos falar sobre essa cicatriz. Você quer um pouco de Elixir para isso? Eu poderia mandar trazer para você em questão de instantes. — Aurek me lança um olhar malicioso e meu estômago dá um salto agora familiar, enquanto meus pensamentos se voltam diretamente para Silas. Não faço barulho, no entanto. Não movo um músculo.

— Prefiro ficar com ela, na verdade. Como um lembrete para não subestimar a dissimulação das mulheres.

— Ahhh, então uma *mulher* levou a melhor sobre você em uma luta.

Lief sorri com o lado esquerdo do rosto.

— Uma Irmã, Sua Graça. Para ser preciso, duas Irmãs. Na Estrada do Rei, enquanto eu pegava seus alquimistas. Elas são feias, mas lutam bem.

— Entendo que estão lutando em algum outro plano agora?

— O que sobrou delas, Sua Graça. — Lief sorri, e faço careta para ele.

— Fico feliz que papai não tenha vivido para ver isso — digo em voz baixa, as palavras escorregando de minha boca antes que eu possa contê-las. Não me arrisco a olhar para Aurek, mantendo o foco em meu irmão. Mas ele não me oferece a mesma cortesia; em vez disso, lança-me o mais breve dos olhares, depois bebe seu vinho e o desprezo é como uma bofetada.

— Ah. — Aurek bate palmas, o som me assustando. — Isso me faz lembrar: você encontrou sua mãe?

— O quê? — Olho para Lief, cambaleando de novo, embora desta vez eu não me importe com o que Aurek pensa ou faz. Não nesse momento. — Lief? — Ele levanta o copo outra vez, me ignorando, e salto de minha cadeira e atravesso a mesa, batendo na mão dele. — Você está com a mamãe? Você a trouxe *para cá*?

Não posso acreditar que ele a trouxe para este lugar — para ser prisioneira como eu. Com *ele*. Aurek uiva de tanto rir, batendo de novo na mesa, e Lief se vira com movimentos lentos e exagerados para observar a taça que rola no chão. Ele dá de ombros, depois olha para Aurek, ainda evitando meu olhar, e aponta para a garrafa na mesa.

— Fique à vontade — diz Aurek, e Lief pega a garrafa, bebendo direto dela. — Está vendo o que tive que aguentar na sua ausência?

— Peço desculpas por minha irmã, Sua Graça.

— Não se atreva — rosno para ele. — Não se atreva a falar por mim quando você nem sequer olha para mim. Onde ela está?

Lief abaixa a garrafa.

— Posso ir me refrescar, Sua Graça? — pergunta ele, me ignorando.

— Claro. Acomode sua mãe, faça o que precisa, e o verei mais tarde em minha sala. Temos muito que discutir. E, aparentemente, o que celebrar.

— Lief. — Minha voz se eleva para um grito. — Olhe para mim.

Lief se levanta e se curva.

— Sua Graça é gentil. — Ele se vira e sai, como se eu nem estivesse na sala.

— Lief! — chamo.

Ele fecha a porta atrás de si, não com uma pancada, mas com lenta deliberação, e olho para ele, meu coração pulando no peito.

— Você gostaria de ver sua mãe, Errin? — pergunta Aurek, baixinho.

Eu me volto para ele, cada centímetro me custando muito esforço.

— Você sabe que sim.

— Então apenas peça, querida. Isso é tudo que precisa fazer. É só pedir.

É uma armadilha. Só pode ser. Fico em silêncio.

— Não? Você não quer vê-la? Você não pode se forçar a me pedir por favor?

Não posso correr o risco de ele, pela primeira vez, estar falando a verdade.

— Por favor... — Eu me ouço dizer. — Por favor, posso ver minha mãe...? Sua Graça? — acrescento.

Ele se levanta e atravessa a distância da mesa, chegando a ficar na minha frente.

— Então você sabe ser gentil quando quer.

Ele ergue a mão pálida e acaricia meu cabelo, e espero seus dedos apertarem, cerrando meus dentes, preparando-me para o puxão que tenho certeza que virá. Mas isso não acontece. Ele cobre minha bochecha e olha em meus olhos.

— Continue assim e vamos ver. Mas você tem que aprender a se comportar, querida. Não terei nenhuma égua selvagem em meu estábulo. Peça-me outra vez amanhã. Com a mesma gentileza. — Ele se inclina e dá um beijo em minha testa, e mesmo que isso faça meu estômago se revirar de desgosto, eu me mantenho imóvel.

Ele se afasta, estalando os dedos para chamar os cachorros, e me deixa sozinha no Grande Salão. O Selo de Tregellan ainda está na mesa e ando até lá, pegando-o. É mais leve do que eu esperava. Fecho meus olhos.

Estou deitada na cama, mas o sono não chega. Pus uma cadeira para travar a porta; tenho feito isso todas as noites desde que achei que ele ia me fazer pular da janela. Não que eu espere que isso o impeça de entrar se ele quiser, mas pelo menos me dará um aviso. Embora não tenha entrado em meus sonhos desde então.

Rolo de bruços. Eu me pergunto onde Lief está agora — se ele dorme ou se ele ainda está com Aurek, rindo juntos. Esse pensamento me deixa furiosa e eu me viro de costas, batendo no travesseiro com o punho. Estou furiosa por ele ter trazido mamãe aqui. Aurek me disse que ele foi buscá-la, mas não acreditei nele. Achei que ela estaria segura o suficiente em Tressalyn, mais do que em qualquer outro lugar. E agora ela está aqui. Comigo e com Silas. Presa.

Não sei como Silas está. Só sei que ainda vive porque Aurek está radiante esses dias, sua beleza e vitalidade são obscenas em comparação com o castelo e as pessoas ao seu redor.

Eu me viro de lado e ajeito as cobertas por cima e ao redor de meus ouvidos, observando as sombras se moverem pelo quarto à medida que a noite passa. Quando a madrugada chega, ainda estou acordada, olhando para o nada. Eu me sento quando alguém tenta entrar no quarto, uma voz abafada praguejando. Merek. Finalmente. Tropeço para fora da cama e afasto a cadeira, abrindo a porta.

E me deparo com o rosto de meu irmão.

Ele se demora à porta, uma bandeja de comida na mão. Está vestido de preto da cabeça aos pés, sua cicatriz tão chocante à luz da manhã quanto na noite passada. Enquanto o observo, vejo as linhas em sua testa, a barba em seu queixo; ele também me examina, seu único olho me avalia antes que ande pelo quarto, indo da cama para a escrivaninha, depois para a janela, e vejo o tique em sua mandíbula enquanto ele olha ao redor.

— Imagino que isto aqui esteja diferente de quando você viu pela última vez — digo, e seu olho verde pisca quando descansa em mim. Merek me contou o que Twylla não disse. A verdade sobre o que meu irmão fez com ela e com ele.

— E você se pergunta por que está passando por um momento difícil — diz Lief em voz baixa.

Por um momento, considero contar-lhe o que Aurek fez comigo enquanto ele estava fora fazendo seu trabalho sujo. Penso em dizer-lhe que seu precioso rei mantém uma boneca no bolso, feita de argila misturada com meu cabelo e meu sangue, e que a usa para me fazer comer, dançar e o que mais ele quiser que eu faça. Que acordei e me vi de pé em uma perna só no topo das escadas, oscilando precariamente, ou debaixo de minha cama com o rosto pressionado na poeira, e sei que isso significa que em algum lugar do castelo Aurek está sem sono e brincando comigo para se divertir.

Que às vezes ele me obriga a sentar em seu colo enquanto acaricia meu cabelo e me conta sobre os velhos tempos em Tallith. As sete torres do castelo de Tallith e as pontes entre elas, sua vida com sua irmã e seu pai. Que às vezes ele parece tão melancólico e solitário que por um instante esqueço que é um monstro, embalada por sua voz suave e suas mãos em meu cabelo. Até que vira meu rosto para o dele e eu o vejo, e me lembro exatamente do que ele é, e meu olhar o faz lembrar-se de que pode controlar meu corpo, mas não consegue controlar minha mente. Então ele me joga no chão e me deixa lá por horas, incapaz de me mover até que ele permita. Eu poderia contar a Lief sobre as vezes em que o legítimo rei de Lormere teve que me levar para o meu quarto e me limpar, como antes eu limpava nossa mãe, porque a negligência ou a maldade de Aurek faziam com que eu tivesse me sujado.

Mas não conto, porque estou com muito medo de que ele já saiba e não se importe. Quando Aurek fez a minha boneca, eu estava cheia da esperança selvagem de que as ações e o comportamento de Lief fossem porque ele estava sendo controlado também. Achei que talvez ele não tivesse me traído, ou a Tregellan. Eu me perguntei se ele também era um fantoche. Mas ele não é. Lief escolhe isso.

Ele leva a bandeja para a escrivaninha e a deposita ali antes de caminhar até a janela e abrir as persianas.

— Deixe assim, está congelante aqui.

— Está fedendo aqui dentro — diz ele suavemente. — Precisa de arejamento. Vou pedir que aumentem sua ração de combustível. Você também pode ficar com a minha quando eu não estiver aqui.

— Ração? Foi isso que ele lhe disse? Que está sendo racionado?

— Errin, está sendo racionado. Até que as coisas se estabilizem, haverá alguma escassez.

Balanço a cabeça para ele.

— Ele tem carne na mesa todas as noites. E legumes frescos.

Lief suspira e esfrega o alto do nariz.

— Como você está? — pergunta, sua voz ainda irritantemente suave.

— Você está brincando? — duvido.

Ele abre a boca, mas parece morder o que quer que estivesse prestes a dizer.

— Você vai ficar contente em saber que Lirys está viva. E Carys também. Eles foram transferidos para Tressalyn e acomodados lá. Como meus convidados pessoais.

Olho para ele, Lief olha de volta, e tenho a impressão de que está esperando que eu lhe agradeça. Quando permaneço calada, piscando em silêncio, ele acena para a bandeja.

— É pão e manteiga, mingau e um ovo.

— Isso não o incomoda? — pergunto, por fim.

— O quê? — diz ele, uma pontada de irritação transparecendo em seu tom.

— Isso. Tudo isso. Para começar, eu estar aqui. Em trapos. Você sabe de quem é esse vestido, não sabe? — Ele fica em silêncio. — Eu sou sua irmã — digo. — O que aconteceu com a *família em primeiro lugar*?

Com isso ele se vira, o rosto frio.

— De onde você acha que eu acabei de vir, Errin?

— Eu *sei* de onde você veio. De matar nossos compatriotas sob as ordens *dele*.

— Eu vim de resgatar nossa mãe. Nossa mãe, que eu trouxe de um asilo para cá.

— Você está realmente me culpando por isso? Você nos deixou, lembra? Você nos deixou por três luas. Se alguém é culpado pelo estado dela, é você. — Ele não responde, e o silêncio entre nós se adensa, congela como gordura. — Como... Como ela está? — pergunto, quando se torna demais, e ele recua, mas não diz nada, e me dou conta de cada batida do coração se tornando uma coisa dura e cheia de pavor em meu peito. — Lief?

Ele meio que se vira, de modo que seu rosto fica de perfil contra a luz invernal.

— Eu não sei. Ela não come. Nem dorme. Apenas olha fixamente. Ela não pode... Ela não vai cuidar de si mesma. De jeito nenhum. — Então ele se vira para mim. — É assim que ela era? Era por isso que estava naquele lugar? Porque está louca?

— Ela não é louca. — Eu me inclino para a frente, segurando as cobertas em meus punhos. — *Ele* faz isso com ela.

— Faz o quê?

— Pergunte a ele. Pergunte a ele sobre o simulacro. Pergunte a ele o que fez com eles, com ela. Comigo. Ele fez bonecas de nós. Entrou em meus sonhos à noite e a fez me atacar, em todas as luas cheias. Disse que era sua "brincadeirinha". Por três luas ele fez isso. Ainda está fazendo. Deve estar. Você não vê; ele é um monstro. Você está trabalhando para um monstro.

— Eu não posso — diz Lief, e atravessa o quarto até a porta.

Dou um passo em direção a ele, as mãos levantadas, e Lief agarra meus punhos, arrancando um grito de mim com a dor que seu aperto provoca. Ele me solta imediatamente, seu rosto pálido.

— Me perdoe — diz ele, estendendo a mão para mim, mas recuo.

— Ouça bem — sussurro para ele. — Aurek passou três luas sussurrando na mente dela. Ela já estava de luto pelo papai e depois você desapareceu, evaporou. E, enquanto você matava a caminho de Lormere sob as ordens dele, Aurek estava na cabeça dela, fazendo-a agir como um animal.

Lief balança a cabeça e enrolo meu lábio para mostrar a ele meu dente lascado.

— Ela fez isso, enquanto ele a estava controlando. Ela me atacou e me puxou para o chão. Nossa mãe, Lief. Isso lhe parece algo que ela faria? Pergunte a Silas. Ele lhe dirá. Ele estava lá. Enquanto você estava fora, ele estava lá e viu tudo.

Lief olha para o chão, e há um momento em que acho que finalmente consegui alcançá-lo. Mas então ergue a cabeça, com os olhos fixos na porta atrás de mim.

— Eu virei e a levarei para jantar mais tarde — diz ele em voz baixa. — Tente usar algo que lhe sirva hoje à noite.

— Isso é tudo que tenho! — Eu voo da cama e abro a porta do guarda-roupa. — As roupas de verão dela; é tudo que tenho.

— Você poderia ter pedido algo mais quente — diz Lief. — Vou mandar alguma coisa. — Com isso, ele se vira e sai.

Ouço seus passos na escada, devagar, sem pressa, e grito atrás dele:

— Por que você não se importa?

Quando a porta bate, eu me jogo na cama e grito no travesseiro bolorento até que minha garganta está em carne viva e estou tremendo de frio, ou de horror, não sei qual dos dois. Rolo de costas e olho para o teto, incapaz de parar de tremer. Puxo as cobertas para cima de mim, mas não consigo me aquecer.

Ele tem a mim, mamãe, Silas e Lief. Ele vai fazer Silas sangrar até a morte pelo Elixir. Vai me matar quando se cansar de mim. E Lief também, muito provavelmente, se ao menos ele soubesse.

E percebo então que nenhum de nós conseguirá sair vivo disso. Nem eu, nem Silas, nem mamãe.

Capítulo 10

Lief mantém sua palavra nos dois sentidos. Quando volto de uma tarde infrutífera na biblioteca — nenhum sinal de Merek —, encontro um vestido dobrado em cima da cama. A janela também foi aberta e a pilha de lenha foi reabastecida, levando-me a pensar que ele mesmo a trouxe para cá.

O vestido está amarrotado, cheira a mofo e obviamente foi recuperado de um baú. Quando o suspendo no ar, vejo que há manchas de bolor negro na renda do colarinho e dos punhos, e uma camada de poeira se solta dele, fazendo-me recuar. Mas é mais comprido do que qualquer um dos vestidos de Twylla, e o grosso veludo azul promete um pouco mais de calor também. Quando o experimento, fica muito grande, mas ainda é uma melhoria. E, com sorte, o cheiro manterá Aurek longe de mim.

Lief não diz nada sobre isso quando vem me buscar. Ele está de preto outra vez, e, nos corredores escuros, seu rosto parece severo, o tapa-olho aumentando essa impressão. Ele se move com propósito, a perda de um olho aparentemente não lhe causando nenhum problema.

— De quem era o vestido? — pergunto quando fica claro que ele não vai falar. — Era da rainha?

Por um momento ele fica em silêncio. Então diz:

— Não sei.

— Onde você o encontrou?

— Em um baú.

— Como está mamãe?

— Descansando. Foi uma longa jornada.

— Quando poderei vê-la? — Como ele não responde, pergunto de novo. — Lief, eu quero vê-la. Quando?

— Quando Sua Graça permitir.

Ele é salvo da minha resposta quando viramos o corredor para o Grande Salão e as portas se abrem, manipuladas pelos golens que Aurek mantém perto dele como guarda pessoal.

Lief se curva numa reverência assim que cruza o limiar, e, depois de um momento, faço o mesmo, relutantemente dobrando o joelho em direção a Aurek. Mas, quando levanto a cabeça, ele não está olhando para mim ou para Lief. Em vez disso, está debruçado sobre papéis, ignorando a comida na mesa.

Lief hesita, até que Aurek murmura para nós:

— Sentem-se.

Como crianças obedientes, caminhamos na ponta dos pés até a mesa — Lief à direita de Aurek, e eu dois lugares distante dele.

Aurek ainda não ergue os olhos; em vez disso, ele empurra um pedaço de papel na direção de Lief, que começa a lê-lo. Estico meu pescoço para ler também, mas Lief faz uma careta para mim e move o braço para bloquear minha visão, continuando sua leitura.

Ele olha para cima bruscamente.

— Houve mais incidentes como este, Sua Graça?

Aurek assente, o cabelo prateado arrastando sobre a mesa, os olhos ainda no papel que está absorvendo.

— Chargate. Os soldados o contiveram. Quatro deles morreram.

— Existe... Você sabe por quê? — pergunta Lief.

— Não tem nenhuma consequência real — diz Aurek, folheando os papéis. — Sempre foi um problema; eventualmente, eles se tornam mais difíceis de controlar, quanto mais tempo existirem. Acima de tudo, isso significa que precisamos confiar mais nos soldados, fora do castelo, ou em qualquer lugar em que eu não esteja.

— Vou cuidar disso. E vou substituir esses homens.

Aurek assente e depois olha para cima. Seus olhos se estreitam quando pousam em mim; ao que parece, só agora percebeu que também estou ali.

— O que você está fazendo aqui?

— Eu... Eu vim para o jantar.

— Eu a convoquei? — pergunta ele, mas não é uma indagação de verdade.

— Eu a trouxe, Sua Graça. — Lief me surpreende ao falar. — Perdoe-me.

— Peça minha permissão da próxima vez — diz Aurek friamente. — Eu me sentirei mais inclinado a ser indulgente com seu amor por sua irmã quando ela conseguir encontrar o amor dela por mim.

— Sim, Sua Graça.

— Saia — diz Aurek. — Vamos mandar comida para você.

Assim que ele para de falar, os golens nas portas as abrem, esticando os braços pesadamente em sequência. Eu me afasto da mesa e fico de pé, fazendo a mais breve das reverências antes de fugir do salão, tremendo ao passar por eles, minha cabeça cheia de pensamentos. Do que eles estavam falando? Os soldados contiveram o quê? O que sempre foi um problema? Não a Aurora Nascente, com certeza. Mas o que mais poderia ser?

Preciso falar com Merek, mas outro criado acaba trazendo meu jantar, e não posso arriscar levantar suspeitas perguntando por ele. Amanhã, digo a mim mesma. Eu o encontrarei amanhã.

* * *

Horas depois, estou quase aquecida o bastante para pegar no sono quando a porta se abre, sacudindo-se em suas dobradiças e batendo na parede, enquanto Aurek voa para o outro lado do quarto, em minha direção.

Mal tenho tempo de me sentar, de gritar, antes que ele segure meu punho em uma das mãos e corte minha palma esquerda, liberando meu punho para pegar o simulacro no bolso. Quando eu me afasto, ele aponta a faca para mim, um aviso silencioso, e paro imediatamente. Ele mantém os olhos fixos nos meus enquanto pressiona a boneca contra o corte.

— Segure isso — ordena, enrolando meus dedos sobre a boneca para mantê-la no lugar.

Ele corta a ponta do seu próprio polegar e nós dois observamos uma gota de sangue, vermelha como a minha, surgir. Então tira o simulacro de mim, espalhando seu sangue no barro, misturando-o ao meu. Enquanto nós dois assistimos, nosso sangue é absorvido, e a superfície da boneca fica limpa, como se nada tivesse acontecido.

Então ele deixa o quarto sem uma palavra, fechando a porta atrás de si. Saio da cama, cambaleante, e arranco uma tira de tecido de um dos vestidos da Twylla, usando-a para amarrar minha mão, respirando devagar na tentativa de acalmar meu coração disparado. Olho para minha mão, observando o sangue escorrer através do tecido, enrolando outra tira sobre ele. Odeio quando ele faz isso.

Então, um novo pensamento me ocorre: por que ele faz isso?

Por que tem que vir e tirar mais sangue? Corro um dedo sobre o curativo, e tento me lembrar de todas as vezes que ele me cortou, pressionando o barro nas feridas. Foram muitas. Geralmente depois de eu ter feito algo particularmente irritante para ele. Eu achava que estivesse apenas sendo cruel, me lembrando de que eu estava sob seu poder. Mas e se for mais do que isso...?

Eu me lembro de uma vez, nos meus primeiros dias aqui, na sala de guerra, quando um de seus golens em miniatura começou a se mover sem seu comando. Ele o esmagou, dizendo que *não é bom quando eles começam a fazer o que querem*. Eu não tinha pensado nisso antes, mas isso significa que, depois de um tempo, eles fazem coisas que ele não mandou.

Ele estava falando sobre seus golens esta noite? Em Chargate e no outro lugar. Os que enviou para Lormere começaram a agir por vontade própria? Repasso a conversa dele e de Lief várias vezes, e quanto mais penso nisso, mais certeza tenho. Quanto mais tempo existirem, mais seus golens começarão a se comportar de maneira independente, sobretudo se ele não estiver lá para continuar lhes dando ordens. Eu apostaria minha vida nisso.

E isso deve significar que, se ele não continuar adicionando sangue novo ao meu simulacro, mais cedo ou mais tarde não poderá usá-lo para me controlar também.

Eu me deito de volta no travesseiro, consciente de que não vou dormir esta noite; minha mente está cheia de pensamentos.

Recebo um bilhete de Aurek na manhã seguinte, antes de me vestir, informando que minha presença não será solicitada no jantar desta noite nem no da noite seguinte. Isto é exatamente o que diz: "não será solicitada", como se eu fosse um entretenimento programado que foi adiado. Suponho que seja exatamente o que sou para Aurek. É superficial, essa única linha, e isso me diz que ele está preocupado, ocupado demais para me importunar.

Ainda assim, exijo que o criado que trouxe o bilhete espere, e respondo o mais educadamente possível, perguntando se posso ver minha mãe. Três horas se passam enquanto espero uma resposta, e as paredes se fecham, centímetro por centímetro, até que não aguento mais. Então pego minha capa e saio dos meus aposentos, com a intenção de procurar Merek. Mas, ao pé da escada, uma surpresa: dois homens, parados do lado de fora da porta da torre, claramente agindo como guardas.

Nós todos nos encaramos; está óbvio que nenhum de nós esperava ver um ao outro.

— Eu sou uma prisioneira? — pergunto.

Os guardas trocam um olhar.

— Não. — Um deles se arrisca a dizer depois de um momento, embora não tenha certeza.

— Então o que vocês estão fazendo aqui?

— O capitão Vastel nos pediu que garantíssemos que você fosse atendida — responde o mesmo guarda.

— Ele pediu?

Ambos assentem.

— Quais são as suas ordens?

— Vamos acompanhá-la pelo castelo e mantê-la em segurança.

Olho para os homens, mas não há humor em suas palavras. Idiotas.

— O capitão Vastel mencionou algum lugar que possa ser... particularmente inseguro? — pergunto.

— Fomos solicitados a mantê-la longe da torre norte, quer dizer, da Torre da Vitória, e da Torre do Valor. Você pode ir a qualquer outro lugar, desde que estejamos com você.

A Torre da Vitória — a antiga torre norte, que Merek me disse ter sido originalmente usada para os discursos e funerais — é onde Aurek mantém seus aposentos. A torre sul — a Torre do Valor — era onde a família real lormeriana vivia. Embora eu não possa ter certeza, apostaria que é onde ficam os quartos de Lief, e onde minha mãe está, também.

— Por que não posso ir à Torre do Valor? — Eu os testo. — E se eu precisar ver meu irmão?

O segundo guarda, em silêncio até agora, finalmente fala em tom firme:

— Se precisar vê-lo, é melhor nos pedir que lhe mande uma mensagem.

Então não são dois idiotas. Este sabe que não é com a minha segurança que ninguém está preocupado.

— Claro. Posso perguntar seus nomes, se devem me acompanhar a todos os lugares?

Os homens silenciosamente se entreolham de novo, e então o mais encurralado dá de ombros.

— Eu sou Crayne — diz. — Este é Thurn.

— Bem, Crayne e Thurn — digo. — Eu preciso ir à biblioteca.

Não volto a falar, me viro e desço o corredor da melhor maneira que posso. Minha respiração é visível, branca no ar frio. Estou usando outro vestido de Twylla, verde desta vez, algodão pesado. É menos apertado que o vermelho, e um pouco mais grosso, mas ainda expõe meus tornozelos ao ar frio e me deixa com medo de respirar muito profundamente. Ao virar o corredor para a biblioteca, algo cai no chão, e por pouco não me acerta. Olho para baixo e vejo gelo. Há pingentes pendurados nos candelabros apagados. Olho para os dois homens para ver se eles estão chocados, mas seus rostos estão cuidadosamente sem expressão, e, quando olho mais de perto, vejo o pelo que reveste seus mantos. Quando chegamos à biblioteca, entro, e, para meu horror, Thurn entra comigo, enfiando o pé na porta quando tento fechá-la.

— Eu gostaria de ficar sozinha — digo.

— As ordens do capitão são que, fora de sua torre, um de nós deve mantê-la à vista em todos os momentos.

— Mas estou perfeitamente segura aqui. — Eu abro a porta e gesticulo para a sala vazia.

Thurn não diz nada, passando por mim e assumindo uma posição junto da porta. Quando olho para ele com a testa franzida, estende a mão e aponta para dentro, erguendo as sobrancelhas para mim.

Eu viro as costas para ele e caminho até as prateleiras, tremendo de raiva. Fico de costas para ele e corro o dedo pelos livros, como se estivesse procurando por um título específico. Preciso contar a Merek o que descobri ontem à noite no jantar e o que Lief disse esta manhã, mas ele não poderá ficar aqui com um guarda ouvindo. Sobretudo aquele que parece menos sombrio do que o normal. Merek está confiante de que ninguém aqui sabe quem ele realmente é, certo de que sua aparência alterada e o fato de que ele estava de volta ao castelo uma lua antes de Aurek chegar significam que não é familiar a ninguém aqui. Mas eu fui capaz de reconhecê-lo, e preferia que ele não arriscasse isso com mais ninguém. Especialmente agora que Lief está aqui. Merek precisa ficar longe dele.

Pego um volume das prateleiras e levo-o para a mesa, deixando-o ali com o pretexto de procurar outra coisa, tentando pensar. Preciso ver Merek. Com minha nova guarda adorável, parece que o único lugar onde estarei sozinha é em meus aposentos, mas eles insistirão em acompanhar um criado? Preciso de uma razão para ele ficar mais tempo do que levaria para entregar ou buscar uma bandeja. Pego outro livro e o junto ao primeiro. Continuo fazendo isso, fingindo escolher livros de que preciso, o tempo todo martelando meu cérebro em busca de uma maneira de conseguir que Merek vá ao meu quarto e fique lá por pelo menos cinco ou dez minutos. Tempo suficiente para eu lhe contar minhas suspeitas sobre os golens e o simulacro; isso é tudo de que preciso.

Thurn tosse significativamente, e eu lhe lanço um olhar agudo, que ele retorna no mesmo nível. Então adiciono outro livro à minha pilha, e arrasto um banco até as prateleiras no canto, fico de pé sobre ele e começo a olhar as lombadas empoeiradas dos livros ali. Um chama minha atenção e eu o puxo. A capa parece familiar contra meus dedos, e ainda assim estranha ao mesmo tempo. É menos esfarrapada e manchada do que o livro que eu conhecia, como seria adequado para uma biblioteca real.

O Príncipe Adormecido e outras histórias.

Pode haver algo de útil ali. Há supostamente um fundo de verdade em todos os contos de fadas.

Eu o coloco no topo da pilha e a levanto, cambaleando para Thurn, que parece se divertir.

— Aqui. — Eu os empurro com força contra seu peito duro, forçando-o a reagir instintivamente e segurá-los. — Leve isso para o meu quarto. — Eu puxo a porta para abri-la e saio, mordendo o lábio para conter um sorriso que parece estranho ao meu rosto.

De volta à minha torre, eu me sento à escrivaninha e espero, folheando um dos livros sem ver as palavras. Ando de um lado para outro, pego um novo livro e tento lê-lo, mas não consigo me concentrar. Tampouco consigo parar de me mexer. Merek disse que Twylla passava dias inteiros aqui, saindo apenas para rezar em seu templo, e não tenho ideia de como ela conseguia. O que ela fazia aqui? Como não enlouqueceu? Não é de admirar que tenha se apaixonado por Lief tão rapidamente; ele deve ter sido a primeira coisa emocionante que aconteceu com ela em anos.

Monto uma fogueira e me sento na frente dela, esperando. Mais cedo ou mais tarde, alguém virá trazer comida, e tenho que torcer para que seja Merek dessa vez. Com sorte, nos breves momentos em que puder estar aqui sem levantar suspeitas dos guardas, conseguirei dizer a ele o que sei.

Mas quando Merek entra, com uma bandeja de comida e uma taça do que talvez seja água, talvez vinho, ele balança a cabeça de leve ao entrar, dando-me uma advertência meio segundo antes que Thurn apareça na porta atrás dele. Olho para o guarda, sinto meu coração afundar, e depois olho para Merek.

— Obrigada — digo.

Estendo a mão para pegar a bandeja, mas ele não a passa para mim. Em vez disso, levanta a tigela e a taça e as coloca na escrivaninha, ao lado da pilha de livros. Se eu não estivesse olhando, não teria visto o minúsculo pedaço de papel que caiu de sua manga na tigela. Ele coloca a colher sobre ela e se curva.

— Voltarei em uma hora para buscar a bandeja, madame.

— Não precisa se incomodar. Nós a levaremos lá para baixo — diz Thurn. Ele caminha até nós e ergue a taça, cheirando-a. — Muito bem — diz, olhando para ela enquanto a pousa novamente.

Uma sensação fria de pavor começa a se formar enquanto ele examina a bandeja, e quando alcança a colher que esconde o bilhete, falo:

— Então pode trazer meu leite quando fizer isso. E diga à cozinha que o quero com lavanda. Não estou dormindo bem. Uma panela quente para a cama também seria muito bom.

Ele solta a colher enquanto desdenha.

— Claro, minha senhora. O que desejar, minha senhora. — Thurn se vira para Merek. — Você entendeu tudo? Leite e uma panela. Traga.

Merek acena e me deixa, e eu me sento à mesa e levanto a taça. Thurn ainda está me observando, e sinto uma pontada de raiva dele. Eu o observo.

— Você quer mais alguma coisa?

Ele sorri.

— Avise-nos quando terminar — diz, e se move para sair.

Tão logo ele se vira de costas, pego o bilhete e o escondo sob a borda da tigela, então, quando ele faz uma pausa na porta e olha para trás, estou abaixando a colher e mastigando minha língua. Eu me sento e como, fingindo ler, até que posso ouvi-lo se afastando. Faço barulho suficiente com a colher contra a tigela de metal para tranquilizar qualquer um que esteja ouvindo e uso minha mão esquerda para desdobrar a nota enchacada de molho. A tinta começou a manchar e há poucas palavras escritas. *Eu voltarei. Colabore.*

Colaborar com o quê? E quando?

Termino a comida por falta de algo para fazer, e depois, apesar de ser cedo, jogo um dos robes finos de Twylla sobre meu vestido e levo o livro de contos de fadas para a cama. Quando ouço passos na escada, faço uma careta, esperando um ou os dois guardas. Estou meio certa; é Thurn, e Merek está com ele, uma panela quente em uma das mãos e uma caneca na outra. Ele anda ao redor da cama, estendendo a caneca para mim.

— Seu leite, senhorita. Não há lavanda, sinto muito.

— Claro que não — digo. — Teria sido pedir demais.

Ele me ignora.

— E sua panela quente — diz ele. Então solta a caneca, dá um arquejo alto e ergue a panela alto sobre a cabeça.

Enquanto Thurn grita e corre em sua direção, e grito, Merek quebra a panela no chão ao lado da cama. Ela se abre, os carvões em brasa voando para fora, espalhando-se pelo quarto.

— Rato! — grita Merek, apontando para a panela.

E, de fato, debaixo da panela há um rato morto.

Há um momento de silêncio no qual ficamos imóveis, Merek apontando para o rato, Thurn parecendo furioso quando Crayne entra e olha para todos nós, tentando entender o que aconteceu. Posso sentir o cheiro das brasas queimando os juncos e olho para Merek. Ele pisca. Não sei o que significa a piscadela, mas, em um ataque de improvisação, simulo um desmaio perfeito.

Eles me colocam cuidadosamente na cama, e fico muito quieta enquanto discutem o que fazer. Merek se move pelo quarto, extinguindo as brasas — ouço o assovio quando elas se apagam —, o tempo todo insistindo que alguém vá até Aurek para avisá-lo de que a Aurora Nascente pode ter se infiltrado no castelo. Crayne concorda com ele, mas Thurn ressalta que é apenas um rato e que estamos em um castelo velho.

— Estou trabalhando aqui há dois anos e nunca vi um rato dentro do castelo antes — insiste Merek. — Nos estábulos, com certeza. Mas o cheiro dos cachorros normalmente os mantém fora daqui.

— É inverno... é evidente que vão entrar — diz Thurn. — E os cachorros não vêm aqui em cima.

— É verdade — diz Crayne, sem indicação de com quem está concordando. Thurn lhe lança um olhar furioso.

— Com todo o respeito, acredito que Sua Graça gostaria de ser informado sobre isso — diz Merek. — Tenho certeza de que vocês ouviram falar do incidente na cidade de Lortune... Na casa do xerife...

Pela primeira vez, Thurn parece desconfortável.

— Olha, eu irei até ele, se vocês estiverem com medo — diz Merek. — Fiquem aqui com a senhorita e certifiquem-se de que ela esteja bem. Com frequência as mulheres ficam... doentes depois que desmaiam. E eu irei até ele contar que vi um rato e que o matei. Vou deixar claro que foi atitude e decisão minha contar a ele. Vocês não serão culpados. Direi a ele que não quiseram tomar parte nisso.

Não preciso abrir os olhos para saber que Thurn está com uma expressão feia diante das palavras de Merek.

— Você não vai. — Ouço a pontada de raiva em sua voz. Há silêncio por um momento, então: — Eu irei até Sua Graça *com* o verme e lhe direi que ele foi morto aqui. — Percebo que Thurn não faz menção de dizer quem o matou. — Crayne, fique nessa porta. Ela não sai. Não importa que o quarto se encha de ratos. E você... — suponho que ele esteja se referindo a Merek, e tenho que lutar para manter meus olhos fechados — é melhor limpar isso e ficar de olho nela. — Há uma pausa, e então ele diz: — Algum problema?

— Não — responde Merek em uma voz com o tom certo de chateação. Muito esperto, Merek.

Ouço Thurn sair e me pergunto como Merek planeja livrar-se de Crayne. Mas ele não precisa.

— Vou esperar lá fora — diz o guarda. — Não sou muito bom com doenças.

Com isso, eu me sento e começo a fingir vomitar alto, inclinando-me sobre a cama até ouvir a porta se fechar.

— Isso foi nojento. Fale rápido — diz Merek.

— Isso foi brilhante — digo em voz baixa. — De onde veio o rato?

— Encontrei no estábulo mais cedo, já morto. Eu o escondi nas minhas calças; estava com medo de que caísse no meio da escada. Tive que andar pisando de lado.

— Brilhante — repito. — Escute: Lief acha que Twylla está em Scarron; ele está indo para lá para encontrá-la.

Merek balança a cabeça.

— Ele está errado. Ela não conseguiria coordenar o Levante de lá.

— Sobre isso, Aurek suspeita que possam ser alguns de seus próprios homens, que se tornaram traidores e a estão ajudando.

— Ele acha?

Assinto.

— Ele acredita que essa é a única maneira de eles serem tão coordenados. Merek, ela *pode* estar em Scarron. É possível. Ela é conhecida lá; as pessoas a protegeriam, tenho certeza. Faria sentido ela ir para lá. — Respiro fundo. — Mas há outra coisa. Aurek estava preocupado no jantar, e mencionou um incidente, dois na verdade; um em Chargate e outro em outro lugar. Pessoas morreram e ele disse que tinha que *controlar alguma coisa*. — Merek parece intrigado. — Acho que ele estava falando dos golens. Que eles começaram a agir sem seus comandos. Ele mencionou algo nesse sentido antes, mas não prestei atenção na época. Mas acredito que os golens em Chargate se tornaram perigosos e tiveram que ser contidos. Acho que quanto mais tempo eles existem, mais independentes se tornam. Eventualmente, ele não pode mais controlá-los, então precisa destruí-los.

Merek olha ao longe, franzindo a testa.

— Isso explicaria muita coisa. Como por que ele não fez um exército inteiro deles. Por que está recrutando homens em vez disso... — Ele se concentra em mim. — Espere. É possível que o simulacro funcione da mesma maneira?

Eu me inclino para a frente.

— Tenho certeza que sim. Ele veio correndo aqui ontem à noite, não muito depois de receber a notícia, para tomar mais sangue. Acho que precisa dele fresco para manter o controle sobre mim.

— Isso é perfeito; você não vê? Significa que você pode sair. Podemos sair e encontrar a Aurora Nascente.

— Se ele acabou de ser reabastecido, estará mais forte. Preciso esperar até que comece a se desgastar um pouco antes de fugir, e mesmo assim...

— Quanto tempo vai levar? — ele me interrompe.

— Não sei.

— Errin, não podemos nos dar ao luxo de esperar. Não vou deixar nada de ruim acontecer, eu prometo. Não vou deixar você nos colocar em risco.

— Você não estava lá, em Tremayne — digo. — A culpa foi minha. Eu o subestimei, e ele usou isso contra mim, e centenas de pessoas que conheci morreram por causa disso. Além do mais — termino o que eu estava tentando dizer —, não posso deixar Silas.

— Você acha que ele gostaria que você ficasse?

— E minha mãe está aqui. Lief a trouxe de volta com ele. Acho que ela está na Torre do Valor.

Merek pragueja.

Mas, antes que possa dizer mais alguma coisa, ouvimos vozes masculinas ecoando pelas escadas da torre.

Merek se afasta da cama quando os guardas voltam e, para meu horror absoluto, meu irmão está com eles.

Merek instantaneamente abaixa a cabeça, curvando-se em uma reverência baixa, encolhendo como se ele realmente fosse o servo que está fingindo ser. Lief nem sequer olha para ele, fixando seu olhar em mim.

— Você já viu um rato aqui antes? — pergunta.

— Não. — Mantenho minha voz baixa, tentando parecer fraca.

Lief espia por todo o quarto, seus olhos varrem tudo e meu coração para quando ele parece se demorar em Merek, ainda curvado em submissão. Lief caminha até a escrivaninha e abre as gavetas.

— O que você está fazendo?

— Procurando excrementos — diz ele, vasculhando alguns papéis antigos.

Vejo fotos de flores nas páginas antes que ele feche a gaveta. E vasculha tudo: as cortinas, debaixo da cama, no armário, silenciosamente observado por mim e pelos guardas.

Por fim, ele se vira para mim.

— Você desmaiou?

— Brevemente. Um momento, nada mais.

— Porque viu um rato?

— Foi um choque.

— Tenho certeza de que foi. Acredito que seja comum uma mulher desmaiar depois disso.

Merek fica totalmente imóvel.

— Espero que esteja se sentindo melhor agora — continua Lief. Então se vira para Merek. — Limpe a bagunça.

Merek assente com a cabeça ainda curvada e Lief franze a testa. Mas não diz mais nada, saindo do quarto, os guardas o seguindo feito cães.

Eu me viro para Merek e o encontro olhando para Lief, os lábios entreabertos.

— O que há de errado? — sussurro.

— Somos tão estúpidos — diz ele em voz baixa.

— O quê?

— Onde você cresceu?

Meu coração começa a disparar quando a compreensão me domina: cresci com meu irmão em uma fazenda.

Há muitos ratos em fazendas.

Merek não diz nada; em vez disso, ele se abaixa e junta os carvões agora frios espalhados pelo chão.

— Essa foi por pouco — digo enquanto ele os joga na lareira. — Se ele tivesse prestado atenção em você...

Merek permanece em silêncio, ainda curvado, aparentemente examinando suas mãos enegrecidas.

— Você tem que ir. Agora.

Ele olha para mim, seus olhos sofridos.

— Eu sei.

Capítulo 11

Merek sai, pálido e sombrio, e não posso me livrar da sensação de que cometemos um grave erro. Há um peso em meu estômago, que se agita e se revira, como se eu estivesse caindo. Idiota, idiota, idiota. Por que eu nunca penso? Nós costumávamos ver ratos todos os dias; morávamos em uma fazenda, nossa. Quando eu tinha uns cinco anos, tentei domar alguns deles. Lief sabe disso — ele riu de mim por isso. Eu me achei tão inteligente; poderia ter arruinado tudo. Como sempre faço.

Tento dormir, mas a sensação de queda livre continua me acordando. Todos os sons são passos chegando para me prender, ou Aurek vindo me forçar a pular da janela. Eu me preocupo com Merek, imagino-o sendo arrastado de onde quer que ele durma e interrogado, espancado, torturado. Morto. Morrendo como criado no castelo que sua família construiu séculos atrás. Coloco a cadeira debaixo da porta, mas isso não ajuda. Eu me reviro, por dentro e por fora, enroscando minhas pernas nos lençóis, suando apesar do frio. O que Lief vai fazer?

Devo ter pegado no sono, porque sou acordada por uma batida à porta e gritos. Abro os olhos e me sento no mesmo instante, piscando através da névoa no quarto. Minha boca está subitamente seca como um osso. É isso.

— Abra a maldita porta! — grita um dos guardas, talvez Thurn. — Abra a porta, sua vaca idiota, a menos que queira queimar até a morte.

Percebo, então, que a neblina no quarto não é de sono, mas de fumaça, e ainda assim não entendo, olhando confusa para a minha própria lareira, esperando vê-la em chamas ou encontrar velas pingando. Eu até olho para o chão para ver se os juncos estão acesos, se talvez Merek tenha deixado um carvão em brasa e ele tenha se atiçado. Mas não... isso foi horas atrás.

A porta sacode contra as dobradiças enquanto alguém do outro lado tenta forçá-la a se abrir, e voo para fora da cama, puxando a cadeira para longe, ficando de pé quando a porta se abre e os dois guardas caem dentro do quarto. Atrás deles, a fumaça começa a entrar, enchendo o espaço, e eu os olho.

— Mexa-se — diz Thurn, e obedeço, descendo correndo os degraus no escuro, segurando o corrimão de corda e me movendo tão rápido que esfolo a pele da palma da minha mão.

As botas dos homens trovejam atrás de mim e eles irrompem no corredor segundos depois, quase me atropelando.

— Fogo!

Os gritos vêm de todos os lugares; a fumaça é mais espessa aqui embaixo, sufocante, e um novo tipo de pânico explode em meu peito. Thurn agarra meu braço com força e começa a correr, me arrastando com ele. As pedras são duras e frias, e tento, em vão, prender a respiração. Meus olhos ardem e, do nada, eu me lembro do incêndio que comecei na casa de Chanse Unwin. Nós voamos por uma porta e quase caio quando o chão se torna uma escada, salva apenas pelo aperto do guarda em meu braço. Arquejo quando o ar fresco da noite, ainda com sabor de fumaça, preenche meus pulmões, e começo a tremer imediatamente. Thurn continua a me puxar para onde está uma multidão, criados e guardas, e quando contornamos os muros, vejo a origem do incêndio: a torre norte, a Torre da Vitória — a que Aurek reivindicou para si.

Chamas explodem das janelas, iluminando a cena, enquanto a fumaça cresce no céu, negra contra a noite índigo. Barulhos ecoam nas paredes de pedra, vidros quebrando, os sons de madeira gemendo enquanto se contrai e entorta no calor. Na base da torre, sombras se movem como formigas, correndo em sua direção, jogando baldes de água que não chegam nem perto do fogo; a pouca água que alcança alto o suficiente evapora imediatamente no calor.

Um manto é jogado ao redor dos meus ombros, forrado de pele e cheirando a suor e vinho. Olho em volta para agradecer a quem o deu para mim e vejo que estou cercada por algumas dezenas de pessoas, o que restou da criadagem do castelo, todos em silêncio observando a torre. Olho cada um dos rostos. Só conheço Thurn ao meu lado; Crayne desapareceu. E não consigo ver Aurek, meu irmão, minha mãe ou Merek no meio da multidão.

Merek. Foi ele quem fez isso? Uma distração para sua fuga?

Eu me viro para o guarda.

— O que aconteceu?

Ele não responde, olhando para o castelo, e eu me viro também. O incêndio está avançando; vejo as chamas brilharem em novas janelas agora, espalhando-se da torre pelos corredores.

— Todos a postos para ajudar! — alguém grita ao longe, e algumas das pessoas reunidas ali olham umas para as outras. Mas ninguém se mexe, voltando-se para ver as chamas lambendo o céu.

— Todos a postos! — O dono da voz aparece, um homem corpulento e enorme, de olhos vermelhos, fuligem em suas bochechas, uma faixa de ouro em seu braço. — Você. — Ele aponta para a multidão. — E você. Todos vocês, homens. Vão para a corrente no poço e ajudem-nos. — Os homens para quem ele apontou hesitam, e então começam a se afastar, mas não fazem nenhum esforço para se apressar. — Vocês dois. — O homem faz um gesto para a minha guarda. — O que estão esperando? Vão até lá.

— O capitão da guarda ordenou que ficássemos com a irmã dele — diz Thurn.

— O capitão da guarda acabou de dar ordens para que todos os homens capazes trabalhassem para apagar o fogo! — berra o homem. — Sem exceções.

— Vou esperar as ordens dele.

— Ah, vai mesmo? Qual é o seu nome? — grita o homem.

Quando Thurn permanece em silêncio, respondo por ele.

— Ele se chama Thurn! — grito, enquanto o guarda aperta meu braço.

— Bem, Mestre Thurn. Vá para a corrente e ajude a evitar que o castelo seja todo incendiado, ou vou dizer ao rei que você se recusou a ajudar. Vou dizer a ele que você preferiu ficar com as mulheres e assistir enquanto sua casa pegava fogo. Vamos ver o que ele acha disso.

O ar entre os homens fica tenso de raiva e, finalmente, Thurn solta meu braço.

— Você vai pagar por isso, sua vadia — sussurra ele no meu ouvido quando passa por mim. — Crayne! — grita para seu colega, chamando-o para segui-lo. Então, cospe para mim: — Fique aí. Mulher! — grita para uma figura encapuzada de frente para o fogo. — Fique de olho nela.

A mulher dá de ombros, concordando. Assim que Thurn e Crayne saem de vista, ela vira as costas para mim. Olho ao redor, procurando Merek na multidão.

Então vejo outra coisa. Não Merek. Algo ainda melhor, e minhas pernas parecem se desmanchar quando entendo para o que estou olhando.

Um halo branco, aparentemente balançando junto, até que desaparece em um canto.

Silas.

Silas Kolby, vestido de preto da cabeça aos pés, sendo levado para longe do castelo por uma figura vestida do mesmo modo. Por um momento louco acho que é Merek com ele, e estou exultante, meu corpo pronto para correr atrás deles. Depois, viro à esquerda para ver um desfile de pessoas, também de vestes negras, sendo conduzidas na direção oposta por uma escolta maior, todas com as mãos nas costas. Todos os alquimistas que Aurek sequestrou estão sendo transferidos do castelo.

Claro. Aurek deve pensar que este é um ataque da Aurora Nascente, diretamente sobre ele. Quer ter certeza de que eles não conseguirão resgatar os alquimistas.

Não hesito; só espero até que o grupo de alquimistas tenha desaparecido no escuro, lanço um breve olhar para a mulher que deveria estar me vigiando e corro atrás de Silas. Mantenho meus passos tão leves quanto possível, seguindo as figuras para os estábulos, observando quando entram em um deles. Eu me arrasto e dou a volta ao redor de onde eles entraram, e espero, ouvindo atentamente. No entanto, não há som algum; nem Silas, nem seu carcereiro falam. Ouço apenas os gritos distantes do castelo. Estou prestes a me mover quando escuto o rangido das dobradiças e congelo, prendendo a respiração ao som de um barril deslizando em uma fechadura. Em seguida, passos rápidos, como se corressem, tornando-se mais fracos à medida que se afastam.

No momento em que reúno coragem suficiente para voltar à frente, não consigo ver ninguém, apenas o contorno brilhante da torre iluminada pelas chamas.

Respiro fundo e puxo o ferrolho na porta do estábulo antes de entrar.

Encontro Silas na terceira baia, preso a um gancho na parede. Quem quer que o tenha levado até aqui, deixou uma tocha em um suporte, e a gentileza de não deixá-lo no escuro me surpreende. O capuz caiu ou foi tirado de sua cabeça; o cabelo dele cresceu, destacando-se em volta da cabeça como as pétalas de um dente-de-leão. Ele está de costas para mim; mesmo por trás, posso ver que está enluvado, e se vira bruscamente quando suspiro. Acima da mordaça entre os dentes, seus olhos se arregalam.

Por uma fração de segundo, não consigo me mexer, não posso acreditar que ele esteja aqui, e de pé, e que ainda esteja forte o bastante para ter ódio em seus olhos, ódio que desaparece quando ele me vê.

Então estou sobre ele, jogando meus braços e minhas pernas ao seu redor. Ele cambaleia, e nós dois caímos em uma pilha de feno apodrecendo.

— Desculpe, Silas, me desculpe. — Saio de cima dele e puxo a mordaça de sua boca.

Ele ri e depois geme.

— Você pode me soltar?

Sua voz me paralisa por um momento, tão rouca e secreta como sempre. Eu tinha imaginado isso várias vezes, mas minhas lembranças eram muito menores do que o som real dele falando. Eu me abaixo e puxo os nós em seu punho até a corda cair, e, no momento em que seus braços estão livres, eles estão em volta de mim e sou puxada contra seu corpo magro. Meus próprios braços serpenteiam ao redor de seu pescoço e eu o pressiono. Ele beija o topo da minha cabeça, de novo e de novo, cobrindo meu cabelo de beijos.

— Eu não sabia se você estava mesmo aqui — diz ele, seus dedos cobertos se movendo pelo meu rosto, acariciando-o, enquanto faço o mesmo com o dele, escovando o cabelo para trás quando cai em seus olhos. — Perguntei todos os dias se você estava aqui, e eles não diziam. Eu não queria que você estivesse aqui.

— Não importa agora. Você consegue correr? Está machucado?

Ele balança a cabeça, mas não encontra meu olhar. Eu me sento para trás, pego suas mãos e tiro as luvas.

É pior e melhor do que eu poderia ter esperado. Aurek me fez acreditar que o Nigredo estava tão avançado que Silas se encontrava de cama, mas na verdade ainda está apenas em suas mãos. Cada dedo está preto agora, ambos os polegares, as palmas e as costas de suas mãos também. Empurro as mangas de sua túnica para trás e vejo que se espalhou pelo braço, parando a poucos centímetros da dobra do cotovelo, uma imitação das luvas que ele usava para escondê-lo. Eu me curvo e beijo a pele onde a escuridão encontra a luz, em ambos os braços, e olho para cima para encontrá-lo me observando, sua cabeça inclinada, e meu coração palpita.

— Pensei que estaria pior — digo, engolindo o nó em minha garganta.

Ele balança a cabeça, pegando minhas mãos nas dele. A pele amaldiçoada é fria contra a minha, me acalmando.

— Ele não pode se dar ao luxo de ir longe demais, pode? Ele precisa que eu esteja saudável. E você? Como está?

— Bem. Aurek não se incomoda comigo — minto. — Vamos lá, você sairá daqui agora.

— Então vamos... espere. *Eu sairei daqui?* E você?

Balanço a cabeça.

— Eu não posso. Minha mãe está aqui. Lief a trouxe.

— Lief não deixaria nada acontecer com ela, deixaria?

— Estou com medo que Aurek vai descontar sua raiva nela.

— Por que ele faria isso? Você acabou de dizer que ele não se incomoda... — Ele para, olhando para mim. — Então era mentira? Ele está muito *incomodado*, não é?

— Silas, não temos tempo para isso...

— Eu irei com você. Não vou sem você. Simples assim. A última vez que a deixei longe da minha vista, você foi capturada.

— Você foi capturado também — protesto.

— Da vez antes de você ter sua coluna quebrada — continua ele. — Eu aprendi minha lição, Errin Vastel. Até parece, *até parece*, que eu iria embora e a deixaria aqui. — Ele se afasta e cruza os braços. — Escolha. *Nós* vamos. — Ele enfatiza o nós. — Ou *nós* ficamos.

Fico olhando, boquiaberta, para seu rosto adorável e intransigente. Lief não deixaria nada acontecer com mamãe. Não importa o que tenha se tornado, ele não chegaria a esse ponto.

— Muito bem. Nós vamos.

Ele pega minha mão, me puxando com ele.

Nem fico tão surpresa quando a porta dá um guincho revelador, então bate contra a parede do estábulo, nos separando. Aurek está na porta, os dentes à mostra, a morte em seus olhos.

— Ah, agora você passou dos limites, querida.

Capítulo 12

Voo para Aurek, investindo contra ele, derrubando nós dois no chão. Embora ele sinta a força do impacto, grunhindo de dor quando meu ombro bate em seu peito, consegue agarrar meus punhos e nos virar, então estou debaixo dele. Chuto, soco e cuspo, me debatendo sob seu peso. Mordo seu braço quando está ao alcance e ele ruge, acertando com seu punho um lado da minha cabeça, debilitando minha visão momentaneamente. Sinto uma pressão esmagadora em meu peito e, quando minha visão clareia, vejo que Aurek está ajoelhado em cima de mim, com a cabeça baixa, as mãos movendo-se para a cintura. Por cima de seu ombro, Silas vem em nossa direção com um forcado na mão.

— Corra! — grito para ele enquanto bato minha testa na cabeça baixa de Aurek, sentindo seus dentes rasparem minha pele. — Vá.

Então há algo frio na minha garganta e Silas congela, soltando o forcado um momento antes de Aurek dizer:

— Solte isso, sobrinho.

Ele cai ruidosamente no chão de madeira e sinto a umidade escorrendo por meu pescoço. Então vem a dor, afiada e quente. A faca que Aurek segura me corta, e quando engulo, o movimento a afunda um pouco mais.

— Fique de quatro — ordena Aurek, afastando-se de mim, mantendo a faca pressionada firmemente contra meu pescoço.

Silas obedece imediatamente, seus olhos nos meus o tempo todo.

— Por favor, não a machuque.

Aurek me levanta, movendo-se para trás de mim, mantendo a faca contra minha pulsação enquanto o sangue escorre por trás da gola da minha camisola.

— Eu vou matá-la — diz ele, sua voz mal passa de um sussurro, sua boca roçando meu cabelo. — Então, livre-se de qualquer ilusão que possa ter de que sua cooperação poderá salvá-la. Não vai. Só vai determinar quão rápido ela morrerá.

O terror me congela, minha pele se arrepia enquanto, ao som de suas palavras, ao seu toque, onda após onda de horror rolam sobre mim.

— Por favor — diz Silas.

Aurek ri e lambe minha orelha.

— Não.

Há barulho atrás de nós — passos, vários pares; homens, com espadas e tochas próprias. Eles param logo antes de entrar em meu campo de visão, mas vejo suas sombras longas no chão.

— Amarre meu sobrinho e leve-o para algum lugar seguro. Realmente seguro desta vez. — Aurek se vira. — Onde está Lief?

— Eu não sei, Sua Graça — responde uma voz masculina.

— Sério? — Aurek se move, girando-me ao seu redor como uma boneca. Tenho um breve vislumbre de Silas sendo amarrado por três homens, seus braços puxados para trás. Mas seus olhos estão em mim. — Então — continua Aurek. — Alguém incendeia meu castelo, e meu tenente mais confiável traz meu filtrescente para se esconder neste local mais seguro, os estábulos, onde ele é convenientemente encontrado por sua irmã. Sinto cheiro de rato, Errin, e não é o do seu quarto. Isso foi parte do plano, não é? Estou sendo paranoico?

— Eu não sei do que você está...

Ele me golpeia num lado da cabeça com o cabo da faca antes que eu possa terminar, e Silas grita, tentando se afastar de onde dois guardas agora o contêm.

— Você sabe o que eu acho? — diz Aurek enquanto os guardas arrastam Silas, passando por mim, para fora do celeiro. Eu o observo o máximo que posso, e então os dedos de Aurek estão enterrados em meu queixo, forçando-me a olhar para ele. — Acho que a Aurora Nascente é *você*. E um bando de malfeitores aqui que você convenceu a ajudá-la. Muito possivelmente seu irmão também, porque você precisaria de alguém do lado de fora. Mas eu vou descobrir. Eu lhe disse, lá no templo dos ossos dos hereges, que a única maneira de impedir uma infestação é acabar com o ninho.

Ele não diz mais nada, girando em torno de mim e apertando minhas mãos às minhas costas.

— Traga-me corda — ele cospe para um de seus homens, e em instantes minhas mãos estão amarradas com tanta força que meus dedos formigam.

Então a mão dele está em meu cabelo e ele anda, me puxando junto. Meu couro cabeludo queima enquanto Aurek volta para o castelo e tropeço atrás dele para onde a multidão ainda está parada, agora observando uma segunda torre em chamas.

Aurek me joga no chão diante dele com tanta força que mordo meu próprio lábio e o sangue enche minha boca.

— Reúna todos aqui — ordena a seus homens. — Meus golens vão cuidar do incêndio.

Eles não hesitam, correndo em direção ao fogo. Aurek tira um simulacro do bolso, e, a princípio, acredito ser o meu, até que rabisca um comando diretamente no barro. Ele olha para cima, esperando, e parece satisfeito quando quatro golens emergem da escuridão. A multidão se junta, nervosa.

Aurek puxa um pouco de papel de seu feixe sempre presente e escreve sobre ele, rasgando-o em quatro. Os golens se inclinam para a frente e ele pressiona um pedaço em cada uma de suas mãos. Imediatamente seus movimentos se tornam intencionais, e eles se espalham, formando um círculo ao redor de todos nós.

Os guardas que ele enviou voltam com homens sujos de fumaça, a maioria tossindo, todos de olhos vermelhos e ofegantes. Eles se juntam à multidão, alguns se dirigindo para amigos, outros olhando para Aurek e para os golens com cautela. O cheiro do perigo se mistura com a fumaça.

— Ninguém sai. Os golens são instruídos a matar qualquer um que tente.

Murmúrios chocados atravessam a multidão e as pessoas se remexem, aproximando-se ou afastando-se dos vizinhos. Os guardas começam a protestar.

— Inclusive você — diz Aurek em uma voz que deixa claro que está falando sério. — Nós temos um problema. — Ele levanta a voz para se fazer ouvir sobre os murmúrios e o rugido do fogo. — E o problema é confiança. Eu confiei em vocês. Em todos vocês. Mas parece que eu estava errado ao confiar nela. — Ele me chuta. — Acredito que ela tenha me traído e, para isso, preciso de informações. Quero que todos que a tenham servido de algum modo nas últimas dez semanas deem um passo à frente. Se você limpou suas roupas, preparou suas refeições, apresente-se. Se você a protegeu, apresente-se. Quero saber quão profundamente corre a veia de sua traição e, para isso, precisarei de ajuda. E honestidade. — Quando ninguém se move, Aurek suspira. — Vocês vão perceber que ter minha casa incendiada me deixa um pouco mal-humorado. Eu imploro que não me façam pedir uma segunda vez.

Thurn e Crayne trocam um breve olhar antes que Crayne dê um passo à frente, e Thurn, uma fração de segundo depois dele. Faço uma careta para ambos, cuspindo sangue no chão. Thurn sorri com uma expressão faminta.

Mais pessoas dão um passo à frente, ninguém que eu reconheça: alguns homens, duas mulheres da idade da minha mãe, um garoto que parece ter nove ou dez anos, no máximo. O rosto de Merek está ausente da fila que se forma diante de Aurek, e sinto um brilho de satisfação por ele ter conseguido escapar.

Até que ele é empurrado para a frente por alguém atrás dele.

— Ele leva as refeições para ela! — grita a mulher responsável por sua exposição, e meu coração parece que parou de bater.

Merek não olha para mim, toda a sua atenção está em Aurek enquanto ele se posta entre uma das mulheres e o garotinho.

— Algum de vocês ajudou a garota a passar mensagens para fora do castelo?

Todos balançam a cabeça; Thurn diz "não" em voz alta.

— Ela já pediu isso a vocês?

Mais uma vez, Thurn é o único a responder verbalmente; o resto nega sua pergunta em silêncio.

Aurek inclina a cabeça enquanto os avalia. Então, olha para mim.

— Errin, você já perguntou, forçou, subornou ou ameaçou algum pobre camponês a apoiar sua causa?

— Você sabe que não — respondo em voz alta, através dos lábios inchados.

Ele dá de ombros. Então sua mão desliza, ainda segurando a faca, pela garganta de Thurn.

Uma linha se forma, vermelha, então se abre, e o sangue derrama dela livremente. Thurn olha para Aurek, a boca formando um "O" perfeito de surpresa. Então ele cai, sua vida saindo dele para a grama morta.

— Eu vou perguntar de novo. — Aurek sorri para mim. — Quem a ajudou? Ele? — E aponta a faca para Crayne.

— Sua Graça? — diz Crayne, e é a última coisa que ele faz quando a faca brilha novamente.

Crayne gorgoleja enquanto morre, suas mãos segurando o pescoço como se pudesse empurrar o sangue para dentro e manter a ferida fechada. Ele leva muito tempo para morrer, e Aurek o observa impassivelmente.

A mulher que estava ao lado de Crayne começa a chorar.

— Diga a ele que não fui eu — ela me pede. — Por favor. Diga a ele.

— Não foi ela — digo, incapaz de suportar. — Não foi nenhuma dessas pessoas.

— Mas foi alguém? — Aurek olha para mim, apontando a faca. — Alguém aqui é a Aurora Nascente?

— Sim — minto. — Sim. Eu sou a Aurora Nascente. Sou eu. Fui eu que fiz tudo. E tive ajuda, mas não deles. De ninguém aqui esta noite.

— Diga-me de quem. Quero nomes.

— Eu... eu nunca soube seus nomes — imploro. — Era muito perigoso.

Aurek dá de ombros.

— Não acredito em você. — Ele enterra a faca no peito da mulher, que imediatamente cai no chão. — Eu vou matar todos eles de qualquer maneira.

— Não! — grito, minha garganta ardendo quando ele puxa a faca do corpo da mulher e avança para Merek.

Há movimento atrás de mim.

— Lief — diz Aurek, sua voz agradável. — Que bom você se juntar a nós. Onde esteve?

— Fui recuperar... uma coisa — diz ele, franzindo a testa. — Mas ela se foi. — Ele olha para mim, e por um momento acho que vejo alívio em seu olhar. Mas então desaparece, enquanto sua atenção se volta para Aurek.

— É mesmo? — diz Aurek. — Veja, acho estranho que um incêndio tenha começado naquela torre em particular, a *minha* torre, poucas horas depois de um rato ter sido encontrado nos aposentos de Errin.

O olhar de Lief se move de Aurek para mim, depois de volta para seu mestre.

— Não entendo, Sua Graça.

— Eu sinceramente espero que não seja verdade. — Aurek torce as palavras.

Lief engole em seco visivelmente.

— Só quis dizer que não entendo a conexão, Sua Graça.

Aurek pisca.

— Você sabe que a Aurora Nascente jogou ratos na casa do xerife de Lortune, não é? Estou intrigado sobre como a Aurora pode atacar em locais tão variados. Eu lhe disse, não foi, que achava que poderia ser um trabalho interno? Que alguns dos meus homens estavam, de fato, por trás de tudo isso?

Lief ainda está mortalmente imóvel, observando Aurek como se fosse uma víbora.

— Acho que sua adorada irmã pode ser a Aurora Nascente — diz Aurek, sua voz suave agora. — Ou pelo menos a facção local. E acho que alguém no meu castelo a está ajudando. Temo que essa pessoa seja você.

As sobrancelhas de Lief se erguem e a noite parece parar.

— Lamento ouvir isso, Sua Graça. — É tudo o que ele diz.

É a vez de Aurek franzir a testa.

— Só isso? Eu digo que suspeito de traição e você diz que *lamenta ouvir isso*?

Lief se curva.

— Você é o rei. Não posso discutir com Sua Graça. Não é o meu dever.

Os olhos de Aurek se estreitam e ele inclina a cabeça.

— Essa é sua defesa?

Lief olha para ele e, quando fala, sua voz é suave:

— Você sabe que traí pessoas com as quais dizia me importar no passado. Não seria irracional você presumir que isso faz parte da minha natureza. Essa *é* a minha natureza.

Arrisco um olhar para Merek, que tem a cabeça baixa para manter o rosto na sombra. Quando olho de volta para Aurek, ele está concentrado em Lief com óbvia perplexidade.

— Você ama sua irmã mais do que seu rei? — pergunta.

— Eu amo minha irmã. E minha mãe. Mas Sua Graça tem minha lealdade.

Aurek o observa por um momento, então dá um passo para trás e acena em minha direção, apontando para a multidão.

Ele deixará Lief continuar o interrogatório. Uma nova fonte de ódio por meu irmão borbulha dentro de mim quando ele se vira em minha direção, sua expressão suave e calma.

— Você começou o incêndio, Errin?

— Não. Eu estava no meu quarto. Eles — inclino a cabeça para os cadáveres de Thurn e Crayne — estavam vigiando a porta. Não que você possa pedir que confirmem isso.

— Você *pediu* a alguém para começar o incêndio?

— Não. Só tomei conhecimento dele quando me arrastaram para fora, de camisola.

Lief olha para mim.

— O rato no seu quarto. Você o plantou?

— Não.

Seus olhos se estreitam.

— Você está mentindo.

Aurek olha dele para mim, a cabeça inclinada enquanto nos observa.

— Ela sabe algo sobre o rato. Quem estava no quarto quando você o viu? Seus guardas? Os que estão mortos? E quem era o outro homem, o criado que estava com você quando cheguei?

— Eu não sei... ele não estava lá quando vi o rato — digo depressa, meu coração batendo tão forte que temo que minhas costelas quebrem.

O olhar no rosto de Lief é o que vi toda a minha vida. Quando eu comia o último pão de mel e dizia que não o tinha feito. Quando eu quebrava uma das vacas de madeira que ele tanto amava. Quando pegava seu arco emprestado e o deixava na floresta. O olhar fixo e zangado de um irmão mais velho.

Para minha surpresa, o silêncio que se estende entre nós é quebrado por Aurek:

— Em prol da honestidade, da qual possivelmente só eu sou capaz, esse guarda aqui — ele cutuca Thurn com o dedo do pé — disse que foi ele que o viu, e que ele o esmagou com a panela quente.

Não consigo respirar, mal posso acreditar que a arrogância de Thurn tenha salvado Merek.

— Além disso, na busca pela verdade, tenho que confessar que não estou acompanhando sua linha de raciocínio — diz Aurek a Lief, com mais do que uma pitada de zombaria.

— Acredito que Sua Graça esteja certo, que a Aurora seja uma organização, por falta de uma palavra melhor, que tem alguma presença aqui — diz Lief, curvando-se ligeiramente. — Só quero saber se minha irmã é de fato parte dela antes que Sua Graça a puna.

Lief olha de mim para a fila de criados restantes. Todos eles estão de ombros curvados, os olhos no chão, tentando fazer-se tão pequenos quanto possível, como se isso pudesse salvá-los da ira de Aurek. Seu olhar vaga por cada um deles, repousando muito brevemente nas mulheres e na criança. Mas, quando vem para Merek, ele faz uma pausa e outra carranca cruza seu rosto.

Vejo sua expressão relaxar, seu olho desviando para o lado, como se lembrasse de algo. Então ele sorri, um sorriso lento e sem humor, e meu mundo parece desabar.

— Você era o criado, não era? — pergunta para Merek. — Você levou a bebida?

Merek ergue os olhos, cheios de desafio.

Ele sabe, e eu sei, que Lief o reconheceu.

— Ou foi você? Talvez eu esteja enganado. Talvez você tenha perdido a encenação — diz Lief baixinho, e os olhos de Merek se arregalam.

Lief vira-se para Aurek.

— Eu não sei sobre o rato, Sua Graça. Posso lhe jurar pela vida de minha mãe e pela minha própria, e, pelo que sei até o momento, pela de minha irmã, que não faço parte da Aurora. Embora eu não possa garantir a inocência de Errin.

Agora é a vez de Aurek parecer surpreso.

— E se eu a matasse?

— Minha mãe pode sentir falta dela — diz Lief simplesmente. Então ele olha em volta e sua expressão muda cuidadosamente de nula para confusa. Ele gira em círculos, aparentemente esquecendo Aurek, Merek, eu e a Aurora.

— O que é isso? — Aurek olha para a escuridão.

— Perdoe-me... Onde está minha mãe?

— O quê?

— Fui à Torre do Valor, mas ela já tinha ido embora, mas não a estou vendo...

Aurek franze a testa.

— Então foi por isso que você não estava onde ordenei.

Lief e eu olhamos para ele.

— Por favor, Sua Graça? — pergunta ele.

— Eu a mandei para a Torre da Vitória depois do incidente com o rato. Achei que estaria mais protegida lá, se a Aurora viesse.

Lief olha para mim como se eu pudesse ter a resposta. Não sei dizer se está fingindo ou não. Definitivamente, não consigo lê-lo. Ele se vira para olhar para a Torre da Vitória, o fogo lambendo todas as janelas, os quartos entre eles vermelhos e claros.

— Não — diz ele em uma voz baixa que nunca ouvi antes, e então parte, correndo em direção ao castelo.

E, quando percebo o motivo, eu o sigo.

Quando Lief passa, os golens se inclinam para ele; um começa a segui-lo, mas então congela no lugar, voltando-se devagar para a multidão enquanto passo por ele, e no fundo de minha mente sei que Aurek deve ter ordenado que não nos ferisse.

Corro atrás de meu irmão e vejo-o desaparecer em uma porta cheia de fumaça. Quando me aproximo dele para segui-lo, ele sai cambaleando, com o braço sobre o rosto, tossindo violentamente.

— Muito quente — ele engasga, agarrando meu braço, esquecendo tudo o que aconteceu há apenas alguns instantes. Nós nos abraçamos enquanto corremos pela torre, procurando outra maneira de entrar.

A porta está pegando fogo, fumaça saindo pelo céu, e Lief se vira, me puxando de volta para a porta para a qual corremos primeiro. Mas agora as chamas a estão lambendo também, e tenho que segurar Lief com as mãos e fincar meus calcanhares no chão para impedi-lo de entrar de novo.

— Você vai morrer! — grito quando ele tira meus dedos dele.

— Mamãe está lá dentro — dispara Lief, me empurrando.

Então uma figura passa por nós, alta, cinzenta e pesada, indo direto para as chamas. Observo, boquiaberta, enquanto ela caminha através do fogo, aparentemente imune ao calor. Eu me volto para Lief, e vejo que Aurek também se juntou a nós. Ele não olha para nenhum de nós, mas para as chamas; a luz refletida em seus olhos os faz brilhar também.

Apesar de tudo, nós três estamos juntos e observamos, os olhos treinados na porta em busca de qualquer sinal de movimento. Quando olho para meu irmão, noto que ele está chorando pelo seu único olho, uma lágrima sem fim escorrendo pelo rosto, e meu estômago se contorce.

O golem surge com algo preto e vermelho soltando fumaça em seus braços, e Lief solta um grito e cai de joelhos.

A pele do golem parece mais pálida, rachaduras se espalham por ele e, quando chega até nós, desmorona em pó, queimado tal qual uma panela no calor do fogo. A coisa em seus braços cai no chão.

Eu me viro para Aurek, sem saber por quê, para encontrá-lo olhando para mim com olhos dourados impiedosos.

— Eu nunca conheci minha mãe — diz ele.

Capítulo 13

Ele não diz mais nada e vai embora, deixando meu irmão de joelhos, e eu o encarando, completamente entorpecida. Olho para trás, para a coisa no chão — minha mãe, digo a mim mesma — e não sinto nada. Não parece uma pessoa. Não parece nada.

— Eu sinto muito — soluça Lief, arranhando o chão. — Mamãe, me desculpe. — Ele não a chamava de mamãe desde os oito anos. Eu me lembro de quando a chamou de "mãe" pela primeira vez no jantar. — Passe a manteiga, mãe — disse ele, e ela ficou tão surpresa que deixou cair a colher e respingou sopa por toda a mesa.

Minha mãe está morta. Morta. Ela nunca mais vai espirrar sopa outra vez. Nunca mais a verei sorrindo. E nunca mais vai trançar meu cabelo em uma coroa sobre a minha cabeça. Nunca mais vou provar seu pão, nem sua manteiga. Ela nunca mais vai colocar a mão fria na minha testa quando eu estiver doente.

— Isso é culpa sua — diz alguém, e Lief olha para mim. — Isso é culpa sua — a voz repete, e estou vagamente ciente de que conheço essa voz, de que é a minha voz. Minhas palavras. — Você a trouxe para cá.

— Não. Eu só queria que ela ficasse em segurança — soluça Lief.

— Com ele? Você achou que ela estaria em segurança com ele?

— Alguém lá fora poderia tê-la usado para me atingir. — Lief enterra as mãos no chão. — Eu não sabia. Eu não pensei...

— Você nunca pensa! — grito para ele. — É sempre o que *você* precisa, o que *você* quer, o que *você* acha que é melhor. E agora ela está morta. Você a esteve matando há meses, e finalmente conseguiu.

Ouço passos atrás de nós e, esperando ver Aurek ou alguns guardas para me arrastar para algum lugar, giro com os punhos levantados. Merek está parado, com as mãos sobre a boca, enquanto olha para mamãe.

— Sinto muito — diz ele. — Ah, deuses, sinto muito. Eu nunca quis...

— Foi você, então? — pergunto, as palavras saindo de minha boca como se tivessem se separado de mim. — Você começou isso?

Ele assente, seu rosto tal qual uma máscara de sofrimento.

— Eu achei que tivesse sido.

— Eu não sabia... — Mas, quando ele diz isso, e imediatamente cai em silêncio, não me queima como aconteceu quando Lief disse. — Achei que ela estivesse na torre sul. Eu não sabia que ele a tinha transferido para a torre norte. Ele estava no Grande Salão, com ele... — Merek inclina a cabeça na direção de Lief. — Achei que estivesse vazia. Era para ser apenas uma distração — diz baixinho. Então, pega minhas mãos. — Eu sinto muito. Errin, eu sinto muito mesmo. Eu não sabia, você tem que acreditar em mim.

— Eu não culpo você — ouço-me dizer. — A culpa é dele. — Eu me viro para meu irmão.

— Errin, por favor — diz Lief.

— Você a trouxe para cá. — Embora eu fale baixo, as palavras ecoam na pedra, nos cercando. — Você a deixou louca. Você a matou.

Lief cobre o rosto com as mãos e se inclina, pressionando a grama.

— No que me diz respeito, toda a minha família está morta — digo para sua forma curvada. — Papai morreu em Tremayne e você e mamãe morreram no dia em que você partiu para este lugar. Você está morto para mim, Lief. Está me ouvindo? Não tenho mais família agora.

A coisa geme.

— Ela está viva! — grita Merek, imediatamente ajoelhando-se ao seu lado.

Lief se move para ela também, pegando sua mão. Outro gemido gorgolejante escapa dela, e olho para minha mãe, incapaz de entender como pode estar viva. O pouco dela que não está enegrecido e carbonizado é vermelho e brilhante, e um de seus braços está cheio de bolhas gotejando. Seu cabelo foi completamente queimado, cílios, sobrancelhas, tudo se foi. Seu vestido derreteu em sua pele.

Morta ela era terrível, mas viva... é um pesadelo.

— O Elixir. — Merek olha para mim. — Ela pode se recuperar com o Elixir.

Lief balança a cabeça, a outra mão sobre a boca.

— Isso curou a coluna quebrada de sua irmã — diz Merek. — Certamente, vale a pena tentar.

Ele não olha para cima, não diz nada. Não se mexe.

— Eu vou e pedirei — me ouço dizer, minha voz soando muito longe. — Vou implorar.

A cabeça de Lief dispara para cima.

— Ele não fará isso por você. Ele está mais propenso a deixá-la morrer para machucá-la — diz. Então, engole em seco. — Pode ser que faça isso por mim. Vá. Eu vou pedir a ele. Vocês fogem enquanto eu estiver lá.

Merek olha para minha mãe e Lief olha de volta.

— Por que ele faria isso por você?

— Sou tudo o que ele tem — diz Lief em voz baixa, e é como se alguém tivesse enfiado gelo no meu estômago.

— Você era tudo o que tínhamos também — digo, e ele fecha o olho, outra lágrima escorrendo.

— Vão — repete.

— Errin? — diz Merek, timidamente.

Abro minha boca para dizer que não posso, agora mais do que nunca. Não posso deixá-la sem saber se Aurek lhe deu o Elixir ou não. Antes que eu consiga falar, há um rangido estranho, depois uma rachadura. Nós três olhamos para a Torre da Vitória a tempo de vê-la desmoronar, a poeira e os escombros se espalhando. Merek me joga no chão e me cobre com seu corpo enquanto os destroços rolam sobre nós. Prendo a respiração e pressiono meu rosto no chão.

Quando o estrondo para, Merek me puxa de pé. Ele está coberto de fuligem e poeira, totalmente irreconhecível.

— Vão — diz Lief em uma voz aguçada enquanto se esforça para ficar de pé. — Vocês dois. Eu cuido do simulacro. Farei o que for preciso para curar mam... a mãe, e você sabe que Silas estará a salvo, desde que consiga fazer o Elixir. Mas, se você ficar, vai estar morta antes do amanhecer.

Então ele sabia o tempo todo o que Aurek estava fazendo comigo e não fez nada. Não consigo me mexer.

— Errin — Merek chama baixinho. — Por favor.

Olho para ele e pisco.

— Deixe-me fazer isso — diz Lief.

Assinto para Merek e, pelo canto do olho, vejo Lief cair de alívio.

— Você conserta isso — digo a ele, sem sentir nenhum prazer quando ele estremece. — Você deve isso a mim. Deve isso a ela. Você foi criado para ser melhor do que isso.

Ele abaixa a cabeça e eu me viro, incapaz de suportar a visão dele.

— Por onde podemos sair? — Merek pergunta a ele.

— O Portão Norte. E levem isto. — Olho para trás quando Lief puxa um pedaço de papel de dentro da túnica. Quando eu apenas olho, imóvel, ele o mostra para Merek, que o pega. — Cuide da minha irmã, Sua Alteza — diz ele com uma pequena reverência.

— O que é isto? — Merek segura o papel.

— Leia — diz Lief, soando mais como seu antigo eu. — Vão, vão logo. Tenho trabalho a fazer.

— Espere. Uma última coisa. Por que você não disse a ele quem eu era? — pergunta Merek.

Lief respira fundo e espana seu uniforme.

— Eu devia isso a você. — Ele enxuga o rosto nas mangas e levanta o tapa-olho por um momento, dando um vislumbre do vazio rosa por trás dele. Lief não olha para nenhum de nós outra vez, em vez disso, desaparece na noite atrás de Aurek.

— Vamos — diz Merek, estendendo a mão para a minha.

Olho para mamãe. Ela já não faz barulho há um tempo, mas não consigo pensar nisso. Agora não.

Pego a mão de Merek.

Merek parece saber para onde ir, e corro ao lado dele, meus braços me impulsionando para a frente, correndo para a escuridão, os pés descalços batendo no chão tão rápido que enviam ondas de choque por minhas pernas. É bom me mexer, e eu me lanço para a frente, como se pudesse deixar para trás o que acabou de acontecer. Tenho que confiar em Lief. Tenho que confiar que ele fará o que puder para salvar mamãe.

Chegamos ao Portão Norte em questão de instantes, e Lief disse a verdade; está barrado e trancado, mas não há homens o guardando. Deslizamos até parar na lama congelada, e ajudo Merek a levantar o pedaço grosso de madeira de seus ganchos no portão, medo e urgência nos dando força, e puxar os parafusos de ferro enterrados no fundo da pedra. Sem falar, nós dois nos viramos e damos uma última olhada para o castelo, queimando descontroladamente, antes que Merek pegue minha mão novamente e me puxe para fora do terreno.

Corremos ao longo do muro, os gritos do castelo ficando mais baixos, até chegarmos a uma faixa estreita que parece levar à cidade. De lá, ouço o barulho distante de vozes, e arrasto Merek de volta, mas ele balança a cabeça.

— Nós temos que atravessar a cidade até um aliado meu. Precisamos de capas, comida e água. Você precisa de roupas. E botas. Não vamos sobreviver se não conseguirmos suprimentos.

— Seremos pegos se formos para a cidade. — Minha voz soa rouca, a fumaça e os gritos rasgando minha garganta. — Há um toque de recolher.

Merek balança a cabeça.

— Aurek deu ordens para que todos em Lortune fossem convocados a ajudar a apagar o fogo. Olhe. — Ele aponta para a rua e, depois de um momento, vejo um homem e uma mulher, bem agasalhados, indo na direção do castelo. Então, outro homem passa, seguido por um segundo e um terceiro. Posso ver as cores suaves de suas capas; o amanhecer está chegando. — Vai ser o caos. Se não nos demorarmos e ficarmos fora do caminho dos soldados, é perfeito.

Estou ciente de que é perigoso, até mesmo idiota. Poderia ser uma das minhas ideias, de tão imprudente. Mas ele está certo; só estou vestindo uma camisola. Então pego sua mão pela terceira vez e permito que ele me leve para a cidade de Lortune.

É tão caótico quanto ele acreditou que seria, uma parede de barulho se erguendo assim que passamos pela proteção dos prédios. As pessoas estão correndo para a esquerda e para a direita, chamando umas às outras, e fica quase imediatamente óbvio que poucas delas estão indo ajudar seu rei. Em vez disso, vão de um prédio para outro, sussurrando notícias, passando pequenas garrafas, pacotes de roupas, aproveitando a comoção para agir tão livremente quanto não podem há muito tempo, evitando os guardas que tentam levá-las para o castelo.

Merek me puxa, guiando-me por um beco com um prédio no final. As janelas estão escuras, mas ele bate à porta mesmo assim.

— Abra. — Ele martela com o punho. — Abra...

A porta se abre, quase me levando com ela, e uma mulher, pequena, enrugada e amassada feito uva-passa, está ali, brandindo um graveto com uma ponta afiada de metal.

— Eu vou morrer antes de ajudar aquele bastardo de Tallith, então não adianta me pedir para buscar água — sussurra ela para Merek. — Eu preferiria me jogar no fogo.

— Não quero que você o ajude. Quero que você me ajude.

Ela olha entre nós dois.

— Ajudar você a quê?

— A nos tirar daqui, a encontrar a Daunen Encarnada e a conseguir meu trono de volta.

Sua confissão tão direta me alivia um pouco.

A mulher se inclina para a frente, saindo da escuridão a fim de olhar para ele. Então, para minha surpresa, ela ri.

— Eu sabia que não era sua cabeça lá em cima — diz ela, sorrindo maliciosamente, expondo uma boca com muito mais gengiva do que dentes. — Eu sabia. Aquele menino tinha linhas de riso nos olhos. Posso contar nos dedos de uma das mãos quantas vezes ouvi você rir.

Ela ergue as mãos para demonstrar, e sinto outro choque quando registro os dedos que faltam, dois à esquerda, um à direita. Ela ri de novo com o olhar em meu rosto e, em seguida, estende as mãos para nós, pegando cada um em uma de suas mãos e nos puxando para dentro de casa, fechando a porta firmemente. Para alguém que não pode ter menos de oitenta anos, ela é incrivelmente forte. E rápida.

Está quente em seu chalé, sufocante até, e olho em volta para ver as janelas cobertas de tecido grosso, com o intuito de esconder a luz e manter o calor lá dentro.

— Margot Cottar. — Merek apresenta a mulher para mim quando ela se vira, depois de trancar a porta. — Esta é Errin Vastel. — Ela gira para me encarar e ele continua rapidamente: — Sim, ela é irmã do Cavaleiro Prateado. Mas, definitivamente, não está do lado dele.

— Eu o odeio — rosno.

Margot me olha de cima a baixo e balança a cabeça, como se Merek me atestasse e minhas palavras fossem suficientes.

— Então, do que você precisa? Suponho que é por isso que está aqui.

— Ela precisa de roupas, qualquer coisa que você tiver que sirva para correr e cavalgar, e botas. Precisamos de capas, água. Comida.

— Para onde você vai?

— Scarron — digo, ao mesmo tempo em que Merek diz:

— Não sabemos.

Margot olha de um para o outro.

— Vou pegar suas coisas enquanto vocês decidem. — Ela sai por uma pequena porta para outro quarto, deixando-nos sozinhos.

Do lado de fora, ouço pessoas passando pelo chalé, mas suas vozes são abafadas. A sala é pequena, possivelmente menor que a sala da frente da casa de Almwyk, embora seja mais limpa e mais bem cuidada do que aquele lugar jamais foi. Uma pequena e desgastada mesa está encostada em uma parede, duas cadeiras igualmente desgastadas por baixo dela. Há uma cadeira de balanço ao lado do fogo, um cobertor de tecido grosso combinando com o tapete de pano no chão. Há pequenos toques também, um pequeno vaso na lareira, vazio no momento, um soldado de brinquedo, a pintura quase totalmente desfeita. Uma cesta cheia de fios ao lado da cadeira.

— Acho que ela está em Scarron. — Olho para Merek, que também está examinando a sala. — Lief disse isso a Aurek. Faria sentido. Ela tem uma casa lá; é isolada, difícil de chegar nesta época do ano, e as pessoas de lá a amam. Eu as vi. Elas vão protegê-la.

Merek balança a cabeça, descartando a ideia.

— Ela não pode estar organizando a Aurora Nascente de lá.

— Se é mesmo ela que está por trás disso. Não temos certeza.

— Eu sei que é ela — diz Merek. — Não me pergunte como, eu simplesmente sei.

Eu suspiro.

— Então, para onde vamos?

— Eu não sei. Ela provavelmente está escondida em algum lugar. Como você diz, remoto e seguro.

Eu penso freneticamente.

— Silas disse que sua mãe morava com um grupo de mulheres perto das Montanhas do Leste. Espere, você não acha...

O rosto de Merek se afrouxa, sua boca se abre.

— Como eu não... — Ele para, balançando a cabeça. — É claro.

— O quê? — pergunto.

— *Havia* uma ordem de mulheres baseadas lá. Muito isolado. Muito particular. Escrevi para elas perguntando se receberiam minha mãe assim que Twylla e eu nos casássemos.

— Você o quê?

Ele dá de ombros.

— Elas recusaram. O quê? — diz ele quando continuo o encarando.

— Você planejou mandá-la para um bando de freiras nas montanhas quando se casasse? Tal como roupa indesejada, como algo que você possuísse? — Algo cai no chão do quarto onde Margot entrou, fazendo um barulho alto. Nós dois olhamos para a porta, depois um para o outro.

— Você não conhecia minha mãe — diz ele baixinho.

— Mesmo assim. Não dá para imaginar que você faria uma coisa terrível dessas.

Merek respira fundo.

— Minha mãe matou meu padrasto. Possivelmente meu pai também. Na verdade, ela matou muitas pessoas. Despachá-la, como você disse, teria sido uma gentileza. Um rei menos misericordioso a teria executado por diversas acusações de assassinato.

Nós dois ficamos em silêncio, ouvindo Margot vasculhar barulhentamente, murmurando para si mesma ao mesmo tempo.

— De onde você a conhece? — Baixo minha voz. Não me incomodo em perguntar se podemos confiar nela; se não pudéssemos, não estaríamos aqui.

— Ela é tia-avó de um dos meus guardas pessoais... e meu amigo — acrescenta ele. — Ela o criou, além de seu irmão e sua irmã, quando seus pais morreram. — Ele faz uma pausa. — A irmã era Dimia.

— Ah. — Não sei mais o que dizer por um momento. — E os outros?

— Minha mãe mandou executar Asher, o mais velho, enquanto eu estava fora, me preparando. Seu irmão, Taul, estava comigo na época. Não sei onde ele está agora... ele cavalgou para Tallith no dia em que depus minha mãe para recuperar o corpo de sua irmã. Nunca voltou.

— Espero que esteja a quilômetros de distância. — Nós dois nos viramos para ver Margot Cottar na porta, seus braços pequenos carregados com provisões. — Espero que ele tenha entrado em um barco e navegado sobre o mar de Tallith para algum lugar quente, maravilhoso e cheio de mulheres jovens nuas ou homens ansiosos para agradar-lhe.

Merek sorri ironicamente.

— Viu o que eu quis dizer? — Margot abre um sorriso desdentado em minha direção. — É mais provável tirar sangue de uma pedra do que arrancar uma risada dele. Aqui. — Ela brande a pilha para Merek, que vai buscá-la.

— Você deveria me mostrar mais respeito — diz ele, passando-me uma túnica grossa de lã, uma calça de couro, uma camisa branca e um par de botas surradas. — Eu sou o rei.

— Você foi usurpado — Margot diz sem rodeios, jogando roupas íntimas para mim e agarrando o braço de Merek, puxando-o a fim de que eu tenha alguma privacidade para me trocar. Rapidamente puxo a calcinha por baixo da camisola e, em seguida, a tiro, deslizando a camiseta e a túnica por cima da minha cabeça e puxando a calça. — Eu vou lhe mostrar respeito quando você matar o monstro e pegar sua coroa de volta — continua Margot.

— Mentirosa — diz Merek, baixinho. — Você nunca me mostrou um dia de respeito em minha vida.

— Eu tive cinco irmãos, três maridos, criei oito filhos meus e depois dois sobrinhos-netos. Aprendi, da maneira mais difícil, que, se você der respeito a um garoto antes que ele faça qualquer coisa para merecê-lo, ele pisará em você. Seja um príncipe bonito ou não. Se você colocar o Príncipe Adormecido em seu túmulo, eu vou me ajoelhar e beijar seus pés. Então você terá feito por merecer.

Ela se vira para mim e pisca enquanto calço as botas.

— Obrigada — digo. — São maravilhosas.

— Eram de Asher, quando ele tinha a sua idade. Não as botas. Elas eram da minha Mia. Nunca pareceu certo me livrar delas. São bons calçados. Ainda bem que serão úteis.

Assinto solenemente.

— Vou cuidar delas.

Sua boca se agita como se quisesse fazer um de seus comentários ásperos quando o toque profundo de um sino soa a distância.

Merek e eu trocamos um olhar de pânico.

— Ele sabe — murmuro.

— Poderia ser outro chamado para ajudar no castelo — diz ele, mas sua expressão deixa claro que Merek também não acredita nisso.

— Nós temos que ir. — Eu me viro para Margot. — Obrigada, por tudo.

— Não há de quê — diz ela com firmeza. E estende uma sacola para mim. — Eu embalei pão, água, um pouco de queijo, um pouco de presunto e um pouco...

Bato na cara dela antes que ela consiga terminar.

Ela voa para trás, caindo na pequena mesa. Eu me lanço ao redor descontroladamente, as mãos arranhando e buscando por ela.

— Merek, me faça parar — imploro, meu corpo se movendo totalmente contra a minha vontade. Derrubo um vaso da lareira, chuto uma cadeira e grito de dor, mas ainda assim continuo me movendo, chutando, girando e batendo. — Merek, por favor! — grito enquanto meus dedos se enroscam no xale de Margot.

Ela se afasta, mas tropeça e cai, deixando-me com a roupa em minhas mãos. Merek deixa a sacola cair e corre para mim, mas consigo acertá-lo num lado do pescoço, fazendo-o tropeçar.

— O que você está fazendo, garota?! — grita Margot para mim, afastando-se.

— Me desculpe, me desculpe — repito, tentando desesperadamente me afastar dos dois.

Em algum lugar lá fora, Aurek comandou meu simulacro para atacar, então ataco, balançando na direção dela enquanto ela se encolhe em um canto.

— Você disse que ela era confiável! — Margot chora para Merek, ainda ofegante no chão.

Minha mão bate contra o pau afiado que ela segurava quando abriu a porta, e então o aperta com força enquanto meu braço balança alto sobre a minha cabeça.

— Corra — sussurro.

Quando ela se encolhe no chão, transparecendo cada centímetro da mulher idosa que é, sinto braços em volta de mim, prendendo os meus nos lados do meu corpo. Jogo a cabeça para trás, mas Merek se esquiva, apertando ainda mais.

— Você tem que me parar. Por favor, Merek. — Chuto para trás, golpeando sua canela e afrouxando seu aperto por um momento. Então o braço dele está em volta do meu pescoço, o interior do cotovelo dele pressionado contra a minha garganta, e meus movimentos se tornam mais selvagens quando ele aperta, negando-me ar.

— Desculpe — diz ele.

Ergo os olhos para ele quando a escuridão encobre minha visão, ainda lutando. Então apago.

* * *

Quando volto a mim, tudo ainda está escuro, e uma leve pressão no nariz, além da sensação de um tecido áspero na minha pele, me diz que estou com os olhos vendados, embora eu tenha certeza de que Aurek não pode usar o simulacro para ver através deles. Meu pescoço parece macio, e meus punhos se irritam contra a corda, prendendo-os às minhas costas. Minhas pernas também estão atadas na altura do tornozelo. Ao longe, o sino ainda está tocando, um som profundo e sinistro que posso sentir ecoar no meu batimento cardíaco.

— Olá? — digo para o quarto.

Há um ruído acima, um rangido e depois passos na escada.

— Olá — diz Merek de algum lugar à minha esquerda.

— Ela está bem?

Há um pequeno silêncio.

— Sim. Assustada. Mas também com raiva. Não de você — acrescenta ele, rapidamente. — Do Príncipe Adormecido. Por controlá-la dessa maneira.

Ouço um segundo conjunto de passos na escada, mais lentos que os de Merek, e espero até que entrem no quarto.

— Eu sinto muito — digo imediatamente. — Nunca quis machucá-la.

Nenhum deles diz uma palavra e, atrás da venda, meus olhos se movem de um lado para outro.

Então, dedos curtos e frios tocam meu rosto; os espaços entre alguns deles são muito largos.

— Por que ela está vendada? — pergunta Margot.

— Porque... — começa Merek, depois para. — Eu não sei. Eu não sabia se ele podia ver através dos olhos dela e descobrir onde estávamos. Eu realmente não entendo como isso funciona.

— Acho que ele não pode ver através dos meus olhos — digo, e imediatamente a venda é tirada. — Eu não tenho certeza. Mas acho que ele não pode. Os golens não podem ver, mas usam outro sentido para atacar, e acho que deve ser o mesmo comigo. E ele também não pode controlar a minha mente. Ele só pode obrigar meu corpo a fazer coisas. Ele escreve o comando em um pedaço de papel e depois o enrola no simulacro.

— Mas como isso está conectado a você?

— Sangue. Ele põe o meu sangue no boneco e adiciona uma gota do dele para ativá-lo.

Margot assente e olha para Merek.

— O sangue se degrada — diz ela. — É uma substância natural; vai parar de funcionar. Sem um novo suprimento, ele não poderá mais controlar seu corpo. Mas, por enquanto, ele pode controlar você à vontade.

— Ele pode entrar em seus sonhos também — diz Merek.

— Ele poderia entrar em seus sonhos e controlar seu corpo ao mesmo tempo?

Hesito.

— Uma vez, eu estava sonhando, e ele estava falando comigo no sonho, e então acordei, mas estava no peitoril da janela. Não na minha cama... — Tremo, lembrando. — A essa altura nós dois estávamos acordados... não acho que ele possa fazer as duas coisas ao mesmo tempo.

— Bem. Vocês precisam decidir o que vão fazer — diz Margot. — Não é prático você ficar amarrada o tempo todo. E quando estiverem no caminho? E quando você tiver que se limpar? E se forem atacados?

— Eu lhe *contei* isso — digo para Merek, a raiva de mim mesma fazendo minhas palavras agudas. — Eu lhe contei sobre o risco que era a minha partida. Eu sabia que Aurek faria algo assim. Eu poderia ter matado você — falo para Margot, a vergonha colorindo minhas bochechas.

— Seria preciso mais do que um tapa de uma garota para me matar — diz ela por cima do ombro, mas até percebo que ela parece menos cheia de bravatas agora. Antes, ela era toda piadas e palavras ferinas. Agora, porém, não tem certeza. Por minha causa.

— Talvez eu deva voltar — digo para Merek. — Me entregar.

Ele dá um longo suspiro.

— Isso seria uma coisa muito estúpida para fazer — diz, sem rodeios. — Em primeiro lugar, você estaria morta antes do amanhecer. O fato de ambos termos escapado esta noite é um milagre, não teremos outra chance. Em segundo lugar, como Margot disse, o sangue se degrada. O feitiço, ou seja lá o que for que ele está usando em você, vai desaparecer. Além disso, Lief disse que tentaria destruir o simulacro.

Desta vez, Margot e eu emitimos sons idênticos de desagrado e desconfiança. Então eu me lembro do pedaço de papel que Lief entregou a Merek.

— O que havia no pergaminho? O que Lief deu a você.

Suas sobrancelhas se erguem quando se lembra, e se inclina para trás para puxá-lo do bolso. Ele desdobra, franze as sobrancelhas, e depois o estende para mim.

Demoro menos de um segundo para entender que é a receita para o Opus Magnum. Na caligrafia fina do meu irmão.

Está tudo lá; tudo de que eu me lembro da mesa do Conclave. Sal Salis, uma pitada de calêndula, glória da manhã, um frasco de água de anjo, tônico espagírico, três folhas de louro, a raiz de uma mandrágora, convólvulos, casca de teixo e espigas de trigo. Enxofre. Mercúrio. Os momentos em que as flores e folhas precisam ser colhidas, o modo como necessitam ser armazenadas até serem usadas. Até mesmo uma recomendação para o tipo de madeira utilizada para acender o fogo. O processo para cada parte escrito, possivelmente pela primeira vez na história atual — em qualquer história.

A chave para derrotar o Príncipe Adormecido.

Merek me encara por cima do papel.

— Como? — pergunta ele.

Balanço a cabeça, ainda sem conseguir falar diante daquilo. É exatamente o que preciso para desconstruí-lo. Com isso, posso reverter cada detalhe. Ao meu lado, Merek está radiante, realmente radiante, fazendo com que

Margot olhe para ele. Posso ver seus lábios se movendo enquanto ela fala, e ele repele os comentários com os seus, o perigo de eu ser esquecida à luz desse novo milagre que Merek disse que não conseguiríamos.

— Me dê isso. — Margot pega a receita de mim, voltando ao seu quarto. Olho para Merek alarmada, mas ele balança a cabeça, confiando nela. Quando ela retorna, entrega o papel para ele e vejo algo brilhando na superfície. Merek faz uma careta enquanto o pega e o dobra delicadamente, recolocando-o no bolso.

Onde Lief conseguiu isso? Não foi com Silas; ele teria me dito. Uma pontada de culpa me faz pensar onde Silas está agora, e peço que esteja bem, que não seja punido por isso. Então meus pensamentos se voltam para Lief, e me pergunto se ele sobreviveu à sua traição. E o que o motivou a isso. Eu entendia por que permitiu que Twylla escapasse — por causa do que eles haviam compartilhado. E entendia por que ele manteve a identidade de Merek em segredo — Lief nunca gostou de estar em dívida com ninguém. Mas entregar-nos a chave para a destruição do Príncipe Adormecido? Conseguir a receita deve ter dado trabalho e exigido habilidade.

Não faz sentido.

De que lado Lief está?

Antes que eu possa pensar de fato sobre isso, fico vagamente consciente de que o sino do lado de fora está tocando mais rápido, tornando-se frenético, como se o tocador não parasse de puxar a corda, movendo-a para baixo quase assim que ele soasse. Margot atravessa o quarto até a janela, afastando a cobertura um pouquinho e olhando para fora.

Então ela se vira para longe da janela.

— Vocês têm que ir — diz ela. — Eles estão revistando as casas.

Capítulo 14

Merek se move quase antes de Margot terminar de falar. Ele puxa os nós nas minhas pernas até a corda se soltar.

— O que você está...?

— Você vai precisar correr. Então, vamos ter que arriscar deixar seus pés livres por um tempo.

Ele se move atrás de mim e desata meus punhos também, mas mantém um aperto firme sobre eles. Torcendo a boca como se pedisse desculpas, ele os prende novamente, à minha frente, embora deixe a corda frouxa entre eles, então tenho algum movimento.

— E se ele ordenar que ela volte para ele? — pergunta Margot.

Merek hesita.

— Amarre mais corda em torno disto. — Levanto minhas mãos e aceno para as amarrações. — Como uma coleira. Então você pode me puxar de volta se for preciso.

Margot abre a minúscula porta dos fundos e espia para fora, e Merek rapidamente dá um novo nó na corda do meu punho, depois arrasta os sacos para as costas. Ele segura minha guia em suas mãos e esperamos que Margot nos dê a informação.

— Agora! — grita ela, e nós vamos, saímos de sua casa feito cães de corrida largando de seus postos.

Nós nem sequer agradecemos ou nos despedimos ao sair. Não há tempo. Corremos direto para o muro dos fundos. Com a ajuda de Merek, eu me ergo e salto o muro, aterrissando no pequeno quintal de outra pessoa, e continuamos nos movendo dessa maneira, ele unindo os dedos para que eu possa me apoiar em suas mãos e me arrastar por cima de uma cerca, evitando a via principal. No fim da fileira de casas, pulamos o último muro e voltamos às ruas. O som do sino abafa todo o resto; não consigo ouvir vozes, passos ou mesmo minhas próprias botas contra as vias enlameadas.

Merek mantém a corda curta entre nós, então sei qual passagem descer depois de que ele decida. Não vemos ninguém, sequer a contração de uma janela ou uma sombra na parede.

Paramos atrás de uma taverna que tem janelas cobertas de teia de aranha, um ar de negligência em torno dela. Nós dois nos encostamos na parede úmida para recuperar o fôlego, meus pulmões queimando enquanto inspiro o ar gelado.

— Há um portão de mercadorias do outro lado do pub — diz Merek, entre respirações ofegantes. — Eu não sei se está ocupado.

— Não vai estar bloqueado?

— Só há uma maneira de descobrir. Espere aqui — diz ele, e antes que eu possa protestar, Merek largou a corda e desapareceu na esquina. O medo aumenta assim que ele está fora de vista, e se eu for possuída neste momento?, mas então Merek volta, pegando a corda de novo e me dando um sorriso sombrio.

— Não está ocupado, e a fechadura parece intacta. Vou precisar da sua ajuda.

— Você não deveria ter feito isso — sussurro.

Merek não diz nada, balançando a cabeça para indicar que precisamos ir.

O sino soa mais longe agora, abafado pelos edifícios entre nós e o castelo.

— Levante no três — diz Merek, apoiando as mãos sob a prancha de madeira grossa alojada dentro de chaves de ferro.

Coloco minhas próprias mãos amarradas sob ela.

— Um. Dois...

O sino para por uma fração de segundo, e nesse momento escuto o sussurro do metal deslizando contra o couro. Giro meu corpo e fico cara a cara com um par de soldados, as três estrelas de ouro em seus tabardos brilhando fracamente.

— Merek. — Mal tenho tempo de alertá-lo antes que eles estejam sobre nós, facas na mão, como assassinos.

Levanto meus braços amarrados em cima da hora, a faca do homem mais perto de mim acertando e desgastando a borda externa da corda. Chuto imediatamente, fazendo contato com o joelho dele.

Ele grunhe com o impacto e cambaleia, agarrando-se instintivamente para ficar de pé. Mas não estou pronta para isso, e ele me desequilibra, então nós dois desmoronamos.

Rolo quando aterrisso, o que me salva de ficar sem fôlego, mas meu corpo ainda está tremendo quando atinjo o chão de lado, e ele se recupera primeiro, rastejando até mim. Suas mãos arranham meus ombros, tentando me prender, cuspe voando de sua boca enquanto ruge em um grito de guerra. Levanto meu joelho entre as pernas dele e erro. Ele pega a corda presa aos meus punhos e começa a puxá-la, mas quando se move para puxá-la entre nós forço meu ombro para cima, atingindo seu queixo e fazendo seus dentes se quebrarem com um estalo terrível. Então, dou outra joelhada, e desta vez o acerto, seus olhos brilhando enquanto a dor o consome. Outra joelhada na barriga para tirá-lo de cima mim, e então me empurro para cima, ofegante. Enquanto ele se dobra ao meio, embalando-se, deslizo meus braços amarrados sobre a cabeça e puxo para trás, pressionando a corda em sua garganta, tentando derrubá-lo, como Merek fez comigo.

Arrisco lançar um olhar para Merek enquanto o guarda luta contra mim, sua resistência se tornando mais fraca. Merek está tirando um punhal do flanco do outro homem, limpando-o na túnica antes de colocá-lo no cinto.

Ele olha para mim e acena sombriamente, e ao mesmo tempo percebo que o homem com quem estou lutando parou de se mexer. Quando solto minhas mãos de sua garganta, ele cai, rolando um pouco e olhando para o céu com os olhos vermelhos.

Demoro um segundo para entender que o matei.

— Venha — chama Merek, mas eu não consigo me mover.

Eu matei alguém.

— Errin! — grita Merek.

Não tiro os olhos do homem morto. Ele tem uma barba rala no queixo e posso ver que alguns fios são de um branco prateado. Talvez tenha a idade de meu pai.

Atrás de mim, Merek grunhe alto, e há o som de algo se quebrando, de estilhaços, seguido quase imediatamente por um estrondo poderoso.

Eu me viro devagar, me movendo como se estivesse em câmera lenta, para ver o portão agora aberto. Então, os braços de Merek estão sob meus ombros e ele está me puxando para cima.

Quando estou na posição vertical, ele se move para olhar meu rosto.

— Você está machucada?

Balanço cabeça.

— Então vamos.

Ele agarra meus punhos e puxa, e cambaleio atrás dele, virando-me para olhar mais uma vez para o corpo. Eu matei alguém. Deveria ter sido mais difícil.

* * *

Merek me puxa para a escuridão selvagem de Lormere, arrastando-me para fora da estrada e para os campos que cercam a capital. Na luz cinzenta do amanhecer invernal, as árvores parecem esqueletos.

Cruzamos um campo, depois outro, e mais outro, correndo por um tempo, depois andando, virando-nos para ver a luz vermelha em torno do castelo de Lormere ficar cada vez mais fraca, até que, depois de quase duas horas, o menor brilho já não pode ser visto. Eu me pergunto o que Aurek fará se o castelo inteiro for incendiado. Para onde irá? Quem vai pagar pela noite passada?

Será que ele permitiu que mamãe tomasse o Elixir?

Uma névoa engrossa o ar, vinda do nada, e fico perto de Merek, mas estou tão focada em manter meus olhos nele, em vez de aonde estou indo, que seu aviso para tomar "cuidado com o riacho!" chega tarde demais. Meu pé quebra a fina camada de gelo, enviando uma onda de água gelada pela bota e me arrancando de meus pensamentos com um ligeiro "Ah!" de surpresa.

Merek suspira pesadamente e me puxa do pequeno riacho enquanto murmuro xingamentos em voz baixa. Ele me leva até uma árvore imponente e grossa e me pede para sentar. Eu me afundo no chão, me aninhando entre duas raízes bifurcadas e me inclinando para trás.

Silenciosamente, Merek deixa cair os sacos no chão e se abaixa diante de mim. Ele puxa a bota, virando-a para tirar as gotas de água que permaneceram ali.

Pega uma das bolsas, vasculhando dentro dela, puxando vários objetos de tecido. Quando está satisfeito, ele segura minha perna novamente, tirando a meia agora encharcada.

A intimidade desse ato me choca, e tento puxar meu pé.

— O que você está fazendo?

Ele me lança um olhar sombrio.

— No meu treinamento, ficamos presos em Tallith. Houve uma tempestade terrível e nosso abrigo ficou encharcado. Tudo ficou encharcado.

Roupas, sacos de dormir, comida. Tivemos que contornar a situação. Mas não foi bom. E ficou muito pior com o passar dos dias. Você sabe, há um certo tipo de fungo que cresce nos recessos úmidos dos pés.

— Pé de ostra — digo automaticamente. O nome é por causa dos homens que ficam o dia todo na água do mar, recolhendo ostras de seus leitos subaquáticos, e não deixam os pés secarem antes de colocar as botas.

— Então você conhece. E sabe quão desconfortável e fedorento pode ser.

— Você teve? — pergunto.

Um sorriso assombra o canto esquerdo de sua boca.

— Não. Eu era um verdadeiro príncipe em relação a isso e insistia que minhas botas e meias ficassem secas antes de colocá-las de volta. Alguns dos outros zombavam e usavam as botas úmidas com orgulho. Eu aceitava a gozação com surpreendente boa vontade. — Ele começa a bater em meu pé com um dos mantos enquanto finjo que não é estranho ter um príncipe secando seus pés para você.

— Porque você sabia o que aconteceria com eles?

Ele assente.

— Passei quatro anos lendo tudo o que podia sobre a vida no campo. Todos os documentos do exército, todos os manuais de herboristas. Se houvesse condecorações para os meninos que aprendem à sobreviver na natureza, eu teria ganhado todas elas.

— O que eles fizeram, quando aconteceu?

Ele me presenteou com um de seus sorrisos raros e duramente conquistados.

— Eles me perguntaram como curar. Peguei um pouco de lavanda, vinagre e alho selvagem e fiz uma pasta que limpou tudo em duas semanas.

Sinto meus próprios lábios se curvarem, porque é exatamente a coisa certa a fazer, e eu nunca esperaria isso dele, mesmo depois de ter visto em primeira mão quanto Merek é engenhoso e inteligente. Mas então me lembro do guarda morto e abaixo minha cabeça.

Aparentemente satisfeito por eu não correr mais o risco imediato de ter pé de ostra, ele veste uma meia nova e seca em meu pé, depois enfia a bota com outro pedaço de pano e o coloca de lado.

Enfia a mão na segunda bolsa e tira um odre e um pouco de pão e presunto. Ele os oferece a mim, e pego o que quero antes de repassá-los, observando enquanto ele rasga o pão e coloca o presunto dentro.

— Nunca matei ninguém antes — confessa, baixinho, quando termina de mastigar. — Bem, não diretamente. Não com minhas próprias mãos.

Ergo os olhos.

— Não com suas próprias mãos?

Ele balança a cabeça.

— Sou indiretamente responsável pela morte de minha mãe. Se eu não a tivesse aprisionado, ele não a teria encontrado.

Nunca perguntei a Merek sobre sua mãe. Presumi que ela tivesse morrido quando Aurek veio, mas nunca investiguei os detalhes. Fico em silêncio, esperando.

— Pelo que ouvi, ela tentou fingir que era uma plebeia para se libertar, depois que ele anunciou que havia me matado. Mas alguns dos prisioneiros que ele levou contaram-lhe a verdade. Então ela tentou oferecer-lhe aliança, que era o que ela queria o tempo todo. Aparentemente, ele riu na cara dela. Nem mesmo a matou pessoalmente. Eu não estava lá. — Merek faz uma pausa, puxando o pano para fora da bota e procurando outro, colocando-o lá dentro. — Mas os guardas da sala da guarda falam muito. E alguém tem que fazer o leva e traz para eles. Eles disseram... — Mais uma vez ele para de falar e eu me inclino para a frente, pegando suas mãos imóveis com as minhas amarradas. Ele assente, agradecido. — Disseram que ele mandou um golem quebrar seu pescoço. Que quando ela disse que merecia ser morta por ele, de monarca para monarca, ele riu dela. E continuou rindo.

— Merek — digo baixinho.

— Então ela é uma. E suponho que você possa colocar todos os lormerianos que morreram com a invasão dele na minha conta. Soldados, criados, cidadãos. O garoto que morreu no meu lugar também. Todos em Tregellan, quando ele não foi detido. E sua mãe. — Ele olha para cima. — Se Aurek não lhe der o Elixir, então eu também a matei.

— Não — digo bruscamente. Não consigo pensar nisso. Não posso me dar ao luxo de ficar com raiva dele. Ao longe, ouço mais fraco o som de cães latindo, a neblina distorcendo o barulho. — Por favor, não diga isso.

Depois de um momento, ele fala:

— Deixe-me perguntar uma coisa, então. Você quis matar o homem que a atacou?

Balanço minha cabeça.

— Eu estava tentando apagá-lo.

— Eu, definitivamente, estava tentando matar o guarda contra quem lutei. — Ele olha para a faca enfiada em seu cinto. — E o faria de novo. Suspeito que vou precisar fazê-lo, antes que isso acabe. Eu me sinto um pouco idiota, no entanto.

— Por quê?

Merek espera um longo momento.

— A morte sempre pareceu tão fácil — diz ele finalmente, falando alto para a noite. — Eu lia histórias cheias de bravos guerreiros e assassinos, e como eles poderiam causar mortes rápidas e depois ir embora. Eles iam para as tavernas e bebiam com os amigos ou voltavam para casa para as amantes. Nunca diziam nada sobre como se sentiam depois. Tiravam uma vida e era isso. Tão fácil. Assim... *normal*. E, no entanto, não acho que vou esquecer como foi matar aquele homem. Uma coisa é causar uma morte, mas outra é executá-la. Com quase nenhuma pressão, ou pensamento, eu consegui. E senti cada centímetro da faca deslizando dentro dele. Acho que sempre sentirei. — Merek olha para as próprias mãos. — Eles não contam essa parte.

O cachorro late de novo, mais alto agora, e todos os pelos da minha nuca se arrepiam.

— Merek — digo. — Ele não enviaria os cães atrás de nós, não é?

Merek olha para mim, seu rosto sem expressão. Então, arranca o pano da minha bota e o joga em mim. Enquanto eu me esforço para colocá-lo de volta, ele recolhe o tecido descartado e o enfia no saco. Merek o levanta, jogando-o ainda mais longe, tentando distrair os cães, dando-nos mais alguns segundos. Com esperança. Ele coloca a segunda sacola no ombro quando um coro de latidos e uivos corta a noite enquanto capta o frescor de nosso cheiro.

— Temos que ir para a água — diz Merek, pegando a corda em meus punhos e cortando-a com a faca. Ele vê minha expressão horrorizada. — Você precisará de todo o impulso que conseguir. Além disso, prefiro ser morto por você do que pelos cachorros.

Então, mais uma vez, estamos correndo.

A cada segundo, espero que meu corpo me traia, aguardo o comando que me deterá. Mesmo quando corremos através do nevoeiro, a dor queimando em meus flancos quando respiro, imagino a parada lenta, a curva, os cães pulando em minha direção, as mandíbulas abertas, o hálito fétido em meu rosto.

Um pouco à minha frente, Merek está correndo com toda sua força, cortando o prado como uma lâmina, os braços balançando para frente e para trás com precisão enquanto ele se move. Eu queria que estivesse escuro, gostaria que ainda tivéssemos a capa da noite. Eu me sinto muito exposta aqui ao ar livre. De vez em quando, Merek olha para trás, os olhos em mim, depois sobre meu ombro, antes que se volte para a direção que estamos seguindo.

Embora ele tenha dito que precisamos ir para a água, não disse se havia algo próximo, e mantenho o refrão *por favor, por favor, por favor* em minha mente. Saímos do prado e nos encontramos em um pequeno bosque, onde temos que tomar cuidado, pois as raízes se escondem nas sombras e podemos tropeçar.

Em um ponto, sussurro que talvez devêssemos escalar as árvores, mas Merek grita "Não" para mim sem nem ao menos se virar. Então continuamos correndo, saindo da floresta, para mais terras agrícolas, os músculos de minhas pernas gritando por semanas de desuso, meus pulmões e peito queimando, a dor aguda num lado do meu corpo. Os cães ainda latem atrás de nós, cada vez mais alto à medida que se aproximam.

— Ali! — grita Merek, e parece que o que ele viu é o suficiente, porque se atira para lá, ampliando a distância entre nós. Eu faço o mesmo, um grito se arrancando dos meus lábios enquanto obrigo meu pobre corpo a ganhar velocidade.

Então, meu tornozelo cede e tropeço. Sinto as camadas de pele se soltando das minhas palmas enquanto minhas mãos voam para me proteger. Meus joelhos sofrem o impacto da queda enquanto deslizo para a frente com o impulso da corrida, ralando-os sob a calça, e fecho minha boca e meus olhos contra a lama e as pedras que voam em meu rosto.

Os cachorros soam ainda mais altos.

Olho para trás, e pela primeira vez posso vê-los, cortando através do escuro, sombras baixas no chão enquanto correm em minha direção.

Então Merek está lá, me puxando para cima, um braço em volta da minha cintura, e tento me mover, mas meu tornozelo dói, meus joelhos doem, minhas mãos ardem.

— Apenas vá — digo a ele.

Em vez disso, ele me joga para cima e me pega nos braços, grunhindo sob o meu peso.

Por cima do ombro, posso distinguir os padrões nos pelos dos cães agora, listrados e malhados, os dentes brilhando enquanto eles latem, chamando um ao outro, aproximando-se de nós. Eu me viro para a frente e vejo algo brilhando, é água à nossa frente. Nós vamos conseguir.

Algo nos atinge por trás, e voo para fora dos braços de Merek, aterrissando a poucos metros da beira da água. Ele está caído de bruços, um dos cachorros nas suas costas, destruindo o saco, a comida voando para fora, mas o cachorro a ignora, concentrado no homem por baixo dela.

Merek olha para cima e seus olhos estão aterrorizados.

Ele não é do bando deles.

Eu cambaleio para ficar de pé, e minhas mãos alcançam uma pedra atrás de mim.

Jogo a primeira no animal com todas as minhas forças e erro. Mas a seguinte atinge seu flanco com um som de estalo molhado, e o cachorro rosna e olha para mim. Ele mostra os dentes, e um ruído baixo e primal ecoa dele.

Mesmo quando minhas pernas se transformam em geleia, atiro nele uma terceira pedra, depois uma quarta, errando de primeira, quando ele se esquiva, mas seu movimento a leva para o caminho da segunda, a pedra o acerta no meio do focinho. Ele choraminga em aparente surpresa, então pula para longe de Merek, vindo direto para mim.

Respiro fundo e me jogo para trás na água, o rosto do cão a centímetros do meu quando deslizo pela superfície gelada e todo o ar é arrancado de meus pulmões. O mundo fica negro ao meu redor, e, por um momento, não sei qual é o caminho para cima ou para baixo. A água é fria, espessa e premente; minhas palmas e joelhos ardem onde a pele está em carne viva e ainda sangrando. Eu giro, tentando manter a calma e me orientar, mas bolhas nublam minha visão e começo a afundar. Estou pesada demais. O manto, as botas. Tenho que me livrar deles.

Sinto a necessidade de respirar começar a me dominar e o pânico se instala, meu coração disparado.

Pense!, digo a mim mesma.

Tiro minhas botas, deixando-as cair na água escura. Então, mantenho-me imóvel, ignorando a demanda frenética dos meus pulmões por ar, e abro os olhos, procurando pelo manto. Quando percebo a borda dele flutuando acima de mim, eu me empurro nessa direção e, finalmente, rompo a superfície. No momento em que o faço, solto-o do pescoço e o vejo flutuar para longe.

Enquanto suspiro por ar, olho ao redor até ver Merek, a quatro metros de onde emergi rio abaixo, e me esforço para voltar até ele, lutando contra a correnteza, a água parecendo perigosamente mais quente quando me acostumo.

Ao me aproximar, vejo Merek rastejando em direção ao rio, o cachorro morto com a faca saindo da têmpora. Há um momento de alívio, e chamo por ele.

Então, mais dois cachorros saem silenciosamente da neblina.

— Merek! — grito, mas, com um grunhido, ambos saltam para a frente; um cai em suas costas, e o outro aperta as mandíbulas em sua perna.

Seu grito é agudo, desumano. Ele ainda está tentando se mover em direção à água, seus cotovelos raspando a margem do rio, mesmo quando o cão em suas costas agarra seu manto entre os dentes e começa a sacudir a cabeça.

Merek se move com ele, gritando como uma lebre presa, e não posso suportar isso. Nado em sua direção, mas a corrente continua me afastando, me levando rio abaixo, e ele olha para cima, encontrando meus olhos, então o vejo desistir. E também o momento em que decide parar de lutar, e isso me enche de raiva.

Eu me impulsiono para frente, horror e fúria me empurrando para a margem, onde vejo mais pedras. Enterro meus dedos da mão esquerda na margem feito uma âncora e, usando a água como alavanca, impulsiono-me para cima e agarro uma pedra com a direita, jogando-a diretamente na mandíbula do cão. Ele solta o manto de Merek e rosna em meu rosto, mas eu o atinjo de novo, observando o sangue espirrar de seu nariz para o ar.

O segundo cão solta Merek e avança para mim, tentando ajudar seu irmão, mas o primeiro cachorro rosna e late para ele. Em resposta, o segundo cão se lança em seu parceiro, derrubando-o das costas de Merek.

Isso é tudo de que preciso para agarrá-lo e puxá-lo para a água comigo.

À medida em que os dois animais rolam e lutam na margem, e quanto mais se juntam a eles, instantaneamente jogando-se na briga enquanto seus mestres humanos estão tão atrasados, coloco meu braço sob o pescoço de Merek e permito que a corrente nos leve embora.

Por favor, imploro à noite. *Não permita que ele me controle agora.*

Capítulo 15

A água atrás de nós está entremeada com seu sangue, e do nada penso em lúcios espreitando debaixo de nós nas sombras, e espero que eles não sejam tentados — estou completamente sem condições de lutar. Não posso mais nem sentir o frio. Então penso em quão facilmente poderíamos ser seguidos por homens a pé, um rastro de sangue, não migalhas de pão, para conduzi-los até nós. Isso me leva a bater um pouco os pés, mas Merek geme baixinho com o movimento, então paro, concentrando-me em nos manter boiando. Seus olhos estão fechados e seu rosto está pálido.

— Merek?

Seus olhos se abrem.

— Desculpe. Estou bem. — Ele rola para longe de mim e fica de frente, a cabeça submergindo imediatamente. Antes que eu possa alcançá-lo, Merek volta à superfície, ofegando e agarrando minha mão, mantendo-nos juntos.

— Estou bem. Apenas... Precisamos sair.

Concordo, atravessando a água. Nós dois olhamos ao redor.

— Onde é seguro? — pergunto. Não acho que estamos longe o bastante para sair do lado em que estávamos, mas não tenho ideia do que poderia esperar na margem oposta.

Ele balança a cabeça.

— Lugar nenhum é seguro. Lago Baha tem que ser o lugar mais próximo. Não passamos por ele. O rio flui para ele, assim como para o estuário.

Sua voz soa fraca e, na água, aperto seus dedos. Ele aperta de volta.

— O que há no lago?

— Mais água. É um lago de água salgada. Lago Baha. Existem, ou existiam, eu não sei mais, salinas lá. Abrigo.

— Talvez seja melhor ficarmos mais um pouco na água. Não está mais tão fria assim.

— É por isso que precisamos sair — diz ele. — Está fria demais para nós. Se não podemos sentir isso, estamos em apuros. Ele começa a chutar, uma das mãos ainda segurando a minha, e faço o mesmo.

— Não há cachoeiras neste trecho, há? — suspiro.

— Não — responde ele. Então: — Galho. Adiante. Prepare-se. — Eu me viro na água para vê-lo, baixo e pendurado sobre o rio. — Nós vamos ter que nos soltar.

— Tudo bem.

— Pronta? Um... Dois...

No três, ele solta minha mão e se impulsiona para fora da água, e faço o mesmo. Consigo prender meu cotovelo no galho, deixando a parte inferior do meu corpo na água.

O ar frio da manhã me atinge com tanta força que é um golpe físico.

— Deuses... — Merek geme, e não sei se é a perna dele ou a temperatura que o machuca.

Ele começa a mover-se ao longo do galho, uma mão de cada vez, e faço o mesmo, indo para a margem oposta àquela da qual entramos na água. Merek sobe na margem, arrastando a perna machucada pela lama e me fazendo estremecer.

— Nós temos que chegar a esse Lago Baha — digo a ele quando desmorono ao seu lado, minhas roupas escorrendo a água do rio no chão abaixo de mim. Imediatamente, começo a tremer, meus dentes batendo enquanto o ar frio corta o falso calor da água.

Ele balança a cabeça, rolando de costas. Faço o mesmo e levo as mãos ao meu rosto. No começo elas não se movem, muito pesadas, muito duras, como se eu tivesse deixado toda a minha força na água. Há um momento em que quase paro de tentar. Uma voz no fundo da minha cabeça me diz para descansar, para fechar os olhos. Eu quero obedecer. Em vez disso, me forço a me sentar, centímetro por centímetro, gemendo enquanto a água escorre do meu cabelo pelas minhas costas.

Não temos nada, percebo então, o desespero tomando conta de mim. Perdemos nossas capas, nossa comida. Não tenho botas, e quando olho para Merek, vejo que a única que ele tem são os restos rasgados da que está em sua perna esquerda. Nós perdemos tudo. Inclusive...

— Ah não... A receita — começo, as palavras se transformando em tosse.

Merek também se senta devagar, como eu, batendo desajeitadamente nos bolsos feito um bêbado. Ele puxa o pedaço de pergaminho, rasgando um pouco, e eu suspiro.

— Ele resistiu? — pergunto, embora eu saiba que é impossível.

Para meu espanto, Merek o cheira; em seguida, sorri, estendendo-o para mim.

Apesar do rasgo que ele acabou de fazer, o pergaminho está perfeito.

Ele o oferece para mim e eu aceito. Deixa um resíduo em minhas mãos, um que conheço, e levo-as ao nariz.

— Gordura de porco — digo, e Merek assente.

— Margot é inteligente. — Ele o enfia de volta no bolso e se move para ficar de joelhos e depois de pé. Estremece quando baixa a perna esquerda e um músculo se contorce em sua mandíbula. — Precisamos encontrar um abrigo... e calor... em breve. Estamos ensopados, no meio do inverno... e vai começar a escurecer em poucas horas. Nós temos que estar abrigados até então. — As palavras são decisivas, mas a voz dele não é, emudecendo e parando, um espasmo de preocupação se agita em meu peito. Estamos ambos em muito perigo, e ficamos fingindo o contrário.

Eu me levanto, as pernas parecendo chumbo, tentando soar mais forte do que de fato me sinto.

— Fique de olho em mim. Eu não sou confiável, lembre-se. Se eu fizer qualquer coisa, você tem que me apagar.

Ele quase sorri.

— Prometo. Vamos lá.

Mal avançamos alguns metros até que fica evidente que a perna ferida não aguenta o peso dele, e me preocupo com a possibilidade de não conseguirmos subir as montanhas até o convento, mesmo que encontremos abrigo e nos aqueçamos primeiro. Mas guardo meus pensamentos para mim mesma, concentrando-me na parte seguinte da jornada, dizendo-me que, se conseguirmos descansar um pouco, ele pode melhorar. É tudo que posso fazer.

Passo um braço em volta de Merek e permito que ele se apoie em mim enquanto nos movemos lentamente rio abaixo, o ouvido atento ao som de uivos e latidos vindo em nossa direção. Depois de um tempo paro de tremer e sinto que Merek também; sinalizo para ele que isso deve significar que estamos nos aquecendo, mesmo quando ouço a mentira nas palavras.

Merek não responde, apoiando-se pesadamente em mim, e quando olho para ele, seus olhos estão fechados e seus lábios estão azuis. A pontada de medo que vem em seguida é fraca, como um fantasma de dor, e sei que isso também deve me preocupar, mas não consigo sentir nada, entorpecida por dentro e por fora. Minha cabeça se inclina, vejo meus pés e me concentro neles, um na frente do outro. Descalços. Sem botas. Um, depois o outro. Apenas se concentre.

Ficamos junto da margem, movendo-nos centímetro por centímetro, Merek com o rosto cinzento de esforço, ou frio, e eu desesperada para descansar, para me sentar. Para dormir. Não faço nada disso, de algum modo seguindo em frente, mantendo-o na posição vertical. Penso loucamente que devo agradecer a Aurek por me obrigar a comer; se eu estivesse mais fraca, acho que não teria chegado tão longe. Minhas roupas não secam, mas se aderem à minha pele, pesadas e úmidas, parecendo pesar mais a cada momento, de maneira que cada passo é uma luta.

— Preciso tirar algumas roupas — digo. — Nós iremos mais rápido.

— Não — rosna Merek, os dentes cerrados.

— Elas são muito pesadas.

— Você vai morrer. E eu também. Apenas continue andando.

— Merek...

— Eu disse para andar.

Não tenho força para argumentar, como se houvesse uma parede de vidro entre mim e as palavras dele. Em vez disso, continuo me movendo. Depois do que parecem décadas, vemos a imensidão do Lago Baha a distância e minúsculos blocos espalhados ao redor, que espero serem casas.

Olho para Merek para ver que ele está andando de olhos fechados novamente. Isso me estimula, e eu me movo mais rápido, puxando-o comigo. Estamos tão perto.

Chegamos à primeira casa e eu o coloco no chão e bato à porta com o punho. A única coisa que posso pensar é que temos que entrar. Não importa quem está lá dentro. Nós temos que entrar nesta casa. Quando ninguém atende, bato com meu ombro, só para gritar quando a porta não cede.

— Vou ter que arrombar — digo, olhando para Merek. Seus olhos estão fechados. — Merek! — grito, e ele balança a cabeça fracamente, pendendo para o lado. Há uma explosão de pânico em minha barriga que me faz contornar a casa, até que vejo uma janela curva, igual às de Almwyk, e a empurro para dentro, quebrando as ripas. Afasto os cacos o máximo que posso e, em seguida, me ergo para dentro.

Está alguns graus mais quente, até o vento passar pelo buraco que fiz, e puxo as cortinas de lã por cima, contendo-o enquanto se agitam como bandeiras.

Ando pela casa e destranco a porta. Merek está sentado onde o deixei, e quando toco seu ombro, seus olhos estão vidrados, como se recém-acordados.

— Vamos. — Estendo minha mão para ele, que a pega, sua pele pegajosa ao toque. Eu o levanto e o guio para dentro, conduzindo-o direto para um quarto, uma cama de dossel esculpida no centro. — Tire as roupas molhadas e fique debaixo das cobertas — instruo. — Todas as suas roupas. Vou ver o que consigo encontrar.

Eu o deixo, esperando que Merek me obedeça — e que esteja vivo quando eu voltar —, e começo a procurar na casa, tirando minhas próprias roupas enquanto sigo. Passo por uma faixa larga e enegrecida que ocupa uma parede inteira, com panelas de cobre penduradas em ganchos nas bordas. Há uma pequena despensa em um recesso, e vejo garrafas e jarros lá, o que eleva meu ânimo. Há uma escrivaninha elegantemente esculpida e uma cômoda ainda cheia de louças e talheres. No centro da sala, uma mesa com quatro cadeiras ao redor, também esculpida com flores, leões e serpentes entrelaçadas; e em frente ao conjunto há uma segunda mesa baixa entre duas cadeiras de balanço ornamentadas. Não encontro juncos no chão, tampouco tapetes, e meus pés descalços não emitem nenhum som. Toda a casa cheira a amor, orgulho e cuidado; as cortinas da janela são de guingão vermelho, quase insuportavelmente brilhantes e bonitas, depois de tudo o que aconteceu.

O último quarto leva a um pequeno banheiro interno e uma sala de banho, completa com um grande baú e um enorme caldeirão de estanho que eles deviam usar para se banhar. A ideia de afundar em um banho quente me faz tremer de saudade.

Quando abro o baú, quase começo a chorar ao ver as grossas e felpudas toalhas empilhadas lá dentro, e puxo-as para fora, envolvendo uma ao redor do meu cabelo, outra ao redor do meu corpo e fazendo um manto com uma terceira. Mal posso sentir o tecido contra a minha pele, branca feito osso e manchada de veias azuis. O desejo de deitar me toma outra vez, e bato em minhas bochechas antes de levar o resto das toalhas para o quarto.

Merek está deitado na cama, um dos cobertores puxado sobre ele, sua roupas no chão. Seus olhos estão fechados e há um momento terrível em que não sei dizer se está respirando. Deixo as toalhas caírem em sua barriga, aliviada quando ele olha para mim.

— Seque-se e fique debaixo das cobertas. Volto daqui a pouco — digo. Pego suas roupas e as minhas também, levando-as de volta ao banheiro, e as estendendo pelas laterais do caldeirão. Não tenho muita esperança de que sequem sem fogo, mas qual é a alternativa?

De volta ao salão, reviro o baú e não encontro nada útil. Mas, na gaveta da cômoda, acho uma pequena adega de sal e uma garrafa de algo chamado "Água do Amanhecer", que cheira a água velha comum para mim quando desarrolho a garrafa; então, experimento, aliviada por não ter que voltar lá para fora. Na despensa, encontro minha, há tanto tempo desejada, casca de salgueiro, já transformada em pasta, e sinto o cheiro de capim-limão nela. Escolho entre o restante do kit básico de boticário e me sinto sorrir.

Se os donos da cabana voltassem agora, eu os beijaria. Não há comida nem água, mas eu não me importo. Isso é tudo de que preciso.

Quando volto para Merek, vejo que ele me imitou, com uma das toalhas ao redor de seus ombros feito uma capa, outra em torno dele, enfiada sob as axilas. Ele se senta, os cobertores puxados para trás para expor as mordidas em sua perna.

As feridas são profundas, mas não atingiram os ossos e estão surpreendentemente limpas; eu esperava mais laceração. O sangue coagulou bem e estou satisfeita com a aparência. Eu me sento a seus pés e rasgo uma das toalhas menores, mergulhando-a na Água do Amanhecer e começo a lavar a ferida. Merek prague ja violentamente e tenta afastar a perna, fazendo a ferida voltar a sangrar, e faço uma careta para ele.

— Isso dói — diz ele, desnecessariamente.

— É Água do Amanhecer.

— É mesmo? — Ele parece animado pela primeira vez desde que fugimos dos cães.

— O que é isso?

— Água benta. Supostamente, abençoada por Daunen.

— Twylla abençoou isso?

— Não, eu duvido. É mais provável que seja apenas água do rio, engarrafada e vendida aos crentes.

Não respondo, e continuo a limpar, até que todo o lamaçal do rio e do caminho até aqui tenha sumido. Lavo minhas mãos, depois mergulho meus dedos no bálsamo, trabalhando suavemente nas feridas. Cubro tudo com outra toalha rasgada, amarrando-a.

— Pronto. Você pode mastigar um pouco de casca de salgueiro se estiver com dor.

Merek não diz nada, inclinando-se para a frente e pegando os trapos, o bálsamo e a água entre os meus joelhos.

— O que você está...

Ele pega minhas mãos e começa a limpá-las, fazendo exatamente o que fiz com ele, gentilmente esfregando e dando tapinhas, depois borrifando o bálsamo nelas. Então, também as amarra com ataduras.

— Você precisa me amarrar — peço. — Estamos com sorte que nada tenha acontecido ainda.

— Espero que Lief tenha cumprido sua promessa.

Não digo nada, e me inclino para colocar a pomada e a água no chão. Merek pega meu punho.

— Eu não o entendo — diz ele, com os olhos nos meus. — Ele matou por Aurek. Tomou terras para ele. Mas está nos ajudando.

Eu dou de ombros, impotente.

— Eu não sei. Não sei no que acreditar. — Ele salvou Twylla, mas me amaldiçoou. Sabia o que Aurek estava fazendo com as crianças, com as cidades, até comigo, mas não fez nada, e até levou mamãe para o castelo. Mas ele nos deu a receita, protegeu Merek e nos ajudou a escapar.

Posso sentir Merek me observando, e encontro seu olhar.

— Não consigo entender. Mas até que saibamos com certeza, eu sou muito perigosa livre. — Estendo a última tira de toalha para ele.

Merek suspira e, em silêncio, amarra meus punhos com ela. Em seguida, recua, aninhado-se nos travesseiros.

— Vamos para a cama. — Ele cora imediatamente, tão logo as palavras saem de sua boca. — Quero dizer, estaremos mais aquecidos um ao lado do outro, não...

— Eu sei o que você quis dizer. E você está certo. Sem fogo, o calor do corpo é nossa melhor aposta.

Ele empurra os cobertores e eu entro, deitando-me de costas ao lado dele. Fecho meus olhos, mas todo o cansaço que sentia desapareceu inexplicavelmente. A cama é dura e os cobertores cheiram a outras pessoas. Então sinto sua mão, seus dedos entrelaçando-se aos meus. Meus olhos se abrem e eu me volto para ele.

— Obrigado — diz Merek. — Você salvou minha vida.

— E você salvou a minha.

— Você cuidou das minhas feridas.

— E você cuidou das minhas.

Ele aperta suavemente.

— Quando tudo isso acabar, vou fazer de você uma duquesa.

— Não posso ser a Boticária Real?

Ele morde o lábio enquanto pensa.

— Só se você me deixar ajudar.

— Certo. Mas, na minha cozinha, a coroa é minha. Lembre-se disso.

Ele quase sorri.

— Naturalmente.

Merek aperta meus dedos mais uma vez e me solta, rolando para o lado, de costas para mim. Seu manto de toalha se mexe e vejo sua pele, nua em comparação com as tatuagens ao longo da coluna de Silas.

Então eu também me viro, passando da consciência para o sono no espaço de um batimento cardíaco.

Sei que ele está com febre assim que acordo; Merek está muito quente, e é um tipo desagradável de calor, a chama branca de fogo em oposição à carícia do sol de verão. Eu me sento e olho para ele, ainda dormindo, sua respiração superficial, pontos altos de vermelho nas bochechas pálidas, e penso *de novo não*.

Arranco os cobertores e desço para a perna dele, ignorando seus movimentos enquanto puxo as bandagens.

As feridas estão limpas, cheirando levemente a capim-limão, e não estão inflamadas. *Não estão inflamadas*.

Merek tem um resfriado. Não é tétano. É apenas um resfriado.

— O que você está fazendo? — pergunta ele. — Deuses, eu me sinto horrível.

— Você pegou um resfriado — digo. — De estar no rio, espero.

— Então, por que... ah. — Ele assente para mim. — As feridas estão bem, então?

— Limpas. Tão saudáveis quanto poderiam estar.

Ele suspira de alívio, depois olha em volta.

A luz do dia entra dourada pela pequena janela, e novamente me lembra Almwyk. Do nada, sinto uma pontada de nostalgia por aquele lugar imundo e assustador. Era um tipo diferente de assustador lá, no entanto. Desde que você respeitasse as regras e ficasse de cabeça baixa, estava tudo bem.

Não posso acreditar que estou tendo boas recordações sobre Almwyk.

— Quanto tempo dormimos? — pergunta Merek.

No momento em que ele diz isso, percebo que minha garganta está ressecada, uma pulsação surda na minha cabeça devido à desidratação, e meu estômago ronca furiosamente. Olho pela janela para as sombras no chão.

— Suponho que quase um dia inteiro. Talvez até mais.

— Um *dia* inteiro? Como?

Dou de ombros.

— Não sei. Acho que precisávamos disso. — Minha bexiga anuncia que também tem necessidades, e saio da cama, lutando com as mãos amarradas para manter minha toalha no lugar. — Já volto.

Minhas roupas não estão completamente secas, as bainhas e as costuras ainda úmidas, mas terão que servir, e eu as puxo, rígidas e fedendo, depois que termino, amaldiçoando meus movimentos limitados o tempo todo.

Quando volto, Merek sai, dando passos rápidos, e retorna completamente vestido também, cheirando tão mal quanto eu.

— Não posso acreditar que estou dizendo isso, mas preciso de água — diz ele. — E botas.

Nós dois olhamos para nossos pés descalços.

— Talvez algumas das outras casas tenham suprimentos.

Sem outra opção, ele concorda, e nós cautelosamente deixamos nosso pequeno santuário. Examinamos os arredores, aliviados por não ver outros sinais de vida, a não ser por uma ave marinha no alto de um calado de navio do outro lado do lago.

— Talvez eles pensem que nos afogamos — digo.

Merek não parece convencido.

— Não acho que ele vá acreditar nisso sem um corpo.

Encontramos uma barragem de água atrás de uma das casas e, embora a água tenha um gosto ruim, passamos meia hora tomando goles — lentamente, para não passarmos mal. Em uma casa encontramos um par de botas com a metade da sola solta, batendo feito uma língua. São muito grandes para Merek, ainda mais para mim, mas ele enfia os trapos nos dedos dos pés e as puxa mesmo assim. Acho um par de chinelos de camurça em outra casa e os levo; por mais finos que sejam, ainda são uma proteção contra o chão. Encontramos um jarro de lata amassado com uma tampa que enchemos com água para levar conosco, depois voltamos para a casa em que dormimos para pegar mais toalhas — usando as maiores como mantos e as menores como kit medicinal.

— Para as montanhas, então? — pergunta Merek.

— Como chegamos lá?

— É um dia e meio a pé, pelo menos, para chegar à base. Teremos que ir para a costa e segui-la para as montanhas. É isso ou voltar e ir por trás do castelo de Lormere.

Meu coração afunda.

— Suponho que a vantagem é que Aurek vai presumir que fomos para Scarron para nos juntar a Twylla.

— Vamos torcer por isso. — Ele olha ao longe, como se pudesse ver as montanhas. — Vamos lá.

PARTE 3
Twylla

Capítulo 16

Passo de dormindo a acordada em um instante, mantendo-me imóvel no escuro do quarto, minha mão direita avançando silenciosamente sob o travesseiro para a faca que mantenho ali. Meus dedos se enroscam no cabo, e prendo a respiração, ouvindo. Mas a única coisa que escuto é Nia roncando suavemente do outro lado do quarto; o que me acordou provavelmente estava na minha cabeça.

Enquanto meus batimentos cardíacos voltam ao normal, os últimos vestígios de sono desaparecem, deixando-me irritantemente bem acordada. Então, pego meu robe e o jogo em volta dos ombros antes de me mover cuidadosamente pelo chão, em direção à porta. No último momento, tropeço em algo e cambaleio, gritando, e o ronco para abruptamente. Eu me curvo para esfregar o dedão do pé e escuto o som de pedra sendo riscada. Um segundo depois, vejo a chama de uma vela e Nia está me encarando.

— Que horas são? — pergunta ela, a voz embargada pelo sono.

— Ainda é cedo, eu acho.

— Então, por que você está acordada? — resmunga, colocando a vela na mesinha de cabeceira antes de se enfiar de volta em sua pilha de cobertores.

Olho para baixo para ver no que tropecei, franzindo as sobrancelhas para suas roupas e botas empilhadas no meio do caminho. Lanço um olhar furioso para o volume coberto em sua cama, imaginando como sua pobre esposa aguenta. Nunca conheci alguém tão bagunceiro em minha vida, e tive dois irmãos. Mordendo minha língua, atravesso a sala até a tigela e a jarra, espirrando água, um pouco acima de zero grau, no meu rosto. Coloco água fresca em um copo e bebo, antes de me dirigir à minha colega de quarto.

— Você precisa da vela? — pergunto.

— Não — diz ela em seu travesseiro.

Reviro os olhos, atravessando o pequeno quarto e pegando a vela, deixando Nia dormir.

Enquanto caminho pelo corredor em direção ao antigo salão das Irmãs — agora a sala que tomei como nossa sala de estratégia —, ouço uma voz, um homem, retumbante e rápido. Curiosa, abro a porta e encontro Esperança abrindo um mapa sobre a mesa grande, prendendo os cantos com copos meio vazios e o que mais tiver à mão. Seus cabelos grisalhos estão enrolados em volta da cabeça, e posso ver a borda fina de sua camisola sob o roupão. A sala resplandece de luz, cada vela acesa, o fogo alto na lareira, iluminando o homem encapuzado que está diante dela com as mãos abertas, e por um momento parece que ele comanda as chamas. O homem empurra o capuz para trás, revelando a pele escura e o cabelo de Kirin Doglass. Ele se vira ao som da porta se fechando atrás de mim.

— Você voltou! — digo, apressando-me e adicionando minha própria vela a um canto antes de abraçá-lo.

— Acabei de chegar. — Seus braços se fecham em torno do meu corpo e nos abraçamos. Ele cheira a cavalo e suor, ainda frio por ter estado do lado de fora. — Lortune estava completamente trancada. Nosso espião não conseguiu passar a mensagem até algumas horas atrás. Eu estava prestes a vir acordar você. — Quando olho para ele, seus olhos estão brilhantes, quase maníacos.

— O que foi? — pergunto, imediatamente alerta. — O que aconteceu?

— O incêndio que vimos foi o castelo de Lormere — diz Esperança.

— O castelo? — Eu me viro para ela, então volto para Kirin, que consegue parecer sério e animado enquanto balança a cabeça.

Ficamos todos acordados até tarde, observando o brilho vermelho no vale, bem abaixo de onde as Irmãs de Næht abrigavam sua ordem. Sabíamos que o fogo era em Lortune quando enviei Kirin para descobrir o que estava acontecendo, mas achei que fossem lojas ou casas. Não o próprio castelo de Lormere.

— Alguém se machucou? Alguma notícia de Errin? — pergunto. — Silas?

— Silas está bem. Ele é precioso para Aurek, lembre-se.

— E Errin? Ela está bem? Você sabe como o fogo começou? Foi deliberado? Diga-nos! — exijo.

— Tenho certeza de que ele vai dizer, assim que você lhe der uma chance de falar — diz Esperança, secamente.

Eu luto para conter uma resposta e assinto, enquanto Kirin sorri, as covinhas aparecendo em suas bochechas.

— Não sei ao certo como começou, mas sei que houve um incidente. Com Errin. Ela encontrou Silas durante o incêndio e eles tentaram escapar. — Quando Kirin faz uma pausa, eu me inclino contra a mesa, precisando de apoio. — Aurek a pegou, arrastou-a perante a multidão e acusou-a de ter começado o incêndio e de ser a líder da Aurora Nascente.

— Não — sussurro. — Foi Errin que começou o incêndio?

— Eu não sei, e ela negou, obviamente. Aurek começou a matar todos que a tivessem servido, acusando-os de cumplicidade. Então ele se voltou contra Lief, dizendo que achava que ele estava agindo como agente duplo.

— *O quê?* — Esperança se move ao redor da mesa para se juntar a nós. — Ele se virou contra Vastel?

Kirin assente.

— Lief conseguiu convencer Aurek de que tem sua lealdade, mas disse que ele não falaria por Errin e...

— Típico — cuspo, meu coração batendo forte no peito.

— Há mais — diz Kirin. Algo em seu tom faz com que Esperança e eu troquemos um olhar ansioso antes de olhar de volta para ele, que continua: — Lief percebeu que sua mãe não estava na multidão. Ele presumira que alguém a tivesse levado para um lugar seguro. O que ele não sabia era que Aurek a levara para uma torre diferente, aquela onde o fogo havia começado. E ela ainda estava lá. Lief, Errin e Aurek correram para a torre, mas a próxima coisa que as pessoas viram foi Aurek com raiva, gritando que Errin havia fugido com um de seus criados.

— E? — pergunta Esperança. — O que aconteceu depois? Onde está Errin? Onde está meu filho?

— Silas ainda está no castelo, preso novamente. Errin está fugindo, possivelmente com esse criado. — Ele faz uma pausa. — Aurek enviou homens com cães atrás dela.

— Cães? — pergunto, um arrepio correndo por minha espinha. — Os cães da rainha? — Eu me lembro muito bem deles.

Kirin assente, sua boca é uma linha fina, e o gosto da bile enche minha boca. *Por favor, por favor, permita que ela tenha escapado.*

— Deuses — estremece Esperança, dando voz aos meus pensamentos. — Desejo que ela tenha conseguido. Entendo que a mãe dela não sobreviveu.

— Silas fez o Elixir para a Sra. Vastel. Aurek concedeu isso a Lief. Ela está salva.

— Claro que ele concedeu — zombo. — Eles não são melhores amigos? Irmãos em tudo isso?

Kirin não diz nada.

— O quê? — Olho para ele. — Estou errada?

— Aurek culpou Lief pela fuga de Errin. Ele... o puniu.

— Como?

— Trinta chicotadas. Aurek mesmo as desferiu. Nosso espião assistiu a tudo. Lief foi levado para a praça da cidade de Lortune, amarrado a um poste, e Aurek o deixou inconsciente na frente da multidão.

Esperança leva a mão ao rosto, e olho descontroladamente para o fogo.

Vejo a imagem em minha mente, as costas de Lief, lisas e flexíveis, expostas ao ar do inverno. Vejo o sorriso elegante do Príncipe Adormecido enquanto ele ergue a mão e anuncia para a multidão que Lief merece isso. Eu os vejo, querendo a violência, mas temendo ao mesmo tempo, tanto desejo quanto aversão. Vejo o chicote enrolando no ar, cortando a pele de Lief. Ele cai para a frente, as costas em farrapos.

Kirin fala novamente, baixinho:

— Aparentemente, Aurek deixou Lief amarrado lá até que ele acordou. Esperou que Lief agradecesse antes de permitir que fosse desamarrado.

Corro três passos pela sala e vomito no balde que mantemos prontos para apagar o fogo.

Há uma mão fria na minha testa, e Kirin se ajoelha ao meu lado, com os olhos preocupados.

— Você quer água? — pergunta baixinho, e assinto.

Ele está de volta em um instante, um copo na mão, e bebo o conteúdo, deixando o líquido frio me acalmar.

— Suponho que ele tenha recebido o Elixir — diz Esperança de algum lugar atrás de Kirin, uma pontada brilhante em sua voz.

— Ele recusou. — Kirin olha para mim enquanto fala. — Ao que parece, ele disse que prefere suportar as marcas de sua tolice e aprender com elas. Como com seu olho.

Seu olho. Toda vez que penso em seus olhos, a culpa me inunda, mesmo que eu saiba que não deveria. Fiz aquilo com ele. Para todos os efeitos, cortei um dos seus olhos verdes. E, assim como não entendo por que ele recusou o Elixir naquele momento, também não entendo por que fez isso agora. De onde veio essa linha de masoquismo?

Kirin me observa e eu me obrigo a dar um sorriso.

— Tudo certo. Então, aposto que a busca por Errin não foi bem-sucedida?

— Dos cinco cães soltos, apenas um voltou. Mas não com ela.

— Então ela está em algum lugar lá fora. Precisamos entrar em contato com todos os aliados em Lormere e pedir que tomem conta dela. Se eles a virem ou ouvirem notícias dela, devem levá-la para a segurança e nos avisar imediatamente para que possamos trazê-la para cá.

— Eu vou voltar agora. — Ele se vira para sair imediatamente.

— Espere — digo. — Você disse que Lief foi levado de volta para o castelo? Então ainda está intacto? Aurek ainda está lá?

Kirin assente.

— Mas o incêndio foi grave. As torres norte e leste foram destruídas, no fim. Toda essa metade do castelo está arruinada.

Então minha torre ainda está de pé.

— Aparentemente, Aurek está sob bloqueio — continua Kirin. — Ele está governando a partir da torre sul agora, usando os antigos aposentos da rainha. Quase ninguém pode entrar ou sair.

— Ele está com medo — diz Esperança, erguendo as sobrancelhas para mim. — Sabe o que significa se Errin encontrar você.

— Encontrá-la seria apenas o primeiro passo. Nós ainda precisamos de um alquimista para nos dizer como fazer o Opus Magnum.

— Pelo que ele sabe, já temos um alquimista — diz Esperança. — Temos que considerar que a fuga de Errin pode levá-lo a fazer algo mais.

Ela está certa. E é exatamente isso que temos tentado evitar nessas últimas luas. Não podemos nos dar ao luxo de fazer qualquer coisa que o faça atacar. Precisamos que a Aurora Nascente dê a ele algo tangível em que se concentrar, bem como reunir as pessoas para nós. Mas estamos nos equilibrando em um fio de faca. Dar esperança às pessoas sem assustá-lo demais.

— Não podemos nos arriscar a levá-lo a entrar em ação, ainda não — digo. — Nem que retalie prejudicando as crianças que mantém prisioneiras.

Precisamos enviar uma mensagem para as células da Aurora para descartar qualquer ação por enquanto. Deixar tudo em suspenso até que tenhamos Errin e a receita. Parar tudo. — Respiro. — E, para isso, entre em contato com os vigias nos acampamentos infantis — digo a Kirin. — Dê a ordem a Greld, Serge, Tarvy, todos eles. Se parecer que ele pretende prejudicar as crianças em qualquer um dos campos, quero pessoas suficientes prontas para tirá-las de lá.

Ele assente, seu rosto firme. Se tivermos que atacar para tirar as crianças, vamos expor a nós mesmos, a nossa rede e perder a pouca vantagem que temos. É um risco. Mas nenhum de nós sacrificaria as crianças por nossa causa.

— Espalhe a ordem — continuo. — Diga a todos que estejam prontos, apenas por precaução. As coisas podem mudar muito rapidamente, e preciso que todos nós nos preparemos para isso.

— Vou enviar mensageiros agora.

— Obrigada. Depois, certifique-se de comer. E descansar. E... banhar-se.

Kirin levanta uma sobrancelha.

— Você está dizendo que cheiro mal?

— Como um cavalo. — Abro um sorriso apesar dos meus pensamentos sombrios, uma antiga habilidade que desenvolvi para Helewys, e uso frequentemente como general. Ele o retribui facilmente. — Vou me juntar a todos vocês para o jantar.

Ele sai da sala e eu me viro para Esperança.

— Você está bem? — pergunta ela.

Passo pela Irmã, vou até a mesa e olho para o mapa, como se pudesse ver uma miniatura de Errin ali. Esperança vem para o meu lado.

— Temos que encontrá-la — digo.

— E nós vamos. Agora, responda à minha pergunta. Você está bem?

— Eu não sei — admito. — Eu não sei.

— Uma luta ajudaria?

Olho para ela.

— Ah, deuses, sim.

Deixo um bilhete para Nia, dizendo-lhe que estamos no quintal e que venha direto até nós, então para o arsenal — que antes era um depósito — para se preparar. Esperança já está lá — sua armadura não está no suporte e posso ouvir seus passos nas lajes do pátio, o som ocasional de metal contra metal quando ela bate no poste, no centro. Trancei rapidamente meu cabelo e o enfiei na minha túnica antes de vestir minha própria armadura de couro.

É vermelha, feita de selas velhas e me serve como uma luva.

Prendo as cintas das pernas, afivelando-as em torno das panturrilhas e das coxas. Depois o peitoril, prendendo-o nas laterais, girando para ter certeza de que está solto o bastante para que eu me mova. Então, finalmente, as braçadeiras e o capacete. Nós tentamos, quando comecei a treinar, que eu usasse uma armadura de metal, mas uma vida inteira sentada sendo solene significava que eu simplesmente não tinha forças para usá-la por muito tempo, quanto mais lutar com ela. Mesmo a armadura infantil leve era demais para mim, e isso depois de duas luas de treinamento, corrida, escalada e levantamento de barris de farinha como pesos improvisados. Então, Trey, o carpinteiro que nos ajudou a fazer nossa tinta vermelha, levou uma faca a uma série de velhas selas que conseguimos com o xerife dos estábulos de Haga, e moldou-me uma série de placas de corpo com o couro carmesim grosso.

Vermelho como a aurora.

Uma vez que elas estão no lugar, chuto minhas pernas, balanço meu corpo, ergo meus braços e, quando estou satisfeita, levanto meu cinto de espada do gancho e pego a lâmina, verificando-a.

Esperança me diz que era a espada de Silas, com a qual ele costumava praticar. Quando ela a ofereceu a mim, dizendo que seu filho a usava quando criança, achei que estivesse me insultando. Até que explicou sobre peso e equilíbrio.

— Não adianta ter uma arma grande, se você não sabe usá-la — disse, sorrindo, e entendi a piada um pouco depois que todos começaram a rir.

Mas também entendi aonde ela queria chegar. Eu não conseguia levantar uma espada tal como Merek e Lief. Mas esta, com um metro e meio de comprimento, fina como pergaminho e com um punho robusto, mas leve... esta eu consigo levantar, ainda mais facilmente do que a que tirei do Conclave. É *minha* espada agora. Esperança disse que eu deveria lhe dar um nome, mas acho que é algo vivo; não pode ser nomeada: já tem um nome. Só preciso esperar que ela me diga.

Satisfeita, eu a embainho e amarro o cinto em volta da cintura. Saio para o pátio e, como se sentisse minha presença, Esperança se vira. Seu cabelo cinza está escondido sob um capacete — metal, como sua armadura. Esperança tem décadas de experiência de luta, décadas de treinamento com espada, bastão e arco. Mas, como ela me disse, até mesmo o lutador mais experiente pode ter azar.

— Velocidade e resistência — ela me falou na primeira vez que me permitiu pegar uma espada. — Você é pequena e fraca demais para lutar de maneira agressiva. Então, aprenda a se defender. Atacar demanda mais energia do que defender. Canse-os e depois termine rapidamente. Nada elegante. Nada de se exibir. Derrube-os e depois ataque.

"Devoradora de Pecados", diz ela agora, debruçando-se para esconder a curva de seus lábios.

— Não me chame assim.

— Então, me faça parar.

Naquele momento, eu poderia abraçá-la por me dar essa distração, por tentar me irritar. É gentil de sua parte.

Mas eu não a abraço; em vez disso, avanço para ela, ansiosa pelo primeiro contato.

O metal que seguramos soa como um sino, faíscas voando, enquanto ela ergue sua espada para aparar meu golpe. Esperança torce os punhos para forçar minha espada para baixo e volto antes que ela possa me empurrar. Tal é a habilidade dela que luta com uma arma embotada quando praticamos; de outro modo, eu já teria morrido dez vezes a esta altura.

Ela gira para sair do meu ataque e cruza a espada sobre o corpo, acenando para mim com o queixo.

— Vamos, princesa. Pelo menos tente.

Mas eu não vou, começando a circulá-la, cruzando os pés, e ela faz o mesmo. Minha armadura de couro range levemente, e não tiro meus olhos dela.

Esperança ataca à minha esquerda, e balanço para bloquear o golpe, só para ela vir à minha direita. Puxo meu corpo para fora do caminho, a ponta da espada dela pega meu peitoral e ela ri. Ataco, e é a vez dela de se esquivar quando minha espada bate em seu avambraço, o metal soando como um sino.

— Ai! — diz ela deliberadamente. — Isso não foi muito elegante.

— Você fala muito, velha — provoco.

— Você pediu por isso — responde Esperança. E, então, ela se move.

Esperança é uma força giratória, intermitente, imparável, um borrão negro de fúria controlada enquanto sua espada vem para mim de todos os ângulos concebíveis. Mesmo se eu tivesse a habilidade de atacar, simplesmente não há tempo; tudo o que posso fazer é bloquear seus movimentos, e ela está me empurrando para trás, cada vez mais perto da parede.

Então, ela tropeça em uma pedra; é um acaso, pura sorte, mas foi exatamente para o que ela me treinou para usar e tiro proveito.

Acerto seu avambraço novamente, fazendo-a ofegar, e no momento em que ela tenta recuperar o controle de seu punho, estou sobre ela, e agora é Esperança quem tenta, desesperadamente, desviar dos meus ataques; é sua espada que está balançando feito um pêndulo enlouquecido enquanto repele ataque após ataque.

Sinto que a vitória está próxima, posso notar que ela está ficando desesperada, e um fogo se acende dentro de mim. Puxo meu braço para trás a fim de colocar tanto poder quanto posso no meu balanço para desarmá-la.

E ela mergulha sua lâmina cega no meu peito, me derrotando tão decisivamente quanto se de fato estivesse me atacando.

Paro de lutar imediatamente e baixo minha espada, permitindo que a exaustão tome conta de mim. Ofegante, eu me abaixo no chão, um luxo do jeito que minha armadura me serve. A pobre Esperança tem que permanecer de pé, encostada no mastro de metal, enquanto também luta para respirar. Ela olha para mim e sorri.

— Melhor?

— Você sabe que eu odeio quando você me chama de "Devoradora de Pecados" e "princesa".

— E você sabe que eu odeio quando não é um desafio — diz ela, sorrindo novamente. — Você lutou muito bem. Mas precisa aprender a lutar assim sem ser provocada.

— Aurek é do tipo que tagarela. — Respiro fundo, inspirando e expirando. — Ele definitivamente vai querer me insultar.

— Presumindo que você sobreviva tempo suficiente para lutar contra ele.

Suas palavras são água fria sobre mim, lembrando-me que o que estamos fazendo é sério e mortal. Sinto meu rosto cair e me levanto do chão.

— Twylla — diz ela quando me viro para voltar para dentro. — Você realmente lutou bem. Você percorreu um longo caminho.

Nós sorrimos uma para a outra novamente, e começo a soltar as alças dos meus braços. Um banho, acho, é o que vem em seguida. Então, café da manhã. E depois, estratégia.

Mal dei um passo quando Stuan chega voando pelo pátio, os olhos selvagens.

— Venha — ele engasga, pressionando a mão ao lado do corpo. — Venha.

O medo me inunda e prendo a fivela de volta com os dedos trêmulos, pegando minha espada e o seguindo. Esperança está ao meu lado, tão sombria quanto eu.

Atravessamos depressa o corredor e tento controlar meu coração; seja o que for, vamos lidar com isso.

As portas da frente do convento estão escancaradas, contra minhas ordens explícitas, e passo por elas, os olhos examinando a área. Eles se iluminam imediatamente em um grupo de pessoas que se aproxima; são minhas, reconheço, e outro homem e uma mulher. O homem está mancando, a mulher o ajuda a andar. Mais refugiados.

Não.

Ela olha para cima e para, essa mulher, e vejo sua boca aberta.

E então estamos correndo uma para a outra; ela larga seu companheiro tão rápido que ele quase cai.

A distância entre nós diminui rapidamente; meus braços estão ao redor dela, e cambaleio para trás enquanto ela se joga contra mim.

— Ah, Errin. Graças aos deuses, graças aos deuses! — Respiro em seu cabelo.

Seu cabelo está fedorento e bagunçado.

Eu a empurro para longe de mim e olho para ela, algo imundo enrolado em torno de seus punhos, manchado com sujeira não identificada.

— Você acampou em um chiqueiro?

Ela sorri.

— Podemos ter nos escondido em um.

Com isso, olho para o homem com quem ela está e é como se minha pele fosse pequena demais para o meu corpo.

— Eu queimei o castelo. — Sua cabeça está raspada, seu rosto, pálido. Seus ossos são muito proeminentes e os olhos parecem pertencer a um homem muito mais velho. Mas a voz... ainda é a mesma. E como ele nunca sorri por completo. — Então, espero que você não esteja planejando voltar para lá.

— Achei que você estivesse morto — digo.

— Tente não ficar muito desapontada — diz Merek, e então, só então, ele sorri, e é como se o sol tivesse saído.

Um soluço escapa da minha garganta e dou um passo em direção a ele.

Merek, o legítimo rei de Lormere e o homem com quem quase me casei, desmaia.

Capítulo 17

Errin não consegue parar de sorrir enquanto cuida de Merek. Assim que ele voltou a si, ela o fez tirar a camisa e enrolar a perna da calça para inspecionar, limpar e cobrir suas feridas. Ela faz uma pausa entre cada ação para sorrir; limpa cuidadosamente as feridas com tiras de gaze e água com perfume de rosa, depois dá um sorriso largo, franzindo o nariz. Errin esfrega uma pomada nas mordidas e depois se vira para mim. Merek continua balançando a cabeça, divertido; isso ilumina seu rosto, tirando um pouco do olhar assombrado e oco de sua expressão.

Eu não posso acreditar que ele esteja vivo. Não consigo tirar meus olhos dele.

Meus dedos coçam com o desejo de empurrar Errin para longe e cuidar dele pessoalmente. Não importa que eu não saiba o que fazer. Quero tocá-lo, sentir sua pele sob a ponta dos meus dedos. Então talvez eu possa acreditar. Em vez disso, remexo na gaze, rasgando muito mais do que Errin poderia precisar, apenas observando. Merek. Vivo. Aqui.

Stuan e Ulrin, outro ex-guarda do castelo, carregaram um Merek inconsciente para o dormitório dos homens e lhe deram um quarto exclusivo, o que acho que é sinal de respeito por seu status. Parece que Merek terá toda a cortesia, incluindo privacidade — algo que nenhum de nós tem.

Posso ouvir que, por trás da soleira com cortinas, o corredor está cheio de pessoas que só querem estar perto dele, olhar para ele quando a cortina se move para o lado, enquanto Errin se move entre a mesa onde estão seus remédios e seu paciente. O verdadeiro rei de Lormere, vivo e milagrosamente de volta para eles. Após luas vivendo debaixo do nariz de Aurek, espionando-o e ajudando Errin, ele incendiou a própria casa e fugiu durante a noite para se juntar à rebelião. Haverá músicas compostas sobre Merek Belmis — deuses, eu mesma posso escrever uma.

Eu me inclino contra a parede, ainda vestindo minha armadura de couro, observando Merek enquanto ele e Errin conversam sobre os tratamentos que ela escolheu.

— Por que não a lavanda e o gengibre? — pergunta ele.

— Porque o cravo também tem propriedades analgésicas. E o alho é mais poderoso.

— Também é fedorento.

— Nós dormimos em um chiqueiro duas noites atrás. Você não pode ficar mais fedido; é impossível.

— Você não pode mais falar assim comigo, sou importante aqui.

— Não me faça decidir que esta ferida precisa de um banho de sal.

— Você não ousaria.

Ela lhe dá um olhar que é idêntico ao de Lief: sobrancelha erguida, um sorriso malicioso, e ele revira os olhos enquanto meu coração dói.

A maneira como falam, a facilidade dessa ação, me deixa feliz, triste e mais do que com um pouco de ciúmes, tudo ao mesmo tempo. Nunca estive tão à vontade com ninguém, nem mesmo com Lief. Mesmo agora, trocando insultos e golpes com Esperança, não há o mesmo equilíbrio; somos mais mentora e pupila do que iguais. Eu quero isso. Quero ser assim. Como se pudesse sentir meus pensamentos, Merek se vira para mim.

— Você não pode fazer nada com relação à imprudência dela?

Por um momento não consigo falar, como se eu não estivesse completamente lá.

— Eu não sonharia com isso — digo por fim, e imediatamente me sinto uma idiota. Por que não consigo pensar em algo espirituoso? Mas Errin sorri para mim outra vez e começa a atar a perna de Merek com bandagens novas.

— Aí está. — Ela amarra um nó no topo da bandagem. — Tudo pronto. — No momento em que fala, seu rosto cai, como se ela tivesse se dado permissão de estar cansada. Errin oscila suavemente, a fadiga pesada em seu rosto.

— E você? — Merek fala rapidamente, percebendo seu cansaço súbito, e se inclina para a frente para pegar suas mãos, inspecionando-as. A intimidade desse gesto faz meu estômago se revirar.

— Estou bem. Apenas cansada. Eu caí — explica Errin para mim. — Nós dois ficamos muito feridos. — Ela puxa as mãos para longe de Merek. — Mas realmente gostaria de um banho. Como eu disse, chiqueiro. — Seu estômago ronca de modo revelador. — Também poderia comer — acrescenta ela.

Preciso descobrir tudo o que aconteceu em Lormere. E também saber o que eles conhecem dos movimentos e planos de Aurek. O desejo de realmente fazer alguma coisa, depois de planejar e treinar, coça dentro de mim, corre em minhas veias.

Preciso que eles me contem tudo. Tudo sobre cada momento desde a última vez que vi os dois.

Mas posso esperar mais uma noite.

Colo um sorriso em meus lábios, um que se torna real quando ela sorri de volta para mim.

— Vire à esquerda, atravesse o pátio, e os aposentos das mulheres estarão à sua frente. A casa de banhos fica no outro extremo.

— Haverá... Posso pegar água quente em algum lugar? Tenho sonhado com um banho. — Seu sorriso é triste.

Sorrio ironicamente.

— Vá para a casa de banhos e verá.

Ela me lança um olhar confuso, depois dá de ombros.

— Vou encontrá-la depois.

— Eu posso me juntar a você lá; estou um pouco suada por lutar.

— Ótimo. Vou pedir água suficiente para duas.

Ela dá um tapinha no pé de Merek ao sair, o corredor instantaneamente se tornando vivo quando ela passa. Vejo meia dúzia de rostos ansiosos antes que a cortina caia no lugar e ouço muitas ofertas para "acompanhar a senhorita aonde ela queira ir".

Eu me viro para Merek para sorrir, e o encontro me observando, os olhos castanhos me percorrendo. Ele cora quando encontro seu olhar, e eu me vejo corando também, sem saber por quê. Maldito cabelo ruivo. Maldita pele traiçoeira.

— Lutando? — pergunta ele, taticamente ignorando ambos os nossos rostos vermelhos.

— Estou aprendendo a manejar a espada. Eu estava praticando quando vocês chegaram.

— Está explicado. — Ele aponta para a armadura. — É um bom trabalho.

— Eu tenho boas pessoas. E estou me saindo bem. Embora não ache que vou me tornar uma mestra espadachim — acrescento, as palavras empoladas, soando vazias aos meus ouvidos. Eu me sinto estranha agora que Errin não está aqui para nos equilibrar, apesar da necessidade de falar com ele. Não que eu fosse a vida da festa quando ela estava aqui.

— Eu não ficaria realmente surpreso se você se tornasse. — Ele me olha de cima a baixo outra vez, seus olhos demorando em cada parte do meu corpo, assimilando as tiras, as placas de couro, a túnica por baixo delas. — Você parece bem.

Devolvo seu escrutínio, as contusões em seu peito, suas costelas visíveis sob elas.

— Gostaria de poder dizer o mesmo sobre você.

— Têm sido algumas luas interessantes.

Há um convite ali, para perguntar sobre o que ele viu, o que fez. E quero saber. Paro, dividida entre ficar com ele e ir encontrar Errin. Mas uma tosse oportuna por trás da cortina me faz lembrar que metade da comunidade está lá fora, lutando por cada palavra. Como se estivesse ciente disso, ele dá de ombros.

— Talvez agora não seja a hora.

— Não. Tenho certeza de que Errin recomendaria descanso. A menos que você queira dar uma olhada por aí. Eu poderia pedir a Kirin para lhe mostrar onde fica tudo.

Por um instante, acho que ele parece desapontado.

— Não. Descanso, eu acho. Ainda tenho uma dúvida, no entanto. Você *é* a Aurora Nascente? Foi você?

Assinto, e seus lábios se curvam daquele jeito familiar.

— Então, todo mundo aqui é parte disso?

— Cada um de nós. Você pode conhecer todos eles assim que estiver pronto. Ema, nossa cozinheira, está procurando um motivo para assar um ganso há semanas, então vou dizer a ela para fazer isso. Faremos um banquete para comemorar.

Ele arqueia as sobrancelhas.

— Por mim, não precisa. Após as últimas luas, pão do qual eu não tenho que tirar mofo já seria um banquete.

— Vou me certificar de que alguém fique por perto, para o caso de você precisar de alguma coisa — digo, caminhando até a porta. Lanço a cortina para trás, encarando a multidão, e todos se tornam incrível e imediatamente interessados nas paredes.

"Vocês não têm nada melhor para fazer?", pergunto, balançando a cabeça enquanto eles murmuram desculpas. "Vão. Saiam daqui. Você, Hobb, sei que tem pelo menos uma dúzia de espadas que precisam ser afiadas."

O guarda louro abaixa a cabeça e desaparece imediatamente, seguido por outros que, sem dúvida, não desejam ser nomeados e envergonhados na frente de seu rei. Mas outros ainda se demoram, então coloco minhas mãos nos quadris e me dirijo a eles. "Isso se aplica a todos vocês. Breena, ouvi você reclamar esta manhã que tinha flechas para fazer. Quanto a você, Ulrin..."

— Só quero dizer oi para Sua Majestade. Estive em treinamento com ele — o homem gigante, parecido com um urso, diz com voz aguda feito um trovão. — Olá, Sua Majestade! — grita.

— Olá, Ulrin. Estou ansioso para conversar com você mais tarde — responde Merek.

Deixo a cortina cair no lugar.

— Agora, Sua Majestade precisa descansar. Por favor. De volta ao trabalho.

Eles acenam concordando e finalmente se dispersam, a forma massiva de Ulrin fazendo a magreza de Breena parecer quase uma anã. O murmúrio de vozes excitadas percorre o salão, no entanto. Seu soberano retornou dos mortos — tão bonito e corajoso como sempre.

Eu me afasto deles, guardando meu suspiro até que esteja longe o bastante. Não tenho explicação para isso, mas me sinto insegura e inquieta. Preciso de um banho.

Paro na cozinha, provocando a ira de Ema quando me sirvo de duas maçãs e alguns cubos de queijo. Quando chego ao vestiário da casa de banhos feminina, tiro minhas roupas e minha armadura, pendurando as placas com cuidado, menos atenta com a roupa que uso diariamente. Desfaço minha trança e deixo meu cabelo solto, cobrindo-me enquanto entro na casa de banho.

Examino a sala, procurando por uma cabeça marrom espreitando por cima de uma das banheiras. Há seis banheiras aqui embaixo, esculpidas em mármore com veios vermelhos, dispostos como os pontos de uma estrela. Cada uma tem o dobro da minha altura, e não muito menos largura e profundidade. E cada uma é preenchida com água naturalmente quente que borbulha das fontes quentes sob o solo. A sala está cheia de vapor e do cheiro de enxofre, ao qual já me acostumei há muito tempo. Espio através dela, incapaz de ver minha amiga.

— Errin? — chamo.

— Não vou sair daqui. — Sua voz ecoa fracamente no teto baixo. Há um respingo, e então vejo sua cabeça emergir. Ela devia estar deitada na água. — Água quente. O tempo todo. Não posso acreditar que Silas tenha crescido com isso. Não posso acreditar que ele não me contou. — Ela fica em silêncio.

Sigo meu caminho até a banheira à sua esquerda e coloco a comida na borda.

— Ele está bem? — pergunto enquanto pulo na água, um delicioso arrepio percorrendo minha espinha.

Por um longo tempo ela não responde. Então:

— Sim. Não. — Ouço o som de um tapa na água, e quando olho, ela está escondida de mim novamente. — Mesmo que ele esteja bem agora, não ficará por muito tempo. — Sua voz soa distante. — Twylla, nós temos que pegá-lo.

— Nós vamos. Eu prometo. Eu prometo — repito, então também escorrego e deixo meu cabelo se espalhar ao meu redor.

Mais uma vez ela fica em silêncio por um tempo.

— Mas isto é bom, este banho. Relaxante. É difícil ficar apavorada assim.

— Eu sei — falo para o teto. — Quando crescíamos, tínhamos uma banheira de estanho que enchíamos com água bem na frente do fogo. Uma vez por lua. No castelo não era muito melhor estar no topo da torre. Você sabe, a rainha costumava ser lírica sobre a água no lago, e odeio admitir isso, mas ela estava certa. É divino.

Rolo de frente e me inclino para o lado da banheira, a água pingando no chão. Diante de mim, Errin faz o mesmo.

— Olá — digo, sorrindo. — Maçã?

— Por favor. — Lanço uma para ela, que pega perfeitamente, então sigo com um pouco do queijo. Há um barulho alto quando ela morde a fruta e depois geme. — Senti sua falta — diz ela com a boca cheia.

— Você está falando comigo ou com a maçã?

— Com a maçã. — Ela coloca um cubo de queijo na boca. — E com o queijo também.

— Eu também senti sua falta. — Sorrio. — Você está bem?

Ela não responde imediatamente, engolindo sua comida. Eu jogo mais para ela.

— Sim. E não. Há tanta coisa... *tanta coisa* que preciso lhe contar. Eu... não sei por onde começar.

— Eu também. Eu gostaria... Deuses, Errin, eu gostaria que você estivesse comigo — digo depressa.

Ela sorri.

— Você tem seu exército.

— Tenho.

— *Como* você tem um exército? E a Aurora Nascente, é você? Espere. Comece do começo. Conte-me tudo.

Então conto a ela.

Conto sobre a fuga do Conclave e o encontro com Kirin, o que faz com que ela olhe para mim do outro lado da casa de banho.

— A noiva dele está viva! — grita ela. — Está em Tressalyn. Ah, ele ficará tão feliz.

Mas então tenho que contar a ela sobre Lief e as Irmãs.

— *Você* fez aquilo? — Ela olha para mim, o vapor subindo de seus cabelos, os olhos arregalados; verdes, com a mesma forma dos dele. — Mas Lief disse que foram as Irmãs. Duas delas. Ele nunca disse. Ele nunca disse que tinha visto você.

— Talvez ele tenha se envergonhado depois de ser vencido por mim.

— Talvez... — Ela não parece convencida. — Eu não consigo entender, Twylla.

— O que há para entender? — pergunto, mais dura do que eu desejava.

— Eu não... Ele fez algumas coisas horríveis, mas ao mesmo tempo ele...

— Ele escolheu seu lado — eu a corto.

Ela hesita como se fosse falar mais, mas dá de ombros.

— O que aconteceu depois?

Conto a ela sobre nossa jornada, e o que houve na floresta — tudo, meu grande anúncio para o acampamento e como todos estavam impressionados, os vasos. Como finalmente percebi o que fazer e como conquistá-los. A maneira como o sol nasceu naquela manhã, os raios se estendendo para mim como as mãos de velhos amigos.

E como viemos para cá, para a Casa das Irmãs, nas Montanhas do Leste de Lormere. Como reunimos mais pessoas enquanto viajávamos, com medo e com raiva. Como nós — Esperança, Kirin, Nia e eu — fundamos a Aurora Nascente como uma maneira de enviar uma mensagem aos lormerianos cativos e distrair Aurek de procurar por mim.

— Então eles estão em todas as cidades?

— Todas. Temos uma rede por toda Lormere, e temos cadeias de espiões estacionados e escondidos em todo o país. Passamos mensagens por essa cadeia. Um bom número de nossos contatos são seus próprios guardas.

Ela se regozija.

— Ele estava com medo disso. Como você conseguiu?

Eu me ilumino.

— Pura sorte de principiante. Em nosso primeiro ataque, fui pega por um guarda. Ele deveria ter me entregado, mas me disse para fugir. Eu deveria saber que a lealdade nascida do medo pode não ser verdadeira. Então, quando nos estabelecemos aqui, pedi a um dos meus homens, Gareld, que procurasse o mesmo guarda. Ele vinha até nós de vez em quando e nos dizia qual dos outros se sentia como ele. E, então, eles nos contaram sobre os outros que conheciam, e assim por diante. Quase todos têm filhos, crianças que foram levadas.

Errin suspira. Digo a ela que conhecemos todos os campos em que ele os mantém, dos filhos de Chargate, na Floresta do Oeste, aos filhos de Lortune, que estão sendo mantidos a menos de cinco quilômetros de onde estamos agora, num sistema de cavernas nas montanhas. E também que conseguimos encontrar espiões e seguidores nas aldeias que Aurek acredita estar sob controle. Ela fica impressionada.

— Não foi tão difícil assim — digo. — Ele machucou tanta gente... havia pessoas ansiosas para contra-atacar, de qualquer maneira que pudessem. Elas só precisavam saber que não estavam sozinhas. Muitos de seus guardas apenas se ajoelharam para salvar suas famílias. Então, enviamos mensagens por eles, pequenas coisas para fazer, coordenadas em Lormere. Nada que realmente irritasse Aurek, nada que o forçasse a retaliar, porque na verdade não estamos preparados para uma guerra aberta. Não temos pessoas suficientes para enfrentar seu exército, e mesmo as que temos não são combatentes. Mas — eu me inclino para a frente, ansiosa — podemos fazer mais, agora que você está aqui. Poderíamos começar a trabalhar em montar a receita do Opus Magnum. Sei que será um trabalho duro, mas existem milhares de livros aqui, talvez algum deles...

— Eu tenho a receita — diz ela. Suas palavras ecoam ao redor da sala. — Para o Opus Magnum — continua. — Ou melhor, Merek tem.

— Você *tem* a receita? Como? — sussurro.

— Não acho que você queira saber — diz ela, olhando para baixo.

Não importa, digo a mim mesma. A receita é o importante. Presumindo que seja de fato a receita.

— É real — diz ela, como se tivesse ouvido meus pensamentos. — É a receita verdadeira real. Eu lembro.

Minha pele se arrepia de empolgação. É isso. Nós temos a receita. E Errin. E eu. Temos tudo de que precisamos para derrotar Aurek. Podemos acabar com isso agora.

É mais do que eu poderia ter esperado.

— Quanto tempo você precisa para fazê-la?

Tento não ficar muito empolgada, mas na minha cabeça estou calculando freneticamente... Vou precisar de um ou dois dias para juntar todo mundo, para mandar a mensagem para a Aurora através de Lormere e fazê-la alcançar aqueles em Tregellan que prometeram nos apoiar quando chegasse a hora. Mas então...

— Vai demorar um pouco.

— Bem, claro. De quanto tempo estamos falando? Uma semana?

O rosto de Errin desaba e ela balança a cabeça.

— Ainda tenho que a desconstruir, e depois precisamos dos ingredientes. Vai ser difícil conseguir alguns deles. As ervas e plantas são bastante comuns, embora a mandrágora seja restrita. Mas não é impossível de encontrar, e essa área é conhecida por isso. O enxofre está aqui, nas montanhas, como evidenciado pela água. — Eu a ouço bater a mão contra aquela mesma água. — Mas o único lugar que conheço em que se pode conseguir Sal Salis é o Conclave, e Merek acredita que teremos que ir até Tallith para pegar o mercúrio.

— Tallith? — Eu a encaro. — Mas isso levará pelo menos uma lua... seis semanas, para ser realista, talvez até oito, se o tempo piorar.

— Eu sei. — Ela encontra meu olhar, sua expressão apologética.

Duas luas...

— E não há estoques aqui? Nenhuma mina?

— Eu posso perguntar... — Ela não parece esperançosa. — Talvez as Irmãs tenham deixado algumas para trás quando se mudaram para o Conclave...

— Duas luas — digo, baixinho.

— Sinto muito — diz ela.

— Não — respondo, tentando esconder minha evidente decepção. — Você não tem por que se desculpar. Isso é bom. Mais do que bom.

Então, decido que terminei, e fico em pé, deixando a água escorrer por minhas costas, meu cabelo como um lençol. Deixo pegadas molhadas no chão de azulejos atrás de mim enquanto pego toalhas, amarrando o cabelo em uma e envolvendo a outra ao redor do corpo.

— Você tem que ir? — pergunta Errin, e eu me viro para vê-la me observando, seus olhos arregalados.

Sinto uma onda de pena por ela. No calor do banho, Errin parece uma criança corada. E então me lembro do que Kirin me contou sobre a mãe dela.

— Não sei se alguém já lhe contou, mas sua mãe está curada. Aurek deu-lhe o Elixir. Ela vai ficar bem.

Não digo a ela o que Lief sofreu depois disso, e a alegria que enche seu rosto cansado faz com que valha a pena, até que sua expressão cai novamente.

— Graças ao Carvalho, claro — sussurra ela. — Mas Silas...

— Silas teria feito isso alegremente por sua mãe. Ele teria escolhido fazer isso, e você sabe. Agora, é melhor eu contar a Nia que temos outra companheira de quarto, então ela precisa juntar suas roupas.

O rosto de Errin se acende novamente, e não posso evitar sorrir de volta.

— Ela ronca também... — Paro quando ouço passos, muitos deles, ecoando, vindo em nossa direção. — O que foi agora? — sussurro.

Stuan, Kirin, Ulrin e Hobb irromperam pelas cortinas, fazendo Errin gritar e se abaixar sob a água.

— O que significa isso?! — grito para eles quando param, olhando para mim envolta em toalhas, para os olhos chocados de Errin por cima da banheira, e de volta para mim.

— É... é ela. — Ulrin aponta para Errin. — Ela é um perigo para você. Sua Majestade nos disse que o Príncipe Adormecido pode controlá-la, obrigá-la a fazer coisas... atacar você e nós...

— Eu achei que tivesse lhes dito para deixar Sua Majestade em paz.

Só então Merek entra mancando.

— Eu disse que é improvável, mas possível — contrapõe ele, enquanto todos os homens se curvam em reverências que o fazem estreitar os olhos. — Disse que ele tinha a capacidade, mas suspeitamos que a ameaça tenha sido anulada. Gostaria de ter mantido minha boca fechada.

Eu me volto para Errin, que agora parece envergonhada, mordendo o lábio.

— É verdade.

Suspiro.

— Saiam, todos vocês. — Aponto para a porta atrás deles.

— Mas, minha senhora...

— Esta é a casa de banho das mulheres, portanto, vocês não podem entrar aqui. Vão embora. Eu posso cuidar de mim mesma, como todos vocês sabem.

Há um momento em que acho que eles podem argumentar, mas acabam se afastando. Olho para Merek, que está levemente corado nas bochechas.

— Você também, por favor.

Ele assente de imediato e depois fala com Errin:

— Eu não queria que isso acontecesse. Sinto muito. — Então, ele me lança um último olhar e nos deixa, posicionando a cortina firmemente no lugar atrás dele. Puxo a toalha da minha cabeça e caminho para a banheira, deixando cair a outra toalha no chão enquanto volto para a água.

— Não é de todo uma má notícia — diz ela. — Tem a ver com simulacros. E golens.

— Conte-me — exijo, reclinada no calor.

Então ela conta.

Capítulo 18

Os punhos de Errin estão soltos para o banquete, e Stuan insiste em se sentar do outro lado dela, instruindo Kirin a se sentar ao meu. Há uma grande pantomima sobre se ela deveria ter permissão de usar uma faca e colher, mas um olhar sombrio meu faz com que os talheres sejam entregues a ela, nervosamente. Em seu lugar, eu provavelmente atacaria um deles com a colher e culparia Aurek, mas Errin é aparentemente mais inteligente do que eu, pois come seu ganso com humildade, os movimentos lentos e deliberados. Não gosto de ver seus punhos amarrados, não gosto da ideia de que ela tenha escapado apenas para voltar a ser prisioneira. Mas Errin leva isso com bom humor, e não posso ficar ofendida se ela não estiver.

Nós duas passamos o resto da tarde copiando a receita do Magnum Opus inúmeras vezes, deixando cópias com Kirin, Nia, Esperança e comigo, e também com Errin e Merek. Outras foram escondidas em torno da comuna, apenas por garantia.

Como previsto, Merek é cercado por pessoas no momento em que chega, todas tentando se sentar ao lado dele. Lady Shasta — ou Ymilla, como ela insiste que todos a chamemos agora — vai direto para ele, espremendo-se ao seu lado e rindo instantaneamente, embora Merek não tenha tido tempo de dizer algo engraçado. Ulrin, com quem ela vinha se sentando, olha para ela, revirando sua refeição, mal-humorado. Eu lhe ofereço um sorriso e ele me encara; então, em vez disso, volto-me para Kirin, que está atualizando Nia com o que ela perdeu esta manhã.

Quando olho de volta para Merek, a mão de Ymilla está descansando no braço dele enquanto ela fala, e ele está empurrando sua comida em torno do prato, assentindo sem entusiasmo. Quando finalmente consigo captar a atenção dele, Merek sustenta deliberadamente meu olhar antes de se levantar, pegar sua taça e caminhar até a porta, andando rigidamente com sua perna enfaixada. Ymilla olha dele para mim e deixa cair sua faca com um estrondo alto; o resto de seu bando parece desanimado com sua partida, e seu lado da mesa imediatamente fica em silêncio.

Merek gesticula com o queixo para que eu o siga, e assinto para dizer que vou, mas então Esperança me faz uma pergunta e me leva a uma discussão sobre a Aurora.

Sinto, mais do que vejo, Merek se movendo de volta pela porta; posso senti-lo me observando enquanto conversamos. Lanço-lhe um rápido olhar para deixá-lo ciente de que sei que ele está ali, mas continuo sentada, respondendo a perguntas. Quando a conversa finalmente muda de rumo e sinto que posso sair, ergo os olhos a tempo de vê-lo se afastar, deixando a sala. Desejo boa noite aos outros e vou atrás dele.

Merek está sentado um pouco afastado no corredor, em um banco de madeira, tomando sua bebida. Ele olha para o som dos meus passos e dá um tapinha no banco ao seu lado. Eu me sento, meu joelho encostando no dele, e me viro para encontrar seu olhar, antes de examiná-lo.

Seu cabelo está começando a crescer de novo; há meia polegada de penugem sombreando a cabeça dele agora, nenhum sinal dos cachos que surgirão se ele deixá-los crescer. Há uma sombra em seu queixo também e em torno dos lábios. Antes, suas bochechas eram redondas, mas agora seu rosto é todo anguloso, os malares proeminentes, a testa severa. Ele ainda se parece com a mãe, mas também consigo ver o pai em seu rosto agora. Merek parece um homem. E também um rei.

— Um grupo e tanto que você reuniu aqui — diz ele.

— Eles são mesmo.

— Nunca pensei que veria o dia em que Lady Shasta seguiria suas ordens.

— Vou lhe dizer que Ymilla se tornou uma amiga querida — respondo.

— É mesmo? — Ele vira a cabeça para olhar para mim, sua expressão irônica.

— Não. Ela ainda não gosta de mim, mas você a conhece... ela gosta de estar perto do poder.

Ele ri, uma risada breve e desprotegida, antes de se calar.

— Como você está? — pergunto, e imediatamente me arrependo. É uma pergunta muito grande. E muito pequena também, considerando nossa história.

Como se pensasse o mesmo, ele suspira devagar.

— Vivo.

Espero que Merek me faça a mesma pergunta, mas ele não faz; seus olhos ainda me percorrem, finalmente descansando em minhas mãos, entrelaçadas no meu colo.

— Você mudou — diz ele finalmente, a voz suave.

Sigo seu olhar para baixo. Minhas mãos estão ásperas, avermelhadas, calejadas por treinar com a espada e o arco, por lavar minhas roupas em água gelada e subir em paredes de pedra. Puxo as mangas para baixo e ele se inclina, empurrando o tecido para trás. Merek olha para as minhas mãos, virando-as, e eu o observo. Ele traça uma cicatriz rosa recente — não lembro o que a causou — nas costas de uma das minhas mãos, antes de entrelaçar os dedos aos meus, me observando ao fazer isso.

— Estou falando de você — diz ele. — Não de sua aparência. Ou do jeito como você fala. Você pegou algumas inflexões tregellianas, sabe.

— Muita coisa aconteceu — digo, bem ciente de quão suave pareço. Quão rapidamente parece que esqueci tudo o que aconteceu desde que deixei Lormere. Tudo o que vi e fiz foi perdido em face de ele estar aqui. Meu príncipe. Meu rei. Meu antigo futuro.

Ele arqueia as sobrancelhas.

— Eu sei. O castelo estava cheio de rumores de suas aventuras. Como você destruiu um golem sozinha. Como passou pelos guardas para escalar as muralhas da cidade em Chargate e pintou "Aurora Nascente" nelas. Como você soltou ratos vivos na casa do xerife em Lortune. Como invadiu o castelo e encheu a cama de Aurek com frascos, todos rotulados de "veneno", só para mostrar que você poderia chegar a ele a qualquer momento.

E sorrio.

— Você não deveria acreditar em tudo que ouve. Você sabe muito bem que não fui ao castelo de Lormere. Você estava lá.

Então ele sorri, e meu coração se aperta. Seus olhos brilham, e linhas que o fazem parecer muito mais velho surgem nos cantos, com o rosto enrugado. São novas.

— E o resto?

Espero um segundo.

— Tudo verdade. Embora eu não tenha colocado os ratos na casa pessoalmente, e nunca tenha escalado a muralha em Chargate. Mas fui eu quem pintou a muralha sul. Foi nosso primeiro ataque.

— Como foi?

— Eu tremia tanto que fiquei surpresa que o barulho dos meus dentes não tenha nos denunciado. Mas tinha que fazer isso. Tinha que mostrar às pessoas que eu estava tentando liderar, que eu estava falando sério.

— Eu diria que funcionou. Quantos vocês são?

— Éramos quatro, no começo. Eu, Esperança, Kirin e Nia. Encontramos os outros na Floresta do Oeste e os convencemos a me seguir, e pegamos alguns extraviados em nosso caminho até aqui; outros mais escaparam e se juntaram a nós quando puderam. Agora somos cerca de cem, com mais gente em vários postos de Lormere, alguns em Tregellan tentando nos ajudar lá, e também estacionados, escondidos em pares, para nos ajudar a carregar as mensagens mais rapidamente. Há mais nas cidades, talvez uns quinhentos no total.

— Quinhentos? — diz ele, e ouço sua decepção.

— Merek, isso nunca seria uma guerra vencida em um campo de batalha. Ele pode fazer soldados de barro, que não precisam de comida, nem de abrigo, apenas de suas ordens.

— Na verdade, os golens não são infalíveis — começa ele, mas eu o detenho.

— Eu sei. Errin me contou. Mas ainda estamos em desvantagem numérica e temos poucos recursos para atacá-lo agora. Então, nosso objetivo é semear o caos em toda a terra e forçá-lo a diluir seu exército até que esteja fraco o bastante para que possamos atravessá-lo diretamente e terminar a luta. Eu não acredito que ele tenha aliados verdadeiros, certamente nenhum que o defenderia se visse que ele estava perdendo. — Exceto um, eu acho. Exceto Lief. Que ficou, mesmo depois de Aurek açoitá-lo impiedosamente.

Do jeito que Merek me olha, sei que também está pensando em Lief.

— Ele nos ajudou a escapar, sabe — diz, finalmente.

— Então você deve ter servido a ele de algum modo.

— Ele nos deu a receita.

Estou chocada, mas tento não demonstrar isso.

— Não faz diferença. Não muda nada.

— Errin imaginou que você diria isso.

— Então ela estava certa. — Nós caímos em silêncio, ele bebendo o que quer que esteja em sua taça, vinho, suponho.

— Errin também diz que você acha que serão duas luas até estarmos prontos para atacar.

Assinto.

— Parece muito tempo para esperar, mas não será, não com tudo o que temos a fazer. Temos a lista de ingredientes de que precisamos para o Opus Magnum. É uma bênção que você tenha escapado, em todos os sentidos. O que temos que decidir agora é quem vai buscar os ingredientes de que precisamos, de quem podemos dispor e em quem podemos confiar para enviar. Não faz sentido todos nós irmos atrás deles em algum tipo de busca louca; levará muito tempo, e é vital que tanto Errin quanto eu permaneçamos em segurança até termos feito o veneno. Você também.

Merek assente.

— É uma boa quantidade de tempo para nos prepararmos adequadamente. E as crianças que ele mantém reféns? Você tem um plano para elas também?

— Elas serão libertadas como parte de nosso primeiro estratagema. Revoltas coordenadas em Lormere, e as crianças nos acampamentos libertadas e levadas em segurança. Quando ele enviar reforços para lutar nas cidades, atacaremos o coração de sua fortaleza.

— E se ele *não* enviar reforços? E se ele se esconder?

— Então libertamos as cidades e reunimos um exército de pessoas grande o suficiente para sitiá-lo. De qualquer modo, temos um plano.

Nós dois nos calamos, ambos perdidos em nossos pensamentos. E os meus se voltam para Lormere. Para Lief. Para ele nos ajudando.

— Lief... realmente lhe deu a receita?

Merek assente.

— Deu, sim. — Ele para e franze a testa, em seguida olha para mim, pegando minhas mãos. — É difícil dizer isso. Eu gostaria... gostaria de não ser o tipo de homem que precisa dizer isso. Mas... acho que ele se arrepende do que fez. Acho que ele nos ajudaria, até se juntaria a nós, se pudéssemos mandar uma mensagem para ele.

— Não — digo.

— Ele me contou uma coisa. Disse: *"Talvez você tenha perdido a encenação."* Isso me fez pensar no julgamento, lembra? *Encenação*. Não é nem que ele tenha dito isso, mas o jeito...

Os pelos dos meus braços se arrepiam, mas eu os ignoro.

— Eu lembro. Mas não posso acreditar que ele tenha querido dizer alguma coisa com isso.

Merek respira fundo.

— Por causa do que ele fez com você?

Olho para ele.

— Porque ele não é confiável. Porque traiu repetidamente as pessoas que dizia amar. Eu. A irmã dele. A mãe. Você não estava lá no templo dos ossos. Ele não se importou com o que fez com Errin. Ele não se arrepende de nada. Pode sentir pena de si mesmo agora, mas já está planejando uma saída. Ele vai se safar. É o que ele faz. E, acredite em mim, Merek, estas não são apenas as palavras de uma ex-amante amargurada. São palavras de alguém que se encontrou três vezes com ele, e só saiu viva delas por sorte, ou por seus caprichos. Eu confio em Esperança. Confio em Kirin. Confio em Nia. E Stuan, Ulrin, Ema, Breena. Confio em você e em Errin, acima de tudo. Mas não confio e não confiarei nele. Não posso me obrigar a isso. Ele fez sua cama, que deite nela. Sozinho.

Merek assente.

— Então você está certo — digo. — Eu mudei. Não sou mais uma tola.

— Nunca achei que você fosse. — Merek solta minhas mãos suavemente. — E não foi isso o que eu quis dizer. — *Ele* para, e espero que continue, mas quando ele fala é para dizer: — Acho que vou dormir um pouco. Quase não tenho dormido ultimamente.

Sinto estranhamente como se tivesse sido dispensada, como se o houvesse decepcionado de algum modo.

— Boa noite.

Ele desdobra seu longo corpo e fica de pé, depois se abaixa para mim. Pego sua mão, permitindo que ele me levante. Nós estamos de pé, um palmo entre nossos peitos, e olho para ele.

— Estou muito feliz por você estar viva — diz Merek. Então, ele respira antes de morder o lábio e franzir a testa novamente, agora para algo por cima do meu ombro.

Eu me viro para ver Errin e Kirin na porta, outros atrás deles. O banquete acabou. Olho de volta para Merek para descobrir que sua expressão está fechada.

— Boa noite — diz ele, afastando-se de mim, e eu o vejo ir, seu coxear mais exagerado agora. E deve estar cansado, penso.

Errin vem a mim, seguida por Kirin.

— Está tudo bem?

— Tudo certo. Estávamos apenas nos atualizando de algumas coisas.

— Minha senhora. — Stuan aparece atrás de nós. — Falei com alguns dos garotos, e ficaremos felizes em montar guarda do lado de fora de seu quarto esta noite. Ou do lado de dentro.

— Eu aposto que ficariam — diz Errin em voz baixa, e tenho que torcer a boca para me impedir de rir.

— Isso é gentil, mas tenho certeza de que ficaremos bem.

Não espero pela resposta dele, mas passo meu braço por Errin, principalmente para perturbar Stuan, e guiá-la para o nosso quarto.

Nia tirou suas coisas do chão, mas, em vez de guardá-las, deixou-as em uma pilha em sua cama. Alguém trouxe um catre e o colocou no meio do quarto, deixando cordas suaves tecidas de camurça por cima. Eu os tiro para o lado e ajudo Errin a se deitar.

Estou prestes a amarrá-la quando ela me interrompe.

— Você tem que amarrar meus pés. E apertar os laços em minhas mãos. Eu prometi a eles que você faria isso. — Sua boca, a única parte de seu rosto que posso ver, é uma linha sombria e determinada.

Silenciosamente, amarro seus pés com a corda de camurça, depois aperto os nós em suas mãos — com firmeza, sabendo que se não fizer isso, ela vai reclamar. Quando termino, se deita e olha para mim.

— Eu matei alguém — diz.

E pisco, momentaneamente atordoada.

— Ah.

— Um guarda — continua Errin, como se estivéssemos no meio de uma conversa sobre isso. — Um dos homens de Aurek. Enquanto estávamos fugindo. Eu não queria, mas fiz. Eu o estrangulei.

Expiro lentamente antes de responder:

— Bem, parece que, se você não o tivesse matado, ele teria matado você ou a levado de volta para Aurek. Você não teve escolha.

— Foi o que Merek disse.

— Merek é muito inteligente.

— Eu só... Eu queria que você soubesse. — Ela faz uma pausa. — Isso... Isso vai passar?

— O quê?

— O sentimento.

E ela não precisa explicar, porque sei. Mesmo que nunca tenha matado ninguém de fato, ainda sinto a culpa, como um cachecol, como um laço, pendurado no pescoço. A sensação de que peguei alguma coisa que não era minha, de que tenho algo porque o neguei a outra pessoa. Não importa que eu não tenha realmente tirado uma vida; assisti às pessoas morrerem acreditando que eu as havia matado. Pessoas morreram por minha causa.

— Sim — minto. — Eventualmente você faz as pazes com isso. Você não vai esquecer, mas não vai assombrá-la.

Seu suspiro é suave.

— Obrigada. — Ela rola de lado. — Boa noite, Twylla — diz ela, e eu a cubro com um cobertor.

— Boa noite, Errin — digo baixinho.

Escuto enquanto ela adormece, ainda acordada quando Nia chega um pouco mais tarde e sobe na cama sem tirar suas coisas. Logo o quarto está cheio de sons suaves e adormecidos, pequenos bufos e roncos, e deve ser um conforto. Mas não consigo relaxar. Passa muito, muito tempo antes de eu mergulhar em um sono desconfortável.

Na manhã seguinte, eu me levanto cedo para levar Merek e Errin em uma excursão pela comuna. Somos os únicos no refeitório, apesar de Ema e Breena, como sua assistente naquele dia, estarem cozinhando por duas horas já, como evidenciado pelos pãezinhos frescos ainda fumegando em cestas ao longo das mesas de madeira.

Errin e eu nos sentamos num silêncio sonolento e sociável, rasgando pedaços de pão e soprando em nossos dedos quando o vapor os queima levemente, antes de mergulhar os pedaços em ovos dourados e devorá-los. As mãos de Errin ainda estão amarradas, frouxamente, mas isso não a impede de devorar seu café da manhã.

— De onde vem toda essa comida? — pergunta ela, passando o pão em uma mancha de gema que escapou da casca.

— Dos estoques das Irmãs. Existem adegas sob o complexo que têm comida suficiente para alimentar um pequeno exército. Literalmente, como se vê. Farinha, grãos, aveia, presuntos, costeletas de carne de veado. Há galinhas, cabras e ovelhas, a menos de um quilômetro de distância, em um pasto, de propriedade das Irmãs. Elas foram criadas para serem autossuficientes, de modo que não dependeriam das pessoas de fora para nada.

— Como o Conclave.

— Exatamente. — Hesito antes de perguntar: — Como era no castelo?

— A comida? — pergunta ela, e assinto. — Para mim, tudo bem. Ele se certificava de que eu fosse alimentada. Eu jantava com ele sempre que ele mandava, e ele certamente não racionava sua própria mesa. Havia carne e vinho. Silas também parecia bem, em termos de comida, pelo menos. Ele não estava passando fome.

— E os outros? — Estou me referindo a Merek, e ela sabe disso.

— Não tão bom. Nós nunca falamos sobre isso, mas...

— Os resultados falam por si — diz Merek, entrando no refeitório de pés descalços.

Ele parece um pouco melhor do que ontem; as manchas roxas sob seus olhos se suavizaram, mas está tão magro, quase esquelético, os ângulos muito afiados de seu rosto anunciando o quanto foi maltratado. Ele está vestido com uma túnica azul-clara — o material parece macio, bem lavado — e uma calça marrom desbotada no joelho. Como o traje cor-de-rosa que Errin usa — o gêmeo do meu verde —, suas roupas teriam sido retiradas das que foram deixadas para trás pelos alquimistas e suas famílias quando fugiram. Roupas simples, caseiras e bem-feitas, projetadas para durar. Eu nunca o vi usando nada tão normal. E do jeito que ele lança olhares rápidos e curiosos para mim, presumo que esteja pensando a mesma coisa. Sorrio para mim mesma e me concentro no café da manhã por um tempo.

Quando olho de novo para cima, para Merek rasgando o pão como se não visse comida de verdade por semanas, e Errin, alheia à mancha de gema no canto da boca, percebo, de repente, como somos jovens e como tudo isso é injusto. Por que somos nós que estamos fazendo isso? Por que o Conselho de Tregellan não reagiu? Por que as senhoras e os senhores lormerianos não reuniram os exércitos de seus arrendatários? Por que coube a nós combater Aurek?

Merek aponta a gema no rosto de Errin e, em vez de corar e limpá-la, como eu faria, ela se inclina e mergulha o dedo no ovo dele, sujando seu rosto de gema também. A boca dele se abre, horrorizado, e Errin uiva de tanto rir. Ele balança a cabeça para ela, e eu o vejo tentando desesperadamente não rir também. Meu coração se aperta, como se perfurado por um espinho, e suspiro sem querer.

Merek olha para mim.

— Você está bem?

— Sim. Claro — digo. Mais uma vez procuro a coisa certa a dizer, as palavras que serão a chave para permitir que eu me junte a eles, que abrirão um lugar fácil e alegre para mim em sua amizade. Mais uma vez meu coração dói, porque quero tanto, tanto fazer parte disso, e não faço, e acho que nunca conseguirei fazer. Nenhum deles é assim comigo. É claro que eles se gostam um do outro mais do que de mim. Quem não gostaria?

Estou com ciúmes, percebo. Não deles, mas de Merek. Do jeito como ele voltou tão facilmente e se encaixou, enquanto eu sempre sinto que tenho a forma ou o tamanho errados. É assim que será para ele tão logo derrotarmos Aurek. Merek voltará vitorioso ao trono, enquanto ficarei à porta, sem saber se devo entrar ou sair. Esperando por recados da mesa.

E não aguento mais.

— Tenho que ir — digo. — Tenho certeza de que Kirin ficará feliz em mostrar o lugar a vocês. Vou mandá-lo vir encontrá-los.

— Twylla? — chama Errin. Seu rosto está preocupado, e eu me odeio então, por fazer isso com ela.

Respiro fundo e me forço a sorrir.

— Acabei de lembrar que tinha alguns negócios para fazer antes do conselho desta tarde. Sinto muito. Que estupidez a minha esquecer.

Errin olha para Merek, que se vira para mim.

— Claro. Podemos ajudar de alguma maneira?

Balanço a cabeça.

— Você ainda precisa se curar. Vejo vocês na hora do almoço.

Não dou tempo para eles responderem, quase correndo da sala. Meus olhos ardem; posso sentir meu peito e o rosto avermelhando, ficando manchados, e tento decidir aonde ir até que isso passe.

— Twylla? — Esperança sai do corredor que leva aos aposentos das mulheres quando corro.

— Estou bem — digo, mas minha voz falha.

— O inferno que você está... — eu a ouço murmurar, então o som de seus sapatos de madeira nos azulejos atrás de mim.

— Por favor, me deixe. — Soluço, incapaz de conter as lágrimas.

Ela pega meu braço gentilmente e me faz parar, e eu me contorço, não querendo que ela me veja assim. Esperança passou tanto tempo pensando que eu era fraca; não quero que ela pense que voltei a ser.

— Venha comigo — diz, levando-me de volta para o pátio, e em seguida para baixo de uma passagem curta e para os jardins. Vou sem hesitar, cansada demais para lutar.

Nesta época do ano, a terra é nua e congelada, com o gelo brilhando sobre o solo. Esperança me disse, quando chegamos, que as batatas e beterrabas que estamos comendo agora foram colhidas daqui, e que na primavera elas começarão a crescer novamente, mas você nunca acreditaria que haveria vida esperando lá embaixo só de olhar.

Ela me leva por caminhos entre quadrados de terra, todos adormecidos até o tempo mudar, até chegarmos ao pequeno pomar. Está tão nu quanto os jardins; os galhos parecem desolados e nus sem suas folhas.

Debaixo de uma macieira grande, há um banco, e acho que pretende que nos sentemos ali, apesar de eu não ter capa, mas nós passamos direto, nos aproximando de um arco de pedra ao redor de uma porta de madeira, e então ela enfia a mão no bolso e puxa um pequeno chaveiro que tilinta baixinho quando as chaves de ferro dançam juntas. Ela abre o portão, que não range, e depois me chama para outro pequeno jardim. E, no outro extremo, há uma pequena cabana, como algo saído de um conto de fadas.

É de madeira, com hera subindo pelos lados, o verde vibrante em contraste à paleta de inverno ao meu redor. É um pouco torta, a chaminé atarracada, a porta muito larga. É incrivelmente charmosa. Esperança desce o caminho em direção a ele, e eu a sigo, percebendo com súbita certeza que ela me trouxe para sua cabana onde morava antes de se tornar uma Irmã. Onde criou Silas.

Eu a sigo até a porta, que ela abre, e então entramos. Como eu suspeitava, o ar não é velho, e apesar de haver pouca mobília, apenas uma cadeira e uma pequena mesa, tem a sensação de ser um lugar em uso. E amado. Os pisos estão varridos, sem poeira; a cadeira de madeira brilha.

— É o meu segredo — diz Esperança. — Mas um segredo é sempre melhor compartilhado — acrescenta enfaticamente.

Ela se ocupa na pequena lareira, acendendo o fogo, e depois volta para o recesso da parede, tirando uma panela e duas canecas de lata, pendurando a chaleira sobre a madeira fumegante.

— Vou fazer um chá. — É a única explicação que ela dá.

Quando a chaleira de metal começa a assobiar, Esperança envolve seu manto em volta das mãos e a puxa para baixo, adicionando as folhas de chá e a girando. Enquanto ela se move, eficiente e segura, meu constrangimento começa a rastejar de volta e passo meus braços em volta dos joelhos. Quando ela considera que o chá está pronto, serve um pouco nas duas canecas e se senta em sua cadeira.

— Conte-me — diz ela.

— Eu não sou fraca — anuncio.

— Eu sei disso. — Ela revira os olhos. — Diga-me algo que eu não saiba.

— Eu sinto... — Paro, então viro ligeiramente, de modo que estou falando com a janela chumbada, em vez de com ela. — Eu não sei. Me sinto estranha. Eu me sinto incerta. De fora.

— Desde quando?

— Ontem.

— Quando Errin e Merek chegaram ou antes?

— É... difícil. Vê-los juntos.

— Juntos? — Sua voz fica aguçada.

— Não romanticamente. Errin ama Silas, eu sei disso. — Esperança não diz nada. — Mas os dois aqui... Merek fazia parte do meu mundo antes, e ela é parte do novo mundo que conheço. Um mundo que construí. E eu não... — Paro. — Tudo que eu queria era resgatar Errin e Silas e derrotar Aurek. Não pensei no que aconteceria depois. E sei que isso é estúpido, porque, se vencermos, haverá um depois, e alguém terá que cuidar de tudo.

Ela assente.

— Merek é o antigo rei deposto, da única família governante que Lormere já conheceu. Agora ele voltou, pode tomar seu lugar e governar. Como alguém tem que fazer.

— Sim.

— E você quer que seja você em vez dele?

— Não! — digo sem pensar. Então paro. Eu quero que seja eu? — Não — digo de novo, lentamente, testando as palavras para sentir a verdade em minha língua. — Não quero governar Lormere, não de verdade. Mas não quero perder o que construí aqui e tudo parece... instável para mim no momento.

— Porque Merek está aqui?

Concordo.

— Ele é... O que eu era quando ele me conheceu é tão diferente de quem sou agora. Não sei reconciliar as duas coisas. — Sorrio amargamente. — A princesa indefesa e a líder.

— Por que você tem que fazer isso?

Dou de ombros. Eu não sei. Pego meu chá e ao mesmo tempo sinto mãos em meu cabelo. Eu me viro e Esperança segura um pequeno galho.

— Acho que você chegou um pouco perto demais das árvores — diz ela, e eu me viro, permitindo-lhe tirar o resto.

— E se... — digo, relaxando enquanto seus dedos correm pelo meu cabelo. — E se Merek estar aqui mudar as coisas, mudar a maneira como as pessoas me veem? E se elas pararem de me ouvir? E se elas olharem para ele como seu líder agora? Ou Errin? Porque, vamos encarar os fatos, Esperança, eu não sou exatamente popular. Não sou carismática. Não tenho nada inteligente ou sábio para dizer. Sou boa em dar ordens às pessoas. Mas, agora, um verdadeiro líder está aqui...

— *Você* é uma verdadeira líder — diz Esperança, puxando um pouco o meu cabelo. — Quem os reuniu na floresta? Quem os fez segui-la até aqui?

Quem organizou soldados, batedores e rebeldes? Quem colocou vigias nas crianças? Quem limpou com eles, treinou com eles e prometeu-lhes uma vida melhor? Foi você, Twylla Morven. E sim, você teve ajuda e apoio. Mas o mesmo acontece com todo líder.

— Ele é o rei deles.

— E daí? Já sabemos que reis vêm e vão. — Ela faz uma pausa. — Não acho que isso seja sobre Merek, não de verdade. É?

— Eu só sinto... Quando terei certeza?

— Certeza de quê?

— De mim. De quem eu sou. De para que estou aqui. Quando eu vou saber?

Espero que ela ria.

— Nunca. Você nunca vai saber. Não importa o que aconteça. Você sempre terá esses momentos de dúvida e sempre cometerá erros.

Eu me viro para olhar para ela.

— E só vai piorar. Com a idade. À medida que há mais a perder. Amantes, amigos, filhos. Você acha que sempre tenho certeza do meu caminho?

— Você está me dizendo que não tem?

— Eu tinha *certeza* que você seria tão intratável e desconfiada quanto sua mãe, deuses, a tenham em paz. Eu tinha *certeza* de que Errin estava do lado do irmão dela. Eu tinha *certeza* de que vir para Lormere era uma ideia terrível. Eu tinha *certeza* de que a Aurora Nascente mataria todos nós.

— Ainda pode acontecer.

Ela ri.

— Pode. Mas isso não significa que eu estava certa em presumir isso.

— Você sempre parece tão segura.

— E esse, minha garota, é o segredo. Trema quanto precisar por dentro. Mas, por fora, você deve ser uma rocha. E você nunca sabe; com prática suficiente, pode se tornar a verdade.

Ela cobre meu rosto por um momento e depois pega o chá.

— Duas últimas coisas: em primeiro lugar, duvido que Merek queira tirar isso de você. E, em segundo, mesmo que ele quisesse, acho que as pessoas seguiriam você de qualquer maneira.

Zombo.

— Você mesma disse: você construiu este mundo e o deu a elas quando elas não tinham mais nada. Esse tipo de moeda vai longe, Twylla. Mais profundo do que você imagina. Tenho certeza de que todos estão felizes por Merek estar vivo. Ele é uma vantagem para nós. Mas não acredito nem por um segundo que eles o receberão como seu líder. Porque ele não mereceu isso. Você, sim.

Suas palavras fazem meus olhos arderem.

— Espero que você esteja sempre por perto para me lembrar quando eu estiver sendo idiota — digo.

Para minha imensa surpresa, ela se inclina para a frente e beija minha testa.

— Você é seu pior inimigo, Twylla Morven. Agora, já chega — diz ela, parecendo surpresa consigo mesma. — Você tem um conselho de guerra para abrir.

— Obrigada. Por isto. E por me mostrar este lugar.

— Eu sei que você não vai contar a ninguém sobre isso. Afinal, você não é exatamente popular. — Ela sorri e eu também. — Você é você. E isso é bom o bastante.

Eu a ajudo a cobrir o fogo e lavo as canecas em uma tina nos fundos da cabana antes de voltarmos. Deixo que ela vá na minha frente, parando nos jardins para pensar. Continuo esperando que isso fique mais fácil. Mas talvez o que eu precise fazer é reconhecer que não ficará. Que sempre haverá algo com que lutar, pequeno ou grande. E tudo bem. Eu só tenho que continuar lutando.

— Minha senhora? — Stuan aparece. — Nós estávamos nos perguntando onde você estava.

— Estou aqui — digo. — Depois do almoço, você poderia reunir Esperança, Kirin, Errin, Nia e Sua Majestade, e levá-los à sala do conselho? — Ele assente e se curva, e tomo uma decisão precipitada. — E vou precisar de você lá também. Mas ninguém mais deve saber.

Ele parece surpreso e satisfeito, estufando o peito.

— Sim, minha senhora. Como quiser.

Capítulo 19

Embora eu confie em cada uma das pessoas da comuna, há muita coisa envolvida em pegarmos Aurek de surpresa. Nossos recursos são limitados demais para atraí-lo para uma batalha direta até que isso seja absolutamente necessário.

Há muitos *ses* que nosso plano precisa considerar: se Aurek não sabe que Lief deu a receita a Errin; se ele não sabe que Errin me encontrou; se ele não sabe que estou nas montanhas atrás de seu castelo em ruínas. Todos esses *ses* que espero que nos deem o tempo de que precisamos para coletar os ingredientes, fazer o Opus Magnum desconstruído e colocar nosso pessoal onde ele tem que estar.

— Preciso reunir três grupos de exploração — digo aos que estão em meu quarto. Stuan fica parado à porta; se alguém se aproximar, ele nos informará. Merek, Nia e Errin estão sentados na cama de Nia, com Kirin e Esperança na minha, enquanto eu me inclino contra o pequeno guarda-roupa. — Um para ir a Tregellan, ao Conclave, buscar Sal Salis; um para Tallith, para a mina de mercúrio; e um para ir um pouco mais fundo nas montanhas para coletar o enxofre.

Stuan dá meia-volta e franze a testa para os nomes desconhecidos, e sustento seu olhar. Ele desvia os olhos dos meus, sem hesitar, e balança a cabeça antes de examinar o corredor mais uma vez. Esperança, Nia, Kirin e eu concordamos que seria melhor proteger os segredos dos alquimistas o máximo que pudermos. Nosso povo sabe que resgatar os alquimistas é uma prioridade, mas nunca esclarecemos por quê, permitindo-lhes supor que seja porque o ouro seria útil para nós. Ninguém mencionou as habilidades de Silas ou nossas esperanças com o Opus Magnum. Essa é a única arma que temos contra Aurek.

— Não temos tempo para que o mesmo grupo vá a todos os locais. Tem que ser três equipes, simultaneamente. E precisamos de pessoas que sabem o que estão procurando e aonde ir.

Vejo o olhar fixo no rosto de Nia enquanto ela entende o que quero dizer.

— Nia, preciso que você retorne ao Conclave em busca de Sal Salis. Sinto muito. Sinto mesmo. Mas ninguém o conhece como você. Kirin, quero que você vá com ela.

Nia fecha os olhos e me sinto terrível, porque sei o que estou lhe pedindo. Sei o que ela vai ter que enfrentar voltando lá. Eu estava lá quando partimos, e sua dor era insuportável. Três meses depois, ela enfrentará horrores.

— Eu entrarei — diz Kirin. — Você vem comigo, me diz o que fazer e eu farei.

Nia olha para ele com gratidão.

— Tudo bem. Eu consigo fazer isso.

— Obrigada, vocês dois. Merek — continuo. — Se sua perna permitir, preciso que você vá a Tallith.

— Isso é sensato? — pergunta Errin. — Desculpe — acrescenta quando olho para ela. — Eu sei que você não tirou essa ideia do nada. É que não tenho certeza se a perna dele está pronta para isso. Ou que alguém em sua posição deveria ir lá fora, desprotegido.

Olho para Merek, seu rosto inexpressivo enquanto me observa.

— Ele é o único de nós que já esteve lá — digo. — Stuan, quero que você vá com ele.

— Não, minha senhora — protesta Stuan. — Acho que a Srta. Errin está certa. Isso não é sensato. Sua Majestade não deveria sair, e acho que meu lugar é aqui.

— Bem, se vocês puderem pensar em mais alguém que conheça Tallith, por favor, sou toda ouvidos — digo.

— Ulrin — diz Stuan, baixinho, sem encontrar meus olhos. — Ele deve ter ido lá, se esteve em treinamento com Sua Majestade. Minha senhora, não quero contradizê-la, mas não posso deixá-la desprotegida. — Esperança pigarreia e Stuan cora. — Não que a senhora fosse estar desprotegida. Mas, ainda assim, eu seria mais útil aqui e poderia enviar Ulrin no meu lugar. Ele é confiável.

— Eu irei com Ulrin — diz Esperança.

— Não — digo imediatamente. — Preciso de você aqui.

— Mas não precisa de mim. — Merek fala pela primeira vez.

— O quê? — Minha voz aumenta com minha confusão. — O que você quer dizer?

— Você não precisa de mim. Você está feliz em me enviar para Tallith, então não precisa de mim aqui.

— Merek, até dois dias atrás eu acreditava que você estivesse morto. Além disso, não é sobre quem preciso que fique aqui. Estou enviando as melhores pessoas para as tarefas.

— Então, se eu não estivesse aqui, quem você enviaria?

Isso me silencia.

— Eu vou — diz Esperança novamente. — Eu sei como é o mercúrio, e sei que havia uma mina a menos de três quilômetros da cidade de Tallith;

estava em um dos livros antigos. Ulrin pode vir comigo como meu guia. E você não precisa confiar nele. Direi a ele que é algo para as Irmãs. Isso é tudo que ele precisa saber. E se formos de barco, rio abaixo, em vez de atravessar Tregellan, se os deuses quiserem, pouparemos algum tempo e evitaremos muita atenção.

— Você sabe navegar?

— Eu sei — diz Nia. — Meus irmãos moram no estuário, eles me ensinaram. Se eu mostrar as cordas a Esperança, todos poderemos viajar juntos pelo Aurmere, e Kirin e eu poderemos sair em Tremayne. Eles podem navegar até Tallith e voltar, e retornaremos a pé. Isso vai tornar as coisas mais rápidas.

Merek se senta contra a parede, e Esperança olha para mim, aguardando. Não quero fazer isso; não quero que ela vá para longe de mim. Não é que eu não necessite de Merek, mas preciso mais de Esperança. Certamente, ela deve entender isso, ainda mais depois de hoje cedo. Franzo a testa para ela, tentando transmitir-lhe isso, e ela olha para mim de maneira nivelada.

— Muito bem. Vocês todos vão de barco, como Nia diz. Stuan, você e eu vamos conseguir o enxofre, então.

— Posso ir com você — oferece Merek.

— Não, obrigada — digo, sentindo uma pontada de vitória quando ele cora. — Errin, obviamente você ficará aqui, trabalhando na desconstrução do Opus Magnum. O restante de vocês estará pronto para partir à primeira luz?

Recebo quatro acenos de cabeça, nenhum deles entusiasmado. Não os culpo; não quero nenhuma dessas pessoas longe de mim, enfrentando os perigos que inevitavelmente surgirão. Mas não confio esses segredos a ninguém mais.

— Stuan e eu também iremos amanhã, após o treinamento inicial. Vamos dizer que estamos colhendo ervas para Errin. Devemos estar de volta ao pôr do sol, se tudo correr bem. Combinado?

Desta vez todos concordam.

— Vamos manter a data do nosso ataque em duas luas a partir de agora. É tempo suficiente para vocês irem e voltarem, para Errin fazer a poção e para todos estarem tão bem preparados quanto possível.

Stuan é o único de nós que parece remotamente feliz com o resultado da reunião.

Quatro horas depois do fim do meu conselho de guerra secreto, chamamos todos na comuna do refeitório para a versão pública dos eventos. É algo grandioso, porque, desde que chegamos aqui e montamos a Aurora, nunca insisti que todos os presentes participassem de um dos conselhos de guerra. Até envio uma mensagem para alguns dos vigias, arriscando uma guarda reduzida para garantir que o maior número possível de pessoas me ouça hoje à noite.

Os velhos Dilys e Bron de Monkham; Breena, que odeia política e evita tudo em favor de trabalhos manuais; e até Ymilla, estão todos aqui pela primeira vez desde que chegamos. Eles entram na sala em rígido silêncio — a mesma sala onde se reúnem ao redor de mesas comunais passando pão e terrinas de sopa uns para os outros, rindo e brigando —, embora você não soubesse disso por seus rostos severos. Apenas Ymilla, que eu esperava ficar com raiva ao saber que Ulrin partiria de manhã, parece imperturbável com a convocação, sorrindo para Merek quando ele passa por ela. Ele acena para ela, uma expressão confusa no rosto, encontrando meus olhos quando se aproxima de mim. Ainda estou zangada com ele, então me recuso a retribuir seu olhar.

Logo as paredes ao redor da sala estão cheias de pessoas que não eram vistas desde que montamos acampamento aqui. Fico na frente da sala, com Kirin, Nia, Stuan, Esperança, Merek e Errin. Espero até que eles parem de se mexer e fiquem em silêncio, seus olhos em mim. Então começo o discurso em que passei a tarde trabalhando.

— Obrigada a todos por terem vindo. Essas últimas luas foram difíceis e perigosas para todos nós. Não há uma pessoa reunida nesta sala que não tenha se arriscado de uma maneira ou de outra por esta causa. Cada um de vocês se manteve fiel à Aurora Nascente, a mim, e quando isso acabar garantirei que sejam recompensados.

Ao meu lado, Merek assente, confirmando minhas palavras. E percebo, tarde demais, quando vejo os olhares trocados, os sorrisos, o cenho franzido no rosto de Ymilla, que mensagem isso pode passar, que nós dois estamos juntos nisso, a ponto de eu sentir que posso fazer uma promessa tão grande. E, depois do jeito como o segui na noite passada e me sentei com ele no escuro, claramente reavivei suas memórias do que já fomos um para o outro.

Perco a linha de raciocínio por um instante, mas então me lembro do que Esperança disse. Rocha por fora. Terremoto por dentro.

— Certas coisas se encaixaram, o que melhorou muito nossa causa — continuo, parando até que os murmúrios baixos que seguem este anúncio morrem. — As coisas vão avançar rapidamente a partir de agora. Amanhã nossos espiões sairão e passarão a mensagem a nossos aliados nas cidades para começar a se preparar para a batalha. Estimamos que daqui a duas luas estaremos prontos para atacar o Príncipe Adormecido no coração de seu poder. — Suspiros ecoam pela sala, e levanto minha voz sobre eles. — A partir de amanhã, começamos a nos preparar para isso. Aqueles de vocês que estão treinando com espada e arco passem a treinar duas vezes ao dia a partir de agora. — Faço uma pausa para respirar. — Daqui a oito semanas, a Aurora Nascente em todas as cidades será instruída a esconder os fracos e os velhos, e a incendiar as casas dos senhores e xerifes. Eles serão convocados a lutar contra seus captores e derrubá-los.

Vejo um dos homens, Linion, que deixou sua irmã viúva e seus filhos em Lortune quando correu por sua vida, preparar-se para falar, e levanto minha voz para evitar a interrupção. Sei o que vai perguntar de qualquer maneira; ele nunca se perdoou por deixá-los para trás.

— Pouco antes do levante, uma equipe será enviada para resgatar as crianças das montanhas e trazê-las para cá. As outras crianças também serão libertadas, em nossa primeira onda de ação. Uma vez que nossos aliados tenham começado a libertar os outros campos, as pessoas da cidade receberão o sinal para se levantarem contra seus captores, e então nós aqui iremos para Lortune e enfrentaremos o Príncipe Adormecido. Graças aos danos causados pelo fogo no castelo, ele não poderá se esconder e esperar por nós. Sua única opção prática será enviar tropas para lidar com os levantes. E, assim que suas forças estiverem dispersas, nós atacaremos.

A sala explode em aplausos, pessoas batendo palmas e os pés, e sinto minha pele corar de prazer, até que Ymilla grita:

— E então podemos levar o rei Merek de volta ao trono!

Ela sorri para Merek, que inclina a cabeça graciosamente enquanto minha pele se aquece com algo mais próximo da raiva do que da alegria. Sinto uma pontada de satisfação quando os aplausos a isso são menos entusiasmados, e olho para a multidão.

— Então, vamos aproveitar nosso jantar hoje à noite. Ao amanhecer, nosso trabalho começa.

Com isso, saio da sala.

Foi ideia minha deixá-los sozinhos esta noite. Ema foi instruída a abrir barris extras de vinho; não muitos, mas o suficiente para dar um pouco de prazer aos que desejarem. Ela também assou uma das cabras, cozinhando em uma mistura de especiarias que cheira divinamente. Hoje à noite eles podem se deliciar e se divertir, porque a partir de amanhã nós estaremos na contagem regressiva para a invasão. Esta será a última vez que poderão ser frívolos por um tempo. Para alguns deles, pode ser a última vez na vida.

Então, eu os deixo lá, planejando ir comer nas cozinhas, depois tomo um banho e vou para a cama cedo, para compensar o pouco que dormi na noite passada.

Mas parece que Merek tem outros planos.

— Twylla — ele chama, vindo atrás de mim.

Por um momento continuo andando, mas depois paro e me viro.

— Sim?

— Podemos conversar?

— Você não quer se juntar ao banquete?

— Você não vai.

— Eu não serei o rei deles. Você deveria estar lá, mostrando-os como tudo o que estão fazendo, tudo o que estão sacrificando pelo seu reino, é importante para você.

— Eu fiz algo errado para você?

— Não, claro que não.

Merek suspira, uma respiração longa e impaciente.

— Por que você queria me mandar embora?

— Eu não estava mandando você embora. Já lhe disse: você conhece Tallith. E sabe se defender. Isso fez de você a escolha mais prática.

— E esse é o único motivo?

— Que outro motivo poderia haver?

Ele se aproxima, os olhos brilhando à luz das tochas.

— E então? — pergunto.

— Diga-me você.

— Não tenho tempo para isso. — Eu me viro, mas ele passa na minha frente.

— Twylla...

— Está tudo bem, minha senhora? — A voz de Stuan percorre o corredor. Eu me viro para vê-lo, uma figura sombria pairando sob um dos arcos.

— Estamos bem — diz Merek.

— Minha senhora?

Merek olha para longe de mim, para Stuan, e franze a testa, e sinto uma onda de gratidão em relação ao meu ex-guarda. Quem poderia imaginar?

— Tudo bem, Stuan. Obrigada. Volte para o banquete.

Eu o ouço ir embora, seu passo lento, relutante.

Quando olho para trás, para Merek, ele está me observando, mas seus olhos estão cerrados, como se eu o tivesse confundido.

— Ainda somos amigos? — pergunta ele, finalmente. — Quero dizer, se alguma vez chegamos a ser amigos.

— Eu sou sua amiga.

— E você me contaria a verdade?

— Merek, eu não tenho motivos para mentir para você.

Ele suspira enquanto aparentemente pensa sobre minhas palavras.

— Boa noite — digo, voltando para o quarto.

— Espere. Vamos tomar uma bebida — convida ele, de repente.

Não tenho certeza se o ouvi direito.

— O quê?

— Você e eu. Vamos tomar um drinque. Para o inferno com isso, vamos ficar bêbados.

— Por que faríamos isso?

— Porque nunca fizemos... bem, você nunca fez, não é? — E abro minha boca para protestar, mas ele continua a falar, sua expressão intensa, lembrando-me do dia no Salão de Vidro, quando ele me beijou. — Porque somos jovens. Porque nós podemos estar mortos em duas luas, então devemos viver agora. Conceda uma noite a você mesma.

— Já fiz isso uma vez, se você se lembra — disparo sem querer. — Quase me custou a cabeça. Mas, claro, se você quiser, eu vou "me dar uma noite". Podemos até acabar na cama juntos, isso lhe agradaria?

Ele fica instantaneamente vermelho e desvia o olhar. Não sei de onde vêm as palavras. E, quando olho para Merek, debatendo em choque, toda a raiva que sinto por ele desaparece.

— Me desculpe. Deuses, Merek, sinto muito. Isso foi desnecessário.

Ele olha para mim, mortificado, e balança a cabeça.

— Não. Não, meu comportamento foi horrível lá. Eu não sei o que... Por favor, me perdoe.

Eu assinto.

— Claro. Claro que perdoo.

Assim que falo, ele faz menção de ir embora, e eu o chamo de volta.

— Eu... Eu gostaria de tomar uma bebida com você. Se você ainda quiser.

Ele assente com certa cautela.

— Vou pegar um pouco de vinho e a encontrarei em seu quarto. — Sua cor se aprofunda, a pele quase carmim enquanto ele balança a cabeça. Então ele se apressa em direção aos quartos dos homens e me deixa olhando para ele, sentindo-me estranha.

Ele está composto quando entro, sentado rigidamente em sua cama com as pernas cruzadas no tornozelo. Sorrio para tranquilizá-lo e sirvo-nos uma taça de vinho. Ele aceita a taça, murmurando um agradecimento, e imediatamente a leva aos lábios.

Eu me sento no chão, a uma distância segura, e tomo um gole do meu próprio vinho.

— Então — digo, quando fica dolorosamente óbvio que ele não vai falar. — Aquilo talvez tenha sido um pouco cruel.

— Não, não, eu mereci. Eu disse que você mudou. A antiga Twylla nunca teria... — diz ele, enterrando o rosto no copo de novo. Quando aparece, sua expressão é séria. — Eu não gosto de Errin — acrescenta ele. — Não desse jeito. Gosto muito dela. Mas não romanticamente.

E pisco por um momento, atordoada, sem saber por que ele está me contando isso.

— Tudo bem... — digo, devagar.

— Eu não sabia se era por isso que você queria que eu fosse embora. Por que estava sendo tão... impaciente comigo.

— Você achou que eu estivesse com ciúmes de Errin?

— Não! Deuses, não. Eu sei qual é sua posição no que diz respeito a mim. Pensei que poderia ser porque estava tentando proteger Silas, e nesse caso eu queria que você soubesse que não tenho nenhuma intenção de causar qualquer perturbação. Não tenho planos de ficar entre outro casal de amantes — acrescenta ele em voz baixa.

— Você não ficou entre mim e Lief — digo bruscamente. — Nós dois sabíamos que eu estava prometida a você. Você só agiu de acordo com o que acreditava ser verdade.

— Assim como você.

Bebo meu vinho, balançando a cabeça.

— Eu não a culpo. — A voz de Merek ainda é suave, e eu encontro seu olhar. — Nunca a culpei. Você foi usada. Por todos nós. Até por mim.

Devolvo o copo aos meus lábios, ganhando algum tempo.

— Tudo isso é passado agora — digo, finalmente. — E, para ser honesta, prefiro mil vezes lidar com sua mãe do que com o que está por vir.

Ele levanta a taça para me brindar.

— Além disso — acrescento —, se você os tivesse visto juntos, saberia que Silas não precisa da minha ajuda, nem de mais ninguém, para segurar o coração de Errin.

Merek bufa baixinho.

— Como ele é?

Penso no homem de olhos dourados que segurava Errin nos braços, lutando contra as lágrimas e colocando a própria vida em risco para proteger a dela. E também na sua fria determinação em fazer o Elixir e na maneira como ficou ao lado dela diante de sua mãe e de todo o seu povo. Penso na maneira como ele se jogou contra Lief para defendê-la.

— Ele é maravilhoso. É um bom homem.

— Espero encontrá-lo um dia. — Ele termina seu copo e se inclina para a frente, pegando a garrafa para enchê-lo de novo. Estranhamente, também abaixo o meu e seguro o copo. Ele hesita, sorrindo, depois enche a taça.

"Você não precisa provar nada para mim", diz ele. "Eu estava sendo um idiota."

— Saiba que em Scarron eu tomava uma ou duas taças, muitas vezes, enquanto lia à noite.

— Você aprendeu a ler?

— Aprendi.

— Eu ia lhe ensinar — diz ele, não encontrando o meu olhar. — Se nós... Depois de... Eu nunca entendi por que minha mãe não queria que você aprendesse. Que tipo de rainha não sabe ler?

— Ela nunca quis que eu fosse rainha. Eu só devia ganhar tempo para ela. E quanto a me impedir de ler, era uma maneira de me manter fraca e vulnerável. Como a maioria de suas ações. E não quero mais falar sobre ela. Não esta noite.

Ele assente, em concordância.

— Você era feliz, em Scarron?

— Sim. Acho que sim. É um lugar estranho, muito longe de tudo. Mas era do que eu precisava. Como foram seus três dias como rei?

— Um pesadelo. Quase fiquei feliz quando Aurek veio. — Seu rosto cai assim que as palavras saem de sua boca. — Não estou falando sério.

— Eu sei.

— Você realmente vai me colocar de volta no trono se vencermos? — pergunta ele, seus olhos queimando nos meus.

— Quem mais? — digo, meu tom mais duro do que quero que seja. — A menos que você pense que um conselho, como em Tregellan, seja uma boa ideia.

Ele balança a cabeça imediatamente.

— O que há para ser feito sobre eles? — pergunta. — Quero dizer, para todos os efeitos, eles lavaram as mãos de toda a situação em troca de ouro.

— Burocratas — digo, e tão simples assim, estamos de volta em terreno seguro. — Não adianta ficar com a mão suja, se não precisar. Lormere nunca teve nenhum valor real para eles, exceto pelo que eles poderiam nos vender.

— Deviam saber que mais cedo ou mais tarde ele vai buscá-los — diz Merek. — Lormere tem recursos muito limitados, enquanto Tregellan tem muitos. Mais cedo ou mais tarde, ele terá golens suficientes e ouro o bastante para fazer o que fez aqui.

— Imagino que eles estejam esperando que alguém o detenha antes disso.

— Nós, você quer dizer. Enquanto eles não fazem nada para promover essa causa. — Ele franze a testa. — E depois? Se ganharmos, o que eu faço com eles se eu retomar a coroa? Eles vão querer seus alquimistas de volta.

— Eles não irão — digo com certeza. — E nós sabemos que Tregellan não tem um exército.

— Então...

Começo a falar, apenas deixando as palavras surgirem enquanto as ideias se formam, todos os meus conhecimentos sobre Tregellan e Lormere, tudo o que vi, li e aprendi nos últimos quatro anos vivendo em ambos os países, saindo de mim:

— Então você oferece a eles um santuário aqui. Ofereça o que Tregellan lhes deu: um lar, a opção de praticar ou não, como quiserem. Mas com liberdade. Tregellan os manteve no subsolo, ostensivamente por causa de Helewys. Mas ninguém em Lormere os caçaria mais. Então eles poderiam viver livremente aqui. E sem que os alquimistas paguem o Conselho de Tregellan para mantê-los escondidos, o tesouro tregelliano logo ficará em baixa. Somos seu único parceiro comercial viável, a menos que eles expandam muito sua frota de navios, o que não é possível sem mais ouro. Então eles teriam que assinar um tratado conosco, ou arriscar-se a falir, e nós poderíamos tornar os termos muito favoráveis. Você poderia ter seus boticários e suas ciências. Escolas. Universidades. Poderia torná-lo muito atraente para as melhores mentes virem para cá. E você tem que garantir que as pessoas responsabilizem o Conselho atual, os cidadãos de Tremayne, Newtown e Tyrwhitt certamente vão querer ver alguma justiça pelo que sofreram. Eles não ficarão felizes pelo fato de o Conselho ter se submetido a ele. Ajude-os a instalar um novo conselho. Assine um novo tratado que permita que ambos os países se beneficiem. Um recomeço.

E suspiro, tomo um grande gole de vinho e esvazio a taça outra vez, ligeiramente atordoada pelo meu próprio conhecimento aparente. Quando Merek não fala, vejo-o olhando para mim, seus lábios entreabertos.

— O quê?

— O maior erro de minha mãe foi subestimar você.

— Bem, eu não dei a ela muito do que duvidar. — Penso em minha conversa com Esperança mais cedo. — Eu realmente não posso culpá-la por pensar que sou uma idiota.

— Eu nunca pensei — diz ele. Seus olhos são claros e focados. Sem seu cabelo, você pode ver os planos de seu rosto, finos e fortes. Sua boca parece mais larga.

— Eu sei — sussurro.

Sustento seu olhar, e as paredes do quarto começam a parecer menores, a temperatura de algum modo aumentando. O suor brota ao longo dos meus ombros, minha garganta seca. Olho para a garrafa de vinho e vejo que terminamos. Minhas bochechas estão quentes e Merek Belmis ainda está olhando para mim. Parece que ele está olhando através de mim. Quando meus olhos se movem de volta para encontrar os dele, sua língua umedece seu lábio superior, e eu me vejo hipnotizada pelo movimento, então o imito, e sua respiração cessa, ouço.

Seria tão errado se algo acontecesse?

Eu me afasto desse pensamento como se fosse uma coisa física.

— Vou buscar mais vinho — digo, quebrando o feitiço.

— Não. Nós temos treinamento de manhã. Esperança me pediu para trabalhar com você. Deveríamos dormir um pouco.

Demoro um momento para entender que ele também está me rejeitando. E, para minha surpresa, isso dói.

— Claro — digo em uma voz muito alegre, ficando de pé, cambaleante.

Ele estende a mão e me equilibra, e o calor sobe novamente em minha pele.

— Vejo você de manhã, então. — Eu me viro para sair, apenas para sua mão se curvar ao redor do meu quadril, pedindo-me para virar.

— Twylla.

Há uma reviravolta familiar no meu estômago, mas não uma que já tenha vindo de Merek dizer meu nome. Quando olho para ele, suas pupilas estão abertas na penumbra, seus olhos escuros fixos nos meus.

— Se você estivesse menos bêbada...

— Eu não estou — começo, mas ele continua falando.

— Tudo bem. Se você não tivesse bebido *nada*, e se eu estivesse mais confiante sobre o que acho que acabou de acontecer, eu alegremente puxaria você para a minha cama agora mesmo. Eu queria isso há muito tempo, você sabe.

Eu engulo em seco.

— Você disse uma vez que, se viesse a mim, seria porque me escolheu. E agora não acho que seja uma escolha que você possa fazer. — Ele faz uma pausa e sorri maliciosamente, de uma maneira que eu nunca o vi sorrir antes. É tão surpreendente que olho para baixo. — No entanto, se você vier a mim sóbria, porque decidiu que me quer, vou fazer valer a pena.

Eu o encaro de volta para ver seus olhos brilhando. Seus dedos apertam meu quadril por um instante antes de me libertar.

— Porque eu ainda quero você. E só você.

Fujo do quarto antes de fazer algo de que nós dois possamos nos arrepender.

Capítulo 20

Consigo me levantar a tempo de ver todo mundo sair, mas só porque Nia faz um barulho tão horrível enquanto embala suas coisas de manhã que acordar é mais fácil do que ficar deitada na cama, esperando minha dor de cabeça se dissipar. Quando cheguei ao nosso quarto ontem à noite, ela já estava dormindo, mas Errin se encontrava acordada, deitada de barriga para baixo no catre, uma vela ao seu lado enquanto rabiscava um pedaço de pergaminho. Ela olhou para mim quando cheguei e ergueu as sobrancelhas, o calor me inundou novamente, culpada por ser pega. Vi que seus punhos e tornozelos já estavam amarrados, algo que eu deveria ter providenciado. Mas ela não disse nada, apenas sorriu levemente e olhou para seu trabalho enquanto eu me arrastava para a cama e escondia meu rosto sob as cobertas.

— Então você e o rei. Perdendo a festa. Juntos. Nós todos notamos. Ymilla estava perturbada. — A voz de Nia é cheia de perguntas enquanto coloca suas coisas apressadamente em uma bolsa, mal olhando para elas.

— Nós tínhamos planos para fazer. Estamos prestes a ir para a guerra.

— É assim que chamam em Lormere?

— Nia — avisa Errin, sentando-se e esfregando os olhos, um de cada vez, com as mãos amarradas.

Nia não diz nada, reprimindo um sorriso enquanto termina de arrumar as malas. Lanço para Errin um olhar agradecido e ela me dá um aceno de solidariedade.

Quando chego ao refeitório com Errin, Merek já está sentado. Sinto minha pele começar a esquentar e murmuro para ela que a verei mais tarde, quando me viro para sentar com Stuan, Hobb e alguns dos outros homens.

No momento em que me sento, todos se levantam e se curvam, e do outro lado da sala vejo a boca de Merek se contorcer.

— Senhores — digo para os guardas, implorando para eles se sentarem. — Não há necessidade de serem formais. Eu só queria agradecer a todos pelo seu trabalho duro.

Stuan e Hobb sentam-se e acenam com a cabeça. E quando pego meu pão, vejo que Errin e Nia se juntaram a Merek, além de Ymilla.

Olho para Ymilla, mais jovem que Helewys, mais velha do que eu e de Merek também, mas o que isso importa? E sorri para ele por baixo de seus cílios e eu me pergunto se a consideraria. Ela conhece a vida na corte, até a adora. De todos nós aqui, acho que é quem mais sente falta disso. Ymilla seria uma boa esposa para ele.

Enfio a faca no bacon e olho para Hobb e Stuan quando eles trocam olhares questionadores. Forçando um pedaço na boca, mastigo furiosamente. Por que estou perdendo tempo pensando em com quem Merek poderia se casar quando tenho muito com o que realmente me ocupar? Como uma guerra.

Mantenho a cabeça abaixada durante o resto da refeição, ouvindo preguiçosamente a tagarelice dos guardas, até que eles se calam, olhando para além de mim. Quando me viro para ver o que chamou a atenção deles, encontro Merek atrás de mim.

— Você está pronta para treinar? — pergunta ele.

Eu o olho.

— Você consegue, com o ferimento?

— Sim.

— Encontro você lá fora.

Ele se afasta rapidamente, deixando-me a observá-lo. Posso dizer que está tentando disfarçar seu mancar. Garoto idiota.

Aceno um discreto adeus a Kirin, Nia, Esperança e Ulrin — que jurou absoluto sigilo sobre aonde está indo —, sem fazer mais alarde do que eu faria se eles realmente estivessem partindo em uma missão de espionagem. Kirin promete que ele e Nia estarão de volta dentro de uma semana, que não devem demorar e que serão cuidadosos, e Esperança diz que deseja não ficar muito atrás deles. Apesar disso, eles levam rações suficientes para duas semanas, fazendo com que Ema nos olhe com desconfiança.

Quando entro no pátio, Merek está esperando, encostado na parede e aparentemente encarando seu reflexo em sua espada.

— Você está bonito — digo.

Seus lábios se curvam.

— Se vamos trocar elogios antes dos golpes, você também. Dormiu bem?

— Como uma pedra — minto. — E você?

— Não muito bem. Sonhos perturbadores. Imagens na minha cabeça que eram difíceis de ignorar.

Eu pisco.

— Que pena. Talvez você deva ir descansar. Afinal, você ainda está se recuperando de ferimentos graves.

— Estamos em guerra, Twylla. Não há tempo para descansar. — Seu sorriso é político, não um sorriso de verdade.

— Você está certo. Estamos todos muito ocupados. Podemos começar?

Ele bufa, uma espécie de risada, e se curva.

— Como minha senhora desejar.

Eu me inclino de volta e então começamos a nos rodear. Depois de um momento, fica claro que ele está esperando que eu ataque, então finjo um golpe. Assim que ele se move para bloqueá-lo, giro e o atinjo na coxa com a parte chata da espada, dando uma bofetada afiada que o faz gritar.

— Sério? — diz ele, os vincos nos cantos dos olhos florescendo. E balança a espada em uma figura arrogante de oito e depois me ataca. E no momento em que me movo para defender o golpe, ele bate no meu traseiro com sua espada.

Olho para ele.

— Se você não vai levar isso a sério...

— Você que começou.

Reviro os olhos. Faço algumas investidas e ele revida, mas de leve. No começo, acho que está poupando sua perna e tento não fazê-lo trabalhar muito, com medo de machucá-lo ainda mais. Mas então percebo que não está se segurando por causa de si mesmo, e sim por minha causa. Ele não vai lutar comigo.

Eu me esforço um pouco mais, me movendo mais rápido, empurrando-o com mais frequência, e ele mal se mexe para me bloquear, ainda assim não revida. Isso me lembra de quando Lief e Merek lutaram, como Lief brincou com ele, o fez pensar que poderiam ser iguais, e isso me deixa furiosa, os jogos estúpidos que todos nós continuamos jogando uns com os outros.

Então eu ataco.

Vou contra tudo o que Esperança me ensinou, cortando, picando e movendo tão rápido que sua espada é um borrão enquanto ele bloqueia cada golpe. E bato, bato e bato, porque do nada fico cheia de raiva e não sei por quê. Só preciso continuar batendo, e Merek continua aguentando; nem uma vez sequer ele tenta me desarmar.

— Contra-ataque — berro para ele. — Eu não quero sua caridade. Lute comigo.

Enquanto giro minha espada, vejo Stuan, Ymilla, Ema, Errin e Hobb em pé nos observando. Tantos rostos que conheço. Vendo-o fazer tão pouco enquanto dou tudo o que tenho, e o peso da humilhação é esmagador. Hesito por um momento, abaixando minha espada. Olho para Merek e vejo que ele também parece chateado, sua boca apertada, os olhos correndo entre mim e a multidão. Quando ele finalmente ataca, não sinto nada além de alívio.

— Como está o braço? — Merek pergunta enquanto olho para ele. De volta ao nosso quarto, Errin está me fazendo um curativo. Merek parece infeliz.

— Bem. — Errin termina de aplicar algum tipo de pasta verde no corte raso do meu antebraço.

— Sua vez — diz ela para Merek, e fico de pé, contornando-o enquanto ele se senta e apresenta sua bochecha para Errin.

Meus olhos encontram os dela enquanto ela aplica a mesma pasta ali.

Eu não queria cortá-lo. Mas tenho certeza de que vejo recriminação nos olhos de Errin enquanto ela cuida de Merek.

Sem dizer uma palavra, eu os deixo, movendo-me rapidamente pelo corredor até o guarda-roupa das mulheres, para me preparar para ir às montanhas. Pego as cores marrons pálidas que se misturam à montanha no inverno. Bem acima de nós, os picos são brancos o ano todo, dominados pela neve e pelo gelo. Mas a água de Lormere, a fonte homônima da terra, é perpetuamente quente, o solo aquecido pelas fontes termais abaixo dele, e é onde encontraremos as rochas amarelas que precisamos para o Opus Magnum. Eu me troco, vestindo túnica e calção, puxando um cinto e capa para combinar e coloco minhas botas de volta. Meu cabelo está enrolado contra a minha cabeça, e eu o disfarço usando um pó. Esperança me mostrou como fazê-lo com noz e ruibarbo, ocultando o vermelho em um marrom lamacento. Jogo uma grossa capa marrom em volta dos meus ombros e, em seguida, saio para encontrar Stuan.

Mas, quando me aproximo das portas, é Merek quem espera por mim.

— Onde está Stuan?

— Vigiando Errin. Ele não se sente confortável de deixá-la aqui sem você ou Esperança, dadas as circunstâncias. Então me ofereci para ir no lugar dele.

Faço uma careta para ele. Merek está vestido de maneira semelhante a mim, cores suaves, roupas folgadas. Há uma pequena bolsa de mensageiro por cima do ombro.

— Eu sei onde fica a fonte — diz ele. — Fui lá muitas vezes. Então não vou ser inútil para você.

— E sua perna?

— Está bem.

— Nós vamos ter que escalar.

— Eu disse que tudo bem.

Eu não vou ganhar aqui.

— Então vamos. Eu gostaria de estar de volta ao anoitecer.

Não é a primeira vez que deixo o complexo sob a supervisão de outra pessoa, mas é a primeira vez que o deixo sem que Esperança, Nia ou Kirin estejam lá. Confio em Errin e Stuan — na verdade, confio em todos. Eles não são tolos; não vão se rebelar se eu não estiver lá. Mas me sinto culpada, como se os deixasse indefesos. Merek, para seu crédito, deixa-me pensar nisso enquanto percorremos os caminhos da montanha, através da campina alta onde as vacas ainda pastam, graças às correntes de montanha afortunadas, e ao longo das trilhas de cabras, ocasionalmente encontrando alguns dos estranhos olhos, animais bonitos empoleirados em rochas.

Fazemos uma pausa ao meio-dia, o sol um borrão dourado acima de nós, e Merek compartilha a água e a comida de sua bolsa. Então caminhamos, e uma hora depois chegamos à fonte.

Desde que cheguei ao castelo, a rainha falava dela. É supostamente a fonte que deu nome a Lormere. Lormere — o Senhor da Fonte. Nomeada em homenagem a Dæg e as rochas douradas incrustadas na terra ao redor.

Ninguém me disse que federia.

O ar é carregado de enxofre, espesso e sufocante, mil vezes pior do que nos banhos, e encaro Merek com olhos penetrantes.

— Este era o lago da fertilidade? — suspiro, enterrando meu queixo dentro da minha capa e respirando fundo.

Ele assente, seu rosto coberto de modo que apenas seus olhos espiam por cima.

Balanço a cabeça, me aproximando da água. Está quente aqui, e logo tenho que escolher entre aceitar o cheiro ou assar viva em minha capa. Tiro a capa e a deixo sobre uma rocha enquanto exploro o lago respirando pela boca. Há uma grande piscina — claramente a de banho — e outras menores em volta dela, como luas ou cortesãos, e são muito mais ativas; vivas, borbulhando, arrotando e correndo, e cercadas por varas com bandeiras vermelhas rasgadas. Quando tiro minhas luvas e mergulho meus dedos em uma, o calor é quase demais; tenho que os puxar de volta e soprá-los.

E quando uma das piscinas lança uma coluna de água alto no céu com um rugido, grito e caio de costas no chão.

Enquanto o jato evapora no ar e uma caverna aparece momentaneamente abaixo de onde a água explodiu, ouço Merek rindo.

Isso dói e eu me levanto de novo, batendo a poeira dourada das minhas roupas.

— Obrigada pelo aviso. Hilariante rir da camponesa que não sabe nada. Pena que sua mãe não pôde ver isto. — Seu rosto desmorona instantaneamente, mas eu não me permito me sentir mal por isso. — Estamos aqui para fazer cumprir uma tarefa, se já acabou de se divertir, Sua Majestade.

Ele agarra meu braço enquanto giro e me puxa de volta para olhar para ele.

— Perdoe-me — diz instantaneamente; sem desculpas, sem explicações. Apenas remorso e a oferta de um genuíno pedido de desculpas. Esqueci isso sobre ele. — Eu deveria ter dito a você o que aconteceria. — Ele faz uma pausa, e dou de ombros em aceitação. — Por favor. — Merek puxa um pouco, me pedindo para ir com ele. Cedo, deixando-o conduzir a alguns passos de onde a água emergiu. Ele está atrás de mim quando cruzo meus braços e se inclina para falar baixinho para mim. — Olhe — acrescenta ele. — É como se o chão estivesse respirando. Você saberá quando vai acontecer, porque parece que está respirando fundo uma vez. Olhe. Inspira, expira. Inspira e expira, cada vez mais profundo.

Vejo a água e percebo que ele está certo. A cavidade sob a piscina é como uma boca, sugando, empurrando para fora, e a água vai e vem com ela.

— Não vai demorar muito. — A boca de Merek está na altura da minha orelha, sua respiração acariciando o contorno dela. Posso sentir o cheiro da pasta de ervas que Errin passou em seu corte, mas antes que eu possa deixar minha mente vagar desse jeito a água explode no ar.

Suspiro e dou um passo de volta para Merek. Suas mãos apertam meus quadris instintivamente, me segurando, e nós observamos a água jorrar para cima antes que ela caia, afinando na névoa e depois desaparecendo.

— Vamos pegar essas pedras e voltar para casa. — Sua voz é um estrondo contra minhas costas, e assinto.

Merek me solta e começamos a recolher as pedras, tirando-as da lama e colocando-as em sua mochila. Nós pegamos muitas, dando a Errin muito entre o que escolher. Trabalhamos em silêncio, embora, de vez em quando, eu sinta seus olhos em mim, e quando penso que é seguro, lanço olhares furtivos para ele, observando seus longos dedos revirarem as pedras, vendo-o morder o lábio enquanto decide o que levar e o que descartar.

Arranco um último pedaço de rocha amarela, completamente acostumada com o cheiro da água agora. Eu a lanço para Merek e me sento, secando meu rosto. Minha mão sai úmida e encardida, suor e vapor, o pó se misturando, e limpo as mãos em minha calça.

— Você acha que temos o suficiente?

— Eu diria que sim.

Merek se levanta, se estica e joga a bolsa por cima do ombro.

— Vamos — diz ele. Então se aproxima, me oferecendo a mão, e eu a pego. Merek me puxa para cima e cometo o erro de olhar em seus olhos. Eles estão famintos, escuros, e seus lábios, entreabertos.

E sei com repentina convicção que vou beijar Merek Belmis.

Ele agarra meus punhos e fica imóvel.

— Ouça. — Ele respira antes que eu tenha a chance de ficar envergonhada.

E faço, tentando ouvir além do meu próprio coração trovejante.

Então escuto o que ele, de algum modo, milagrosamente ouviu: vozes e passos. Distantes, mas ainda muito perto para nosso conforto.

Nós nos movemos depressa, escondendo-nos atrás de um afloramento de rocha, enquanto eu me esforço para puxar minha capa para fora da vista. Minutos passam e as vozes ficam mais altas. Lormerianas, masculinas e rudes. Não consigo entender mais do que uma palavra ocasional. O tom não é urgente; parece que eles estão resmungando. Quando começa a se aquietar, Merek se vira para mim.

— O que mais fica perto daqui? — diz ele baixinho. — O acampamento das crianças?

Balanço a cabeça.

— Fica a um quilômetro e meio a leste daqui, aproximadamente, sobre a próxima passagem. — Aponto para a direita, para a pequena crista que há lá. — Existe uma rota diretamente do chão que é muito mais fácil de subir.

Merek espia os homens.

— Talvez haja algum motivo para eles usarem esse caminho. Avalanche na rota usual? Deslizamento de terra?

— É possível. — Hesito.

— Vamos segui-los. Só para ter certeza de aonde estão indo. Qualquer um nas montanhas é um mau sinal.

Assinto e jogo minha capa de volta sobre os ombros; ele pega a bolsa de enxofre e seguimos os homens, subindo um pouco mais alto que eles, mantendo a distância. Há quatro deles, usando tabardos pretos com o Solaris. Dois carregam sacos grandes, que, apesar de cheios, não parecem incomodá-los muito. Um terceiro carrega um grosso rolo de tela, que aparentemente é mais pesado, pois ele anda mais devagar e desloca o peso de um braço para o outro, até que o quarto homem o tira dele. Merek e eu não falamos nada enquanto os seguimos pelo caminho através da montanha, de vez em quando, ficando para trás quando temos que avançar mais para cima, ou para baixo, a fim de continuar a segui-los. Logo fica claro que o palpite de Merek estava certo e que, por alguma razão, os homens estão usando esse caminho para chegar ao acampamento das crianças.

Quando nos aproximamos, Merek puxa minha capa e gesticula para que eu pare.

— Onde exatamente as crianças são mantidas?

— Há um sistema de cavernas — sussurro. — Três grandes cavernas e algumas menores, embora não saibamos até onde elas vão. As crianças menores estão em uma, e os homens lá designaram as meninas mais velhas para cuidar delas. Vamos, vamos nos aproximar um pouco e vou apresentar você a nossos homens de guarda.

Eu me movo, subindo, até chegar a um caminho estreito, quase completamente escondido por rochas. Há três homens sentados no fim do caminho e todos se viram bruscamente, arcos e lanças na mão quando nos ouvem, relaxando apenas quando me reconhecem.

— Minha senhora — dizem eles, as vozes baixas em sequência, conforme nos aproximamos.

— Tally, Rutya, Serge — saúdo em resposta. Os olhos de Serge se arregalam quando ele vê Merek, e tenta se curvar.

— Sua Alteza. Perdoe-me, quero dizer, Sua Majestade. Hobb disse que o senhor estava vivo... — começa ele, e tenta se curvar de novo, enquanto os outros homens também se movem para mostrar seu respeito sem se denunciarem.

— Fiquem à vontade — diz Merek, e Serge se senta novamente, embora olhe para ele como se estivesse vendo um fantasma.

— Nós vimos esses homens se aproximando por uma rota diferente — digo, apontando para eles ao lado da menor das cavernas. Eu me movo, chamando Merek para a frente para que ele possa vê-las.

Esculpidas naturalmente da face rochosa cinzenta, as cavernas abrem-se como as bocas de gigantes, três em fila, embora separadas por enormes paredes de pedra. Do lado de fora de cada uma das cavernas maiores, seis homens estão de guarda, armados com arcos, facas — um deles até tem um grande chicote de muitas pontas que me deixa enjoada só de olhar —, andando de um lado para outro, falando uns com os outros.

Os recém-chegados se aproximam da caverna e os guardas os saúdam, relaxados, reconhecendo claramente seus visitantes.

— Gostaria que pudéssemos ouvir o que eles estão dizendo — murmura Merek, e assinto.

— Isso acontece com frequência? — pergunto a Tally. — Visitantes, quero dizer.

— Esta é a terceira vez.

— A terceira? Quando foi a primeira?

— Uma semana atrás — responde Rutya. — Quatro homens vieram e foram para as cavernas... daquele jeito, olhe... — Ele inclina a cabeça para onde os homens que seguimos estão entrando na caverna do meio.

— O que há nesses sacos? Comida? — pergunta Merek.

— Não, senhor. A entrega de comida é feita uma vez por quinzena. O primeiro grupo veio de mãos vazias.

— Quem é mantido lá? — Merek quer saber, olhando para a caverna.

— Os meninos. Com cinco anos ou mais.

Nós todos espiamos a boca da caverna, e minha pele se arrepia de apreensão.

— Eles entraram na mesma caverna da última vez?

— Sim, minha senhora — confirma Serge.

— E não sabemos o que há nos sacos?

— Não, minha senhora.

— Por que isso não foi relatado?

— Nós relatamos, minha senhora. Enviamos uma mensagem para Hobb, que nos disse para vigiar e avisar imediatamente se algo mudasse. Não mudou. Eles só entram com sacos e saem depois sem eles. E temos visto as crianças, quando são levadas para usar o banheiro. Elas não estão sendo maltratadas. Na verdade, pareciam bem, mais saudáveis do que antes, e algumas usavam roupas melhores.

— Mas por que apenas os meninos? — digo, mais para mim mesma do que pela necessidade de uma resposta.

Mas Merek responde:

— Precisamos descobrir. — Ele se vira para mim, sua expressão séria, e assinto.

Ficamos lá, agachados atrás das rochas enquanto o sol se move no céu acima de nós. Quando os homens finalmente saem, não carregam nada, e todos nós nos pressionamos mais firmemente nas rochas, até que os sons indistintos de sua tagarelice desapareçam por um longo tempo.

— Minha senhora, não quero lhe dar ordens, mas está ficando tarde e as montanhas ficam frias à noite — diz Serge, baixinho, Rutya e Tally assentem.

— Ele está certo — concorda Merek, e eu me viro para olhar para ele com as sobrancelhas levantadas. — Se vamos voltar, temos que ir agora. — Mesmo enquanto ele diz isso, muda o peso de uma perna para a outra.

Eu me viro para os homens.

— Vou dobrar a equipe aqui. Tenho um estranho pressentimento em relação a isso e, se alguma coisa acontecer, quero que haja número suficiente de vocês para lutar, assim como para que alguém vá nos avisar. E quero saber imediatamente se mais alguma coisa acontecer ali. Algo está acontecendo, tenho certeza disso.

— Sim, minha senhora — diz Serge.

— Espere que os novos homens cheguem amanhã. Há mais alguma coisa de que vocês precisem enquanto isso?

— Não, minha senhora.

— Tem certeza?

Ele balança a cabeça e seus companheiros o imitam.

Nós nos despedimos deles e corremos pela trilha, mantendo-nos abaixados. Há algo cortante no ar quando o sol se põe, e começo a me mover um pouco mais depressa; não temos lanternas, não podemos usá-las aqui, e a noite está nublada. Quando chegamos ao lago, a névoa paira sobre o pequeno vale, e Merek estende a mão, agarrando a minha e me fazendo parar.

— O que você está fazendo?

Ele não diz nada, esperando, olhando para a névoa até que finalmente parece satisfeito.

— Desculpe — diz. — Eu tinha que ter certeza.

— Você ouviu alguma coisa?

Ele balança a cabeça e não diz mais nada. Quando nos afastamos, Merek manca de forma mais evidente e, sem dizer uma palavra, pego a alça da bolsa e seguro sua mão. Quando ele balança a cabeça sem protestar e a entrega para mim, percebo quanta dor deve estar sentindo.

Chegamos de volta à comuna depois de escurecer, e o último trecho da jornada é lento, em parte por causa de sua perna, e em parte por causa de nossa cautela. Merek não falou desde que saímos do lago, e a cada passo estou pronta para amparar sua queda se sua perna ceder. Nós saudamos o primeiro grupo de guardas, depois o segundo, quando chegamos de volta à comuna.

— Graças aos deuses estamos de volta — digo ao abrir as portas.

Quando Merek não responde, olho para ele e vejo que seu rosto está tenso, seus lábios em uma linha.

— Merek?

— Eu estou bem — diz ele por trás dos dentes cerrados.

— Estou vendo. — Sem pedir permissão, coloquei meu braço em volta de sua cintura. — Você precisa de Errin.

E, como se eu tivesse conjurado, ela aparece, Stuan correndo atrás dela, a mão no cabo da espada. Os punhos de Errin ainda estão amarrados e suas bochechas estão vermelhas, os olhos brilhantes; seu cabelo, embora preso para trás, cai solto em volta do rosto.

— Aí estão vocês — diz ela. — Trouxeram meu enxofre?

E ergo a bolsa.

— Que bom. — Ela sorri, um sorrisinho satisfeito. — Porque eu consegui. Desconstruí o Opus Magnum. Sei como fazer o veneno. Então, assim que tivermos o restante dos ingredientes, posso fazer o Opus Mortem.

Capítulo 21

— Você o quê? — perguntamos Merek e eu, em coro.

A surpresa dele o faz cambalear, e tenho que me preparar para apoiá-lo. Sua mão se move para a minha em sua cintura, e enfio meus dedos pelos seus sem pensar.

— Eu consegui. Passei o dia inteiro trabalhando nisso. Toda a noite passada também. Não consegui parar. É realmente muito simples, porque o enxofre e o mercúrio se anulam mutuamente. Você apenas inverte as quantidades e...

Ela finalmente faz uma pausa e olha para Merek, que está quase cinza.

— Você é um idiota. Por que não me mandou calar a boca? Vamos. Ajude-o. — Ela se vira e ordena a Stuan, que obedece imediatamente.

Merek solta meus dedos e passa o braço por meu pescoço, fazendo o mesmo com Stuan do outro lado.

Preso entre nós, levamos Merek para o quarto, Errin ao nosso lado, catalogando seus sintomas com os olhos. Sua testa está úmida quando chegamos lá, e ela brilha à luz das velas que coloco em seu armário de cabeceira para que Errin possa ver o que está fazendo.

— Preciso das minhas mãos — diz ela para Stuan, e ele me olha em busca de permissão antes de soltar os nós. Errin esfrega os punhos fracamente, as marcas vermelhas neles, antes de estender a mão para Merek.

Ela põe a mão na testa dele e suspira.

— Sem febre — diz, tanto para si quanto para nós. Então se move para os pés da cama, enrolando a calça dele de uma maneira rápida e profissional. Seu tornozelo está claramente inchado, a pele brilhante, e ela olha para ele com ar sombrio. — Eu não lhe disse para descansar?

Merek dá de ombros e vejo a boca de Errin se tornar pequena enquanto ela desenrola as ataduras e examina a ferida.

— Não está infeccionada. Você deve ter a bênção dos seus deuses.

— Ou é minha genética excepcional — diz ele. Por um momento, todos nós paramos, olhando uns para os outros, até que Merek dá uma risada cansada. — Me perdoe. Espero que seja engraçado se você é lormeriano. E eu sou. — Quando continuamos a olhar desnorteados, ele suspira. — Porque meus pais eram... Deixa pra lá.

Errin o ignora e se vira para mim enquanto balanço a cabeça.

— Você pode ir ao nosso quarto e buscar meu kit?

Eu me apresso pelo corredor, pelo pátio até o nosso quarto e de volta, encontrando uma explosão de energia que eu não sabia que tinha. Stuan assumiu uma posição ao lado da porta, observando Errin atentamente.

Ela pega o kit e começa a puxar garrafas e frascos, colocando-os na cama. E, apesar da dor que deve sentir, Merek tenta se sentar. Errin lhe lança um olhar furioso.

— Você precisa descansar.

— Sem chance — diz ele. — Isso é nada menos que um milagre, e quero saber como você faz.

Ela se ilumina, puxando um jarro para si.

— É muito simples. Na arte boticária, tudo tem um igual e um oposto. E você pode usar algo chamado Tabela Petrucius para descobrir quais são esses iguais e esses opostos. Cada elemento, cada planta. Tudo. Para o igual, semelhante cura semelhante. E, para o oposto, trata-se de encontrar o equilíbrio. Você encontra qualidades semelhantes e as combina. Nesse caso, o mercúrio e o enxofre são os opostos, então formam o par. Entende?

Merek murmura em concordância e eu apenas olho para Errin. Ela revira os olhos para o lado enquanto pensa.

— Muito bem. Por exemplo, se você está envenenado, a melhor chance de cura é algo que negue o veneno original, certo? Então você precisa do equivalente a ele, mas o oposto, para revertê-lo. A Tabela Petrucius ajuda você a escolher o caminho, com base na melhor correspondência. Portanto, para desconstruir algo, você precisa encontrar o oposto de cada componente. E na boticária, e aparentemente na alquimia, você constrói o oposto na poção original.

Não me parece nada simples, e olho para Merek, apenas para descobrir que ele está assentindo para Errin como se entendesse perfeitamente. Stuan parece confuso como eu, e me sinto muito afeiçoada a ele nesse momento.

Errin me lança um pequeno sorriso, como se pudesse sentir meu desconforto, antes de continuar:

— Então, tudo o que tive que fazer foi encaixar os ingredientes na Tabela Petrucius e deslizá-los até que conseguisse o equilíbrio.

— E isso foi fácil? — pergunto.

— Algumas partes foram fáceis. Obviamente, mercúrio e enxofre se opõem, pois são os únicos elementos minerais. Então, só preciso reverter a quantidade de cada um deles no Opus Magnum.

— E as plantas? — pergunta Merek, com os olhos ansiosos agora. — Porque calêndula e glória da manhã têm as mesmas propriedades, teoricamente, e as quantidades são semelhantes. Obviamente, a mandrágora é o equilíbrio para uma delas, mas qual?

— Calêndula — diz Errin, imediatamente.

— Como você pode ter certeza?

— Porque o teixo é o oposto natural da glória da manhã — responde ela, como se fosse óbvio.

— Explique — pede Merek, mas antes que Errin possa começar eu me levanto.

— Sinto muito. Isso é fascinante, mas preciso comer — digo — e tomar um banho.

Errin assente, mas Merek parece cansado de novo, afundando-se no travesseiro.

— Vou mandar algo para você — digo a ele. — Errin, você é maravilhosa.

— Foi um prazer — diz ela. — Agora, tudo o que precisamos é que os outros retornem com os ingredientes que faltam, e nós podemos fazer isso. Nós podemos matá-lo.

— Com o... Opus Mortem — digo, e ela concorda. — Onde você encontrou o nome?

Errin sorri maliciosamente.

— Eu inventei. Fazia sentido.

— Silas vai ficar muito orgulhoso de você — digo.

Então o brilho de seus olhos se apaga.

— Sim... — diz ela, baixinho. — Espero que ele consiga ver isso.

Olho para Merek, implorando para que ele faça alguma coisa.

— Você pode me levar para assistir? — pergunta ele. — Eu adoraria ver como tudo funciona.

Ela assente distraidamente, depois de novo, um pouco mais firme na segunda vez.

— Sim. Mas vamos cuidar disso primeiro. — Ela olha para mim. — Você tem algum ferimento que precise que eu olhe?

— Não. Estou bem. Apenas exausta. Vou descansar um pouco.

Paro na porta e vejo quando ela abre o frasco e começa a esfregar uma pomada nas feridas de Merek. Quando ele encontra meus olhos, meu estômago se revira e assinto, deixando-os a sós. Quero ir às cozinhas comer e tomar banho. Mas, em vez disso, vou direto para o quarto, onde caio de cara na cama e adormeço sem sequer tirar minhas botas.

Quando acordo, o quarto está vazio, embora alguém tenha tirado minhas botas e jogado um cobertor em cima de mim, tudo sem que eu tenha acordado. Rolo de costas, sentindo-me pesada e grossa, jogando minhas mãos acima da cabeça.

Então tudo volta: os homens visitando as cavernas, o sucesso de Errin com o Opus Mortem. Eu me sento e resmungo. Sofro e me sinto vazia. E tenho cheiro de podre.

Tomo o banho que queria na noite passada e prendo meu cabelo. Enquanto faço meu caminho até o refeitório para ver se restou alguma coisa do café da manhã, ouço o choque de metal contra metal e, ignorando meu estômago agora furioso, desvio-me para o pátio principal, onde me escondo atrás de um pilar e vejo os ocupantes da comuna lutarem entre si.

Merek está sentado em um dos cantos, Hobb com ele, conversando, entre as dicas que gritam para os lutadores. Fileira após fileira de pessoas brandem espadas umas contra as outras, algumas com mais sucesso do que outras. Saio para o pátio, contornando-o, observando-os enquanto sigo meu caminho até Merek. Hobb vê minha aproximação e espera por mim.

Ele fala imediatamente:

— Perdoe-me por não ter contado sobre a atividade nas cavernas. Eu estava esperando para descobrir mais antes de me reportar.

— Está bem. Descobriu alguma coisa?

— Nada útil a esse respeito. Embora tenhamos notícias de que Aurek parece ter se escondido. Desde o incêndio, ele se enfiou em sua torre e não vê ninguém, não faz nada. Meu homem disse que ouviu Aurek ir até a cozinha para ver as refeições sendo preparadas e depois forçou pelo menos três pessoas a prová-las antes de comer. Ninguém é permitido em sua torre; ele tem golens na porta e aonde quer que vá.

— E quanto a Lief, o Cavaleiro Prateado?

— O Cavaleiro Prateado e seis outros foram para Scarron.

Scarron. Eles ainda acham que estou lá.

— Se isso é tudo, minha senhora... — diz Hobb.

Assinto, e ele volta para o campo, gritando um incentivo para os lutadores.

— Como eles estão indo? — pergunto a Merek, baixinho.

— Para pessoas que nunca lutaram antes, estão bem.

— Mas não bem o bastante, certo? — Entendi a implicação em sua voz.

— Não contra os soldados que Lief treinou — admite Merek.

— Talvez devêssemos dividi-los — sugiro. — Aqueles que são bons o suficiente para a luta corpo a corpo continuam treinando com a espada, e os que não são, podem ser treinados para combater golens.

— Quem iria ensinar... ah. — Ele sorri. — Claro. A matadora de golem residente.

— Não é tão difícil. Fique fora do caminho deles e use fogo.

Os olhos de Merek se iluminam.

— Sim... No castelo, o golem que entrou no incêndio se desintegrou quando saiu.

— Isso os seca, como o barro que são. Torna-os fáceis de quebrar. E expõe os comandos dentro deles; uma vez que o comando é destruído, eles cedem.

— Como o simulacro. Eles não são nada sem a alquimia que os alimenta.

Meus pensamentos se voltam para Errin, e sei que os de Merek também quando ele diz:

— Parece que Lief cumpriu sua promessa. Ele deve ter destruído o simulacro dela.

— Talvez. — É a única resposta que ele recebe. Há uma primeira vez para tudo, suponho.

— E aqueles que não são bons o suficiente para qualquer tipo de combate? — Merek inclina a cabeça para onde a pobre Breena parece correr mais risco de ser esfaqueada por ela própria do que por um inimigo.

— Usamos com seus pontos fortes. Breena é uma arqueira talentosa e está ensinando aos outros. Então, vamos permitir que eles se concentrem no que são melhores. Eu me pergunto... será que Errin poderia fazer algo em que pudéssemos mergulhar flechas, algum composto...

— Eles precisam ser arqueiros muito bons para tornar isso seguro para nós — diz Merek.

— Eles serão. Onde está Errin, a propósito?

— Ela montou um laboratório, no fim do corredor. — Ele aponta para a ala sul da comuna. — Vou ajudá-la assim que terminar aqui.

— Certifique-se de descansar um pouco também.

— Espere. — Seus dedos se enrolam em meu punho quando me viro para sair. — Eu gostaria de falar com você.

— Agora não. Tenho que ver Errin. E você tem trabalho a fazer aqui.

— Vou encontrá-la.

Assinto, e ele me solta, embora eu ainda possa sentir o calor de sua pele na minha e seus olhos em mim, todo o caminho de volta para a comuna.

Errin de fato montou um laboratório usando uma panela de vidro, faiança e tudo o que conseguiu roubar da cozinha. De algum modo — e pelo jeito que Stuan olha para ela, tocando a corda de seus punhos contra a perna dele, suspeito que tenha estado envolvido nisso —, ela conseguiu arrastar uma das gigantes mesas de madeira do refeitório até aqui, e a está usando como bancada. Em uma extremidade da bancada há uma coleção de frascos e garrafas, com ervas, plantas, pós e líquidos dentro. No centro, há uma fogueira improvisada. E, no final, canetas e pilhas de papel, já cobertas de rabiscos. Vagueio para espiar e vejo o que espero ser a famosa Tabela Petrucius, desenhada em pergaminho grosso, mantida no lugar por uma variedade de frascos vazios e uma faca.

— Agora vai começar — diz Errin, parecendo alegre, batendo palmas.

— O que você vai fazer?

— Juntar tudo o que tenho, dividir nas quantidades que preciso e preparar o que precisar ser preparado. E tenho que preparar meu próprio tônico espagírico.

— Claro. Tônico espagírico. O que fazemos sem isso?

Errin me lança um olhar irônico.

— O que preciso para isso é água de rosas, essencialmente. Mas não a cosmética. Apenas a essência da rosa no tônico.

E levanto minhas mãos.

— Diga-me, como posso ajudar de verdade.

Ela sorri; mesmo a minha ignorância é divertida, agora que ela está em seu ambiente.

— Bem, até que todo mundo esteja de volta, não há muito que fazer com relação à fabricação do Opus Mortem. — Errin caminha até o monte de jarros no lado oposto da mesa e segura um deles, que contém uma raiz torcida e distorcida que parece estranhamente humana. — Temos mandrágora, graças ao Sagrado. É um horror colhê-las. Eu preciso de casca de teixo. Suponho que você não saiba onde há um teixo por perto.

— Poderia haver centenas lá fora até onde sei. Identificar árvores não é meu principal talento.

— Que envenenadora você é. — Errin sorri.

— Sei como é o teixo — diz Stuan, me assustando. Eu havia esquecido que ele estava ali. — Faz bons arcos.

Errin e eu nos voltamos para ele.

— Está vendo? Eu não preciso conhecer árvores, tenho Breena — digo. — Vou pedir que ela busque. Ela é filha de um arqueiro. Uma arqueira agora também.

— Ela vai saber — diz Stuan.

— Espere — interrompe Errin. — Ela está fazendo arcos para você aqui? Compreendo.

— Ah, deuses, eu sou uma idiota. — Balanço a cabeça para mim mesma.

— Vamos ver se Breena tem teixo aqui.

Errin respira fundo.

— Então é isso. É realmente isso.

Olho para ela e depois para Stuan.

— É isso.

Deixo Errin com Stuan, que agora se encolhe menos a cada movimento dela. Pobre Stuan, que parece destinado a passar sua vida vigiando alguma garota potencialmente perigosa. Ando de volta através da comuna, sentindo-me inquieta. No pátio, um novo grupo de pessoas está treinando, e aceno para elas enquanto passo. O ar cheira a pão, fermento, alecrim e aquele *calor* que o pão sempre emite. Entro na cozinha e encontro Ema trabalhando com Trey, os dois sovando violentamente. Vou até a despensa e pego uma maçã, ainda crocante, e a mordida que dou ao entrar nos jardins é ácida e perfeita.

Eu me sento nos jardins, no chão, a lã do meu vestido me protegendo da friagem. Tento visualizar como será quando a primavera chegar. Então me pergunto se vou ver — se vou ver a primavera. Os últimos dias pareceram um redemoinho; depois de luas de planejamento lento e semeadura, parece que agora está chegando a hora da colheita.

Não fico surpresa quando ouço alguém entrar no jardim e, sem me virar, sei que é Merek.

— Estou interrompendo?

— Não.

Ele vem se sentar comigo, abaixando-se cautelosamente, esticando a perna ferida. Termino minha maçã e cavo um pequeno buraco, enterrando o miolo na terra. Posso senti-lo me observando de novo, o peso de seu olhar familiar, como uma capa favorita guardada para o verão e retirada novamente a tempo das celebrações de inverno. Caloroso. Seguro.

— O que está acontecendo entre nós? — pergunta ele por fim.

— Não sei — respondo imediatamente. Eu sabia que a pergunta viria, eu soube assim que ele me disse que precisava conversar comigo.

— Mas está acontecendo alguma coisa. Não é apenas... Não sou só eu de novo, sou?

— Não — admito. — Não é só você.

— Eu estava preocupado... Depois da última vez, não posso... Não sou muito bom em ler você, como sabe. — Ele dá de ombros com tristeza. — Eu realmente não confio mais em meus pensamentos a esse respeito. Só estou aqui há alguns dias, e há tanta coisa acontecendo, e só porque as coisas não mudaram para mim... — Ele se afasta. — Eu não sei o que estou tentando dizer. Fiz tudo errado da última vez.

— Você não foi o único.

— Isso é outra coisa. Eu sei que você falou de seus sentimentos por... ele não tem nada a ver com o que aconteceu, mas...

— Isso não é da sua conta — digo gentilmente.

— Eu sei. Suponho que pelo menos eu saiba que não é tudo coisa da minha cabeça desta vez. Não estou fazendo algo que você não queira.

— Eu não sei exatamente *o que* quero. — Sou honesta com ele, tenho que ser. — Eu não entendo o que mudou para mim ou o que isso pode significar. Ou se quero que signifique alguma coisa. Sim, alguma coisa mudou. — Encaro seus olhos escuros. — Mas não consigo pensar nisso no momento. Tenho que pensar na guerra e em Aurek e derrotá-lo.

— Claro. — Ele sorri para mim, um sorriso suave e real, antes de pegar minha mão e levá-la aos seus lábios. — Obrigado.

— Pelo quê?

— Por me dizer a verdade. Agora, vou descansar um pouco, esse tal descanso de que tanto ouço falar. Encontro você mais tarde.

Eu o vejo partir, respirando fundo. Então me viro para o jardim estéril e novamente afundo meus dedos na terra.

* * *

Toda manhã acordo na esperança de que esse seja o dia em que Nia e Kirin, Esperança e Ulrin retornarão. A princípio, sei que é um desejo tolo, porque quase não passou tempo suficiente para que eles chegassem a seus destinos, colhessem o que precisassem e voltassem. Mas ser tola nunca foi problema para mim, então toda vez que ouço passos apressados não consigo deixar de pensar que alguém veio me dizer que eles estão em casa.

Enquanto isso, duplico não só os homens nas cavernas, mas envio pessoas através de Lormere a todos os campos para reforçar os que já estão lá. Serge e Tally mandam dizer que os homens continuam indo e vindo a cada três dias, mas não têm ideia do porquê, e não acreditam que as crianças estejam sendo maltratadas. Eu digo a eles que continuem observando, que reportem tudo o que veem, não importa quão pequeno seja. Não saber o que isso significa — se é que significa alguma coisa — é algo que martela constantemente em minha cabeça. Sei que estou deixando algo passar.

Errin e Merek trabalham para deixar tudo pronto para o Opus Mortem, na medida do possível, com Stuan ainda vigiando Errin, embora com muito menos vigor do que antes. Quando Merek solta suas mãos completamente para que ela possa trabalhar sem impedimentos, ele apenas levanta uma sobrancelha. Acho que todos nós paramos de nos preocupar que ela seja um fantoche de alguém agora.

Hobb relata que Aurek ainda está escondido no que resta das muralhas do castelo, aparentemente esperando Lief retornar.

Breena tem teixo de sobra, e Errin coloca Merek para secá-lo suavemente sobre o fogo antes de calcificar parte dele e adicioná-lo aos estoques. Errin também faz seu tônico espagírico, e Merek fica maravilhado com a diferença entre ele e a versão cosmética — que ela também faz, para comparar —, enquanto olho para eles inexpressiva, porque não consigo nem ver nem sentir a diferença que ambos me asseguram que é óbvia. Errin ensina Merek a fazer o Opus Magnum enquanto eles têm alguns dos ingredientes à mão, e ambos começam a trabalhar em remédios e pomadas para lesões de guerra — como Errin certa vez me prometeu, ela se torna minha boticária. Faz uma coisa que chama de aguardente, um líquido verde e espesso que emite uma explosão de calor quando é acesa, tão poderosa que sinto no rosto do outro lado da sala. Quando não estou treinando com Hobb, ou trabalhando em meu turno nas cozinhas, me vejo indo para o laboratório, em paz quando sento e assisto a eles trabalharem, mesmo que eu não entenda nada.

Uma sensação pesada e expectante começa a cair sobre todos nós à medida que o tempo se arrasta e nada avança, deixando-nos inquietos. Os dias se tornam semanas, o prazo para nosso ataque se aproxima, e ainda assim estamos estagnados. Não poderíamos estar mais prontos. Breena usou todos os pedaços de madeira, penas e tripas que tinha para nos fazer arcos e flechas. Nossas espadas e facas são tão afiadas que assobiam pelo ar durante as sessões de treinamento. Errin e Merek não podem ir mais longe com seu trabalho sem o mercúrio e o Sal Salis, e poderiam abrir a própria loja com todas as loções, pomadas e poções que estiveram fazendo.

Apenas Hobb está satisfeito, porque todos os dias temos que esperar que um dia seus lutadores se tornem um pouco mais fortes e melhores. Um pouco mais propensos a sobreviver a uma batalha. Mas, quando não estamos treinando, a espera é como uma coceira que eles não conseguem alcançar; pequenas rixas e brigas surgem diariamente, e fica mais difícil resolvê-las à medida que todos se agitam.

E quanto mais tempo esse nada dura, mais meus medos me apertam. Esperança e Ulrin teriam chegado a Tallith em menos de três dias pelo rio, e não deveria ter levado muito mais do que isso para voltarem, mesmo viajando contra a corrente. Então, onde eles estão?

Os sonhos começaram na noite em que eles partiram, e quanto mais tempo ficam longe, piores se tornam meus terrores noturnos. Toda noite eu os vejo mortos; Kirin e Nia, pegos e assassinados. Viajando a pé através de

Tregellan, seguindo uma estrada que era perigosa antes que o Conselho oferecesse sua lealdade a Aurek. Em meus sonhos vejo mercenários esmagando suas cabeças enquanto eles dormem; e também soldados desertores pendurando-os antes de ladrar para as multidões. Vejo as Irmãs presas às árvores na Estrada do Rei, e à noite elas vestem os rostos dos meus amigos, e não há ninguém para me ajudar a derrubá-las. Minha garganta está rouca pela manhã de tanto gritar, e Errin parece cada vez mais cansada de passar seus dias fazendo poções e suas noites me arrancando de pesadelos intermináveis que nos mantêm acordadas.

Depois de duas semanas, Merek entra silenciosamente em nosso quarto, sem alarde, tomando a cama de Nia, e Errin vai para o quarto dele. Então é a mão calmante de Merek na minha testa quando acordo, é nos braços dele que tremo e choro, é Merek que me diz que eu estava dormindo, que era apenas um sonho, cantando várias vezes, acariciando meu cabelo até que eu me acalmo. Ele me segura até eu cair em um sono sem sonhos, meu rosto pressionado em seu peito, sentindo seu cheiro. Quando acordo, ele já está de pé e volta ao laboratório.

Nunca falamos sobre isso; torna-se algo que acontece, que deve ser enfrentado e depois ignorado. Se isso o exaure, ele não demonstra. O resto da comuna pode dizer que algo está errado — Errin e Merek não são os únicos acordados por mim —, e eles sabem que tem a ver com meus amigos desaparecidos, mas não sabem quais são as apostas, quanto dependemos de seu retorno. Começo a lamentar não termos ido todos juntos. Guardar todos esses segredos, e ser mantida na escuridão, adiciona camada sobre camada de tensão, até que minha pele pareça feita de papel, e me preocupo com a possibilidade de estar à beira de um colapso.

Finalmente, quatro semanas depois que eles partiram, chega uma noite em que estou sentada no arsenal, adiando ir para a cama, apesar de já ter passado muito da hora de dormir, polindo sem entusiasmo uma espada já reluzente, quando ouço os passos que estava esperando. Jogo meu pano e enrolo a lâmina, girando com expectativa.

Esperança está lá, com as roupas empoeiradas, sombras roxas sob os olhos, a pele cinzenta de cansaço.

Ela atravessa a sala em três passos e enfia uma bolsa em minhas mãos, as pedras lá dentro se encaixando quando a pego.

— Não deixe tocar sua pele. É tóxico.

Então ela joga os braços em volta de mim.

Eu a seguro com tanta força que ela grunhe, me empurrando para longe.

— Estou bem — diz ela. — O maldito barco afundou perto de Monkham. Nós tivemos que caminhar de volta de lá. Ficamos sem rações um dia antes.

— Venha — digo. — Vamos pegar um pouco de comida.

— Não quero comer — diz ela rudemente, soltando o cinto e pendurando-o na parede. — Quero vinho. E minha cama. Ulrin ronca feito um urso. Ymilla pode fazer bom uso dele. Onde estão os outros?

— Errin está no laboratório que montou. Espero que todos os outros estejam dormindo.

Seus olhos se estreitam.

— Nia e Kirin?

— Você chegou antes deles.

Ela franze a testa e sua expressão faz meu estômago parecer que engoli pedras. Toda a visão sombria dos meus pesadelos passa diante de meus olhos. Eu não estava me preocupando à toa. Estou certa em ter medo.

— Tenho certeza de que estão bem — diz Esperança.

Mas ela sabe que suas palavras são vazias. Eu deveria ter ido no lugar deles. O que aconteceu com a garota que escreveu nas paredes da cidade de Chargate? Por que mandei Nia quando sabia que ela não queria ir?

— Vinho — diz Esperança novamente, com firmeza. — Então, vamos decidir o que fazer.

Ela entrelaça seu braço ao meu, e saímos do arsenal, apenas para dar de cara com Nia quando ela vira correndo no corredor, jogando-nos para trás.

— Nia! Você está de volta! — Suspiro, mas um olhar para seu rosto pálido e manchado de lágrimas me mantém imóvel. — O que aconteceu...?

Kirin aparece atrás de Nia, e seu rosto é tão sombrio quanto o dela.

— Ele está treinando os garotos para lutar — diz Kirin, sem preâmbulo. — Ele mandou seus homens os treinar. Nós os vimos, no acampamento em Chargate. — Seus olhos encontram os meus. — Ele vai fazê-los lutar.

Capítulo 22

— Mais devagar — pede Esperança, todos os traços de cansaço desaparecendo enquanto sua coluna se endireita e ela cruza os braços na frente do corpo. — Conte-nos o que vocês viram. Desde o começo.

— Havia barreiras em todos os lugares, foi por isso que demoramos tanto. Almwyk era uma fortaleza; tivemos que fazer um desvio para o sul para entrar na floresta, e o caminho nos levou para perto do campo de Chargate, então decidimos verificar, dar uma olhada em Gareld e nos homens lá. — Kirin mantém seu tom equilibrado, relatando como o soldado que já foi. — Gareld nos disse que os homens entravam e saíam havia dias, trazendo sacolas do que supunham ser suprimentos, e que o último par tinha acabado de sair.

Respiro fundo. Foi exatamente o que Merek e eu vimos nas cavernas.

— Ficamos desconfiados — continua Kirin. — Então, quando esses homens vieram logo após a hora do almoço, esperamos até que eles fizessem a entrega e depois os seguimos.

— Vocês *o quê?* — pergunta Esperança com raiva, mas aceno para silenciá-la.

— Nós os seguimos pela floresta, chegando o mais perto que podíamos. Não ouvimos muito, mas escutamos sobre quais garotos estavam demonstrando ter habilidade e quais eles pensavam que provavelmente causariam problemas. Um dos homens disse que escreveria ao capitão naquela noite para avisá-lo de que os meninos estariam prontos para lutar em breve.

— Eles lutam com varas embrulhadas em pano — diz Nia. — Apenas paus, acolchoados, então há pouco barulho. Gareld e os outros estão longe demais para ouvir. Um dos homens queixou-se de ser atingido e disse quanto doía, mesmo com o acolchoamento. Eles estavam rindo disso. Disseram que o menino que fez isso, Ellis, estava se saindo bem. Acham que ele estará pronto para uma espada em breve. Ele e alguns outros. Conversaram sobre se preparar para transferi-los.

— Transferi-los para onde?

— Não disseram.

— E as meninas? — pergunto.

— Aurek não pensaria em ensinar meninas a lutar — diz Esperança.

— Ele não acha que elas sejam capazes.

— Ele vai ter um choque terrível num futuro próximo, então, não é? — digo. — Precisamos acordar todo mundo.

Esperança olha para mim.

— O que você pretende fazer?

— Precisamos tirar as crianças dos acampamentos. Todas elas. Assim que pudermos.

Esperança balança a cabeça.

— Twylla, precisamos estar coordenados para que isso funcione, foi você mesma quem disse. Não temos recursos para nada além de um ataque. Se fizermos isso...

— Não podemos deixar as crianças lá — insisto. — Não agora. Temos que levar para um lugar seguro. Então este é nosso único ataque.

— Twylla...

— Se as pessoas descobrirem que seus filhos estão sendo preparados para algum tipo de batalha, vão se revoltar. — Estou gritando agora, minha voz ecoando de volta para mim. — Elas vão se revoltar e serão mortas, e estaremos derrotados antes de o sol se pôr amanhã e em uma forca ao entardecer. Precisamos dessas crianças agora, e precisamos atacar imediatamente depois. Nós temos tudo de que precisamos para que Errin possa terminar o Opus Mortem. — Olho para Nia para confirmar que ela e Kirin tiveram sucesso, e ela assente. — Enviaremos pelos batedores a notícia de que vamos libertar os acampamentos amanhã à noite — continuo. — E então... lutaremos.

— Twylla? — Errin aparece, com Stuan a seguindo. Seu rosto se ilumina quando ela vê Esperança, Nia e Kirin, mas para imóvel uma fração de segundo depois, sentindo o humor sombrio. — Vocês não encontraram?

— Eles encontraram — digo, antes que alguém possa falar. — Mas o plano mudou. Temos informações de que Aurek tem treinado os meninos para lutar. Ele tem homens que lhes ensinam combate. Vamos lutar contra um exército de crianças.

— Temos que tirá-los de lá — diz Errin imediatamente, e eu poderia abraçá-la.

— Faremos isso — afirmo. — Acorde todos. Agora.

Esperança e Kirin se olham.

— Espere — diz Esperança. — Vamos obter mais informações. Então poderemos decidir o que fazer...

— Eu já decidi — insisto. — Não deixarei as crianças lá para serem treinadas como soldados e usadas como armas. É isso, quer gostemos ou não.

Os lábios de Esperança estão finos.

— Onde está Merek? — pergunta ela. — Ele precisa ouvir isso também.

Dou um aceno curto.

— Ele provavelmente está no meu quarto — digo, ficando vermelha quando Esperança, Nia e Kirin me encaram.

— Eu vou — diz Kirin, disparando pelo corredor.

O resto da comuna ouviu a comoção, e as pessoas estão aparecendo, sua raiva por serem acordadas se transformando em alívio, depois em confusão.

— Qual é o problema? — pergunta Ema, esfregando os olhos.

— Acordem qualquer um que ainda esteja dormindo — ordeno.

— Twylla... — Esperança me avisa pela terceira vez.

Eu me viro para ela e abaixo a voz:

— Se você fosse um deles e descobrisse que escondemos isso de você, mesmo que por uma noite, você nos perdoaria? Algumas daquelas crianças são seus filhos.

Finalmente, ela assente, concordando.

— Precisamos de todos no refeitório — digo. — Agora. É urgente.

— O que está acontecendo? — pergunta Ymilla, olhando entre todos nós. — Estamos sob ataque?

— Não. Mas precisamos começar nossa ofensiva antes do planejado.

— Quando?

— Amanhã à noite — respondo. — A primeira onda dos ataques começará amanhã à noite.

Posso sentir Nia, Esperança — todos — olhando para mim como se eu tivesse ficado louca. Por um minuto inteiro, há um silêncio absoluto enquanto todos esperam que eu... o quê? Ria, como se estivesse brincando? Diga-lhes que mudei de ideia? Finalmente eles entendem que estou falando sério. Vejo a maneira como a compreensão se agita através da multidão feito água; os rostos se tornam rochosos, ou diminuem de tamanho, a cor aumenta ou desaparece. Eles olham uns para os outros, mãos estendidas para outras mãos, para segurar braços, ombros, ao redor da cintura.

— Vou explicar tudo para vocês. Mas, por enquanto, por favor, acordem qualquer um que ainda esteja dormindo, vistam-se e vão para o refeitório. — Quando eles começam a voltar para seus quartos, procuro Trey. — Vá até os guardas de vigia nos postos e convoque-os aqui — digo a ele.

— Todos?

— Todos.

Ele assente e desaparece de imediato.

Então eu me volto para Nia.

— Você trouxe o sal?

Ela assente e sacode os ombros, tirando uma sacola dele. Quando olho para Errin, ela a pega.

— Vá e termine o Opus Mortem — digo a ela. — Eu irei até você assim que terminar.

Errin engole em seco, sua mandíbula está firme quando ela se vira na direção do laboratório. Esperança coloca um braço em volta de Nia e me dá um sorriso decidido antes de levá-la para o refeitório.

Merek nem sequer olha para elas quando passa, seus olhos fixos em mim, Kirin logo atrás dele.

— O que houve?

— Aurek está treinando os garotos para lutar. Era isso que aqueles homens estavam fazendo nas cavernas, trazendo armas. Ensinando os meninos a usá-las.

Merek parece pensativo.

— Você tem certeza?

— Ouvimos homens falando sobre o treinamento deles — diz Kirin.

— Não, eu acredito nisso. O que eu quis dizer foi... por que as *crianças*? Ele tem homens e tem seus golens. Não precisa que as crianças lutem. No momento, ele já nos superaria num campo de batalha. Números não são problema para ele.

— Seriam, se todos se levantassem contra ele — diz Kirin.

— Mas não *temos* todos. Precisamos das pessoas da cidade para isso, e elas não podem e não lutarão enquanto seus filhos.... enquanto seus filhos... — Merek para, e nesse silêncio entendo o que Aurek fez.

— É por isso — digo. — É para isso que ele quer as crianças. Um escudo... um escudo humano. Se ele tiver crianças-soldados em seus muros, o povo da cidade não os atacará. Eles não ficarão ao nosso lado quando lutarmos. Nós não poderemos lutar.

— Mas certamente as crianças não lutariam contra seus parentes — diz Kirin, balançando a cabeça.

— Nós não sabemos o que estão dizendo a essas crianças — murmuro. — Se estão sendo instruídas a lutar ou suas famílias vão morrer, se estão sendo orientadas a lutar porque suas famílias também estão lutando. Se lhes disseram que suas famílias não os amam mais, e apenas Aurek se importa com elas.

Com isso, Merek se move para o meu lado, mas não posso olhar para ele. Sei que, assim como eu, está pensando em sua mãe e em suas manipulações. Mas não tenho tempo para pensar no passado agora.

— Precisamos tirá-los de lá — continuo. — Nós sempre planejamos tirar as crianças antes de atacarmos. Isso não mudou. É apenas mais urgente, à luz desse novo desdobramento.

Um por um, todos concordam. Olho para Merek.

— Errin foi fazer o Opus Mortem — digo a ele. — Ela apreciaria sua ajuda.

Ele assente, sua expressão perturbada quando nos deixa.

— A cada três dias esses homens vêm? — pergunto a Kirin, e ele concorda. — E você deixou a floresta há quanto tempo?

— Levamos dois dias para voltar.

Então eles voltariam ao acampamento amanhã. Faço alguns cálculos rápidos e chego a uma decisão.

— Vamos.

— O que vamos fazer? — pergunta Kirin.

— Vamos para a sala de estratégia. Você precisa saber o que vai acontecer a seguir, porque estou encarregando você de supervisionar isso. E depois preciso colocar minha armadura.

Capítulo 23

Meia hora depois, estou de pé, completamente vestida com minha armadura de couro, diante de cinquenta rostos ansiosos, Kirin ao meu lado, também de armadura e portando uma espada e um escudo.

— Aurek está treinando os garotos para lutar — digo, sem preâmbulo, e imediatamente a sala explode em pânico. Kirin bate sua espada contra o escudo até que eles caem em silêncio, e posso continuar: — Assim que terminar aqui, pequenas equipes de combatentes partirão para os acampamentos, passarão aos observadores nossas informações e reforçarão seus números. À meia-noite de amanhã, os campos serão libertados. Todos os captores devem ser mortos; nenhuma misericórdia deve ser mostrada. As crianças nas cavernas serão trazidas para cá; em Monkham, transferidas para o sul, para a pequena floresta. As de Chargate serão levadas mais fundo na floresta, para onde ficava nosso antigo acampamento, e em Haga, a floresta perto das montanhas do sul. Lá eles permanecerão até que seja enviada a notícia de que saímos vitoriosos.

Respiro e continuo:

— Uma vez que os campos estiverem limpos, as revoltas começarão a atrair o exército de Aurek para longe de seu castelo. E, uma vez que a luta tenha começado, iremos para Lortune, onde lutaremos até o castelo e enfrentaremos o Príncipe Adormecido.

— Mas você disse que tínhamos duas luas. — Ymilla fala de onde está aninhada ao lado de Ulrin outra vez. — Só se passou uma.

— Eu sei. Mas não podemos permitir que as crianças permaneçam nos acampamentos, se é isso que está acontecendo. Até porque, se as pessoas da cidade ouvirem que seus filhos estão sendo usados assim, há uma possibilidade muito real de que elas se voltem contra seus captores antes de estarmos prontos... antes de sermos coordenados em Lormere. E, se isso acontecer, perderemos nossa única janela para atacá-los. Tem que ser simultâneo, toda a cidade ao mesmo tempo, e temos que estar no controle dela. Então será amanhã.

O silêncio domina a sala, um contraste devastador com os aplausos e as celebrações da última vez que nos reunimos. Após as luas de espera, de cozimento, o momento chegou, e posso sentir o gosto do medo na sala, amargo e arenoso, como o miolo de uma laranja. Tem o gosto dos banquetes de Helewys.

— Se vocês não quiserem lutar, eu entendo — digo, falando sem planejar, enquanto Kirin se vira para mim bruscamente. — Não posso pedir que morram por mim. Então, se quiserem sair e se esconder, não vou impedi-los.

Olho ao redor, percebendo quantos deles não encontram meu olhar, e meu coração afunda, porque essa é toda a força que tenho. Mas não sou Helewys e não sou Aurek. Quero que eles escolham.

— Kirin vai lhes dar o restante das instruções. — Olho para ele, que assente. — E Hobb, você é quem sabe melhor quem tem mais habilidade com o quê. Trabalhem juntos para garantir que nossas equipes sejam tão fortes quanto possível e mandem os batedores e guerreiros extras hoje à noite. Todos os outros devem voltar para a cama por enquanto. Durmam um pouco, se puderem.

Não digo mais nada, deixando-os lá, a quietude da sala me seguindo. Eu esperava que todos começassem a gritar quando eu saísse, mas ninguém diz uma palavra.

Eu me dirijo ao arsenal primeiro e tiro a armadura — só a vesti para causar efeito —, e então sigo meu caminho para o laboratório.

Um odor de ervas esverdeado e amargo serpenteia pelo ar no corredor quando eu me aproximo, fazendo-me enrugar o nariz. Bato à porta e depois a abro.

Do lado de dentro, o cheiro é nauseante, mas Merek e Errin parecem não perceber. Eles estão trabalhando separadamente em diferentes extremidades da bancada, ambos com ferramentas duplicadas diante deles: uma fogueira, frascos, garrafas, potes de pó, garrafas de líquidos claros e azuis. Ambos criaram um sistema arcano com canos, garrafas e outras coisas que não sei o nome.

Merek ergue os olhos quando entro e sua expressão paralisa meu coração. Ele não está sorrindo, mas o olhar em seu rosto é feroz de alegria. Ele me dá um pequeno sorriso, mas depois retorna ao trabalho, absorvido de volta para ele imediatamente, e percebo que é a primeira vez que algo conseguiu tirar seus olhos dos meus assim.

Vou até Errin e vejo que ela está preparando o enxofre e o mercúrio. Perdi essa parte no Conclave.

— Quase pronto — diz ela. — Só preciso esperar a redução da mandrágora para terminar.

Sua boca se curva nos cantos.

— O que Merek está fazendo?

— O Opus Magnum.

— Por quê?

— Para as baixas. Foi ideia dele. Estamos preparando tudo em segredo, e, em seguida, se Silas quiser usá-lo para ajudar as pessoas, isso vai depender dele. Eu não concordo, mas, como Merek disse, deveria ser uma decisão dele.

Assinto. É uma ideia inteligente; eu deveria ter pensado nisso.

— Posso ajudá-los de algum modo?

— Se você quiser. — Ela se move ao longo da bancada para espiar a panela em cima de seu pequeno fogo, franzindo o nariz e fazendo uma expressão grotesca. — Acho que estamos prontos. Quanto você se lembra da última vez?

Olho para Merek do outro lado da bancada. Ele está espalhando pétalas de flores amarelas em uma tigela de cerâmica, profundamente concentrado, antes de adicionar seis gotas do que reconheço como seu tônico espagírico.

— Eu me lembro dessa parte — digo.

— Desta vez, você pode ver tudo, já que estamos trabalhando de trás para a frente. Vamos começar com o mercúrio e o enxofre. Silas os acendeu e recolheu a fumaça, mas precisamos cozinhá-los e recolher o vapor.

— Tudo bem — digo, já confusa.

Errin, no entanto, parece saber exatamente o que está fazendo, e pega dois pratos de pedra, já cheios de pedras incandescentes e usa pinças para empurrá-los em dois pequenos caldeirões cheios de água. O mercúrio vermelho entra em um, e o amarelo vai para o outro caldeirão. Ela os fecha com tampas que têm tubos saindo do topo, viajando até frascos.

— Eu mesma os projetei — diz Errin com orgulho enquanto olho para eles. — O vapor irá se acumular e se condensar, então pingará nos frascos.

— Eles são incríveis — digo, e ela ri.

— Obrigada. Enquanto a redução da mandrágora é preparada, você poderia esmagar o teixo calcificado em pó. — Ela acena para um pilão e um almofariz, e eu os pego, levantando o pilão pesado e começando a moer.

Trabalhamos assim, os três, pela próxima hora. Merek termina seu Opus Magnum primeiro, não precisando esperar nada para destilar, então vem ajudar, tirando o pilão de mim quando meus braços começam a doer. Errin observa de perto quando uma fina camada de água vermelha e amarela se acumula no fundo de seus frascos.

— Tudo bem — diz ela. — Estou pronta.

Um zumbido estranho parece encher a sala, quase inaudível, mas de algum modo alto, pousando sobre nós feito um manto. Mesmo Stuan, até agora imóvel perto da porta, parece sentir isso e se ergue mais reto.

— Comece a orar aos seus deuses — diz Errin. Então ela se move.

Ela puxa uma tigela branca para si e, simultaneamente, adiciona a solução vermelha e amarela. A tigela branca é colocada sobre o fogo, e, em seguida, Errin pega os outros ingredientes. A mandrágora, o trigo, as flores, o tônico, a água de anjo. Tudo adicionado com movimentos precisos e exatos. Quando olho para Merek, vejo-o olhando vorazmente, sua expressão afiada, e sinto uma onda de prazer de que ele possa ver isso, fazer essa coisa que ele sempre quis. Estendo a mão e pego a dele, e Merek aperta meus dedos sem nunca desviar o olhar da alquimia.

Finalmente, Errin desembrulha um pedaço de papel, revelando os cristais dentro dele. Sal Salis. Sal de sal.

Ela olha para nós, e prendo a respiração enquanto asperge na mistura.

Não sei bem o que eu esperava que acontecesse, mas nada ocorre.

Merek solta uma risada longa e trêmula, que significa que ele também estava esperando que algo acontecesse.

— O Opus Magnum não muda até que o sangue seja adicionado — explica Errin.

— Claro — digo, enrolando minha manga. — Você precisa que eu me sente?

Errin hesita.

— Tem algo que preciso lhe dizer. Algo que ninguém além dos alquimistas sabe.

Merek, ainda segurando minha mão, aproxima-se de mim.

— O quê? — pergunta ele.

Errin olha entre nós.

— Diga-nos — insisto.

— Para começar, você precisa saber que o poder da alquimia está quase inteiramente no sangue do alquimista — diz ela, e assinto, porque já sei disso; era o que minha mãe dizia. Errin fixa sua atenção em Merek. — O sangue é o ingrediente ativo. O Elixir só se torna Elixir quando o sangue de Silas é adicionado. Até então, é apenas o Opus Magnum, uma poção básica. E o mesmo acontece com o Opus Mortem. É venenoso, sim. Mataria qualquer homem mortal. Mas o que o torna perigoso para Aurek é o sangue de Twylla. Vocês entendem?

— Acho que sim — diz Merek.

— Muito bem. Qual é o propósito reconhecido da alquimia nos livros?

— Transmutar metais básicos em outras substâncias — diz ele. — Transformar chumbo e ferro em ouro, usando o Opus Magnum.

— E se o ingrediente ativo no Opus Magnum é sangue...

— Há ferro no sangue humano.

Errin assente.

— Sim. E toda vez que um alquimista realiza sua alquimia, toda vez que eles misturam seu sangue ao Opus Magnum, ele muda. E isso muda uma parte deles. — Ela faz uma pausa. — São todos amaldiçoados. A maldição do ourives é chamada de Citrinitas e transforma parte deles em ouro. Ouro de verdade. Eles não têm ideia de que parte será afetada até que façam a alquimia. A cada vez pode ser um dedo, uma unha... algo interno...

Então eu compreendo. E continuo entendendo, as implicações me atingindo como ondas.

— Ah, deuses. — Meu estômago se agita violentamente. — Espere... Silas?

— A maldição do filtrescente é chamada de Nigredo. Parece causar a morte da carne. À medida que ele cura, isso o fere. Está nas mãos dele por enquanto. Provavelmente serão seus pés, se ele continuar. Silas ainda pode usá-los, mas não tão bem. Vai piorar, quanto mais ele fizer.

— E você acha que, se Twylla adicionar seu sangue ao Opus Mortem, ela pode desenvolver essa maldição? — Merek diz meus pensamentos em voz alta, e olho para Errin.

— Não essas maldições. Ela não é uma filtrescente ou uma ourives.

— Então o que eu sou?

— Eu não sei. Acho que não há uma palavra para isso ainda.

— Quando você ia nos contar? — A voz de Merek é cortante e precisa, um contraste com o que sinto.

— Não parecia haver nenhum sentido até termos os ingredientes.

Merek está segurando minha mão com tanta força agora que sinto dor e me afasto. Ele parece momentaneamente magoado, então olha para Errin outra vez, como se isso também fosse culpa dela.

— Merek — digo, baixinho, e ele se vira para mim. — Eu tenho que fazer isso de qualquer maneira. Você entende, não é?

— Mas não sabemos o que pode acontecer. Você pode... — Ele engole em seco. — Diga a ela — Merek exige de Errin. — Diga a ela que podemos esperar, até que ela tenha tempo para considerar isso e fazer uma escolha adequada.

Errin olha para mim, impotente.

— Se você realmente quiser...

— Claro que não. — Eu quero, um pouco. Mas também entendo que não posso, na verdade. Mas significa o mundo para mim que eles me dariam uma escolha. Esse Merek quer que eu tenha tempo para pensar e escolher. Olho para ele. — Eu escolho fazer isso — digo as palavras em voz alta. — Ciente do que isso pode significar. E não é culpa de Errin. Pare de gritar com ela.

— Eu sei. — Merek parece tão miserável que estendo as mãos para ele e pego seu rosto.

— Eu vou ficar bem.

Ele se inclina, então sua testa descansa contra a minha, trazendo suas mãos para cima e descansando-as sobre as minhas.

— Prometa.

— Eu prometo.

— E se você não ficar?

— Então, espero que você fique perturbado demais para sentir raiva por eu ter mentido.

Ele suspira, achando graça, mesmo a contragosto.

— Eu vou ficar com você.

Fecho meus olhos pelo mais breve momento, depois me afasto dele, voltando-me para Errin.

— Tudo certo.

Ela estende uma pequena faca para mim. Enquanto Merek e eu conversamos, ela continuou trabalhando, despejando a poção em sete frascos.

— Uma gota de sangue em cada um — diz ela. — Você precisa cortar seu dedo, espere até que uma gota de sangue surja. Então vou pressionar o frasco e vamos deixá-los se misturar.

Eu concordo. Sete frascos — sete tentativas de assassiná-lo.

— Isso é realmente necessário? — pergunta Merek, e eu o silencio.

— Pronta? — pergunta Errin.

De repente, estou de volta à Sala da Narração, esperando Rulf levar meu sangue. Que estranho que tenhamos chegado a isso. Que estranho estar aqui, oferecendo meu sangue para fazer um veneno. Quão semelhante e diferente ao mesmo tempo.

Sonhadora, pego a faca e faço o primeiro corte.

Puxo a respiração através dos meus dentes; esqueci quanto isso dói. Nós todos assistimos, esperando o sangue surdir da minúscula fenda. Ele floresce em vermelho profundo, e, em seguida, no instante em que pode correr, Errin pressiona o primeiro frasco e o inclina contra o corte, para que o sangue se misture ao Opus Mortem. O veneno vira um branco brilhante, e Merek, que está me encarando com tanta força que estou surpresa por não me machucar, arqueja e cobre o rosto com as mãos.

— O que foi? — pergunto, gelo enchendo minhas veias. — O que aconteceu comigo?

Errin olha para mim.

— Seu cabelo.

— Ainda está no lugar? — Pego meu cabelo e o puxo. — Ah.

Uma mexa espessa ficou branca, como a de Silas, como a de Aurek. É chocante contra o vermelho. Mas poderia ter sido muito pior.

— É isso?

Errin assente, e Merek abaixa as mãos, expirando devagar.

— É isso — diz ele. — Perdoe-me. Eu estava tão... Graças aos deuses. — Ele se vira e passa as mãos sobre a cabeça.

— Você está com alguma dor? — pergunta Errin.

— Não. Exceto pelo corte. — Olho para trás e sorrio para Merek.

— Tudo bem. — Errin respira fundo. — O próximo.

Faço outro corte, e outro e mais outro. Merek volta para o meu lado e coloca a mão no meu ombro enquanto trabalhamos. Faço sete cortes, um em cada dedo, em ambas as mãos. Toda vez que misturo meu sangue ao veneno, os dedos de Merek se apertam no meu ombro, e como era de esperar, outra mexa do meu cabelo fica branca. Eu gostaria que houvesse um espelho para que eu pudesse ver isso acontecendo. Não me movo, porém, assistindo a Errin enquanto ela se concentra em misturar o Opus Mortem com meu sangue, até terminarmos, e todos os frascos terem recebido o sangue.

— Eu sobrevivi — digo quando Errin fecha a última garrafa.

Ela olha para mim, um sorriso já em seus lábios. Eu o vejo sumir de seu rosto como água escorrendo em uma vidraça. Assisto, em câmera lenta, enquanto o frasco que ela estava segurando desliza de suas mãos. Eu até me movo para pegá-lo.

— Seus olhos — ela suspira, sem sequer olhar para o veneno quando o frasco cai no chão, derramando por toda parte.

Merek está na minha frente num piscar de olhos e, então, recua também.

— O que há de errado com meus olhos? — Minha voz é muito alta, estridente demais.

Stuan dá um passo à frente e, em seguida, recua ao me ver.

— O que há de errado com meus olhos? — insisto. Ainda posso enxergar tão bem quanto antes.

Stuan continua se aproximando, desembainhando sua espada.

Merek se move na minha frente como se quisesse me defender, mas Stuan levanta a mão, me oferecendo o punho com a outra.

— Veja. — Ele segura o metal brilhante.

Empurro Merek para o lado e pego a lâmina, erguendo-a suavemente e segurando-a perto do meu rosto.

Não é só o meu cabelo que mudou de cor. Meus olhos, antes verdes, agora estão completamente brancos.

Capítulo 24

Todos os três estão olhando para mim, suas expressões uma mistura de repulsa, fascinação e choque.

— Parem de olhar para mim — exijo, e eles obedecem, todos se afastando.

Levanto a espada novamente e examino meus olhos. As íris desapareceram e tenho que admitir que o efeito é perturbador. Com os olhos inteiramente brancos fixados em meu rosto pálido e sardento, e a nuvem incolor do meu cabelo emoldurando-o, pareço monstruosa. Pareço morta.

— Maravilha. O que os outros vão pensar quando virem isso? — digo. — Eles já estão aterrorizados. Como vai ser quando eu aparecer com cabelos e olhos brancos?

— Não podemos dizer que é a artimanha de Daunen? — sugere Errin, enquanto Stuan mais uma vez me olha com desgosto. Encontro seus olhos e ele imediatamente se vira para o outro lado. — Não podemos sugerir que tem algo a ver com isso? Algum sinal de favor?

Encaro Merek, que, para seu crédito, não recua.

— É possível... — diz ele.

— Mas?

Ele respira fundo.

— Eu sempre jurei que faria as coisas de maneira diferente da minha mãe. Não vou usar os deuses contra as pessoas. Se elas quiserem acreditar, é escolha delas, mas, para mim, sugerir que seremos vitoriosos por causa de uma deusa viva é contraproducente. Quero que as pessoas escolham por si mesmas onde sua fé está.

Sorrio para Merek e ele sustenta meu olhar. O calor floresce em meu estômago.

Errin pigarreia incisivamente.

— Bem, vamos discutir isso de novo pela manhã. Todos deveriam estar na cama agora mesmo. Está tarde. Ou melhor, cedo — diz ela, apagando seus fogos e arrumando os ingredientes.

Merek se vira para ajudá-la, e olho para o meu reflexo outra vez.

— Acho que é melhor manter isso em segredo, por enquanto — digo. — Haverá muitas perguntas e todo mundo já está no limite.

— Seu capacete — diz Merek, enquanto passa um frasco para Errin. — Vamos colocar uma malha sobre as fendas dos olhos.

Concordo.

— Isso vai funcionar. Teremos que me manter longe das crianças também.

— Será uma boa surpresa para Aurek. — Errin se vira, sorrindo. — Quando você cair sobre ele, de olhos brancos e rangendo os dentes.

Estreito meus olhos recém-perolados para Errin.

— Essa é exatamente a expressão que você deve usar — acrescenta ela, alegremente.

— Bem, desde que seja útil.

Eles terminam de arrumar as coisas rapidamente, com eficiência, e Errin coloca o Opus Mortem em uma pequena caixa de madeira, que ela embala nos braços antes de olhar para mim com expectativa.

— Suponho que seria melhor dormir um pouco, então — sugiro.

Há uma pausa incômoda, quando ninguém sabe bem o que fazer ou para onde ir. Errin quebra o momento.

— Vamos, Stuan, hora de me amarrar na cama.

Ele resmunga furiosamente, e Errin me dá uma piscadela quando sai do laboratório, arrastando-se atrás dele feito um cachorrinho.

— Vamos — diz Merek, estendendo a mão para mim.

Aceitá-la parece ao mesmo tempo natural e antinatural.

Andamos devagar pelo corredor dos aposentos femininos, sem falar. Não vemos ninguém, buscando os sons do sono de trás das outras cortinas. Quando chegamos ao meu quarto, ele segura a cortina e entro, lembrando no último minuto que Nia está de volta e esperando vê-la lá. Mas o quarto está vazio, e um peso oco enche minha barriga. Estamos a sós.

Merek me segue, e eu me sinto estranhamente presente, mais na minha pele do que nunca estive antes. Normalmente, ele trabalha até tão tarde no laboratório que já estou dormindo no momento em que ele vem para o quarto, e só o vejo quando me arranca dos meus pesadelos. Quando ouço a cortina farfalhar de novo, acho que Merek me deixou e me viro, em pânico, só para ele voltar a entrar com uma vela acesa da tocha no corredor.

Ele a coloca na mesa ao lado da cama e olha para mim. E, no brilho da chama, seus olhos estão famintos.

— Se você preferir que eu saia, entenderei — diz.

Balanço a cabeça, minha boca seca demais para falar.

— Então você não se importa se eu dormir aqui?

Balanço a cabeça novamente.

— Twylla...

— Não me importo que você fique — consigo dizer, em uma voz que soa mais velha do que sou. Então: — Quero que você fique.

Um arrepio corre através dele, mas Merek fica parado, me observando.

— A menos que você queira ir. — Percebo que ele pode estar pedindo permissão para sair. Que só queria me acompanhar até aqui e partir. — Você pode, se quiser.

— Não é o que eu quero. — Sua voz é baixa, íntima. Uma voz usada em quartos.

Quando estendo a mão, ele vem até mim, pegando-a, pressionando-a contra seu peito, depois a bochecha. Gentilmente eu a afasto e alcanço a parte de baixo de sua túnica, puxando-a sobre sua cabeça. Ele levanta os braços para me ajudar e deixo a roupa cair no chão. Então sua calça; solto o cinto e os laços, até que elas deslizam por seus quadris estreitos, juntando-se a seus pés, e ele sai delas.

Então é sua vez de tirar minha túnica, minha calça. Descobrimos um ao outro com pressa suave, a ponta dos dedos roçando levemente a pele, mas nunca demorando, nunca procurando. Quando ele joga minha túnica no chão, olhamos um para o outro, nus, nossa pele brilhando levemente na fraca luz da vela.

Ele pega meu rosto em suas mãos e dá um beijo em meus lábios, segurando-o lá, a pele do seu peito um sussurro contra o meu. Então pega minha mão e me leva para a cama. Ele se enfia nas cobertas e eu o sigo, me moldando ao redor dele enquanto se deita, minha cabeça em seu ombro, um de seus braços sob minhas costas, o outro sobre minha cintura. Descanso a mão em seu peito, sinto seu coração batendo embaixo dela, enrosco minhas pernas entre as dele. Sem falar, nos deitamos juntos e nos enroscamos feito gatinhos. Posso sentir que ele me quer, e eu o quero também, a dor baixa na minha barriga, meu coração batendo como uma corda de harpa. Mas nenhum de nós faz mais nada. A mão no meu ombro se levanta para acariciar meu cabelo, e ele vira a cabeça, beijando minha testa repetida e suavemente.

Eu me viro e beijo o ponto onde seu pescoço e seu ombro se encontram, respirando seu cheiro.

Então, pela primeira vez em quatro semanas, adormeço e permaneço em paz no sono, nos braços do rei de Lormere.

Quando acordo, estou sozinha e sento-me tão rapidamente que fico tonta.

Merek está completamente vestido e sentado na cama de Nia, com uma xícara na mão e vapor saindo dela. Ele olha para mim e pisca, momentaneamente assustado pelos meus olhos, mas então seu olhar se move para baixo e a maneira como ele sorri envia uma onda de choque por minha espinha.

— Bom dia — digo.

— Boa tarde.

— Já? Ah, deuses... — Puxo o lençol sobre o peito e jogo as pernas para fora da cama.

— Tudo bem, Twylla. Está tudo sob controle. Esperança, Nia e Kirin estão acordados desde um pouco depois do amanhecer e organizaram tudo de acordo com suas instruções. Os batedores e os reforços foram enviados para seus postos. Kirin tem uma lista de pessoas que vão esta noite, e é um grupo considerável.

Pisco para ele, um pulso afiado de irritação crepitando através de mim.

— Eu deveria estar lá.

— Um bom líder delega. — Ele coloca sua xícara no chão e caminha até mim, a cama baixando quando ele se senta, me derrubando para junto dele. — E você fez isso. E funcionou. Parabéns.

Contenho o aborrecimento e abro um pequeno sorriso.

— Então, quem vai esta noite? — pergunto.

Ele corre o polegar ao longo da minha clavícula, arrepios subindo pelos meus braços.

— Kirin, Hobb, Breena, Ema, Ulrin... — Ele tira uma lista de nomes. — Stuan e eu. — Ele beija meu ombro.

— Stuan não vai ficar aqui com Errin?

— Não. — Ele faz uma pausa. — Você vai.

— O quê? — Eu me afasto dele.

— Ouça, contei a Esperança sobre seus olhos... não me olhe assim, eu tive que avisá-la, porque...

— Você foi até ela enquanto eu dormia, para falar de mim?

— Twylla...

— Cale a boca, Merek — digo para ele, que recua. — Você está me dizendo que, depois de tudo o que aconteceu entre nós antes, você foi e organizou as coisas sem mim? Outra vez? Você saiu da minha cama para agir pelas minhas costas e fazer um plano com o meu exército?

— Twylla, por favor...

— Saia! — grito para ele. — Vá.

Seus olhos se arregalam, mas eu não me importo. Com o lençol ainda enrolado em volta de mim, tropeço da cama e procuro minhas roupas, minha fúria aumentando quando as vejo dobradas, colocadas sobre a cômoda.

— Por que você ainda está aqui? — Eu me viro para ele enquanto pego minha camiseta. — Eu lhe disse para sair.

E ele sai.

A axila da minha túnica se rasga em minha pressa de puxá-la sobre a cabeça, então eu a tiro e a jogo no canto da sala, estendendo a mão para outra, quase rasgando essa também. Assim que calço minhas botas, voo do quarto feito uma tempestade, disparando pelo corredor, procurando Esperança, Nia e Kirin. Aqueles traidores.

Meus passos trovejam pelas passagens de pedra, avisando qualquer um em meu caminho para sair da frente enquanto eu me dirijo para onde sei que eles estarão, abrigados juntos, planejando sem mim. Então eles acham que não precisam de mim agora? Que fiz a minha parte? Abro as portas para a sala de estratégia e encontro todos ali, todo o grupo que vai libertar o acampamento hoje à noite. Até Errin se senta com eles, e todos se viram ao mesmo tempo para olhar para mim enquanto estou na porta, fervendo de raiva.

— Se vocês acham... — É tudo o que consigo dizer antes que todos comecem a berrar.

— Os olhos dela! Os olhos dela!

Posso ouvir Breena gemendo.

— O cabelo dela!

— O que aconteceu com ela?

— Ela é como ele!

— Silêncio! — A voz de Esperança ecoa pela sala.

Eles imediatamente obedecem e Esperança olha para mim.

— Merek lhe contou sobre esta noite? — pergunta ela.

Ele recua quando encontro seus olhos.

— Ele me fez essa cortesia — disparo.

Esperança olha entre nós, sua expressão pensativa, em seguida ao redor da sala para os outros, e sigo seu olhar. Todos, exceto Errin e Stuan, me encaram, as bocas curvadas nos cantos, as mãos fechadas em punho, incapazes de esconder sua repulsa. Seu medo.

— Vê agora uma das razões pelas quais não é uma boa ideia você se envolver na libertação das crianças? — pergunta ela, calmamente.

E vejo. Nada poderia ter demonstrado melhor isso.

— Eu poderia usar um capacete — digo. Mas sei que é tarde demais.

— O que diabos aconteceu com você? — pergunta Ulrin.

— Tivemos um acidente no laboratório ontem à noite — diz Merek. — Estávamos fazendo algumas poções de cura e ela foi espirrada.

— E isso tornou os cabelos e os olhos dela brancos? — pergunta Ema. — Mudou a cor deles? Por favor, Sua Majestade. Nós não nascemos ontem.

— Você está certa, não foi um acidente no laboratório — digo, a raiva cravando novamente quando ela olha para mim e faz uma careta. Eu me controlo, a culpa não é dela. — Não posso lhes dizer o que aconteceu, porque não é realmente a minha história. Mas, se vocês realmente não querem que eu vá com vocês hoje à noite, eu não vou.

— Não é por nós, senhora, é pelas crianças. — Ulrin fala por todos. — Se elas virem você... Se essa coisa de lavagem cerebral for verdadeira, será difícil convencê-los de que estamos do lado deles. Não imagino que uma mulher de olhos brancos vai convencê-los de que não somos os bandidos aqui. Quanto tempo esse... *acidente* vai durar?

— Eu não sei. Acredito que seja permanente.

Eles começam a murmurar novamente, e Stuan muda seu peso de um jeito ameaçador. Sinto uma onda de afeição por ele.

— No entanto, isso lançará o medo dos deuses sobre o Príncipe Adormecido — diz Hobb, finalmente, repetindo o que Errin falou na noite passada. — Se você for até ele do jeito que voou para nós aqui, Aurek lhe entregará a coroa e cairá em sua própria espada.

Alguns deles sorriem, Ulrin ri e sei que acabou. É isso. Eu não vou esta noite. Vou aguardar aqui, como uma princesa ansiosa esperando seu príncipe voltar para casa. Como antes.

Quero sair da sala antes que eu possa atacar e machucar alguém. Desejo ir ao jardim e enterrar minhas mãos no chão. Quero ir, me esconder na casa de Esperança e chorar até secar.

Quero arrancar os olhos castanhos idiotas de Merek Belmis de sua cabeça para que ele não possa olhar para mim com aquela expressão triste e suplicante.

Mas não faço nenhuma dessas coisas.

— Diga-me qual é o plano. — Deixo Stuan e tomo meu lugar na cabeceira da mesa, certificando-me de encontrar os olhos de todos com meus olhos brancos, sem desviar o olhar quando eles se encolhem. — Mantenham-me informada de tudo. Quero saber todos os detalhes do que vocês vão fazer.

O alívio é palpável quando todos se juntam em volta da mesa e Kirin começa a falar.

Merek permanece perto da porta, mas, por mim, ele pode passar por ela e entrar no oceano agora.

Com metade do nosso pessoal movendo-se furtivamente pelo país para estar no local da batalha final, decido transferir todos os que restaram para os quartos das mulheres; os quartos dos homens são liberados para as crianças. Os quartos serão apertados, mas elas estarão melhores aqui conosco do que nas montanhas. Quando todos saem para buscar seus pertences, volto à minha mesa e olho novamente o mapa.

— Onde devo dormir? — Merek aparece ao meu lado, a voz baixa.

— Você pode dormir onde quiser. Eu, sinceramente, não me importo — respondo, sem me incomodar em manter o tom baixo.

Posso senti-lo me observando, e concentro minha atenção na Floresta do Oeste, apertando os dentes para me impedir de dizer qualquer outra coisa.

— Sinto muito — diz ele antes de se afastar, deixando frio o espaço onde estava antes.

Olho para cima para vê-lo sair e capto o olhar de Errin. Quando ela levanta as sobrancelhas, as minhas se contorcem em uma carranca e olho para o mapa, forçando-me a me concentrar nas rotas que planejamos.

Voltamos juntos, todos nós, mais tarde à noite, e sem planejar nos dirigimos para as cozinhas e jantamos juntos, cortando legumes, passando especiarias, cortando pão. Nós nos comportamos como uma família, e quando é hora de comer, eu me sento com Errin e Stuan, prendendo-me entre eles e me recusando a reconhecer que Merek está lá. Faço dele a ovelha negra entre nós, e logo todos estão se afastando um pouco dele, entendendo que ele perdeu as minhas graças. As palavras de Esperança no chalé voltam para mim, sobre como eles me escolheriam, mas não sinto prazer nisso agora.

Sei que estou sendo infantil e que temos problemas muito maiores para enfrentar, mas não posso apagar o fogo dentro de mim. De todos, era nele e em Errin em quem eu mais confiava. De todos, achei que ele me conhecia, me entendia. E no fim fez exatamente o mesmo que Lief, o mesmo que a rainha, o mesmo que minha mãe. Merek tomou uma decisão em meu nome.

Ele me roubou a chance de estar lá no começo do meu próprio plano. Emitiu ordens para o meu povo, enviou os grupos sem ao menos se incomodar em verificar comigo. Ele assumiu o controle. Neste momento, não posso perdoar-lhe por isso. Não sei se algum dia poderei.

Terminado o jantar, quando o último molho foi retirado das tigelas, todos saem para colocar a armadura, e a grande sala se esvazia rapidamente. Merek permanece, tentando capturar meu olhar, mas eu me planto no meio de todos eles, rindo e tropeçando com eles. Eu me movo entre eles, ajudando a amarrar fivelas, passando enchimentos e luvas quando me pedem. Eu os abraço, dou tapinhas nos ombros e beijo a bochecha de Stuan. No canto, Merek coloca sua armadura sozinho; como a de todos, ela não combina, montada com pedaços de armaduras e o que mais pudemos encontrar. Mas nele parece mais triste que nos outros; se é porque ele é o rei e deve se vestir melhor, ou porque está do lado de fora disso, eu não sei.

Finalmente, eles estão prontos. Todo mundo fica em silêncio no mesmo instante, olhando uns para os outros.

— Boa sorte — digo. Não há mais nada a dizer. — Voltem em segurança. Todos vocês.

Stuan, Kirin e Hobb se curvam e os outros assentem. Toda a camaradagem desapareceu, substituída pelo foco e pelo medo. Os rostos das pessoas diante de mim parecem mais jovens e mais velhos ao mesmo tempo — quando Nia sorri para mim de dentro do seu capacete já amassado, posso vê-la como uma menina e como ela parecerá quando for velha. Eles se viram para sair, Errin e eu os seguimos até os portões.

Quando começam a desaparecer na noite, eu me viro para Merek, sem ter planejado fazer isso.

— Merek. Espere.

Ele para e se vira, olhando para mim com cautela. Errin volta para a comuna, deixando-nos sozinhos. Ando em direção a ele, e Merek vem a mim. Nós nos encontramos no meio do caminho. Por um longo momento, olho para ele, incapaz de encontrar as palavras que preciso, meio tentada a dar um tapa nele e depois mandá-lo embora.

— Ainda estou furiosa com você — começo.

— Eu sei e...

— Você vai me deixar terminar? — pergunto, e ele assente, inclinando a cabeça. — Ainda estou furiosa com você. Você me deixou fora do meu próprio plano. Você deveria ter me acordado para que eu pudesse ser incluída. Então teria sido eu a dar a ordem de saírem. Eu trabalhei muito duro para conquistar a confiança deles, Merek. Você não faz ideia. — Com isso, ele levanta a cabeça, com perguntas em seu olhar, mas não permito que ele as faça. — Eu sei que você é o legítimo rei de Lormere, mas aqui e agora, isto é meu. Meu reino. Meu povo. Semanas de planejamento, treinamento e risco para fazer esse plano. E você me tomou o controle, sem pensar duas vezes.

Ele balança a cabeça, mas mantém os olhos fixos nos meus.

— Sinto muito, Twylla. Eu daria qualquer coisa para cair de novo em suas graças. Para corrigir esse erro.

— Estou feliz que você se sinta assim. E por isso, insisto que você volte inteiro, para que eu possa fazer você se sentir absolutamente miserável por causa disso nos próximos dias. Fui clara?

Ele parece momentaneamente confuso e depois sorri. Um sorriso de verdade.

— Você tem muita coisa para fazer, Merek Belmis. Então, vejo você de volta aqui pela manhã. Certo?

— Como você mandar, minha senhora. — Ele se inclina e sorri novamente, antes de correr atrás dos outros, que muito sensatamente não esperaram por ele.

Assisto até o brilho de sua armadura desaparecer, e então fecho os portões.

Não há ninguém no refeitório; Bron, Dilys e, supostamente, Ymilla também foram para a cama. Sigo meu caminho pelo corredor das mulheres, em direção ao meu quarto. Errin não está lá quando chego, e estou muito inquieta para dormir, então saio e caminho de volta para a cozinha, pegando um pouco de vinho e duas taças. Eu as levo para o laboratório — é claro que é onde vou encontrar Errin —, e quando me aproximo, posso ouvi-la resmungando consigo mesma. Apesar de tudo, começo a sorrir.

Mas meu sorriso morre quando algo na sala se quebra e ela grita:

— Não, por favor. Não.

Em pânico pelo terror em sua voz, aperto o passo e entro correndo.

Errin está sozinha, com a caixa do Opus Mortem à sua frente. Em uma das mãos, ela segura um frasco e, enquanto assisto, o joga no chão e pisa nele, onde cacos e líquido se juntam a outros ali. Errin olha para mim, as lágrimas escorrendo por seu rosto enquanto ela pega outro frasco.

— O que você está fazendo?

Ela olha para mim e levanta um segundo frasco, segurando-o para que o líquido brilhe branco na luz.

— Há algo de errado com eles?

Errin o joga no chão e o esmaga sob o calcanhar.

— Errin? Errin, pare com isso!

Corro para ela, que pega um terceiro frasco, gritando por ajuda, mesmo enquanto o joga em mim.

Eu me abaixo e o frasco bate na moldura da porta à minha direita, explodindo.

— Estávamos errados — ela choraminga. — Estávamos errados em não me manter amarrada.

O simulacro.

Largo o vinho e as taças, correndo até ela, e tiro a caixa de suas mãos. Mas, ainda assim, Errin estende a mão para eles, enfio a caixa em seus dedos esticados e mantenho os últimos dois frascos perto do meu peito enquanto me afasto, horrorizada.

— Você tem que me fazer parar. — Ela tropeça em minha direção, fazendo um barulho de vidro sob seus pés. — Por favor. Pode me bater, faça alguma coisa. Eu não vou parar. Eu não consigo.

Continuo me afastando até ouvir passos se aproximando das portas externas.

— Twylla?

— Ymilla, graças aos deuses! Ouça, eu preciso de você para...

— Ela está aqui — diz Ymilla, e sua voz é triunfante. — Aqui embaixo. Errin entende o que está acontecendo antes de mim.

— Corra — ordena ela enquanto se inclina na minha direção, prendendo-me no corredor entre ela e Ymilla. — Empurre-me para o lado e corra.

Quando olho de volta para Ymilla, Lief está de pé ao seu lado, vestido de preto, uma mancha no olho direito, meia dúzia de homens ao lado dele.

— Seu desgraçado! — Errin grita para ele. — Eu confiei em você. E você, sua vadia, sua cadela traiçoeira e intrigueira. Você vai pagar por isso.

— Sim, ela vai. — Lief se vira e acena com a mão para um de seus homens.

Antes que Ymilla possa se virar, o homem enfiou uma adaga em seu peito.

— Não se incomode em sentir pena dela — diz Lief. — Ymilla está se reportando ao rei Aurek há semanas. Ela escreveu para ele, lhe contou que Merek estava vivo e aqui com vocês. Ela se ofereceu para ser sua espiã, se pudesse ter seu título e sua casa de volta. Infelizmente para ela, o rei Aurek não vê utilidade para quem é duas caras.

— E, ainda assim, ele confia em você — digo.

A expressão de Lief fica sombria.

— Muito espirituoso. Muito esperto. Pena que você não viu as intenções dela.

— Eu sou uma péssima julgadora de caráter — digo.

Olho para a mulher no chão, a vida bombeando para fora dela, sua boca ofegante como a de um peixe.

— Sinto muito. — Eu me volto para Errin. Então, eu a empurro para o lado e corro. Ouço passos atrás de mim, vários pares, enquanto volto pelo corredor, pelo pátio e em direção ao arsenal.

Por dentro, puxo minha espada do gancho e a giro a tempo de ver Lief entrar na sala.

Ele arqueia as sobrancelhas.

— Você vai lutar comigo? — pergunta.

Em resposta, puxo a espada da bainha e a seguro.

— Twylla... — diz ele.

Não espero que ele desembainhe sua espada.

Avanço para ele, que se contorce para o lado, a lâmina quase acertando por poucos centímetros.

— Twylla... — Ele tenta novamente, mas giro meu braço na direção de seu lado cego, acertando seu antebraço. Não rasgo a manopla de couro, mas faço contato, e é o suficiente para ele girar e desembainhar a própria arma.

Pela terceira vez, eu o golpeio, e ele desvia o golpe facilmente, a parte plana de sua espada esmagando a minha e enviando ondas de choque pela lâmina, sacudindo meu antebraço.

Ouço passos de novo, e dois dos seus homens estão na porta. Eles olham entre nós e um deles sorri, despertando minha raiva. Sinto meus lábios se curvarem em fúria.

Lief olha brevemente por cima do ombro, e, quando o faz, tento novamente.

Desta vez, sua espada bate na minha com tanta força que perco a lâmina; ela voa da minha mão e desliza pelo chão.

No segundo que levo para começar a me mover em direção à minha espada, minha única esperança, Lief alcança meu braço, me puxando para encará-lo. Ele ergue os frascos de onde ainda os aperto na mão esquerda e os joga no chão, esmagando-os sob a bota.

— Não — digo, curvando-me como se quisesse juntar os cacos.

Ele me puxa para cima.

— Acabou, Twylla.

— Merek... — sussurro.

— Vai encontrar mais do que ele esperava nas cavernas.

Olho para os cacos ali, tudo em que trabalhamos, acabado. Meu povo lá fora, andando para uma armadilha. Olho em seus olhos e ele devolve o olhar para mim sem vacilar.

— Então, nós dois temos um novo visual. — Ele acena com a mão na frente de seus olhos. — No entanto, você ainda é linda. Já não podemos dizer o mesmo sobre mim.

— Vá para o inferno — sussurro.

Atrás dele, seus homens nos vigiam de perto.

Lief se inclina.

— O que faz você pensar que ainda não estamos lá? — pergunta ele.

Lief beija minha bochecha levemente, o cordão de seu tapa-olho arranhando meu rosto enquanto ele se afasta.

Levanto minha mão e bato com força; o barulho atravessa a sala, e ouço seus homens respirarem fundo.

A última coisa que vejo é a mão dele subindo, seguida por uma dor aguda na minha têmpora. Então, mais nada.

Capítulo 25

Quando acordo, sei exatamente onde estou. No começo, acho que são seis luas antes, estou aqui porque Helewys me pegou com Lief, e fui arrastada pelos corredores na frente de todos. Então minha cabeça dá uma palpitação dolorosa e eu me lembro. A masmorra tem o mesmo cheiro: úmido, mofado, ácido como uma trincheira. O ar ainda está úmido e frio, a temperatura praticamente igual à do verão. Espero que as correntes em que estou deitada também sejam as mesmas.

Eu me sento e procuro me orientar; quando me movo, escuto um rosnado no escuro.

— Ah, dê o fora — sibilo para a fera.

Uma risada baixa sai das sombras, e então ouço o som de pedras sendo riscadas.

Nas faíscas antes da chama, vejo flashes de branco e dois discos de ouro brilhando feito os olhos de um animal entre as barras da porta da cela. Então, quando a vela acende, o rosto de Aurek, o Príncipe Adormecido, se revela.

Ao que parece, ele esteve sentado na frente da cela, no escuro, esperando que eu acordasse, embora eu não tenha ideia de quanto tempo fiquei inconsciente. Ao seu lado está um dos cães de Helewys, e ele descansa uma das mãos com os dedos longos em cima da cabeça do animal.

— Olá, Twylla — diz, e sua voz é tão bonita e sedutora quanto eu me lembrava. — Estou ansioso para conhecer você.

— Você deve ser Aurek.

— Sou. — Ele levanta a vela e olha para mim. — Você está dormindo há muito tempo. Eu estava preocupado que Lief tivesse batido em você com muita força. A têmpora — ele levanta a mão para a própria cabeça e bate num lado, seu cabelo prateado ondulando com o movimento — é uma área delicada. É preciso ter cuidado. — Ele se inclina para a frente, olhando para mim com a cabeça inclinada feito um pássaro. — Eu não sabia que seus olhos eram brancos. Lief nunca me disse. Gosto deles. É como se alguém tivesse retirado os globos oculares e os tivesse substituído por pérolas. — Aurek faz uma pausa, como se esperasse que eu lhe agradecesse pelo elogio. Quando fica claro que isso não vai acontecer, ele continua: — Talvez seja isso o que farei com seu crânio, depois que toda a sua carne, finalmente, tiver se decomposto. Pérolas nas órbitas dos olhos. Rubis saindo de sua boca.

Mantenho meu rosto imóvel como pedra.

— Vou fazer uma coroa com suas costelas — continua ele. — Um cetro do seu fêmur.

— Não estou muito preocupada com o que você vai fazer com meu esqueleto. Não é como se eu fosse usá-lo, se estiver morta.

Ele ri de novo, o som alegre e borbulhante ecoa ao redor da masmorra.

— Todo mundo me levou a acreditar que você seria uma coisinha mansa e quieta.

— Eu já fui assim.

Ele olha para mim e olho de volta, explorando-o enquanto seu olhar percorre meu corpo. Por trás do painel no templo dos ossos, eu podia ver muito pouco, mas agora percebo a semelhança com Silas, que é estranha, na verdade. Se Silas deixasse o cabelo crescer ou se Aurek cortasse o seu, poderiam passar por irmãos. Ele é bonito, tal como Silas, porém mais polido, mais organizado, de algum modo. Como acontecia com Merek antes, Aurek tem aquela luminosidade de direito sobre si, como um brilho.

— Não, eu não acho que Lief fosse gostar disso — murmura ele, finalmente, e encontro seus olhos mais uma vez.

— O quê?

— Que eu a levasse para a minha cama.

— Você vai precisar que eu seja um cadáver para isso também, me parece — digo, friamente.

— Eu quis dizer como minha noiva, sua idiota. Você tem poder em suas veias. Eu gostaria de ver que tipo de filhos teríamos. Meus outros eram apenas ourives, entende? Posso fazer ouro, mas também posso dar vida. Com você, eu me pergunto... Eu faço a vida; seu sangue, se é como o de seus ancestrais, derrota o Elixir. Então, talvez nossos filhos possam ressuscitar os mortos — ele divaga, e luto para conter um arrepio. — Nós faríamos pequenos necromantes. Poderíamos conquistar tudo, então. Eles teriam olhos prateados... — Aurek sorri. — Imagine só.

Eu afasto o horror de suas palavras.

— É por isso que você está aqui? Para me fazer uma oferta de trégua? Casar comigo e tudo isso vai acabar?

— Lief me disse uma vez que você seria rainha. Posso fazê-la rainha agora. Rainha para sempre, com o Elixir. Se criarmos o filtrescente, nunca precisaremos nos preocupar que acabe.

Olho para ele, incapaz de esconder meu desgosto, e Aurek parece genuinamente surpreso com isso.

— É realmente tão repelente para você? Estou lhe oferecendo uma chance de viver.

— Ah, estou totalmente repelida. Mas — faço uma pausa. — De outras maneiras, suas palavras são muito bem-vindas.

Ele estreita os olhos dourados para mim.

— Como assim?

— Na minha experiência, os vencedores não oferecem barganhas. Eles não precisam. O que me diz que algo não saiu como você esperava.

Seu rosto fica inexpressivo como uma estátua por um momento.

— Uma coisa estranha de se dizer, quando você está sentada aqui em uma cela.

— Quem não está em uma cela? É isso que estou me perguntando.

— Acho que eu teria gostado mais da antiga Twylla — diz Aurek. Ele se levanta em um movimento rápido. — Última chance. Vai se juntar a mim?

— Eles fugiram, não foi? — Estico meus lábios em um sorriso que não tem nada a ver com diversão. — O resto da comuna. Eles derrotaram seus homens.

— Terei seu coração em uma panela e o comerei com caviar e ovos de codorna — sibila Aurek através das barras, agora demoníaco enquanto seu rosto se contorce de raiva. — Vou devorá-lo.

Eu me forço a rir alto, olhando para ele enquanto o faço. Por um momento, acho que vai abrir a porta e me matar agora, mas Aurek se vira, furioso, com o cachorro em seus calcanhares. Ele leva a vela, deixando-me rindo no escuro.

Meu próximo visitante vem mais tarde; não sei quanto tempo se passou. Mas estive esperando por ele. Quando vejo a luz brilhando na parede, eu me sento e vejo Lief se aproximar de mim.

A ironia dramática da situação não me passa despercebida. Aqui estou novamente na masmorra; aqui está outro homem olhando para mim com decepção em seus olhos. Em seu olho, no caso de Lief. Mais uma vez, fico impressionada com a maneira como tudo se completa, como todas as estradas me levaram de volta ao castelo de Lormere, ao veneno, à traição.

— Onde está Merek? — pergunto, porque com Lief não preciso fingir. Com Lief nunca precisei, e isso é a coisa mais dolorosa de todas.

— Nós não sabemos — diz ele, porque também não precisa fingir comigo. Não mais. — Ele e as pessoas com quem estava entraram numa emboscada, você sabia disso. Alguns caíram. A maioria, não. Mas nós vamos encontrá-los.

— Quem caiu?

— Eu não poderia dizer. — Seu rosto escurece. — Merek fugiu. E a Irmã.

— Nia e Kirin?

— Não vi os corpos deles.

— E as crianças?

Seu rosto se enrijece.

— Não sou um membro da sua Aurora, Twylla. Não me reporto a você.

— Não. Você se reporta ao Príncipe Adormecido.

— Sim.

— Então eles venceram? A Aurora Nascente? Eles as libertaram? Você também pode me dizer; seu *rei* insinuou isso. Aurek me ofereceu a chance de me juntar a ele. De ser sua noiva. Gerar seus filhos. Isso me faria sua rainha, não é?

Nenhuma expressão atravessa o rosto de Lief.

— Acho que ele esperava que eu dissesse sim e que trouxesse a Aurora Nascente comigo. Eles devem ter causado um grande alvoroço.

— Não há mais Aurora. Acabou. Aqueles que escaparam serão encontrados. E, mesmo que uma pequena fração dos fora da lei pensasse em imitar seus rebeldes, não fará diferença a longo prazo, Twylla. Uma vez que você estiver morta, e uma vez que Merek estiver realmente morto, não haverá nada por que se reunir. Isso vai acabar.

Abaixo a cabeça em uma demonstração de negação, porque não quero que ele veja que ouço o que não está dizendo, as palavras entre suas ameaças. A rebelião aconteceu de qualquer maneira. De algum modo, uma das cidades se levantou, talvez todas elas. Isso é o que ele quer dizer com "se reunir". A Aurora floresce. Talvez ainda seja a Aurora.

— Você vai pelo menos me dizer onde está Errin? — Minha voz soa tensa.

Funciona, porque ele responde:

— Confinada em uma cela. Em nenhum lugar perto daqui. Ela está aguardando julgamento também, mas Sua Graça já lhe prometeu clemência, como um favor a mim por trazer você para ele.

— Ela nunca vai perdoar-lhe.

— Ela nunca me perdoaria de qualquer maneira. Mas ela é minha irmãzinha. Eu me preocupo mais com a vida dela do que com seu perdão.

— Por que você está aqui? — Olho para ele novamente.

— Trouxe seu jantar. E um vestido para usar amanhã. A menos que você queira que a última imagem de todos seja como você está agora. — Ele abaixa a vela, longe o bastante para que eu não possa alcançá-la através das barras, e caminha até uma pilha no chão. Retorna, empurrando um monte de pano vermelho através das barras, seguido por uma garrafa de estanho com água e um saco, que presumo conter comida. Olho para a pilha de coisas, depois de volta para ele.

— Amanhã?

Ele assente. Suponho que faça sentido. Matar-me vai golpear os rebeldes. Quanto mais tempo eu permanecer viva, mais tempo eles podem esperar...

— Serei seu carrasco — diz ele.

Não tenho certeza se o ouvi direito.

— Eu sou a melhor opção — insiste ele quando continuo a encará-lo. — Pelo menos serei rápido.

— Você vai me matar?

— Eu vou executar você — ele corrige.

— Há diferença?

Seus lábios se torcem quando ele quase sorri.

— Não. Você sabe que não. Você lembra.

Não o lembro de que nunca executei ninguém de verdade. Pela primeira vez desde que acordei aqui, o medo começa a me invadir. Olho para ele, seu rosto marcado, o tapa-olho no lugar. Seu cabelo, mais curto agora. Eu mal o reconheço.

— Como você vai fazer isso?

— Espada.

Assinto, como se isso fosse aceitável para mim, quando por dentro estou tremendo.

— O que aconteceria se eu dissesse a Aurek que você me poupou no templo dos ossos? — pergunto. — O que ele faria?

— Imagino que ele ficaria com raiva, a princípio. Mas, como você está aqui agora, o resultado é o mesmo. Nada vai mudar isso. E o atraso significou que agora temos a vantagem extra de identificar um grande número de encrenqueiros que não poderiam ter sido desmarcados se você tivesse sido capturada. As coisas terminaram bem para nós.

— Você é o tipo de pessoa que sempre cai de pé, Lief.

Ele bate com o punho contra as barras.

— Sou?

Não sei por que, de todas as coisas que eu lhe disse esta noite, essa frase é a que o deixa irritado, mas acontece, e fico surpresa, pois até agora ele estava calmo e controlado. Sem emoções, mesmo. Mas este é o Lief que gritou comigo nas escadas da minha torre e me beijou, que me implorou para perdoar-lhe. Os olhos deste Lief brilham como a aurora.

Respiro fundo.

— É assim que parece ser para mim.

— Alguma vez lhe ocorreu que isso é tudo culpa sua? — Sua voz é baixa, gutural, as palavras chegando rápido. — Que se ao menos você... — Ele se vira para olhar por cima do ombro, e, quando volta a falar, sua voz mal chega a um sussurro. — Eu não o teria conhecido se estivesse com você. Nada teria sido desse jeito se você tivesse me escutado. Foi você que causou tudo isso.

— E, se você não tivesse conspirado para me destruir, poderíamos estar vivendo em Tremayne agora, com sua mãe e Errin — digo. — Você fez isso. Com todos nós.

Seu rosto cai, a perda esculpida por um breve momento. Então, ele se vira e vai embora, sem uma última resposta, sem última palavra. Lief deixa a vela, embora eu duvide que fosse sua intenção. Estou sozinha de novo. Sem esperança de sair dessa confusão.

O vestido que Lief trouxe é o que eu estava usando no dia em que ele me beijou pela primeira vez, e sei que ele fez isso deliberadamente, um último tapa na cara. Eu o imagino vasculhando o guarda-roupa até encontrá-lo, escolhendo-o com isso em mente. Eu me pergunto se Aurek lhe disse que seria ele a me matar, ou se Lief pediu por isso. Amasso o vestido em minhas mãos.

Considero não usá-lo para irritá-lo, mas ele está certo, não quero que a última imagem que os lormerianos tenham de mim seja em uma túnica rasgada e suja e calção velho. Talvez eu ainda possa fazer algum bem, ainda possa ser um símbolo para eles. Então, coloco o vestido, surpresa ao descobrir que ele está apertado nos braços e ombros, onde desenvolvi meus músculos para lutar. Passo os dedos pelo cabelo, para penteá-los, e uso um pouco da água e da minha velha camiseta para limpar meu rosto o melhor que posso. Tremo quando a água corre por baixo do corpete; o vestido é muito fino para o clima, projetado para dias sob o sol, e Lief não me trouxe um manto. Ainda assim, não é como se eu estivesse correndo o risco de morrer de frio, é?

Algum tempo depois de eu me vestir e terminar a água que Lief trouxe, quatro homens se materializam ao virar o corredor. Eles entram na cela como se eu fosse um animal selvagem, olhando para meus olhos, me cutucando com espadas, tentando me fazer virar. Fico lisonjeada que me considerem uma ameaça, então faço valer a pena, recusando-me a cooperar até que um deles me dá um tapa, e ao me desviar do golpe, ele aproveita para puxar meus braços para trás e amarrar meus punhos.

Uma vez que estou finalmente contida, saio das masmorras e subo as escadas. Enquanto subimos, sinto o cheiro da fumaça antiga e, quando saímos em uma manhã de inverno brilhante, volto para ver a ruína do castelo de Lormere, duas das torres ainda em pé, mas metade da fortaleza e as outras duas torres destruídas. A maior parte da pedra está escurecida, e a visão me deixa triste, apesar de tudo. Meus carcereiros me puxam para longe, empurrando-me para dentro de uma gaiola sobre rodas, puxada por um burro, sem espaço para eu me sentar, e mal consigo suportar. Quando o carrinho começa a se mover, caio, me chocando contra as barras e mordendo a língua. Os homens riem, e cuspo sangue neles. Depois disso, eu me levanto, segurando as barras, olhando para fora enquanto seguimos nosso caminho para os portões principais.

Ninguém se alinha na rota para a praça da cidade. Vi execuções aqui, antes de chegar ao castelo, e naquela época haveria multidões. As pessoas vinham de toda a Lormere para as maiores. Mas hoje não há ninguém, apenas eu em minha carruagem e os guardas, e me pergunto se Aurek os proibiu de participar. Parece pouco útil me executar publicamente, se ninguém vai ver. Olho para as casas e lojas enquanto passamos, esperando ver pessoas espiando para fora, se não nas ruas, mas não há ninguém. É como uma cidade fantasma.

O vento, como facas, corre através da praça da cidade, fazendo as flâmulas com três estrelas que Aurek montou tremularem alto, batendo umas nas outras. Meus olhos são atraídos para ele instantaneamente, sentado em um camarote, sozinho, quatro golens do lado de fora. Ele finge estar descansando em sua cadeira, examinando as unhas, vestido inteiramente de ouro, o cabelo puxado para trás em um rabo de cavalo baixo sob sua coroa. A coroa de Merek. Olho ao redor e vejo mais golens, e os conto: quinze. Quinze golens que posso ver.

Ele está assustado, percebo. Ainda.

Então, olho em volta do resto da praça.

Aqui estão as pessoas de quem senti falta no caminho, centenas delas. Parece que seus soldados arrastaram cada homem e mulher de Lortune para a praça. As pessoas são pressionadas ombro a ombro, cercando um estrado, em seu centro, um bloco de madeira grossa. A madeira já está manchada de escuro, e estremeço.

Nenhuma das pessoas reunidas parece querer estar lá; cada rosto é sombrio, olhos contraídos, as bocas apertadas, mas elas se mantêm obedientes e encaram o bloco. Então, Lortune não foi um dos lugares que se rebelaram. Sinto um momento de terror; como se eu estivesse errada e que nada aconteceu. E se a Aurora realmente acabou? E se tudo isso terminar aqui?

Não, digo a mim mesma. *Algo* aconteceu; Lief quase disse isso. E Aurek está com medo. Sei que está. Ele não teria feito sua oferta se tivesse vencido.

Quando a porta da gaiola é aberta, dou um passo à frente serenamente, imaginando que meu esqueleto é de ferro, bloqueando meu medo. Em toda a minha vida, nunca senti tanto medo como agora, nunca senti um redemoinho dentro de mim tão violento quanto a vontade que me manda correr, pelo menos tentar. Eu não lhe darei essa satisfação. Quando um dos homens agarra meu braço com força, um assobio baixo percorre a multidão. Até então eles estavam completamente em silêncio, sem zombar, sem gritar ou me xingar. Eles não disseram nada. Agora o pequeno som, a pequena rebelião, me dá coragem.

A multidão se abre quando eu começo a caminhar em direção à plataforma, e me vejo encarando seus olhos, sorrindo gentilmente à esquerda e à direita para eles, que murmuram "minha senhora" quando passo, inclinando a cabeça para mim. Nenhum deles parece assustado com meus olhos brancos. Nenhum deles parece se importar nem um pouco. Em vez disso, eles me oferecem sorrisos e reverências, seu afeto irradiando deles.

E sei que Aurek mandará matar cada um deles quando isso acabar.

Quando chego ao topo da escada, eu me viro para encará-los, e outro silvo, baixo e gutural, ameaçador, começa a se elevar da multidão.

Lief chegou. Vestido todo de preto, o rosto inexpressivo.

Sua espada — a espada de Merek — nas mãos.

Ele não olha para mim. Sobe devagar os degraus para o estrado, pesadamente, como se fosse o condenado a morrer, e percebo que deve ter sido ali que Aurek o açoitou. Que é possível que algumas das velhas manchas de sangue sobre as quais estou de pé tenham vindo de suas costas.

De repente, o medo que evaporou quando sorri para as pessoas me enche.

Vou morrer.

Agora. Pelas mãos do primeiro homem que amei.

Não é justo.

Olho para ele, perplexa, e vejo algo parecido com arrependimento em seus olhos.

— Faça-a se ajoelhar — ordena Aurek.

Lief olha para mim como se esperasse que eu obedecesse, mas balanço a cabeça. Ele avança e empurra meu ombro. Resisto-lhe, mas Lief continua empurrando.

— Você precisa se ajoelhar. Não vai querer ficar de pé para isso. Por favor.

A decisão em sua voz — a bondade — me faz cair de joelhos como se eu estivesse derretendo.

— Twylla Morven, Devoradora de Pecados de Lormere! — grita Aurek com sua voz forte e aveludada. — Você foi trazida aqui para morrer por seus crimes contra a Casa de Tallith, tanto histórica quanto atual. Seu sangue é uma doença; sua existência é uma aberração. E, por isso, você deve morrer, e seu corpo será profanado como o de uma besta. — Ele faz uma pausa, lançando um olhar imundo para mim antes de ficar de pé, dando um passo à frente encostado na beira do camarote, olhando para a multidão. — Contemplem-na, sua rainha espantalho. Olhem para esta miragem de segurança. Nada além de uma paródia de liderança, nada além de palha enfiada em roupas velhas. E é isso que está de pé, na esperança de assustar os corvos. — Ele faz outra pausa. — Isso termina hoje. — A voz de Aurek ecoa pela praça. — Jurem-me fidelidade, jurem-me respeito, e eu lhes recompensarei. Eu era herdeiro do maior reino que este mundo já conheceu, e posso dar isso a vocês... darei isso a vocês. Riqueza e prosperidade podem ser todas suas. Uma terra melhor, livre de superstição. Livre da insensatez. Não há mais fraqueza. E vamos avançar juntos.

Aurek olha para o povo e, então, acena para Lief.

Lief empurra minha cabeça para o bloco, e deixo que ele faça isso. Gentilmente, ele a vira para o lado, então não vejo mais Aurek, e acho que isso é uma gentileza também, que ele não permita que a última coisa que eu veja sejam os olhos dourados de Aurek.

Rainha espantalho. Nada além de uma tola, sozinha em um campo, esperando manter os corvos a distância.

— Você deve fechar os olhos — diz Lief.

— Não. — Posso ser tola, mas não sou mais covarde. Quero ver o mundo enquanto o deixo.

Lief suspira, depois franze a testa. Ele se abaixa e puxa as cordas nos meus punhos, apertando-as. Então se endireita.

Dói forçar tanto meus olhos para o lado, mas eu o faço, observando Lief sacar sua espada e levantá-la acima de sua cabeça. Seus olhos seguem a lâmina e ele olha para o céu antes de olhar para a frente. Faz uma pausa, esperando a permissão de Aurek.

Então ele assente.

— Sinto muito — diz ele.

Há um som agudo, e a espada começa a baixar. Mesmo sem querer fechar os olhos, não consigo evitar. Eles se abrem quando ouço gritos, um berro de raiva e um baque atrás de mim. Eu me levanto e viro.

Lief está caído de costas, os joelhos dobrados sob seu corpo, o olho arregalado fitando o céu.

Há uma flecha em seu peito.

Eu me viro e vejo Merek de pé no telhado da casa de um comerciante, o arco na mão, outra flecha já encaixada.

— Corra! — grita ele, e em seguida vira seu arco para Aurek.

Capítulo 26

Olho para Lief, esperando que ele se mova, gema ou mesmo pisque. Mas, enquanto observo, uma mancha escura floresce embaixo dele, um líquido vermelho espesso se espalhando pela plataforma de madeira.

Mas ele não pode estar morto; achamos isso antes e estávamos errados. Ele é Lief. Ele é...

Eu me movo em direção a ele, e algo cai pesadamente onde eu estava, enviando ondas de choque através da plataforma e me fazendo tropeçar. Eu me viro e vejo um golem, sem rosto, sem vida, levantando um taco alto sobre sua cabeça para atacar novamente. Rolo de lado uma fração de segundo antes que ele atinja o estrado, enviando lascas da madeira pelo ar. Cambaleio de volta, o golem ataca outra vez, e eu me movo, até que caio do estrado para o chão, perdendo o ar quando aterrisso de costas.

Por um momento horrível, não consigo respirar, não consigo me mexer, nem ao menos ouvir, olhando para as nuvens que correm sobre minha cabeça, enquanto meu peito parece estar se desmoronando. Então consigo suspirar, e o ar me enche, e o som retorna. Rugidos, confrontos e gritos, e meu pânico aumenta. Rolo de novo, sob o estrado, tentando desesperadamente desamarrar meus punhos. Mexo meus dedos, lentos por causa do frio, e sinto algo preso à corda, algum tipo de cilindro. Preciso soltar minhas mãos ou estarei morta.

Além da plataforma, pés se movem, de um lado para outro, deste ângulo estranhamente pouco diferente de uma dança, até que o dono de um dos pares mais próximos do palanque vai ao chão, com sangue escorrendo de seus lábios. Ele estende a mão na minha direção, sua faca ainda presa nela. Então empurra, e vejo aço brilhar quando é puxado de suas costas. Encontro seus olhos enquanto morre, vejo-os embaçados. Eu me movo de bruços em direção a ele, como uma minhoca, virando até segurar a faca nos dedos suados.

Serro minhas amarras, guiada apenas pelo tato, sem a menor ideia se a lâmina está cortando a corda, pois todas as pessoas ao meu redor lutam. Vejo os pés dos golens enquanto eles se movem entre a multidão, e também pessoas se espalhando diante deles. Acima de mim, há um estrondo quando algo atinge a plataforma novamente, e serro mais rápido.

Finalmente sinto a corda começar a ceder e puxo, uma emoção se movendo através de mim quando a corda se rompe e minhas mãos estão livres. De uma só vez giro e agarro o cilindro, coberto de papel, meus dedos tremendo quando o desembrulho.

Um único frasco de um líquido branco brilhante.

Enrolado em torno dele, um bilhete em minha própria letra infantil. Um bilhete que diz *eu te amo*.

Tudo desaparece — a luta, os gritos, os golens — enquanto olho para a primeira coisa que escrevi.

Ele o guardou todo esse tempo. E o frasco, é o Opus Mortem. Só pode ser.

Mas eu o vi esmagar os dois últimos debaixo de sua bota. Eu o vi fazer isso.

Só que um está aqui, de algum modo escondido e entregue a mim, deliberadamente, nos momentos anteriores...

Eu me lembro do jeito que ele olhou para a multidão e, em seguida, o aceno de cabeça.

Ele sabia o que ia acontecer.

É quando a madeira acima de mim desaparece, puxada para trás com um grito, e o céu surge novamente por um instante, antes de dois dos golens estarem ali, enfiando as mãos no buraco que acabaram de fazer. Coloco o frasco no meu corpete e pego a faca, mais uma vez escapando por pouco do golpe esmagador de um porrete. Seus tacos batem de novo e de novo na madeira enquanto destroem a plataforma do carrasco em uma tentativa de acabar comigo.

Saio, e um homem com a libré de Aurek, armado com uma espada curta, se lança contra mim. Desvio, do jeito que Esperança me ensinou, e golpeio suas costas, fazendo-o gritar. Eu o chuto na parte de trás das pernas enquanto ainda está surpreso, mandando-o para o chão antes de me jogar sobre ele, batendo o punho da minha faca em sua cabeça.

Enquanto me viro de novo para o estrado, o corpo de Lief desapareceu, e quando me inclino para a espada caída do homem que acabei de derrubar, vejo uma forma sob o estrado — é ele, caído através dos buracos feitos pelos golens em suas tentativas de me atingir. A visão dele lá, como um brinquedo quebrado, faz com que seja difícil respirar por um instante, até que uma flecha se crava em um poste na altura dos meus olhos e me lembra de que está havendo uma batalha violenta.

Olho em volta, examinando os combatentes a princípio em busca de Aurek, que aparentemente desapareceu, depois de Merek; uma pontada de medo me atinge quando não posso vê-lo também. A praça inteira está cheia de lutas, homens com os tabardos negros do Príncipe Adormecido lutando contra as pessoas em roupas cotidianas com espadas, facas, paus, e o que quer que tenham à mão ou roubado de outras pessoas. Reconheço os rostos de alguns no meio da multidão: Hobb está lutando com um homem antes de levantá-lo e jogá-lo através de uma janela, Ema bate em outro guarda com o que parece um malho de açougueiro, a malícia iluminando seu rosto.

Do outro lado do estrado destruído, Esperança está lutando, girando feito um turbilhão, uma espada curta em cada mão enquanto enfrenta três soldados de Aurek, um rosnado em seus lábios. Enquanto assisto, sua espada corta, e um dos homens cai, sua garganta jorrando carmesim. Vejo a incerteza nos outros enquanto Esperança espreita em direção a eles.

Ulrin assumiu um dos golens, mas nem ele é páreo para o poder da criatura de barro, e está perdendo terreno. Então há um clarão de verde, e Stuan aparece do nada com uma tocha flamejante, que é lançada no golem. Com um clarão de fogo de esmeralda, o golem explode em chamas — alguém trouxe a aguardente de Errin —, e Ulrin puxa o próprio porrete de suas mãos e o esmaga em volta de sua cabeça, derrubando-o como uma árvore.

Ele encontra meus olhos na multidão e assente, então seus olhos se arregalam e eu me encolho instintivamente. Há uma brisa no topo da minha cabeça e giro, atacando, e minha espada acerta as coxas de um soldado. Quando ele cai no chão, fico de pé novamente e me mexo, uma das mãos puxando a bainha do vestido.

Tropeço e deixo cair minha espada enquanto tento impedir que meu rosto bata no chão. Eu me estico para ela e uma mão me puxa, passando do vestido para o meu tornozelo e me arrastando para trás, a centímetros vitais do punho da espada. Também me viro de costas enquanto o soldado tenta me arrastar em direção a ele, meio que me escalando no processo, seus olhos selvagens, os dentes arreganhados. Eu me sento e dou um soco em seu rosto, esquecendo-me de manter o polegar fora do punho, gemendo quando o impacto também me machuca.

Ele não solta, os dedos cravados em minhas panturrilhas, e grito novamente, tentando chutá-lo para longe. Pego um punhado de seu cabelo, puxo e ele me dá um soco, acertando meu queixo. Meus dentes estalam e minha cabeça é jogada para trás, mas depois ele me solta e estou livre. Quando olho de novo para ele, piscando as estrelas em meus olhos, há uma flecha em sua garganta. Olho ao redor em busca do atirador, mas não vejo ninguém, então me levanto e pego minha espada.

Assim que ela está em minhas mãos, mais dois soldados correm em minha direção e o pânico começa a crescer. Não sou boa o suficiente para lutar com dois homens ao mesmo tempo. Recuo, a espada levantada enquanto eles se aproximam.

Então, Nia está ao meu lado, sua pele brilhando de suor.

— Desculpe por termos demorado tanto — diz ela. — Tivemos alguns contratempos.

— Apenas lute — sussurro, escolhendo um oponente e atacando-o. Haverá tempo para conversas espirituosas depois.

Embora nenhum de nós seja especialmente habilidoso, somos um grupo equilibrado contra os lojistas que se transformaram em guardas que Aurek chantageou ou coagiu a seu serviço, e logo eles começam a enfraquecer. Estou ganhando terreno, me preparando para atacar, quando algo me atinge, fazendo o lado direito do meu corpo explodir de dor e eu voar no ar antes de cair de novo, aterrissando mal. Mas a primeira coisa que faço é dar um tapinha no meu peito, verificando a segurança do frasco, o alívio de senti-lo inteiro correndo através de mim.

Nia grita, e o mesmo acontece com os homens, enquanto o golem ataca indiscriminadamente. Seu taco acerta na cabeça do homem com quem eu estava lutando, matando-o no mesmo instante, e seu amigo foge.

Nia corre para mim e tenta me levantar, mas grito.

— Costelas. — Engasgo; com certeza o golpe quebrou pelo menos duas delas. Nia olha por cima do ombro e depois me arrasta de qualquer maneira, fazendo com que minha visão fique branca.

— Levante-se! — ela grita para mim, passando-me uma garrafa verde redonda. Mordo meu lábio e fico de pé, choramingando com a dor, e jogo a garrafa no golem. Ela não faz nada para detê-lo, mas nós duas observamos enquanto o fogo penetra no golem. — Aqui! — berra para alguém, abaixando-se quando o golem avança para nós, e então Stuan aparece.

Ele me entrega a tocha e eu a atiro, mesmo quando meu peito grita em protesto. Mas funciona, e a aguardente se incendeia, queimando tão rápido e tão quente que em segundos o golem está ficando pálido e rachando. Recuamos enquanto ele cambaleia e desmorona, até que finalmente explode em pó, cobrindo todos nós.

Stuan sorri para mim.

— Foi assim quando você o derrotou? — pergunta.

— Eu não tinha a aguardente — digo, mas consigo dar um sorriso de volta.

— Cuidado! — avisa Nia quando um novo soldado corre para tomar o lugar do golem, pulando para a frente a fim de lutar com o barulho de aço contra aço. — Saia daqui!

Stuan pega meu braço e me puxa para o labirinto sombrio de becos que levam para longe da praça. Cada passo, cada respiração é como uma punhalada no peito, mas afasto a dor, tentando superar a tontura, cruzando os braços sobre o peito. Assim que estamos fora de alcance, eu o faço parar, precisando de um momento de pausa.

— Onde está Merek?

— Não sei. Ele deveria libertar Errin.

— Deveria? Onde ela estava?

— Em uma gaiola, logo atrás da sua. Amordaçada. Acho que ele queria que ela visse você morrer.

— Merek a pegou?

Ele balança a cabeça.

— O Príncipe Adormecido foi direto para ela. Ele nem tentou lutar, apenas usou alguns dos golens como cobertura e foi para ela. Eu não vi o que aconteceu; estava tentando chegar até você. Cuidado!

Um homem voa para mim, vindo da esquerda. Eu mal registro as três estrelas em seu peito antes de Stuan girar, passando por mim para apunhalá-lo no coração.

— Obrigada.

Ele dá de ombros e se inclina para pegar a espada do homem, oferecendo-a para mim.

Assim que a aceito, sei que não poderei usá-la; seria muito pesada, mesmo se eu não estivesse ferida. Eu a deixo cair no chão.

Stuan olha para mim e depois puxa uma faca do cinto.

— Você não pode ficar desarmada — diz ele.

— Mais uma vez, obrigada. — Eu aceito a faca.

— Para onde vamos? — pergunta ele.

— Atrás de Aurek.

— Você sabe onde ele está?

Há apenas um lugar aonde ele poderia ter ido. Há apenas uma coisa que pode salvá-lo agora, e Aurek vai direto para lá.

— O castelo. Ele foi atrás de Silas.

É hora de terminar com isso.

Stuan olha ao redor e, então, assente para mim.

— Agora — diz ele.

É difícil se mexer, por causa do meu peito e das minhas saias, e logo estou pedindo que Stuan pare de novo enquanto tiro faixas do vestido para poder me movimentar. Uso algumas delas como ataduras improvisadas para as costelas, enquanto Stuan acena em aprovação e me ajuda a amarrá-las.

— Espere — diz ele, tirando a capa e jogando-a ao meu redor. — Não é um grande disfarce, mas...

— Obrigada — digo pela terceira vez.

Então continuamos nos movendo, ele na frente e eu atrás, procurando por golens, soldados ou arqueiros.

Mesmo tão longe da ação, nos deparamos com mortos e feridos, mortos enquanto fugiam ou perseguiam. Sinto-me terrivelmente grata quando não reconheço nenhum deles.

— Diga-me o que aconteceu nas cavernas — peço enquanto Stuan corre, e tropeço, em direção ao espectro do castelo de Lormere acima de nós. — Quem nós perdemos?

— Breena — diz ele, baixinho. — Trey. Sarja. Linion.

Penso na mulher de olhos suaves que poderia acertar um alvo toda vez com uma flecha e nos homens leais que acamparam por luas nas montanhas para vigiar os filhos de Lortune. Linion, cujos sobrinhos estavam lá.

— Teriam sido mais, não fosse por você.

— O quê?

— Você ter chamado Merek de volta significou que ele ficou atrás de todos nós. Quando estava se aproximando, ele avistou mais homens, a caminho de se juntar àqueles nas cavernas. Merek percebeu que era uma emboscada e correu para nos avisar, então ficamos à espera dos reforços no lago e caímos sobre eles. Eles não sabiam que estávamos indo.

— E as crianças?

— Elas estão seguras. Nós as levamos para o ponto de encontro.

— E quanto a Lief?

— O que tem ele? — pergunta Stuan.

Balanço a cabeça, ainda não totalmente segura dos meus pensamentos.

— Deixa pra lá. Vamos.

Quando chegamos aos portões principais do castelo de Lormere, eles estão destrancados e não vigiados. É a primeira vez que os vejo assim, e isso me dá um arrepio. Fora do caminho que conduz à torre principal, o castelo está na escuridão, silencioso e imóvel. Longe da cidade, os sons da luta desapareceram e a noite parece estar esperando. Desejando.

Stuan e eu trocamos um olhar e começamos a avançar.

Quase instantaneamente, três dos golens aparecem na noite, sem tacos nas mãos, mas com machados malignos. Eles atacam ao mesmo tempo, a falta de olhos não os impede que agitem as lâminas tão rápido que o ar assobia em seu rastro.

— Corra! — grita Stuan, correndo ao redor deles. — Eu vou detê-los.

— Não seja estúpido.

E corro também, deslizando pelas pernas do mais próximo, estremecendo quando o machado do outro se choca com as mesmas pernas segundos depois que estou livre. O golem danificado cai no chão, um enorme pedaço de argila faltando em ambas as pernas, mas isso não impede que ele agarre a terra e se arraste atrás de mim, o rosto sem olhos apontado para mim como se estivesse me cheirando.

— Vá! — grita Stuan. — Eu cuido disso.

Ele repete o que fiz anteriormente, chamando a atenção do golem mais próximo antes de fazer como eu e correndo em torno do terceiro. Quando o machado ataca, faço o que ele diz e me movo em direção ao castelo o mais rápido que posso. Atrás de mim, ouço o som da grama sendo puxada para cima enquanto o golem quebrado tenta me perseguir, mas não olho para trás. Entro no castelo de Lormere sozinha, armada com uma faca e o último frasco do Opus Mortem.

Capítulo 27

Lá dentro, os corredores são mais frios do que do lado de fora e terrivelmente silenciosos. Os tapetes, colocados ali tanto tempo antes por Helewys, estão empoeirados, fazendo nuvens pequenas se levantarem sob meus pés enquanto ando. Há pingentes de gelo nas bordas das janelas e nos candelabros apagados; as paredes estão nuas e enegrecidas pela fumaça. O castelo parece ter sido abandonado há séculos.

No fim do corredor, continuo tentando escolher o caminho a seguir. À minha esquerda, a passagem para a torre norte arruinada é uma boca preta, e tremo quando olho para baixo. Parece improvável que Aurek tenha ido para lá. Onde, então?

Ele pegou Errin para me controlar, sei disso. Vai querer Silas com ele também. Mas Silas não estava na masmorra — Lief disse isso, e acredito nele. Onde Aurek teria aprisionado Silas depois do incêndio?

Meus pés começam a se mover antes que eu entenda aonde estão me levando.

A porta da torre oeste está aberta, e deslizo através dela, meu coração batendo forte atrás das minhas costelas quebradas. Eu me movo como um fantasma, silenciosa tal qual um túmulo, enquanto subo as escadas em direção à minha antiga prisão. Paro do lado de fora do quarto dos antigos guardas, ouvindo, mas, quando não escuto nada, continuo.

Ao dar a volta na escada em espiral, vejo um leve brilho vindo do meu antigo quarto e, em seguida, a voz de Aurek, exigindo que alguém se apresse.

Respiro fundo, segurando o frasco, e dou os últimos três passos.

Aurek se vira imediatamente, embora eu não tenha feito nenhum som, e se move mais rápido do que qualquer um deveria ser capaz de fazer, agarrando Errin pelo pescoço e arrancando-a da cama, onde ela estava cuidando de Silas.

Ele está deitado, e a primeira coisa que noto são seus pés, a pele negra e de aparência morta. O Nigredo. Seus olhos estão fechados em seu rosto de cera, e sua respiração é superficial.

— Twylla — Errin arqueja, chamando minha atenção de volta para Aurek, que avança lentamente para mim. Há um pequeno boneco de barro nas mãos dele.

Ao seu lado, Errin está com uma faca pressionada contra o próprio coração.

Aurek olha para as próprias mãos e depois para as minhas, onde seguro o frasco.

— Uma troca? — pergunta ele, um sorriso curvando seus lábios.

Não digo nada, tentando pensar no que posso fazer para tirar Errin daqui.

— Você me dá o frasco que está na sua mão, ou vou fazê-la se matar. — A voz de Aurek é controlada e agradável quando ele para perto da escrivaninha.

— Não — diz Errin. — Não.

Olho para Aurek, sua cabeça abaixada quando ele me observa por baixo dos cílios brancos.

— Você tem que morrer, Twylla — diz ele. — Você sabe disso. Mas Errin não precisa. Há um pedaço de pergaminho neste simulacro. Ele ordena que ela segure a faca em seu peito e a crave ao meu comando. Entregue o frasco e removerei a instrução.

— Não dê ouvidos a ele. Ele vai me matar de qualquer maneira! — soluça Errin.

Aurek ataca, batendo nela. Sua cabeça voa para trás, de encontro à parede com um estalo nauseante, mas ela não cai. Para meu horror, Errin fica em pé, voltando à posição, a faca no lugar sobre seu coração.

— Mais forte — ordena Aurek.

Ela geme enquanto empurra a faca em seu vestido; vejo o material se afundar e depois rasgar, e também as bordas escurecerem com sangue quando a faca perfura sua pele. Gotas de seu nariz começam a se juntar a ele, e, quando olho para Errin, vejo o desespero em seus olhos.

— Você ouviu o que eu disse lá fora — diz Aurek, sua voz sussurrando agora, seus olhos fixos em mim. — O que você é. O que você sempre foi.

— Uma rainha espantalho — respondo.

— Exatamente. Um fantoche sem poder real. Uma efígie.

— O que você é, então? — pergunto. — Uma relíquia. Um regresso a uma época passada. Um eco de um mundo morto há muito tempo.

Sua boca perde o sorriso suave quando os cantos se abaixam, estragando seu rosto perfeito.

— Lief traiu você — digo, observando pelo canto do meu olho quando a boca de Errin se abre, a lâmina em sua mão temporariamente esquecida.

— Não importa — diz Aurek, enquanto sua testa se franze, contradizendo suas palavras. — Seria mesmo apenas você e eu no final.

Ele olha para Errin.

— Apunhale-se. No coração — acrescenta, quase como um pensamento tardio.

— Não! — grito quando ela puxa a faca de volta.

Voo para ela, derrubando-a no chão, fazendo a faca deslizar para baixo da cama. Errin me empurra para ir atrás da arma, rastejando pelo chão, e então a mão de Aurek está no meu cabelo, arrancando-o da minha cabeça. Estico a mão instintivamente para fazê-lo parar, e ele usa sua outra mão para tirar o frasco de mim antes de me jogar no chão.

Olho para cima enquanto Aurek segura o frasco contra a luz.

— Meu — diz ele.

Então há um som agudo, e uma flecha atravessa seu antebraço, como que por mágica.

Aurek deixa cair o frasco e eu me inclino para a frente para pegá-lo, como fiz na comuna com Errin.

Aurek uiva, seus gritos enchendo o quarto quando ele se vira para ver quem atirou nele.

Merek está na porta.

— Essa é a minha coroa — diz ele.

Aurek fica boquiaberto.

— Você.

Então eu me movo.

Salto de pé e jogo o frasco com vidro e tudo em sua boca aberta.

Usando todo o meu peso, empurro-o para trás, apertando a palma da mão sob seu queixo e forçando seus dentes a se fecharem. Escuto o barulho do vidro, e Aurek tenta abrir a boca, arranhando meus cabelos e meus olhos, o sangue borbulhando nos cantos de sua boca.

Ouço o som de uma luta atrás de mim, Merek forçando Errin para o chão, talvez; metal batendo no chão, e depois outra coisa, mas não consigo ver. Aurek se esforça, empurrando para cima de mim, então lhe permito avançar um pouco antes de usar seu impulso para empurrá-lo de volta contra a parede.

Seus olhos se enchem de incredulidade e ele volta a lutar, mas está ficando mais fraco, mesmo quando agarra meu rosto e tenta me chutar. Posso sentir os cortes na minha pele, mas eu não solto, prendendo-o, segurando sua boca e seu nariz até ele engolir.

De repente ele enrijece, seus olhos rolando para trás nas órbitas, e Aurek cai para a frente, me enviando cambaleante para trás sob seu peso. Ele cai em cima de mim e eu o empurro com um grunhido de dor, a coroa caindo de sua cabeça e rolando para baixo da cama.

Ele cai com um baque, os olhos fechados, o rosto imóvel.

Olho para Errin para vê-la ainda lutando a fim de se livrar de Merek.

Quando eu me aproximo, seu corpo se torna selvagem, tentando me alcançar, mas evito seu aperto e tiro a espada da bainha na cintura de Merek.

Olho para o Príncipe Adormecido, dormindo mais uma vez, e por um momento eu me pergunto se poderia deixá-lo assim. Mandá-lo para longe.

Mas um olhar para o homem inconsciente na cama e o som da minha amiga soluçando nos braços de Merek, enquanto tenta levar a cabo sua última instrução, são tudo de que preciso.

Levanto a espada acima da minha cabeça, minhas costelas gritando.

Então desço a espada, cortando a cabeça do Príncipe Adormecido com um único golpe, muito mais fácil do que deveria ter sido. A ferida não sangra; a lâmina está limpa, como se ele fosse um de seus golens. Como se tivesse morrido havia muito tempo. Mesmo enquanto assisto, ele começa a se encolher sobre si mesmo, sua pele começando a parecer pálida e fina.

Errin cai frouxa nos braços de Merek, e jogo a espada no chão, estendendo meus braços para ela, que voa para eles no momento em que Merek a solta, e nos afundamos ao lado do cadáver do Príncipe Adormecido. Errin me aperta e suspiro.

— Você está ferida? — pergunta ela, recuando para olhar para mim.

— Costelas quebradas — digo. — E você? — Olho para seu peito.

— Um corte.

Então ela se lembra de Silas. Afasta-se de mim para ele imediatamente, sentando-se ao seu lado e acariciando seu cabelo branco.

A mão de Merek aparece diante de mim e ele me puxa de pé, passando um braço em volta do meu corpo e me ajudando a subir na cama.

— Posso cuidar dele — diz Errin, olhando para nós através dos olhos cheios de lágrimas. — Eu não me importo. Cuidei de mamãe por tanto tempo. Posso cuidar dos dois, se for preciso.

— Não — Silas sussurra da cama.

— Você está acordado. — A voz de Errin estremece e eu a vejo engolir em seco, apertando os lábios antes de falar: — Agora não faz sentido discutir, porque já decidi. Tudo vai ficar bem.

Ele abre os olhos dourados e fico surpresa ao ver como estão pálidos, sem brilho.

— Por favor, Errin. Por favor, apenas me mate.

— Não diga isso.

— Não posso viver assim — diz ele.

— E eu não posso perder você também.

Ele tenta levantar a mão para alcançar a dela, mas não consegue afastá-la um pouco da cama antes que ela caia, e então suspira. O rosto de Errin se contrai e ela desmaia, pressionando o rosto contra o peito dele. Silas vira os olhos para nós.

— Por favor — murmura.

Ao meu lado, Merek desliza a mão na minha e olho nos olhos de Silas. Realmente não pode haver solução, nenhum antídoto para isso...

Os ombros de Errin estão tremendo silenciosamente enquanto sua mão alcança a de Silas, seus dedos brancos entrelaçados aos dele, negros. Não parece justo que ele tenha que penar tanto para criar algo que impeça os outros de sofrerem. Mas, como Errin disse, tudo tem um oposto e...

— Esperem...

Todos olham para mim.

— O Opus Mortem é o reverso do Opus Magnum, não é?

Merek assente, e então suas sobrancelhas se juntam.

— Adicionar meu sangue ao Opus Mortem foi o que o tornou mortal para Aurek.

Errin me encara com uma expressão ilegível no rosto e assente.

— Então o sangue, meu sangue, é o oposto do sangue de um filtrescente, certo? Eles se anulam?

Errin se senta, toda sua a atenção fixa em mim.

— O que aconteceria se eu adicionasse meu sangue ao Opus Magnum?

Merek enrijece ao meu lado.

Na cama, Silas abre mais os olhos.

— Achei que você estava diferente — diz ele. — Você foi amaldiçoada.

Concordo.

— Bem, nesse caso, adicionar o seu sangue ao Opus Magnum vai amaldiçoá-la ainda mais. — Ele abaixa o olhar para os pés, em seguida, de volta para mim, como se para provar seu argumento.

Eu o ignoro e me viro para Errin.

— Ajude-me a entender isso. Meu sangue, mais o Opus Mortem, é suficiente para combater o Elixir. E, portanto, o oposto seria o meu sangue, mais o Opus Magnum, para criar um novo tipo de Elixir. — Olho para Silas. — Um que possa funcionar em você.

— Você não sabe se funciona — diz Merek.

— Ela está certa — discorda Errin.

— Eu sei que você quer que ela esteja — retruca Merek.

— Não vale a pena — diz Silas. Ele olha para mim, para o meu cabelo e para meus olhos. — Você não sabe onde vai acontecer da próxima vez.

— Vai ser só uma vez — digo.

— Uma vez é o suficiente.

— Ouça-o — implora Merek, virando-me para encará-lo e pegando meus ombros em suas mãos. — Sei que você quer ajudar, mas...

— Você tem o frasco de Opus Magnum que fez? — pergunto a ele.

Seu rosto se comprime e ele assente.

Dou de ombros e estendo minha mão.

Merek olha por cima do meu ombro para Errin, com o rosto trovejante. Em seguida, cede e inclina a cabeça, enfiando a mão em uma bolsa na cintura e retirando um frasco. Ele me entrega em silêncio.

Olho em volta à procura de algo com que me cortar, meus olhos pousando primeiro na espada com que decapitei Aurek. Inspiro com força quando vejo que o corpo de Aurek desapareceu; por um instante eu me pergunto se ele ressuscitou outra vez. Então vejo o contorno do pó; em algum momento, o cadáver de Aurek secou silenciosamente, transformando-se na poeira que deveria ter se tornado há mais de quinhentos anos. Eu me viro e vejo a faca que Errin segurava no canto do quarto.

— Espere — diz Silas, e eu o atendo. — Você não precisa fazer isso.

— Eu sei.

Ele assente. Então, olha para Errin.

— Se não funcionar, não quero viver. Por favor, sei que estou pedindo muito, mas não quero que isso seja minha vida. Eu não quero... — Ele faz uma pausa. — Nas últimas luas, eu fiquei aqui, nesta cama, com Aurek me sangrando, como e quando bem entendesse. Sem nenhum controle. Nenhuma escolha. Se fosse apenas a fraqueza... seria diferente. Eu poderia viver sem o uso das minhas pernas. Mas não posso viver imaginando o que aconteceria se mais alguém me encontrasse assim e me levasse para uso próprio. Não quero ser usado novamente. Não quero viver uma vida em que isso seja possível e em que meu corpo não me pertença. — Ele me olha nos olhos. — Você sabe o que quero dizer. Prometa.

— Eu prometo — digo.

Abro o frasco, corto meu polegar esquerdo e acrescento uma gota de sangue ao Opus Magnum. Ele fica vermelho brilhante, no mesmo instante em que Merek assobia. Errin e Silas olham para mim.

Olho para mim mesma.

— O que aconteceu desta vez? — Eu me viro para o espelho e vejo algo vermelho-sangue pelo canto do olho. — Ah — respiro, puxando meu cabelo para a frente. Está vermelho. Não o ruivo de antes, mas um vermelho vivo e antinatural.

Olho para Merek e ele sorri, um sorriso suave e completo.

— Seus olhos também estão vermelhos.

— Como?

Ele dá de ombros.

— Como vou saber?

Olho para Silas e Errin.

Os olhos dela estão muito grandes e cheios de esperança. Errin olha para o frasco em minha mão. Exalo lentamente e o passo para ela. Suavemente, ela embala a cabeça de Silas e a levanta, para que ele possa engolir o líquido. Silas bebe, e nós três olhamos para ele, examinando-o em busca de qualquer sinal de efeito.

Enquanto assistimos, a morte em sua pele começa a desaparecer.

Errin começa a chorar, soluços enormes e ofegantes que soam agonizantes. Mais uma vez, ela enterra o rosto no peito dele, agarrando-se a Silas. E quando ele ergue uma das mãos perfeitamente saudável e a coloca em sua cabeça, ela solta um som semelhante a um uivo e se lança para ele.

Silas se esforça para ficar sentado, e então eles estão se beijando com absoluta imprudência. Errin o prende na cama, com as pernas ao redor da cintura dele, e Silas passa os braços em volta dela, beijando-a como se estivesse se afogando. Quando ela geme baixinho, sinto o calor da minha pele e olho para baixo.

Estou surpresa de ver minha mão na de Merek, sem saber que isso aconteceu. Ele aperta levemente e se curva, pegando a coroa — sua coroa. Então, me puxa para fora do quarto e fecho a porta atrás de mim.

Descemos as escadas em silêncio, depois seguimos pelos corredores, mal iluminados agora que o crepúsculo está caindo. Como passou um dia inteiro? Foi mesmo só um dia?

Quando os passos correm em nossa direção, Merek me puxa de volta para trás. Sua expressão está em pânico, mas depois desaparece quando

Esperança, Kirin, Stuan, Nia, de mãos dadas com a mulher de cabelos brancos de quem me lembro do Conclave, vêm correndo em nossa direção. Kata, viva e livre.

— Suas costelas estão quebradas! — grita Merek quando eles se lançam sobre nós, fazendo com que todos parem tão de repente que solto uma risada, e então um grito agudo enquanto minhas costelas rangem.

— O Príncipe Adormecido? — pergunta Esperança.

— Bem morto, e para sempre — digo.

Esperança se ilumina, um sorriso completo, e estende a mão para cobrir meu rosto.

— Muito bem, criança. Muito bem.

— Errin está bem? — pergunta Nia.

— Sim. Ela está com Silas. Na torre oeste.

Esperança abaixa a mão e faz como se fosse até lá, mas Merek a interrompe.

— Eu daria a eles algum tempo para matarem as saudades — diz ele com muito tato, e a boca de Esperança se abre. Nia e Kata riem atrás dela.

— Você encontrou os alquimistas, então? — pergunto para Nia.

— Nós só tivemos vitórias depois que o último dos golens caiu — responde ela. — Fizemos um dos guardas nos dizer onde os alquimistas estavam e fomos libertá-los. — Ela sorri para sua esposa, que sorri de volta. — Ainda há aqueles mantidos pelos nobres lormerianos... — Nia acrescenta com uma careta.

— A esta altura, as outras cidades terão se rebelado — diz Merek. — Devemos enviar homens... pessoas para apoiá-los. Faça com que os nobres sobreviventes sejam levados ao castelo para julgamento. Envie mensageiros para levar as crianças para casa. Providencie o que for necessário para que tudo volte ao normal. Para começar de novo.

— Seus olhos mudaram outra vez — diz Nia. — É um pouco melhor que branco. Mas ainda é assustador.

— Acho que eles parecem fantásticos — diz Kata, seus olhos dourados brilhando, e nós sorrimos uma para a outra.

— Por que vocês não vão todos para o Grande Salão? — sugere Merek. — No final do corredor, à esquerda, depois à direita. Vamos nos juntar a vocês em breve.

Stuan se inclina para ele e Kirin pisca para mim, e os cinco fazem o que Merek pediu. Ele puxa minha mão e me leva para fora do castelo, até que estamos no topo das escadas que levam para baixo e, eventualmente, para fora do terreno.

O vento aumentou, chicoteando meu cabelo em volta do meu rosto. Ergo a mão para jogá-lo para trás, avistando os novos fios escarlate. Puxo um pouco para que eu possa vê-los.

— Rubedo — diz Merek. Olho para ele para ver sua pele corando, um tom incrivelmente semelhante ao meu cabelo. — É assim que sua maldição deve ser chamada.

— Por quê?

— Faz sentido. — Merek esfrega a parte de trás do pescoço, sem me encarar. — Como Nigredo, mas Rubedo. Vermelho. Decidi que a maldição branca deveria ser Albedo.

— Quando você decidiu isso?

— Quando você estava me ignorando na comuna.

— Rubedo — repito. A maldição do meu sangue.

Abaixo de nós, no crepúsculo, Lortune parece em paz, embora eu saiba que não pode estar. Lojas e casas estão em ruínas; sangue e corpos enchem as ruas. Em algum lugar na praça está o corpo de Lief, e não quero que fique lá para os corvos. Ele merece ser levado ao mausoléu de sua família para jazer com eles.

— O que aconteceu? — pergunto. — Com Lief? Ele nos ajudou, não foi? Eu o vi acenar para a multidão antes de...

O rosto de Merek se afrouxa por um momento, depois ele remexe no bolso.

— É melhor que você mesma leia — diz ele enquanto me entrega uma pequena folha de pergaminho.

Eu não tive escolha, começa. Endereçado a ninguém em particular.

Eu não tive escolha. Ymilla disse a ele que vocês estavam aqui. Farei o que puder para proteger Errin, mas não posso proteger Twylla. Ele planeja executá-la, e vai me obrigar a fazer isso. Será amanhã. Ao meio-dia. Os homens do Portão Oeste de Lortune são simpatizantes da Aurora, assim como o dono das bancas de livros na praça da cidade. Chegue lá antes do amanhecer e espere. Faça o que precisa ser feito. Diga a Errin que este é meu jeito de consertar as coisas. E que ela estava certa, fui criado para ser melhor do que isso. Este sou eu tentando ser um homem melhor. Diga a ela que eu a amo e diga a mesma coisa para mamãe. Diga a Twylla que sinto muito.

É isso.

Olho para Merek e o encontro me observando de perto.

— Isso é tudo? — Levanto o pedaço de papel.

— Sim. Encontrei no laboratório de Errin.

— Foi por isso que você estava lá, esperando. Foi por isso que você atirou nele.

— Eu teria atirado nele para salvá-la de qualquer maneira — diz Merek. — Mas... sim. Presumo que tenha sido isso que ele quis dizer com "faça o que precisa ser feito". Que ele estava preparado para pagar qualquer preço.

— Então isso significa que ele estava conosco, afinal? É isso que você acha?

— Acho que ele se arrependeu de muitas coisas — diz Merek, lentamente. — Desde o início. Acho que ele pensava que era mais inteligente do que de fato era, e quando percebeu que estava afundando, já era tarde demais, então fez o que pôde para aliviar sua consciência sem arriscar a si mesmo ou a sua mãe.

Típico de Lief. Suspiro, passando meus braços em torno do meu corpo.

— Ele não contou a Aurek que eu estava vivo e trabalhando com você — continua Merek. — Ele nos disse como sair de Lortune. Lief recusou o Elixir quando foi oferecido a ele. E nos deu a receita do Opus Magnum. Quem sabe o que mais ele fez, em silêncio, para destruir Aurek?

— Isso não anula todas as coisas que ele fez, todas as pessoas que ele magoou.

— Talvez não. Mas acho que ele estava tentando, à sua maneira.

Penso em tudo o que passamos juntos, Lief e eu: sua vinda ao castelo. Nós juntos; sua traição. Sua aliança com Aurek. E agora nunca saberei a verdade dele. Talvez, na Estrada do Rei, ele estivesse tentando me afastar, não me machucar. Talvez, a razão pela qual me bateu na comuna fosse me impedir de lutar e me machucar. Ele me deu o Opus Mortem; me devolveu o bilhete que lhe escrevi. Lief desistiu de sua vida, conscientemente, para nos ajudar. No entanto, ninguém jamais saberá toda a verdade, e ele morreu como um vilão.

Suspiro novamente e olho para a cidade.

— Há muito que fazer — digo, baixinho, sem perceber que falei isso em voz alta até que Merek assente. — Assim como tudo aqui, há Chargate, Monkham, Haga. Todo o país precisa ser reconstruído. Não sei por onde você vai começar.

Merek solta a minha mão e se coloca de frente para mim.

— Twylla — diz, mas balanço a cabeça.

Sei o que ele vai dizer e não sei se estou pronta para isso. Eu ainda não sei o que quero. Eu me sinto atraída por ele, sim. Mas não estou pronta para ser sua esposa. Ou de quem quer que seja. Talvez eu nunca esteja.

— Eu lhe disse que você era a rainha de que Lormere precisava — começa ele.

— Uma rainha espantalho, disse Aurek — repito. — Uma marionete. Eu não posso ser rainha.

— Você tem que ser. Sempre deveria ter sido você.

— Merek, não estou pronta para casar com ninguém.

Ele franze a testa.

— Quem falou em casar?

Olho para ele.

— Mas você acabou de dizer...

— Que você é a rainha de que Lormere precisa. Não *minha* rainha.

— Eu... Eu não entendo.

— Tecnicamente, abdiquei de meu trono para Aurek quando me escondi. Eu abdiquei. E você acabou de matá-lo. O que a torna rainha por direito de conquista. — Ele segura a coroa para mim. — Você ganhou o trono. É seu.

Meu coração bate como um tambor contra minhas costelas, mas a dor não é nada.

— Mas você é o príncipe... você é o rei...

— Não mais. — Ele sorri. — Twylla, você foi treinada para ser rainha desde os treze anos. Antes disso, estava se preparando para passar a vida tirando os pecados de todas as pessoas deste país. E, nas últimas quatro luas, reuniu e liderou um exército na guerra. Você é a pessoa certa para este trabalho. Você é a *única* pessoa para este trabalho.

— Eu não sei como governar. E se eu não quiser governar?

Ele dá uma risada curta.

— Lembra-se daquela noite, no meu quarto, na comuna? Eu perguntei a você o que deveria fazer depois que retomasse minha coroa, porque eu não sabia. Mas você sabia. Você já tinha um plano para Lormere, para todos nós. — Abro a boca para protestar, porque aquilo era diferente, era hipotético, mas Merek levanta a mão para me impedir. — E você realmente não quer governar? De verdade? Porque na comuna, toda vez que alguém se referia a mim como "rei" você fazia essa cara. — Vejo como seus olhos se tornam frios, e sua boca, uma linha sombria.

— Eu não fazia isso. — Meu olhar cai para a coroa em suas mãos.

Quando encontro seus olhos novamente, ele está sorrindo.

—Ah, fazia, sim. Você pode não ter percebido, mas eu vi. E considerando que você derrotou dois dos últimos três monarcas para sentar neste trono... não sou tolo o suficiente para me opor a você de acordo com essas estatísticas.

— O castelo está arruinado — digo, estupidamente.

— Então construa um novo. Você tem um conselho para orientá-la; Esperança, Nia, Kirin, Silas, Stuan. Não terá que fazer isso sozinha.

Metade deles é de Tregellian. Isso nunca foi feito.

— Twylla... Você quer ser rainha? — Sua voz é suave, neutra.

Olho para a faixa de ouro agora pendurada na ponta de seus dedos e penso sobre o que isso significaria. Não apenas para mim, mas para todos em Lormere. As coisas que eu poderia fazer... O país que poderíamos nos tornar...

— Sim — digo, minha voz firme. — Eu quero.

Quando ele segura a coroa para mim novamente, eu estendo a mão e a pego.

É fria em minhas mãos, mais leve do que eu esperava. Por alguma razão, pensei que seria pesada. Quando olho mais de perto, vejo que está um pouco arranhada e há um entalhe em um dos lados. Esfrego meu polegar no pequeno recesso e olho para Merek.

— E você?

— Vou perguntar a Errin se ela me aceita como aprendiz. Quero aprender a arte da boticária. E mais sobre alquimia, mesmo que eu não consiga fazer isso, posso aprender a teoria. Eu gostaria de estudar os textos que os tregellianos mantinham trancados. Então, pretendo pedir-lhe fundos para construir uma escola de medicina. Talvez duas. E não me importo com um lugar em seu conselho, se você me aceitar.

Ele gentilmente pega a coroa das minhas mãos e a coloca na minha cabeça. É muito grande e desliza até que minhas orelhas a mantenham no lugar.

— Kirin era ferreiro — diz Merek. — Ele pode ajustar isso para você. Talvez enfeite um pouco.

Rio, porque é loucura. Ele não pode estar falando sério.

Merek Belmis se ajoelha.

— Eu ofereço-lhe minha fidelidade, Sua Majestade. Juro servi-la e protegê-la como seu servo mais leal até o dia da minha morte.

— Levante-se — digo, uma nota alta para a minha voz.

Ele se levanta, pega minha mão e a beija.

— Eu te amo — diz, simplesmente. — Sempre amei. Sempre amarei. Mas, mais do que isso, sou seu amigo por toda a vida. Não importa o que você decida sobre o seu futuro. Mesmo se decidir governar sozinha. Mesmo se você fugir com Stuan.

Rio novamente, o final se tornando um soluço.

— Você vai ser uma rainha incrível — diz Merek, enxugando uma lágrima do meu rosto. Ele beija minha mão novamente e depois volta para o castelo, me deixando sozinha.

Olho de volta para o castelo, enegrecido e imundo. Um lugar tão sombrio e terrível, as próprias pedras penetradas em tristeza. Vou derrubá-lo, decido. Começar de novo. Construir tudo do zero.

Vai levar tempo, percebo. Castelos podem levar anos para serem construídos. Os países podem levar décadas para se recuperar. Há muito que fazer.

Mas tenho tempo.

Ajusto minha coroa, inclinando-a para trás, para que fique em um ângulo.

Eu tenho tempo.

Agradecimentos

Em primeiro lugar, os maiores agradecimentos vão para minha agente, Claire Wilson. A escrita às vezes pode ser um negócio assustador e solitário. Se você tiver sorte, tem uma Claire, que acaba com a impossibilidade e torna tudo empolgante e viável. Também tenho certeza de que ela seria útil em um apocalipse zumbi.

Obrigada a Rosie Price e Sam Copeland da RCW, por terem me apoiado.

Como sempre, enormes agradecimentos aos suspeitos na Scholastic UK; em particular minha editora, Genevieve Herr. Eu me diverti muito criando esse mundo com você. Muito obrigada por sua orientação, paciência e visão. E pelos comentários editoriais. Eu nem sabia soletrar "fnarrrrr" antes de trabalhar com você, e agora não sei o que faria sem isso.

Obrigada a Jamie Gregory por mais uma capa bonita. Um dia, espero que minhas histórias correspondam à sua arte. Obrigada a Rachel Phillips, por ser consistentemente brilhante.

Também agradeço a Lorraine Keating, Lucy Richardson, Olivia Horrox, Fi Evans, Sam Selby-Smith, Pete Matthews, à equipe de vendas, à equipe de direitos autorais e a todos os outros que trabalharam duro em meu nome nos bastidores, durante toda a série. Obrigada.

A comunidade YA — on e offline — tornou-se, nos últimos três anos, os melhores colegas de trabalho que eu poderia querer. Não sei o que faria sem Sara Barnard, Holly Bourne, Alexia Casale e CJ Daugherty. Minha contínua sanidade ao longo do ano passado se deve em grande parte a elas. Também devo agradecimentos a Catherine Doyle; Katie Webber; Samantha Shannon; Laure Eve; Alwyn Hamilton; Kiran Millwood-Hargrave; Anna James; Nina Douglas; Rainbow Rowell; Leigh Bardugo; Lucy Saxon; Jade, da Bloomsbury Não Ficção; e Lucy Lapinski, por muita diversão, apoio e risadas no ano passado. Mais uma vez, obrigada a Emilie, a Stu para meu Nick. Estou farta de ser uma vampira. Não acredite nos boatos.

Obrigada também às pessoas que continuam sendo brilhantes durante toda a minha escrita de *A rainha espantalho*: The Lyons's e the Allports; Sophie Reynolds; Denise Strauss; Emma Gerrard; Lizzy Evans; Mikey Beddard; Franziska Schmidt; Katja Rammer; Neil Bird; Laura Hughes; Adam Reeve; meu irmão Steven; tia Penny, tio Eddie e família; minha irmã Kelly; tia Cath e tio Paul. Eu amo muito todos vocês.

Ao longo da série, construí uma incrível base de leitores, que faz de todos os dias uma alegria, com seus tweets, comentários, arte, fotos e existência geral. Obrigada a todos por comprar meus livros e por amar minhas histórias, e por seu apoio constante, vocal e brilhante. Agradecimentos muito especiais vão para Sofia Saghir; Sally-zar Sonserina; Steph (eenalol); Holly (The_Arts_Shelf); Aimee (Geordie_Aimee); Marian (Witchymomo); Sarah Corrigan; Stacee (book_junkee); Mariyam (ohpandaeyes); Chelley Toy; Lucy Powrie; Kate Ormand; e Christine (xenatine), que deram tanto amor à série A herdeira da morte e a mim. Espero muito que vocês gostem de *A rainha espantalho*. Obrigada por virem até o fim, e espero que fiquem por perto para o que vier a seguir.

Meus agradecimentos finais a minha avó, Florence May Kiernan. Obrigada por tudo. Ela nunca soube que eu tinha escrito um livro — muito menos uma trilogia. Mas ficaria superorgulhosa. Especialmente porque há plantas e venenos nela.

Impressão e Acabamento:
LIS GRÁFICA E EDITORA LTDA.